股权纷争

王国进 ◎ 著

天津出版传媒集团

天津人民出版社

图书在版编目(CIP)数据

股权纷争 / 王国进著. -- 天津 : 天津人民出版社,
2023.3
ISBN 978-7-201-11292-3

Ⅰ.①股… Ⅱ.①王… Ⅲ.①长篇小说—中国—当代
Ⅳ.①I247.5

中国国家版本馆CIP数据核字(2023)第027048号

股权纷争
GUQUAN FENZHENG

出　　版	天津人民出版社
出 版 人	刘　庆
地　　址	天津市和平区西康路35号康岳大厦
邮政编码	300051
邮购电话	(022)23332469
电子信箱	reader@tjrmcbs.com

策划编辑	王　康
责任编辑	岳　勇
装帧设计	明轩文化·王　烨

印　　刷	天津新华印务有限公司
经　　销	新华书店
开　　本	787毫米×1092毫米　1/16
印　　张	22.25
插　　页	2
字　　数	350千字
版次印次	2023年3月第1版　2023年3月第1次印刷
定　　价	68.00元

一切都是最好的安排

——谨以此书献给所有我认识和认识我的人

本故事纯属虚构,请勿对号入座!

哪里有利益,哪里就有纷争。利益越大,纷争就越激烈。

改革开放以来,每天都有大量的新企业成立,也有大量的老企业改制、转型、合并、歇业、注销。企业创始人在初创企业时无不雄心勃勃,目标高远,并在此后的生产经营过程中使出浑身解数,或者将企业不断做大做强,引人瞩目;或者因各种原因将企业越做越小,越做越亏,直至被迫关门。而无论企业做得怎么样,企业的股东之间、股东与经营者之间,以及股东与外部资本之间都无法避免各种各样的矛盾,其中围绕企业控制权的矛盾尤为激烈。

本书延续《资本迷局》《融资风云》《投行恩怨》的写作路径,以改革开放40多年来中国经济取得的翻天覆地的变化为大的历史背景,重点讲述了转型期金、万两大家族和张弓长、郑重两种不同类型企业家,围绕两个上市公司控制权展开激烈争夺的曲折故事,以及贯穿其间的多对男女间的情感纠葛,再现了资本的残酷和人性的复杂多变。

本书在写作过程中借鉴了近年来发生在中国资本市场上的股权之争的典型案例,希望广大读者对涉及股权之争的原因及处理方式能有一定程度的了解,但作者又无意冒犯案例所涉及的任何原型人物,故而努力通过艺术化的加工和虚构,使作品中的人物与案例的原型人物表现出尽可能大的不同。因此,也请读者在阅读本书时,将其作为文学作品看待,不要刻意对号入座。

这部小说首先是一部文学作品,但其中的专业内容和细节描写对于普通人了解股权争夺的专业知识具有启蒙价值,对于企业创始人和投资业务专业人士设计股权结构,维护合法权益具有借鉴意义。

目　录

第一章
白富美大方示爱 高富帅不理不睬

2021年春夏之交的一个黄昏,金大鑫孤零零地坐在自家那艘豪华游艇的甲板上,看着流光溢彩的江面发呆。一个白浪打在船舷上,他的身体不由自主地摇晃了几下。"烦死了!"他用手撑住甲板,重新坐正了身体。恰在此时,他的微信电话响了。

金大鑫打开手机一看,原来是郑木林打过来的视频电话。他本想按下"挂断"键,可是不知为什么,他竟鬼使神差地按下了"接通"键,郑木林的锥子脸霎时填满了整个手机屏幕。"大鑫,你跟谁在一块呢?"郑木林嘟着猩红的小嘴,嗲声嗲气地问。金大鑫浑身像过了电一样,顿时变得又酥又麻。"没……就我一个人!"金大鑫赶忙澄清,同时还将手机对着周围的景观旋转了大半圈,以证实自己所言不虚。"你真逗!"郑木林捂着嘴,挑着细长的柳叶眉笑道,"不用拍,我还能不相信你吗?"金大鑫"嘿嘿"干笑两声,算是回应。不知为什么,已进入不惑之年并且阅女无数的他,在一个小他十几岁的郑木林面前竟常常方寸大乱。"你怎么不说话呢?"郑木林的双眼透过手机屏幕火辣辣地盯着他问。"说……说什么呢?"金大鑫语无伦次地反问道。"就说你想我不行吗?"郑木林用手背轻按脑门,半是娇羞,半是责怪地说。"哦……我……"金大鑫本想直接说出"我想你"几个字,可"想"字刚到喉咙处,就噎住了。与此同时,他的手机屏幕突然变得漆黑。

"真是活见鬼!"他嘀咕道。他真想把手机用力扔进黄浦江里,却终究没有付诸行动。不是他在乎买手机那万把块钱。尽管这两年他的家族生意陷入困境,但是"瘦死的骆驼比马大",一只手机对他来说根本不算什么。他是不想弄丢手机里保存的各种图片、资料和生意伙伴们的联系方式。他站起来,心烦意乱地在甲板上来回踱着步子。江面上不时有大大小小的游轮、驳轮、货轮或快或慢地驶过。他发现,那些大船小船上的人个个像是注射了兴奋剂一样,不是指点着两岸的风景高谈阔论,就是摆出各种暧昧的姿势,让别人为其拍照留影。"神经病!有什么好看的!"他开始把内心的失落感发泄到那些跟他一点关系都没有的人身上。他当然有理由对两岸的景色嗤之以鼻,毕竟他经常在此地出没,见怪不怪。更重要的是,他此时的心情极其糟糕!

影响金大鑫心情的,除了刚才郑木林突然打来又突然挂掉的微信电话,还有即将登上他脚下这艘豪华游艇的江海首富万运来之女万淼淼。万淼淼今晚登艇的目的非常明确,就是要让金大鑫向她表达爱慕之情,这样她就可以嫁给他了,而他的父亲金宏远就不必为金氏集团的股权沦落他人之手而发愁了。因为根据万运来和金宏远本人达成的口头协议,只要金大鑫与万淼淼定下婚事,万运来就会立即出手拯救金氏集团。

金大鑫对自家企业的难处非常清楚。可是他对万淼淼怎么也提不起兴趣。这并不是因为万淼淼长得难看,人家在读高中时就有"校花"之名;也不是因为万淼淼没有才华,人家当年完全凭借自己的实力,就被哈佛大学商学院以全额奖学金录取,本科毕业后,继续攻读并先后获得硕士和博士学位,然后又到华尔街一家著名的对冲基金公司历练过多年,那可是货真价实的学霸!不过,恰恰因为她如此优秀,金大鑫才无法接受。他之前碍于父母的压力,尝试与万淼淼约会过几次。可每一次约会,金大鑫都倍感压力。他感觉自己在她面前就像一个小丑,没有本事拯救家族企业,只能以婚姻与人做交易。当然,她的年龄也偏大了一些。虽然她比他小4岁,但目前也已36岁。而他更喜欢年轻一些、青涩一些、简单一些,甚至傻一些的姑娘。不管怎么样,他都极不愿意与她勉强凑合在一起。

"哎,要不是金氏地产集团这几年杠杆用得太猛,何止被恶意收购者盯上?"金大鑫重重地叹了口气,眼神下意识地瞄向岸边。一个身穿白色连衣裙的女子正在远处向他招手。他打了个激灵。"她来了!"他叮嘱自己说,"镇静!一定要镇静!"

白衣女子正是万淼淼。只见她发髻高耸,笑靥如花,手拎棕色鳄鱼皮小坤包,脚踩纯白限量版高跟鞋,在雪白的路灯照耀下,浑身上下透着一股逼人的富贵之气。万淼淼身后不远处站着4个身材高大的壮汉。他们皆上着黑色T恤,下穿黑色长裤,脚蹬黑色尖头皮鞋,个个精神抖擞,人人不怒自威。对此,金大鑫倒是见怪不怪。因为他知道，那些人是万淼淼的随身护卫，并非冲着他来的，他自己在家族生意火爆时也是如此阵势。

金大鑫正在纠结是不是要往前迎一迎时，万淼淼已经扭着娉婷袅娜的腰肢飘然来到他的近前。"你真是个大老傻，也不过来迎我几步?!"她幽怨地瞪了他一眼，同时将右手递至他的面前。金大鑫愣了一下。尽管他知道万淼淼是在用自己的方式向他撒娇，他还是感觉非常不适，特别是"大老傻"这三个字深深地刺痛了他的自尊心。要知道，这在两三年前，绝对不可能有人在他身上使用这三个字。他也绝对不能允许任何人出于任何目的说他是"大老傻"。然而现在不同了，就连他自己都认为自己像个大老傻！他强行压抑住内心的失落感，使劲挤出一丝笑意，极不情愿地伸手接过万淼淼递来的右手。她的手白嫩且柔软，而他却没有丝毫特别的感觉，就像随便抓了个物件一样。她非常受用，微微昂起头，稍稍翘起嘴角，轻轻抬腿一跃，便稳稳地站立在金大鑫的游艇上。

"傻样！你什么时候变成木头人了?"万淼淼假意生气地瞪了一眼金大鑫。金大鑫再次从万淼淼嘴里听到"傻"字，不由得火冒三丈。不过，碍于情面，他强压怒火，将自己的手抽了回来，并顺势往游艇的台阶上一指，示意万淼淼自己攀到上一层去。万淼淼似乎看透了金大鑫的那点小心思，斜睨了一眼金大鑫，便"蹬蹬蹬"兀自攀到上一层。金大鑫则不远不近地跟在她的身后，仿佛她才是游艇的主人，而他只是应邀来访的客人。

"金总，可以开船了吗?"干练的游艇驾驶员凑近金大鑫问。

"开吧!"不待金大鑫开口，万淼淼果断应道。

驾驶员得令后熟练启动游艇。洁白的游艇很快就驶离码头，顺流往东驶去。万淼淼面朝游艇行驶的方向静静地站在甲板中央。江风迎面吹来，她的裙摆猎猎作响。突然，她张开双臂，似要拥抱眼前的一切。约莫半分钟光景，她轻轻在原处旋转半圈，将满是陶醉的目光停留在金大鑫的脸上。"大鑫，帮我拍几张照吧！就用你的手机！"万淼淼柔声道。金大鑫虽然有些不太情愿，却非常配合地从兜里掏出手机，接连不断地按下拍照键。万淼淼时而迎风伫立，时而手扶船舷，时而低头沉思，时而放眼远眺……直把金大鑫弄得手忙脚乱。这还不算什么，最令他受不了的是，她每摆出一种姿势，都要让金大鑫反复拍，还随时检查拍摄效果，直到对照片满意方才罢休。将近一个小时的光景,游艇到达规定航线的最东端。万淼淼依然沉浸在拍照的乐趣中,基本没有停下来欣赏一下眼前的夜景。

"差不多了吧?"金大鑫拖着疲惫的声音问。

"哎!"万淼淼叹了一口气,因拍照而陶醉的神情瞬间变成了恼怒,不过,这种恼怒的神情只在她的脸上停留了几秒钟,就迅速变成了平静。"你一边歇着去吧。"她淡淡地说了一句,随即双手抱腿,在甲板上坐了下来。金大鑫并没有走开,而是倚在距她不远处的柜子上,望着五光十色的江面发呆。"万淼淼呀万淼淼,你到底想怎么样呢?"他在心里暗暗问道。

两个人谁都不愿意再开口说话。甲板上一下子变得寂静起来,只有涛涛的江水耐不住寂寞,"哗哗哗""哗哗哗"地同来往的船只诉说着心中的愁闷……

"下去吧。"万淼淼不待游艇停靠码头,便起身往船舱走去。金大鑫仍然远远地跟在后面,任凭万淼淼孤独地拾级而下。

船舱面积不大不小,呈长方形,正中间放着一只奶黄色石英石台面的长桌,周围则是一圈绛紫色真皮沙发。除此之外,卡拉OK点歌台、迷你冰箱等各种物件一应俱全,俨然一个小型的卡拉OK厅。不过,无论是万淼淼,还是金大鑫,都无意在此飙歌。万淼淼走进船舱后,在其中一侧的沙发上坐了下来。"你也坐吧!"她指了指对面的沙发,尽可能柔声细语地对金大鑫说。

"红酒还是白兰地?"金大鑫并没有按她的指示坐下来,而是拎起一瓶红酒在万淼淼眼前晃了晃。

"有威士忌吗?"万淼淼既不选择红酒,也不选择白兰地,而是选择另一款更烈的品种。

"有。"金大鑫麻木地应道,同时,快速打开小冰箱,从中拿出一瓶威士忌,缓缓为万淼淼斟上,并娴熟地在杯中加上冰块。做完这一切,他又为自己斟上些许红酒,捏住杯柄,轻轻摇晃几下后,将高脚杯凑近万淼淼说:"欢迎你来船上做客!"万淼淼莞尔一笑,伸手将杯子迎了上去。"叮"的一声,两只不同形状的杯子碰到了一起。万淼淼抿了一小口,抬头看着金大鑫说:"你好像很拘谨! 你放心,我只是一个想在自己能力范围内让自己过得更好的普通人,不会对你怎么样!"

"哦,是吗?"金大鑫感觉自己受到莫大的挑战,却又不好说什么,只能低头又闻了闻酒香。因为晚上还要开车，他只是象征性地用嘴唇碰了碰倾斜的杯口，并没有让酒水流进口中。

"嘻嘻，你还不承认！"万淼淼一只手捂着嘴，另一只手拿起酒杯朝金大鑫晃了一下，一仰头，喝下一大口，接着自言自语道，"都说水生金，我的名字有6个水，你的名字有4个金，并且我是'万水'，你是'大金'，谁知你这么不解风情，好像人家来求你一样！"万淼淼说毕，用眼睛直直地盯着金大鑫，一动也不动，似乎稍稍一动，对面那个人就会彻底消失一样。

金大鑫被万淼淼看得心里发毛，心想，这万淼淼不光是个花痴，还故意篡改老祖宗的智慧，明明是"金生水"，到她这里却成"水生金"了！他假意欣赏杯中的红酒，把头低了下来。

"听说你们金氏集团从去年到现在总共亏损了80多亿元，这不会是谣言吧？"万淼淼突然发声，问了一个令金大鑫几乎崩溃的问题。他捏起高脚杯朝万淼淼凑过去，试图以碰杯来转移她的注意力。万淼淼并不买账，一动不动地继续盯着金大鑫的眼睛，犀利地补了一句："请不要回避问题，如果你还是个男人的话！"

金大鑫感觉她的眼睛就像两把冷冰冰的利剑直刺他的心窝，这反而令他一下子振作起来。"这是我们的家事！"他执拗地抛出几个硬邦邦的字。

"你们的家事？"万淼淼嗤嗤一笑，缓慢却有力度地摇了一下头，继续盯着金大鑫反问，"如果只是你们的家事，你父亲为什么要去我家提亲？还请求我们运来集团扮演白衣骑士？如果只是你们的家事，银行为什么那么紧张？还要拍卖你们的资产？如果只是你们的家事，你们金氏集团的员工为什么会聚集在你爸的办公室门口讨要工钱？你们在建工地上的工人为何要到区政府门前讨要说法？"

一连串的问题令金大鑫脸都绿了。然而他又无法辩驳，因为她提出的这些问题句句属实。而导致金氏集团陷入目前这种困境的罪魁祸首就是他自己。

早在十几年前，刚拿到澳大利亚某大学工商管理硕士学位的他就被其父金宏远召唤到自己身边，先在集团公司的各个部门快速轮了一遍岗，然后又被派到项目公司，从总经理助理、副总经理、总经理一路往上做。在金大鑫完整做过几个成功房地产开发项目之后，金宏远又开始把区域公司的总经理交给他。几个区域轮换一遍以后，金宏远才把他调至集团公司，任董事、副总经理。金大鑫对父亲的安排表现得非常配合,每个岗位也都干得可圈可点。这在很多"创二代"抵触接班的大背景下显得非常难得,也令金宏远非常满意,便有意无意提高了对金大鑫的授权。2018年底,37岁的金大鑫被父亲进一步推到金氏地产集团常务副总裁的位子上。金宏远虽说仍然担任董事长兼总裁,却把更多的决策权交给了儿子,他自己则将更多的精力转到交友、养生和战略方向的把控上来。金大鑫深知父亲对自己寄予厚望,加之其父一路扶持他往上走,也让当初与金宏远一起创业的老人们多少有些不爽。于是,他暗下决心,一定要在尽可能短的时间内,做件令众人侧目的大事,以稳固确立自己的接班人地位。恰在这个时候,他父亲的老朋友石运亨因为自己公司资金链紧张找上门来。

石运亨是某二线房企运亨地产的掌门人。在20世纪90年代末,石运亨抓住西部大开发的机会,投资2.2亿元在山城羽西打造了首个商业地产项目,从此一举成名。此后,他乘胜追击,又连续开发了多个高端商业和住宅地产项目,不仅在21世纪初的房地产大发展中赚得钵满盆满,还挤进中国房企TOP30的豪华阵营,一时风光无限。然而快速的成功也滋生了石运亨的骄横之气,他不仅在拿地中高举高打、出手阔绰,也在市场竞争中风格凌厉,霸气侧漏。因此,得罪了不少业内同行和普通百姓。不过,这些暂时没有影响到石运亨的事业发展。他常常拿自己的名字说事,说自己红运亨通,这是命中注定了的事情,任何人都别想挡住他通往财富金字塔顶端的道路。

自2014年起,石运亨不知搭错了哪根神经,竟意气风发地提出战略转型的宏大目标,正式进军产业地产,试图以科技园建设与管理为基础,向长租公寓和特色小镇开发全面转型,希望经过5年的发展,到2020年时,集团销售收入超千亿,税后利润超百亿。然而事与愿违。由于他要做的这些都属于前期投资大、回报周期长的业务,运亨集团本来还算殷实的家底对支撑他超级宏大的目标越来越显得力不从心,资金链越绷越紧,随时有断裂的可能。此后,仅用三四年的工夫,运亨集团的营业收入就从2014年的200多亿元一路下滑到2018年的不足80亿元。很多核心人员陆续出走,公司经营每况愈下,融资能力降至冰点。为破困局,石运亨耗资20亿元,试图出手收购一家ST公司,却终因这家ST公司的股份被冻结而宣告失败。在巨大的压力之下,石运亨四处求援,并找到了老朋友金宏远。金大鑫得知此事后,心中大喜,认为这是他出任常务副总裁以来树立权威的良机,于是,踌躇满志地主导了金氏集团对运亨集团的债务重组工作,并最终把金氏集团也拖入了泥沼……

"你怎么不说话呢?"正陷入沉思的金大鑫被万淼淼的一句问话拉回到现实。

"我……我……你想让我说什么?"金大鑫结结巴巴地问道。

万淼淼明知金大鑫故意回避她的问题,却并不点破,反倒设身处地地说:"不到10个月的时间,金氏集团就亏掉80多亿,的确令人痛心。可是自责没有用,回避也没有用。当务之急是分析原因,减少损失,找到办法!"

金大鑫心头一热,对万淼淼的抵触情绪缓解不少。"原因嘛,我也反思过,主要是运气不好,赶上了新冠疫情。运亨集团的资产主要由酒店、写字楼、科技园和商业地产构成,主要是收租型资产。正常年份还好,赶上疫情,就乱套了。原以为疫情三五个月就能结束,谁知它会持续这么长时间呢?哎!运气实在是太差了!"金大鑫惭愧地低下头。

"疫情的确是导致这笔并购交易失败的重要原因之一,但这远不是全部原因!充其量只是加快了并购失败的速度而已!"万淼淼不紧不慢地说。

在万淼淼说话的过程中,金大鑫的表情由惭愧变成了吃惊,又由吃惊变成了不甘。

万淼淼抬眼看了一下金大鑫,接着说:"除了疫情,我感觉你们对监管层管控房地产行业非理性发展的决心也认识不足。"

这下子金大鑫终于忍不住了。他鼓着腮帮子辩解说:"房地产调控是国家的事情,国家的真实意图到底是什么,我们做企业的怎么能知道呢?"

"你这么说,我并不完全认同。作为企业经营者,我们应当对国家推出的政策高度重视。这些年,国家对房地产的非理性发展一直高度警惕,特别是在2017年以后,国家明确提出'住房不炒',希望将资金和老百姓的热情引向实体经济和科技创新。去年下半年,央行和住建部又明确推出限制开发商融资的'三道红线',也就是,剔除预收款后的资产负债率大于70%,净负债率大于100%,现金短债比小于1。对于监管层推出的这些政策,你们理应重视!"

万淼淼冷静的陈述令金大鑫不由得低下了头。他叹了口气说:"根据以前的经验,国家对房地产的调控一直是紧一阵,松一阵,胆子小的收缩战线,贻误机会;胆子大的却继续圈地,并借机取得更大的发展。谁知这一次国家来真的了?!"

"其实国家的政策每一次都是来真的,就看公司的基础和应对能力了。"万淼淼抬眼看了一下金大鑫,见他情绪还算稳定,就接着说,"据我了解,截至2020年底,运亨集团的资产负债率为85%,净负债率为252%,现金短债比仅有0.042,全部在'三道红线'之上,可以说已经完全丧失再融资能力。仅仅从这三个指标来看,我就判断你们不仅大大低估了监管层对房地产调控的决心,对这家公司财务状况的恶化也没有给予足够的重视。"

金大鑫不再言语,只是怔怔地看着万淼淼,仿佛她在说一个不相干的人。

"对不起,我说多了!"万淼淼起身拿起遥控器,选了一首《可可托海的牧羊人》,忧伤凄美的旋律瞬间充盈到船舱里。"那夜的雨,也没能留住你/山谷的风,它陪着我哭泣……"万淼淼闭上眼睛,随着旋律轻轻摇晃起来……金大鑫对这首歌没什么感觉,他认为,歌者完全是无病呻吟,天下美女多的是,犯得着这样要死要活吗?在万淼淼闭眼沉醉时,他反而从刚才被质疑的尴尬中缓过气来。他捏起高脚杯凑近自己的鼻孔嗅了嗅,又轻轻放下杯子。

"除了刚才讲的两个问题,你们对运亨集团的估值也严重误判!"万淼淼没等歌曲唱完,便"啪"地一下关掉音响,目光炯炯地看着金大鑫说,"据我了解,你们2019年刚开始与运亨集团接触时,给他们的估值是172亿元。2020年5月,你们以43.86亿元收购对方51%的股权时,给他们的估值仅有86亿元,是一年前估值的一半。请问你是不是认为这个估值很划算呢?"

"当然。不到一年估值就少了一半,这不划算,什么划算?"金大鑫甚至有些得意起来,仿佛捡到了一个天大的便宜。

万淼淼看了他一眼,悠悠地问:"运亨集团的资产主要是收租物业,请问它2020年的租金收入总共有多少?"

"将近2.9亿元吧。"金大鑫答道。

"好,就算2.9亿元,它们的收租物业账面价值是多少?"万淼淼又问。

"大概293亿元。"金大鑫答。

"293亿元的收租物业仅仅收到2.9亿元的租金,投资回报率只有1%,你不感觉这个投资回报率太低了吗?"

"的确有点低。"

"是的,正常情况下,投资回报率至少应该达到5%。而对应5%的投资回报率,资产价值只需60亿元左右。这就是说,运亨集团把投资性房产作价太高了,整整高了233亿元。按此计算,运亨集团不仅不值86亿元,反而已经是负资产了!你们花86亿元,买了一堆负资产,难怪不到一年的功夫就亏损80多亿元呢!"

万淼森的话句句在理,却又句句扎心。金大鑫的脸色不由得红一阵白一阵来回变幻起来。"我还没有答应与你相处,你就这样挑我毛病,要是真把你娶过来了,那还不天天挨你训啊?!"他恼怒地在心里盘算着如何快速结束对话,在情绪上自然就流露出厌倦之意。

"你好像不太愿意听我说话!"敏感的万淼森毫不客气地说。

"没……没有啊!"金大鑫吞吞吐吐道。

万淼森从他说话的节奏和躲闪的眼神中确认了自己的判断。不过,她并不打算进一步点明,只是微微一笑,慢条斯理地接着说:"有没有不重要,我只是善意地提醒你,你们金氏集团在并购运亨集团时除了上面提到的问题,在交易方案设计和并购后的管理架构上也不够合理。既然你不想听,那我就不说了。如果金氏集团需要白衣骑士的话,建议你认真考虑一下我们运来集团。好,我该回去了,再见!"说罢,她快速起身,头也不回地朝舱外走去。

金大鑫没有挽留她。他的心里甚至升腾起一种解脱的快感。不过,他依然像个真正的绅士那样一直把万淼森送到在岸边等候她的保镖身边,并目送她踏上那辆加长版豪华轿车。"你要好好考虑我的建议啊!"在汽车即将发动的一刹那,万淼森打开车窗,丢给金大鑫这么一句话。金大鑫没有说话,只是微笑着摇手与她道别。

万淼森的豪车很快就消失在夜色之中。金大鑫这才转身去停车场寻找自己的车……他一边开车,一边回忆万淼森帮他分析的问题。老实说,他对万淼森的分析还是比较认同的,有些是他之前已经意识到的问题,比如他对监管层调控地产行业的决心意识不足;有些是他以前没有考虑到的,比如对运亨集团的估值失误。至于她临走前说到的两点失败原因,金氏集团在内部已经进行了反思,他现在也明白了。

先说交易方案吧。金氏集团对运亨集团的收购其实是股东层面的交易，而不是对它进行增资。按理说，运亨集团在2019年底至2020年初时面临的最大问题是短债偿还能力和现金流严重不足，金氏集团在收购对方的同时，应该提供对这些问题的有效解决方案。然而由于当时过于沉醉仅以一年前一半的估值就获得对方的控股权，完全没有考虑拿下控股权以后怎么帮助运亨集团解决具体问题，这才导致运亨集团被收购后，一步一步陷入更深的困境。

至于万淼淼所说的管理架构也是一个非常严重的失误。收购完成后，金氏集团虽然获得了控股权，但是在由10名董事构成的董事会里，他们仅占5个董事席位，并不占绝对多数。同时，新的董事会由金大鑫与运亨集团的创始人石运亨共同担任联席董事长，具体经营管理方面的事务仍由运亨集团以前的职业经理人团队负责。在这种机制下，金大鑫常常因为一些鸡毛蒜皮的小事与石运亨互相推诿。再加上金大鑫在石运亨面前又是小辈，石运亨实际上在运亨集团里拥有更大的话语权。那些职业经理人本来就是石运亨招进来的，所以金大鑫对他们的影响力要小得多。时间稍微一长，金、石之间的矛盾也就越积越多，决策的效率也就越来越低，以至于到现在，金、石二人连面都不愿见，很多大大小小的决策根本就没办法完成。

"哎，早知今日，何必当初?!"金大鑫想到金氏集团面临的被动局面，不禁后悔不已。可是世间哪有后悔药？他必须尽快给父亲拿出一套合理的解决方案。令他寝食难安的是，除了钱，基本没什么好的解决方案。而在当下国家对房地产业调控力度不断加码的大背景下，很少有机构愿意出手介入，即便有机构愿意出手，也很少有人能拿得出近百亿元的巨额现金。运来集团倒是愿意充当白衣骑士，可是他们希望把这笔交易与他与万淼淼的婚姻捆绑在一起。这对金大鑫来说，是无论如何不能接受的。

"怎么办？怎么办呢?"金大鑫头痛欲裂。此时，恰好有一只流浪狗从马路上横穿而过。他突然一打方向盘，差点将车撞到马路中间的隔离带，吓得他顿时出了一身冷汗。他重新调整姿势，继续思考应对的办法……

第二章

小青工一路开挂　美学霸退守豪宅

　　万淼淼回到自家那栋位于市中心的三层豪华独栋别墅时已经深夜11点半了。母亲芮冬梅听到外面有动静,知道是自己的宝贝女儿回来了,赶忙穿着睡衣从位于二楼的主卧室下到一楼的客厅里。

　　"怎么样?"芮冬梅问过这3个字后,便不再吱声,只是焦急地上上下下打量起女儿。万淼淼撇了撇嘴,答非所问地说:"这么晚,该睡了!"芮冬梅从女儿的表情和肢体语言里似乎明白了什么。她叹了口气,说:"睡不着啊!"万淼淼走近母亲,扶着她的双肩,心疼地说:"我知道你一个人在家很孤独,该睡觉还是要睡啊!"芮冬梅环视了一眼空旷的客厅,苦笑着说:"什么孤独不孤独的,我早就习惯了。这些年还好,你总算回国了。你在国外那些年,家里经常只有你张姨陪着我,不也熬过来了吗?"万淼淼心里一阵酸楚,伸手揽过母亲,把母亲一直扶上二楼,又扶上那张又宽又长的豪华大床,并把她按在床上躺下。"睡吧,妈妈,晚安!"她在母亲的额头轻轻吻了一下,极力挤出一丝甜美、乖巧的笑容,随后便往门口走去,快到门口时,还特意朝母亲摆了摆手,做了个鬼脸,这才轻轻带上母亲的房门,径直走上位于三楼的自己卧室。

　　芮冬梅刚才说的"张姨"是她家的住家保姆,也是她母亲的远房亲戚。张姨快70岁了,早在万淼淼出生后不久就在她家做保姆,后来万淼淼出国留学,她依然住在万家。其中一方面的原因是万家的住房越来越大,总是需要保姆和管家,而张姨在农村老家又找不到更合适的工作;另一方面则因为万淼淼的父亲万运来很少在家居住,芮冬梅内心极度苦闷,非常需要一个像张姨这样靠得住的老家人留在自己的身边。

　　至于万运来为什么很少在家居住,据万运来自己说,他在全国各地有众多投资项目,每个项目都令他牵肠挂肚,只能长期在外奔波。芮冬梅起初也信以为真,想到自己的男人在外那么忙,也就认了。不过,渐渐地一些亲戚朋友会含沙射影地带给芮冬梅一些关于万运来的信息,她才开始变得警觉起来。然而警觉归警觉,她却拿万运来一点办法都没有。

芮冬梅出生于内地某县城一个普通的教师家庭,年轻时既聪明,又漂亮,高中毕业时考上本省的一所师范专科学校。在师专读书时,她就被在附近一家拖拉机厂做工人的万运来盯上。万运来虽然只有初中文化水平,长相也比较一般,但口才却非常了得。他运用自己的三寸不烂之舌和穷追不舍的韧劲,居然把芮冬梅这个大专生哄到自己的怀里。芮冬梅的父母对二人的交往极不看好,认为两人门不当户不对,并且知识差距太大,将来根本不可能过上幸福生活。可是当年的芮冬梅不知被万运来灌了什么迷魂药,父母越是反对,她越是铁了心地要跟万运来走。父母拗不过她,只好听之任之。

芮冬梅师专毕业后,被分配到县城附近的一所乡镇初中工作。此时,她与万运来虽然两地分隔,往来并不便利,感情却早已到了如胶似漆的份上,并在不知不觉中怀上了万运来的孩子。这种未婚先孕的事情在20世纪80年代是非常不光彩的。她的父母为了家族的颜面,只得匆忙成全了她与万运来的婚事。在他们正式结婚不久,万淼淼就出生了。由于周围的人对这个孩子过早出生还是会指指点点,芮冬梅的父母因此也承受了比较大的压力。时间一久,他们也会在芮冬梅面前流露出一些怨气。唠叨得多了,芮冬梅也会顶几句嘴。她的父母也因此会说些更重的气话。比如:"你现在纯粹是头脑发热,如果有一天万运来冷落你了,可别怪我们没提醒过你!"每每到了这个时候,芮冬梅便将脖子一梗说:"你们说的那种情况根本不可能发生!如果当真发生了,我一定把太阳调到西边出!"

然而社会上的事情就是这么奇怪,后来,芮冬梅父母的预言果然应验了……20世纪90年代初,如火如荼的南粤大开发吸引了万运来的注意力。心思活络的他请了几天事假,偷偷到南方转了一圈。这一转,万运来一下子就开了窍。回到老家后,他干脆到医院开了个身体状况不佳的证明,请了个长病假,一个人跑到毗邻南粤的一个古城去了。临行前,芮冬梅苦苦哀求他,求他看在孩子还小的份上,不要跑那么远。可是他去意已决,只丢下一句大话:"等我飞黄腾达,绝不亏待你们娘俩!"随后,便铁着心肠南下去了。

万运来与芮冬梅本来就因分住两地不常在一起,他走以后,芮冬梅俨然一个没有男人的寡妇了。苦的是,她既要教好自己的书,又要带好自己的娃。好在万森森已经五六岁,看到妈妈那么辛苦,居然也能变着法子逗她开心。这多少为芮冬梅增添了一丝安慰。不过,芮冬梅的父母就不那么想得开了,眼见自己的爱女一步步走到他们当初预想的境地,不禁整天长吁短叹起来。

却说万运来到了古城以后,发现当地天气炎热,人们喜欢泡澡按摩,便在一家小澡堂子旁边租了半间小房子,招聘了几个按摩女郎,开起了带有特殊服务的按摩店。没多久,生意就越做越大,钱也越赚越多。一年之后,澡堂子老板因为一起交通事故丢了性命,万运来干脆把澡堂子盘了下来。两处生意一结合,万运来想不发财都难。不过,万运来就是万运来。一段时间过后,他发现自己虽然挣到了钱,但开澡堂子和按摩店似乎不够高大上。于是,他灵机一动,印了盒精美的名片,还给自己封了一个令人艳羡的头衔——青青草养生学校校长。没想到他这招还真灵。当地一些企业纷纷找到他,希望能与他合作,共同在养生上做出一番惊天动地的事业。对于找上门的合作机会,万运来并非全部答应,而是专盯那些有实力、有背景的企业开展合作。很快,他的青青草养生学校就果真像青青草一样蔓延到古城的角角落落。短短一两年工夫,万运来就成为享誉古城的著名企业家。

赚了钱、扬了名的万运来一想到当初在老家时岳父、岳母反对他与芮冬梅的婚姻,就气不打一处来,他决定回去好好羞辱一下两位老人。1995年春节前,他装了满满一旅行包的5元、10元钞票,雇了两名五大三粗的保镖,包了辆豪华小轿车直抵芮冬梅所在的县城。到了县城,他却不住在家里,而是直接住在县政府招待所。安顿好之后,他才命令轿车司机去芮冬梅工作的初中接她们母女。芮冬梅见丈夫气宇轩昂地回来了,自然十分高兴,问他准备在家里住几日。万运来看到几年未见的老婆已经憔悴不堪,想起他在南方时围在他身边的那些妙龄女郎,仅有的一丝思念之情也丢得干干净净,粗声粗气地说:"一天都不准备住。"芮冬梅当时就傻眼了,眼泪像断了线的珍珠一样,噼里啪啦掉了一地。万运来眼一瞪,说:"大过年的,你哭什么丧? 老子就是不想在你这破屋里住!"芮冬梅心里极度委屈,她万万想不到，当年那个对她海誓山盟的万运来会变成这样！她真想一头撞到墙上，死掉算了。恰在这时，万淼淼从外面玩耍回来。万运来见到女儿，心里一下子柔软起来。他拍了拍女儿的头，轻轻推了一把芮冬梅，声音降下好几度说："走，我们到县政府招待所住大套间去！"芮冬梅虽然不太乐意，但看在孩子欢喜的份上，还是勉强跟着去了。

万运来在县城里最好的饭店里要了一个大包间，置办了一桌极其丰盛的酒席，又派轿车司机去接岳父母。两位老人虽然对女婿没有太多的好感，但是他们秉着"伸手不打笑脸人，开口不骂送礼人"的古训，还是坐进了他派来的豪华轿车。然而当他们走进饭店包房，看到桌子中间垒起的高高一摞钞票时，才意识到这顿饭他们真的不该来吃……

芮冬梅的父母本欲转身回去，可是时间已经来不及了。万运来手牵着万淼淼，身后跟着芮冬梅，已经堵在了包房的门口。

"哎呀，这不是芮老师和李老师吗？怎么？是不是没见过这么多钱，吓坏了？"万运来阴阳怪气地问。芮冬梅的父母对万运来从来不叫他们"爸""妈"早已习惯，但对他拿钱说事，心里极为不快。芮母没好气地瞪了他一眼道："我们是没见过这么多钱，但是我们绝不羡慕没修养的暴发户！"说着，她拉起丈夫就要夺门而去。万运来不仅不挽留，还特意闪身给两位老人留出足够的空间，好让他们走得更方便些。芮冬梅眼见父母受辱，心里很不是滋味，有心上前拉他们一把，可是瞥见父母那恨铁不成钢的眼神，只能强忍心痛，退到一边抹眼泪。10多岁的万淼淼目睹大人之间的争吵，急得不知所措，想去追姥爷和姥姥，却被爸爸伸手拉了回来。

那一晚，万运来感觉自己憋了多年的恶气终于出掉，内心无比畅快，自斟自饮，喝了个痛快淋漓。芮冬梅却从此对她亲自选中、死活要嫁的男人心灰意冷。

万运来回到南方古城没多久，就在自己的青青草养生学校里接待了几个前来"养生"的港商。从交流中，他发现"港商"的招牌在内地开展业务时非常好用。头脑灵光的他想方设法跑到香港注册了一家名为"香港运来国际实业有限公司"的皮包公司，摇身一变成了香港的大老板。有了青青草养生学校"校长"和香港公司"大老板"这两块招牌，万运来自觉身价一下子上去不少，走起路来头抬得更高，说起话来声音也更加洪亮。然而万运来的目标并不仅仅是找点感觉，他更希望真金白银地挣到大钱。

经过一番苦思冥想,万运来觉得自己还得有些令人艳羡的资产才行,比如一栋高耸入云的大楼、一处车水马龙的码头……不过,他手头虽然有些钱,却远不够买下这类资产。尽管如此,他并不死心,甚至有更加宏大的想法。那时候,如果手中有矿,那可是连路都能横着走的。于是,他决定弄个矿放到自己手里,并且这个矿决不能是煤矿、铁矿这种土得掉渣的东西,而应该是令人想入非非的金矿!其实,连一栋楼都远远买不起的万运来根本就没有实力买金矿。但是这根本就难不倒万运来。没多久,他就打听到东南亚某国盛产黄金。于是,便花了点小钱,从那里买了个早已废弃的小金矿,摇身一变成了环球黄金有限公司董事长。

有了金矿的万运来从此真正开启开挂的人生。他运用超凡的吹牛技艺,硬是把一个废弃的小金矿吹嘘成品位高、储量大的一流大金矿。你别说,这一招还真管用。四面八方的订单像雪片一样飞了过来,很快就达到几十亿港元之巨。凭借这几十亿港元的订单,他又通过一番令人眼花缭乱的运作,根本就没去那个远在东南亚的小金矿,就把订单转给了国内某家金矿,他自己也从中赚到了好几个亿的差价。无论如何,这回他成了真正的亿万富豪。

万运来仅靠吹牛皮就空手套白狼,成为亿万富豪。这种普通人连想都不敢想的事,万运来不仅想到了,而且实现了。然而他的目标决不会止于此处。2008年国际金融危机到来之后,他目睹满目疮痍的全球经济,突然有了新的发财思路。

那是2008年12月底的一天,闲得无聊的万运来在香港维多利亚湾畔一家豪华餐厅邀请一帮国际投行人士纵论全球经济形势。席间,他从那帮投行人士口中听到了不少炒作A股ST股票大发财源的故事,不由得动起了心思。

回到南方古城后,万运来派人帮他找到了一批市值不高的ST公司。经过反复比选,他最终将收购目标锁定在一家严重亏损的通信公司身上。这家公司有以下几个特点:第一,它是央企下属企业,因为连年巨亏,央企早就想甩下这个包袱;第二,虽说它亏损严重,但是技术基础还是非常先进的,亏损的根本原因仅仅是管理层不善于经营;第三,这家ST公司经过长期下跌之后,总市值已经不足2亿元人民币。而大股东央企所持的45%市值仅需9000万元左右就可以拿到。此后,万运来基本没费吹灰之力便以9200万元从这家央企手中拿下ST公司,并将其更名为"运来通信股份有限公司"（简称"ST运来"，摘帽后简称"运来通信"）。

与一般人拿下ST公司后常常通过眼花缭乱的资本运作来改善公司基本面，从而改善公司业绩有所不同，万运来直接把当年为远在国外的小金矿拿到巨额订单的模式复制过来，并很快就从其金矿所在国为ST运来拿到一笔总额为40亿元人民币的超级大订单。消息公布以后，ST运来的股价就像火箭一样嗖嗖地往上蹿，不到一个月就翻了两三倍。这笔大订单也委实没让投资者失望，当年就令ST运来扭亏为盈，实现利润4200万元，次年就彻底摘掉了ST的大帽子。万运来入主后，ST运来的股价足足翻了4倍多，他当初投下的9200万元获得了4.6亿元的浮盈。

万运来在ST运来上一炮打响。这不仅令资本市场对他另眼相看，也令他自信心爆棚。此后，万运来更加频繁地用一个又一个牵动世人神经的大项目搅动资本市场。不是要收购欧洲某著名港口，就是要收购沙特某著名油田；不是要发射几十颗新型通信卫星，"构建更加安全、快捷的中国现代通信网"，就是要与俄罗斯某著名军工企业联合建造大型飞机发动机，"为中国商用飞机的大发展提供核心零部件"；不是要把塔克拉玛干沙漠改造为全球最大的绿洲，就是要在南美开挖连接大西洋与太平洋的大运河……反正每一个项目都非常高大上。万运来也因此成为各国政要的座上宾，其繁忙穿梭于各国顶级社交场所的新闻报道令人目不暇接。与此同时，万运来的商业版图也不断扩大，运来通信的股价迭创新高。到2020年底时，运来通信的市值已达2200亿元人民币，万运来当初的9200万元投资已经裂变为990亿元人民币，12年增长了1075倍。如果再加上运来集团的其他资产，万运来的身价已高达1150亿元人民币！

然而万运来的运气并非永远像他的名字那样运气自来。2021年春节一过，市场上关于运来集团的负面传言开始多了起来。有人在网络上专门发了一篇举报文章，说当年万运来从国外拿到的40多亿元的订单实质是用担保换营收的暗箱操作。这篇文章的作者说，他通过实地调查发现，当年给ST运来带来40亿元大订单的某东南亚企业根本就是个一分钱业务没有的皮包公司。而这家皮包公司的实控人又是万运来本人。作者据此推测，那个大订单是万运来自己开给自己的假订单，其目的只是为了编造利润，推高股价。此文一出，运来通信的股价立即出现好几个跌停板。要不是万运来紧急出面辟谣,并火速推出一个更令人想入非非的并购计划,运来通信的股价还不知道要跌到什么时候。而这个并购计划,就是运来通信与金氏集团的股权合作……

万淼淼躺在巨大的冲浪浴缸里回顾着父亲的发家史,想象着运来集团当下的处境,再联想到金大鑫对她不理不睬的态度,不禁黯然伤神起来。

第三章
金宏远无奈逼婚　金大鑫斗胆抵制

金大鑫对万淼淼不冷不热的原因除了自己在她面前找不到优越感以外,还与他隐约觉得万家并非诚意扮演白衣骑士有关。

"听说你昨晚跟淼淼见面了?"在金家别墅那间洒满阳光的豪华餐厅里,金宏远一边为手中的面包涂抹着蓝莓酱,一边漫不经心地问儿子。

"嗯,你怎么知道的?"金大鑫愣了一下,抬头看了看坐在他对面的父亲。

金宏远没有正面回答儿子的问题,只是在嘴角露出一丝微笑的同时,用眼睛的余光瞄了瞄坐在他右手的妻子,随后反问道:"聊得怎么样?"

金大鑫心里明白,又是母亲透露了他的行程。不过,他并没有因此埋怨母亲,自己年已40,却依旧独身一人,母亲哪有不忧心的道理? 在他的记忆中,母亲一向温顺贤惠,与父亲的关系似乎也比较融洽。只是在这几年,从江海市建筑设计院高级工程师岗位上退休后的母亲常常从眼神中流露出淡淡的忧伤。他想,母亲的忧伤也许都是因他而起,既因为他承担金氏集团重任后出现巨亏,又因为他的婚姻大事还没有着落。为此,他暗暗努力决心将金氏集团的事业做好。只是事与愿违,他越想证明自己,金氏集团越下滑得厉害,一季度结束后一算账,金氏集团在运亨集团的投资亏损已经累计高达80多亿元。至于婚姻大事,他自己倒不是太急。

"怎么不说话?"父亲的语气中带着些许不悦。

"哦……说什么呢?"金大鑫木讷地问。

"你爸问你昨晚与万家那个姑娘聊得好不好。"母亲忍不住在一旁提醒道。

"嗯,不怎么样。"金大鑫躲过父母的眼神,一边低头看着碗里的煎鸡蛋,一边嘟囔道。

"哎……肯定是你不够主动!"父亲摇了摇头,狠狠地把手中的筷子掼到桌面上。

母亲见状,忙用胳膊肘碰了下他父亲,低声道:"别吓着孩子,感情这事得看对眼才行吧?"

"谁吓他了?!"父亲捡起筷子,哼了一声,说,"我看他是挑花眼了! 万家姑娘那么优秀,打着灯笼都难找,他对人家一点都不上心!"

"你怎么知道是大鑫不够主动呢? 也许是万家姑娘眼眶子太高呢!"母亲替儿子辩解道。

"我怎么知道? 如果她真是眼眶子太高,就不会主动登上我们家的游艇了!"父亲的声音明显提高了不少。

眼见父母为了他发生争执,金大鑫再也无法保持沉默。"爸、妈,你们别争了,我知道你们都是为我好。我的确没有太主动,可是感情这事没法勉强。万淼淼确实很优秀,可是我在她面前,总感觉有那么一点压抑。这还不算,我还觉得她那么主动有点怪怪的。"金大鑫终于把自己的真实想法说了出来。

"人家主动就怪了? 难道非得男生主动? 亏你还在国外留过学!"父亲的语气依然带有责怪之意。

"你爸说得对。听说淼淼也在国外留过学,思想应该也比较开放,主动一点很正常。再说人家也老大不小了,能够碰上一个门当户对的小伙子不容易,再不主动,恐怕真嫁不出去了!"母亲在一旁帮腔道。

"你们说的这些我都理解。不过,我说她主动不是从这个角度考虑的。"金大鑫说。

"哦,什么角度?"父亲警觉地问,母亲也瞪大了眼睛,想尽快从他口中得到答案。

金大鑫并不急于把自己的感觉和盘托出,而是绕着弯子问:"最近市场上关于运来通信的传言你们注意到了吗?"

"市场传言你也信? 哪个上市公司没有市场传言? 我们金氏集团不也经历过很多次市场传言吗? 再说,他们不都辟谣了吗?"父亲把一连串的问题抛了过来。

"爸爸,无风不起浪啊! 您在市场里摸爬滚打这么多年,对这些应该比我熟!"

金大鑫说。

父亲的眉头舒展开来，看得出他对儿子这句带有吹捧意味的话还是比较受用的。他微微一笑说："你说的有点儿道理。不过，前几天我问万运来那些传言对他们的生意有没有影响，他说，传言绝对子虚乌有，运来通信基础扎实，不会实质性受市场传言影响。他还说，如果有人继续通过市场传言来打压运来通信股价，他一定会出手增持！"

"爸爸，我感觉你还是太相信他了。我仔细研究过他们的财务资料和那篇举报文章，还真发现了不少问题！"金大鑫不慌不忙地说。

"是吗？"父亲睁大眼睛看着金大鑫，一旁的母亲也放慢了咀嚼的速度。餐厅里静得出奇。就连刚刚还在房间里蹦来蹦去的小泰迪也静静地趴在地上，仿佛也在等待金大鑫的揭秘。

金大鑫在父母和小泰迪的共同注视下不紧不慢地喝着杯中的牛奶。大半杯牛奶见底后，他拽过一张餐巾纸蘸了蘸嘴角，慢悠悠地说："我发现那篇举报文章所说的40亿元大订单可能真有问题。"

"别人说就算了，我们两家关系不错，人家正打算帮我们呢，你可不能乱说！"金宏远睁圆双眼，警告儿子。一旁的母亲也神情紧张地看着他。

"爸，您放心，我也是40岁的人了，什么话该说，什么话不该说，我心里都很清楚。不过，万家这事我还得说一说。当然，也仅限于在家里说说。"金大鑫接着说，"我查看了运来集团这几年的财务报表，发现它自从2009年以来，绝大部分订单都是从那个东南亚国家来的，如果只是一年、两年也可以理解，但是10多年一直如此，这就值得怀疑了！"

"哦？"金宏远的表情由紧张渐渐松弛下来。

"往小里说，他们的业务模式没有升级；往大里说，他们真可能在作假！为什么这么说呢？但凡他们的业务模式有可复制性，也不至于一直依赖国外的订单，况且这个国外的订单一直来自同一个国家、同一个企业！"金大鑫越说越激动起来。

"这个分析有点道理，不过，你这是以偏概全。作为一家上市公司，运来集团非常努力，这10多年来，他们一直跟着国家的战略走。国家要搞"一带一路"，他们就在"一带一路"的沿线扩展项目;国家要发展高科技,他们就去俄罗斯与人家合作研发飞机发动机;国家要搞实体经济,人家就搞实体经济……"金宏远如数家珍地说。

"这些都是表面现象。其实,他们一直都在钻国家政策的空子,根本就没有做什么实事!"金大鑫说完,撕了片面包扔进嘴里。

听到这里,金宏远的脸色有点难看,他低声对儿子说:"我们这些做生意的就应该跟着国家的政策走,你没理由拿这些说事!"

"国家想做的事情,我们做企业的当然应该跟着走。但我理解,这种跟着走应该是实实在在跟着走,而不是钻政策的空子。"金大鑫说。

"你凭什么说人家钻国家政策的空子?"金宏远的语气明显不满。

"因为运来集团并没有实实在在做多少事情,却一直向国家伸手。比如,他们声称要跟俄罗斯合作开发航空发动机,就向国家开发银行借了100亿元;声称要在南美开发大运河,又向国家开发银行借了200亿元……我怀疑他们是在用所谓的项目套取国家资金,至于到时候能不能还上这笔钱,那就另当别论了!"金大鑫不管父母的感受,继续说道。

"越说越离谱了!"金宏远呵斥道。

"不,爸爸,我没有冤枉他们! 我把话撂在这里,我断定运来集团离出事不远了!"金大鑫的话令他的父母目瞪口呆。

"这话千万不能乱说!"金宏远慌慌张张地说,"现在有问题的不是他们,而是我们金氏集团! 截至今年上半年,你当初的决策已经让金氏集团亏损80多亿元了,这可不是一个小数字,金氏集团能有今天,我和你二叔不知吃了多少苦头! 为这事,我没有责怪你。可是金氏集团不是我一个人奋斗出来的,你二叔的态度你也是知道的! 本以为你能与万家姑娘定下这门亲事,两家合作,也可解一解金氏集团的燃眉之急,你倒好,一点不反思自己的问题,却对人家说三道四!"

"不是我对他们不信任,而是他们的确有不能令人信服的东西。别的不说,运来通信财务作假问题十有八九就是真的。至于他们会不会真心帮助金氏集团,我现在的确还说不准。但是我总感觉他们那么主动并不那么简单。"金大鑫歪着脖子辩解道。

"有什么不简单的?"金宏远扔掉手中的筷子,气哼哼地说,"明天下午你自己在金氏集团的董事会上跟大家好好解释吧!"

这段日子,金大鑫已经习惯了父亲时不时爆发的火气。他明白,自己是造成金氏集团80多亿元亏损的始作俑者,怨不得别人。不过,关于万家的事,他感觉有必要再跟父亲说道说道。他朝客厅瞥了一眼,见父亲正坐在沙发上生闷气,便擦了擦嘴走了过去。

"爸爸,这些天我一直反思,在运亨集团的投资问题上,我的确犯了很大的错误,并造成了巨大的损失。"金大鑫走到父亲对面的沙发上坐下,满脸诚恳地说。

"你能认识到自己的问题,这很好! 可是事已至此,代价太大了!"金宏远语气低沉而威严。

"是的,我知道。我正在想办法减少损失。"

"想到办法了吗?"

"还没有。"

"既然这样,为什么不主动寻求万家的帮助? 你要知道,现在既有能力又愿意帮助我们的大金主已经相当少了,万家就是这极少数大金主之一。"

"我刚才已经说过了,万家自己都难自保,根本没有能力帮助我们。我认为,找他们来帮忙差不多就是引狼入室!"

"哎,你还是这么武断!"

"我不是武断,是担心被他们算计了!"

"他们能怎么算计你?"

"我现在还不太清楚,但我的确有一种非常强烈的预感。"金大鑫仰靠在沙发上,盯着天花板上的吊灯愣了一会,突然坐直了身体,脱口道,"爸,你看他们会不会以扮演白衣骑士为掩护,取得金氏股份控制权之后,再把金氏股份的优质资产以某种方式转移到运来通信,以填补那边的亏空呢?"

"这个可能性是有的。假如他果真取得金氏股份的控股权,接下来怎么处置里面的资产,那都是他的权利,到时候我们无权干涉。"

"知道。可金氏集团的优质资产大部分在金氏股份里,那样一来,我们不是要被他们掏空了吗?"

"那也没办法。事已至此,我们只能如此了,这就叫壮士断腕吧。"

父子俩正说着,金宏远的手机响了。他接通电话听了一会,脸色阴沉地说了声"知道了",便挂掉电话。"是董秘小赵的电话,你知道他说什么吗?"金宏远问。

金大鑫摇摇头。

"他说,金氏股份收到楼上楼集团的来函,他们在金氏股份中的持股量已经上升到19.9%了!"

"哦,离我们的28.35%股份占比越来越近了,这是铁了心要赶走我们呀!"

"谁说不是呢?!"金宏远烦躁地从沙发上站起来,背着手在客厅里来回踱起步来。

此时的金大鑫心里也像打翻了五味调料瓶一样,心情异常复杂。他呆坐在沙发上,注视着父亲斑白的头发,突然意识到他最近苍老了许多,不仅头发比之前更白、更稀,就连走路的姿势也不似先前那样昂首挺胸、气宇不凡,而是明显迟缓和呆滞了。他感觉自己罪孽深重,竟莫名地有了一种牺牲自己以换取金氏集团安宁的冲动。"爸,您别急坏了身子,要不,我去求一下万淼淼?请他们万家帮忙击退楼上楼集团可能的恶意收购?"他对父亲说。

"你想通了?"金宏远注视着窗外,不太相信地问。

"嗯。"金大鑫没有多说什么。

"果真想通了?"金宏远依旧望着窗外。

"嗯。金氏集团出现现在这么被动的局面都是因我而起,虽然我不太喜欢万淼淼,也对万家的实力和用心持怀疑态度,但是现在情况紧急,又找不到更合适的求助对象,只好试试这条路了。"

"哦,那就算了。"金宏远像根木桩一样看着远方说。

"算了?金氏股份要是真被楼上楼控股了怎么办?"金大鑫变得紧张起来。

"对,算了!"金宏远的语气很坚决,"既然你已经看出了运来通信的问题和万家的用意,何必还往火炕里跳呢?"

"不跳,不是没路了吗?"

"办法的确不多了,但路还没被彻底堵上。"金宏远转身看着儿子说,"我打算去江海市国资委看看有没有门路。"

第四章
父子求助国资委　主任拒收储金卡

　　江海市国资委位于黄浦江畔一座红砖青瓦的独栋小楼里。小楼不高,仅有5层,掩映在数棵高大的香樟树下。小楼的四周是高大的围墙,围墙上布满了碧绿的爬山虎,看起来格外幽静清凉。尽管如此,金宏远父子站在院门外等待门卫开门的几分钟时间里还是热出了一身汗。好在门卫并没让他们等太久,见他们的防疫健康码均为绿色,便笑眯眯地放行了他们。

　　金宏远父子要拜见的领导位于小楼的顶层。他们刚进门厅,一位上穿碎花白衬衫、下着浅蓝色长筒裙的漂亮女职员便热情地迎上来,将他们引入电梯。"吴主任正在办公室等候二位呢!"她优雅地按下顶楼按钮后笑容可掬地对金宏远说。"让领导费心了! 也让您费心了!"金宏远一边对着电梯里的玻璃仔细整理本就十分整齐的雪白长袖衬衫,一边小心翼翼地赔着笑脸。眼前这位模样俊俏的女职员是吴主任的秘书赵丽,他必须万分小心地对待她。赵丽抿嘴一笑,算是答复。金宏远还想对赵丽再说些肉麻的恭维话,瞅瞅儿子也在电梯里,便把已到嘴边的话又咽了回去。电梯里瞬间变得非常安静,气氛一度非常沉闷。好在楼层不高,电梯速度又快。电梯内的尴尬很快就被一声轻微的开门声彻底化解。金宏远长长地呼出一口气,在赵丽的示意下,大步跨出电梯。金大鑫想与赵丽谦让,让她先下电梯,岂知她态度坚决,便稍稍犹豫了一下,紧跟着父亲迈出电梯。

　　赵丽待金宏远父子都走出电梯,才快速跟了上来,三步并作两步走到他们父子的前头。在走廊尽头的一间办公室门口,赵丽停下脚步,同时转身向金宏远父子轻轻摇了摇手。金宏远明白,赵丽的意思是让他们稍加等候,便也停下脚步,挺了挺略微佝偻的脊背,一边强行按捺住内心的慌乱,一边瞄了一眼儿子。见儿子神情还算自若,衣着还算整齐,便重新将注意力放在赵丽身上。赵丽轻轻地在浅褐色木门上叩击了两下,紧接着微微侧身听了听,大概听到门内有答应声,才将门轻轻推开一点点,引颈朝门内轻声道:"领导,他们到了!"话音刚落,门内传来一句浑厚的男中音:"快请他们进来!"赵丽这才把门彻底打开,示意金宏远父子进屋。金宏远见状立马堆起笑脸,朝赵丽点头一笑,大步往门内走去。

"来了啊,老金,欢迎!欢迎!"金宏远进屋后一眼便看到国资委主任吴明亮向他伸出右手,他赶忙迎上去,弓身双手抓住吴明亮的右手,一边热情地握着,一边连声道:"这大热天的,给您添麻烦了!"言毕,扭头望了望儿子,对吴明亮说:"这是犬子。"金大鑫立即向前一步,学着父亲的样子,双手握住吴明亮的右手,谦恭地说:"给您添麻烦了!"吴明亮笑了:"不麻烦!不麻烦!请坐!"金宏远父子这才小心翼翼地在墙角处的三人沙发上坐下来。赵丽为金宏远父子端来两纸杯袋泡茶,又为吴明亮的保温杯里加了些热水,轻轻掩上门,走开了。

"这两天你们公司还好吧?"吴明亮在金宏远父子对面的单人沙发里坐下来,问道。

"哎,别提了,一天不如一天!要不然,也不会大热天来麻烦您了!"金宏远伸手捋了一把略显稀疏的头发,愁眉苦脸地说。

"老金,别客气,我们是老朋友了,你直接喊我小吴就行!"吴明亮哈哈一笑说。

"那怎么行?领导就是领导,我怎么能叫您小吴呢?"金宏远嘴上是这么说的,脸上也相应换成了诚惶诚恐状。吴明亮的年龄的确不是太大,今年正好45岁,比金大鑫只大5岁,比金宏远要足足小20岁。如果金宏远喊他小吴,的确也可以说得过去。不过,金宏远有自知之明,况且他还有求于吴明亮!另外,消息灵通的金宏远还在不久前得知,这位外表清朗、学识渊博的市国资委一把手已经被列为副市级后备干部,说不定哪一天就要高升了,他怎么能对人家有哪怕一丁点的不恭敬呢?!

金宏远将屁股往沙发边沿挪了挪,似乎那样能与吴明亮离得更近些,也更能彰显自己对领导的尊重。然而令金宏远始料未及的是,因为沙发边沿比较柔软,他差一点就一屁股滑到地面上,幸亏金大鑫发现及时,伸出双手一把架住他的双腋。尽管如此,金宏远还是惊出了一身冷汗。他一边整理衣服,一边诚惶诚恐地向吴明亮道歉:"对不起啊,吴主任!我上年纪了,腿脚不灵便,连坐沙发都会出状况,惭愧!惭愧!"吴明亮对金宏远为何差点摔倒心知肚明,却主动为他开脱道:"这跟你上不上年纪没有关系,主要是我这沙发太滑。哈哈……哈哈哈……"吴明亮的笑声多少化解了金宏远的尴尬,金宏远甚至也陪着干笑了几声。金大鑫对眼前的一切看得真真切切,内心里泛起一阵悲凉,为父亲,也为他自己。

"老金,你说说公司的情况吧!"吴明亮收起笑容,摆出一副洗耳恭听的架势。

"哦,是这样的,"金宏远把屁股往沙发中间挪了挪,却将脖子使劲伸向吴明亮说,"根据今早的消息,楼上楼集团已经持有我们金氏股份19.9%的股份,距我们自己在金氏股份中的股份占比28.35%已经越来越近了。"

"楼上楼集团?"吴明亮皱了皱眉,说,"以前好像没有听说过嘛!"

"是的。我们以前也没有听说过这家企业,只是在年初他们首次发来增持5%股份的通知后,才紧急对他们做了一些研究。"金宏远说到这里,稍稍调整了一下坐姿,使自己能与吴明亮离得更近一些。这令坐在他身边的金大鑫很紧张,不得不将手悄悄移到他的背后,以便能在他因为上半身重心前移而撞向茶几前,从后面抓住他的衣服。好在金宏远有了前车之鉴,将两只胳膊肘撑在大腿上,这样,他就能保持重心的基本稳定了。

"公开资料上关于楼上楼集团的信息非常有限,我们只在工商资料上得知,它是一家注册在南粤的公司,说是'集团',其实注册资金只有1亿元人民币,总共也就8个子公司,这些子公司的业务门类五花八门,有管理咨询公司、物业管理公司、贸易公司、房地产经纪公司……反正这些子公司之间的业务关系,看起来并不怎么密切。"金宏远接着说。

"噢?这么一家公司怎么会有那么多钱收购你们的股份?"吴明亮问。

"也许是借的,也许是集资的,也许是别人委托的,谁知道呢!"金宏远沮丧地摇了摇头说。因感觉刚才下车后汗湿了的衣服因为现在房间内气温较低而变得有些凉,他用手拽着自己的白衬衫抖了两下,以便衣服不要在皮肤上贴得太紧。

"好,先不管这些,我也就是随便问问。"吴明亮说,他指了指茶几上的袋泡茶,示意金宏远父子喝点水润润嗓子,然后,抓起保温杯细细地品了口杯中之水。金大鑫在伸手够纸杯时无意中发现有一颗胖大鲜红的枸杞子碰到吴明亮的嘴唇,却被他又吐回杯中。他想,这位吴主任还挺会养生呢,怪不得看起来红光满面,精神抖擞！

"19.9%的股份也得用掉不少钱了吧?"就在金大鑫胡思乱想之时,吴明亮突然问道。

"大概需要二三十亿吧。"金大鑫慌乱中应了一句。他怕对方不理解,学着父亲的样子,向吴明亮那边尽可能伸长了脖子,进一步解释道,"这两年,国家收缩房地产政策,整个房地产上市公司缩水都特别厉害,金氏股份因为大股东金氏集团投资运亨集团获得巨亏,跌得更狠,市值由一年前的1500多亿元,最低跌到几个月前的不到100亿元。楼上楼集团大概就在那个时候开始介入的。不过,随着楼上楼集团入主金氏股份消息的扩散,一些社会资金也跟风买入,这在一定程度上推高了金氏股份的价格,金氏股份的市值又反弹到现在的将近200亿元。所以我们判断楼上楼集团在金氏股份上面总共已花费二三十亿元。"

金大鑫说话的时候,金宏远在一旁不住地点头。看得出,他对儿子的态度和所说的内容都非常满意。

"有人帮你们维护股价,这不是很好吗?"吴明亮问。

金大鑫本想继续回答这个问题,看到父亲正在向他递眼色,便止住了。

"吴主任,您说的对! 按说我们应该高兴才是。可是对方到底是干什么的? 短时间内购买这么多股份干什么? 他们今后还会不会增持? 增持多少? 会不会谋求控股? 对这些问题,我们一概不知。就怕他们控股金氏集团后胡乱作为。这样,不仅我们金氏集团会深受其害,也会扰乱整个江海市的房地产和金融市场秩序呀!"金宏远说话的时候努力在脸上堆起忧虑重重的表情。

"嗯,这倒也是! 金氏集团和金氏股份的情况我们都很了解,你们金家为江海市的发展做出过很大的贡献,在江海市的社会经济发展中具有举足轻重的影响力。我们也非常希望金氏集团能够健康持续发展呀!"吴明亮顿了顿,似乎想起了什么,盯着金宏远问道,"你们有没有找人想过办法呢?"

"找过。"金宏远摇了摇头,接着说,"可惜这两年宏观经济形势不好,大家的日子都很难过,有实力的朋友越来越少了。再加上金氏股份的业务以基础设施和房地产为主,虽然资产质量比较优良,但毕竟与国家当前要重点发展的新能源、新基建和硬科技产业还有比较大的距离。所以一时还真不容易找到能够帮上忙的民营企业。"

"一家都找不到吗?"吴明亮问。

金宏远苦笑道:"那倒不是。只是他们的决心似乎不大,有没有附加条件也不太清楚。"

"附加条件? 比如?"吴明亮明显好奇起来。

金大鑫的脸一下子红了。幸好金宏远反应及时,把话题岔开了:"具体还没有细谈过。不过,我们根据市场经验,预感到他们会提一些条件,而这些条件我们未必能够接受。所以我今天向吴主任您来求助了!"

"我也不一定能帮上什么忙。"吴明亮淡淡一笑说。

"您肯定能帮得上! 来之前我都想好了,现在国家鼓励搞混合所有制改革,国有资本进入金氏股份,这是符合国家政策方向的。我们非常希望江海的国资能助金氏股份一臂之力,也非常欢迎国资取得金氏股份的控股权!"金宏远迫不及待地说。

"这就是你们今天来的目的?"吴明亮问。

"对! 对!"金宏远连连点头道。金大鑫也忍不住用无比期待的眼神看着吴明亮。

"好呀,情况我大致清楚了。可是我今天没法答应你。这么重要的事情,又涉及那么大的资金量,按照政府的决策流程,我们要经过反复论证才能做出决定。"

"明白! 明白! 有您这句话我们就放心了!"金宏远的双眼放射出希望的光芒来,并顺手从西裤的后兜里摸出一张银行卡,双手呈到吴明亮的面前。

"老金,你这是要干什么?"吴明亮的神色立即变得严峻起来。

"这是一张不记名银行卡,里面有20万元,还是前些年国家管得松的时候,我准备的。您先用着,回头我给您再拿几张。"金宏远讪笑道。

"老金,你脑子里装的都是什么呀?"吴明亮气呼呼地从座椅上站起来,毫不客气地对金宏远道,"现在国家强力反腐,你这是想把我送进去吗?"

金宏远被他说得脸上一阵红,一阵白。他恨不得找个地缝钻进去。"不是……您……您别急,我是真心诚意要感谢您呀! 这屋里没有别人,您放心,我们绝不会跟任何人说!"金宏远可怜巴巴地看着吴明亮说。

"哎！我怎么说你呢！"吴明亮一跺脚，指了指房门说，"好吧，你们可以走了，我还有会要开！"

金宏远还想解释点什么，金大鑫从他手中将银行卡拽过去，装进自己的兜里，然后欠了欠屁股对吴明亮说："吴主任别介意，我爸也是急得没办法了，才想出这么一个下下策来！"

吴明亮看了看金大鑫，又看了看金宏远，强作笑颜道："老金呀老金，都什么时代了，你满脑子里装的还是从前的行事方式，怪不得你们现在遇到这么大的困难！"他抬头看了一眼墙上的挂钟，接着说："这样吧，我的确还有一个重要的会议，你们先回去，回头我让他们好好研究一下金氏股份的事，你们看怎么样？"

金宏远感觉还有千言万语要说，却稀里糊涂地被吴明亮送到了电梯口。就在电梯门即将关上的一刹那，他还有一种重新走出电梯再与吴明亮说上几句的冲动。可是当他无意中瞥见赵丽那意味深长的眼神时，不由自主地打了个激灵。他赶紧向吴明亮鞠躬告别，而恰在此时，电梯的门徐徐关上了。

"卡呢？"刚走出电梯，金宏远就迫不及待地问。

"什么卡？"金大鑫反问道。

"你拿走的那张银行卡。"金宏远答。

"现在不方便，上了车就给你。"金大鑫意识到父亲所说的银行卡，就是他刚才在吴明亮办公室里从父亲手中抢过来的那张卡。

金宏远往四下里看了看，大概也感觉周围的环境不太合适，便不再吭声。直到父子两人坐进自家的小轿车里，金大鑫才把那张他父亲没有送出去的卡从兜里摸了出来。金宏远一把夺过银行卡，气恼地嘀咕道："净添乱！"

"爸，我没添乱，人家吴主任说得对，你这才是给人家添乱呢！"金大鑫看了一眼驾驶员，那是他父亲的表弟，也就是他的表叔，所以他没有避讳。

"怎么又变成我添乱了？"金宏远的语气更加气恼。

"现在国家反腐的力度那么大，你硬给人家塞钱，这是违法的。"金大鑫说。

"哎，你不懂……"金宏远叹了口气，把头靠到座椅上，"人家不愿意接受你的礼物，就说明他不打算帮你！"

"爸，你这都是以前的老看法了！"金大鑫试图说服父亲。

"什么叫老看法？你找人家办事，就得表示一下心意，不然，人家为什么要帮你？"金宏远的语气里充满了不服气。

"爸，我说你别生气，时代真变了！现在的领导更希望别人帮他们提高政绩，而不是接受钱财！听说前不久中原省的一个副省长就在要提任省委常委的节骨眼上被人举报，说他去会所接受宴请，结果提任的事不仅没戏了，还背个处分。哎，可惜了！据说这个人能力蛮强的，年龄也比较小，要不是因为这事，应该还可以升得更高！"金大鑫说。

"哦，难道我真错了？"金宏远咕哝道。金大鑫没有吱声，驾驶员当然也不会吱声。车厢内一片寂静。金宏远闭起了眼睛。他在想，既然吴明亮不接受他的银行卡，那就没有助他一臂之力的理由，这可怎么办呢？他再次陷入深深的焦虑之中……

"去红星路288号！"就在轿车即将到达金氏集团办公楼的时候，金宏远突然抬起屁股对开车的表弟命令道。

表弟没有吭声，只是顺势降低了车速，寻找变道的机会。金大鑫却吃了一惊，因为他知道红星路288号是运来集团的办公大楼所在地。他赶忙坐直身体，扭头问父亲："你要去找万运来？"

金宏远"嗯"了一声，算是回答。

"可是你事先并没有跟他联系，临时过去能找到他吗？"金大鑫问。

"管不了那么多了！"金宏远说。

父子俩对话的功夫，驾驶员已将车道变好，正在加速驶往新的方向。金宏远掏出手机，拨通了一个电话。"喂，运来兄，你好呀！我是宏远。我现在正好经过红星路，你在办公室吗？"金宏远巴巴结结地对着电话问。当他听到听筒里传来"我在，欢迎你上来喝茶"的回应时，忍不住哈哈大笑起来。"咱哥俩真有缘呀！我很快就到！"金宏远说罢挂断电话。

"真是太巧了！"金宏远自言自语道。

金大鑫猜想父亲可能因为刚才没有送掉银行卡，对于国资委能否出面帮忙没有信心，才重新想起万运来。但是他对金万两家合作极不看好，便提醒父亲道："万家那边的工作可能比国资委更难做！"

"管不了那么多了！不管行不行,我都得再去探探风。"金宏远说。

金大鑫拗不过父亲,只好由他去了。不过,当轿车到达运来集团楼下时,他怎么也不肯跟父亲一起下车上楼,气得金宏远狠狠地瞪着他说:"要不是你投资运亨失败,我也不至于厚着脸皮去求人!"说罢,他使劲一甩车门,气呼呼地一个人上楼去了。

第五章

金宏远登门示好　万运来推三阻四

　　运来大厦外观雄伟气派,内饰金碧辉煌。金宏远刚一走进门厅,两名身着黑衣、头戴耳麦的精干小伙便从左右两侧同时迎了上来。"是金董吧?"其中一个小伙瓮声瓮气地问道。金宏远点点头,算是答复。"欢迎您!老板正在恭候!"另一个小伙随即补了一句。金宏远没再回应,只按既有步幅继续迈向电梯。两个小伙也没有停步,一左一右陪同金宏远往前走,其中一个小伙还不时对着耳麦轻声低语几句。

　　电梯的门是开着的。金宏远无须等待,便一步跨了进去。"金董好!"电梯内一个面罩白纱、身穿旗袍的妙龄女子左手抚住小腹,右手背在身后,给金宏远微微鞠了一躬。金宏远没有吭声,仅向女子淡淡一笑,算是答礼。随后,他转过身子,面向电梯口,屏气而立。电梯内只有他与女子两人。通过镜面般的电梯内壁,他将目光在女子身上驻留了几秒钟。这是一个身材曼妙、举止优雅的女子。虽然她的鼻子下端罩着一层薄如蝉翼的白纱,但仅从那饱满的额头、精致的眉眼和雪白的肌肤来看,就知道她是个上佳美女。女子发髻高耸,神态安宁,气息交换中稍稍连动着紧身的白底青花旗袍,宛如一只人形的青花瓷瓶……

　　金宏远想入非非,因担心控制不住自己,赶忙闭上眼睛。幸好电梯速度飞快,万运来的办公室虽在第58层的顶楼,还是即刻到达。在电梯门打开的一瞬间,又有两名妙龄女子映入眼帘。她们与电梯内的女子,一样的白纱罩面,一样的旗袍裹身,一样的身材曼妙,一样的发髻高耸。"金董好!"两名女子齐声问候。金宏远注意到就连她们俯身的动作也与电梯内的那个女子一模一样。但他顾不上多想,便随着她们的指引,往前走去。

　　对于这个地方,金宏远并不陌生。他以前来过多次,知道这一层楼都是万运来的办公室。整整1100平方米呀！万运来将这里打造得梦幻无穷，不仅有超级豪华气派的办公室、会议室、秘书室，还有练功房、桑拿房、按摩房、台球房、观景房，更绝的是这里简直就是一个空中花园，既有假山、鱼池、小桥、流水，又有来自世界各地的名贵花草和珍稀鸟类……尽管金宏远也是见过大世面的，但每次来到这里，他都有一种陈奂生进城的感觉。

"客人已出电梯。""客人已至中庭。"……陪同金宏远的两名美女中的一个不断通过耳麦传递着关于他所处位置的信息。他感觉好笑，认为这纯属故弄玄虚，多此一举。不过，他终究没能笑得出来。因为他今天前来拜访，可不是为了嘲笑老朋友的！

"老板，客人到了！"就在金宏远即将踏进万运来办公室门槛的时候，那位美女最后一次向房间内通报了他所处的位置，随后便停下脚步，向他做了一个"请进"的手势。金宏远朝她轻轻点了点头，便大步朝前走去。

"宏远兄大驾光临，有失远迎！有失远迎呀！"金宏远刚一进屋，房间正中一个中等身材的矮胖男人便声如洪钟地向他抱拳道。

"哈哈！临时起意，幸好运来兄今天没有外出！"金宏远也向对方抱了抱拳。随后快走两步伸出双手与对方紧紧相握。两人站着寒暄了两句，对方便示意金宏远在天蓝色的真皮沙发里坐下，而他自己也在金宏远对面的沙发上坐了下来。这个矮胖男人就是万运来。他蓄着板寸头，带着金丝眼镜，上穿纯白真丝对襟盘扣唐装，下穿深蓝色真丝练功裤，脚穿黑色千层底布鞋，俨然一副世外高人的模样。从年龄上看，似乎50岁不到，其实他今年正好60岁，比金宏远要小5岁。

"请用茶！"金宏远刚一坐定，一名美女便用功夫茶壶为他冲了一小碗香茶。通过那金黄剔透的茶体和馥郁扑鼻的幽香，金宏运断定，那一定是他喜欢喝的金骏眉。他端起茶碗凑近鼻孔一闻，果然没有猜错。他将茶一饮而尽，笑着对万运来说："好茶！"万运来朝他拱了拱手道："她们知道你喜欢喝这种茶，所以不用我吩咐，自然就会给你送上来。哪天老兄要是想换个口味，可要提前说哟！"金宏远放下茶杯，也向万运来拱了拱手道："那倒不必。我也算喝遍了中华名茶，但最喜欢的还是这一款！"万运来朝他笑了笑说："好好好！老兄是个从一而终的大好人呀！不过，老兄今日造访寒舍，一定不会仅为喝口茶吧？"

金宏远没有直接回答万运来的问题,转而问他:"运来兄最近可好?"

万运来咧嘴笑道:"挺好。我现在吃得饱,睡得香,唯一的担心就是……"说着,他伸出右手在高高隆起的小肚子上撸了撸,使劲眨了下右眼,接着说,"就是这个肚子太不争气!你看它像不像孕妇的肚子?"说毕,哈哈狂笑起来,声音之大,神态之轻浮,直令金宏远浑身起了一层鸡皮疙瘩。

"哈哈……哈哈哈……"金宏远本想提一提那篇举报运来集团40亿元国外大订单的文章,以观察万运来对此事的态度,但一想到自己此行还有求于万运来,只好勉强赔笑道,"那是运来兄有福气!"

"福气?"万运来瞬间收敛起笑容,责备道,"哪来的福气?!我将那么优秀的宝贝闺女主动给人家送上门,愣是被人冷落了!"

金宏远明白万运来这是在埋怨他,忙抱拳道:"都怪犬子不懂事!都怪犬子不懂事!"

"哎!大鑫也是40岁的人了,说他不懂事肯定委屈他了,他应该是另有想法了!"万运来摇着肥胖的脑袋,做出无可奈何的样子。

"他还能有什么想法?别看他年龄不小,在很多方面却幼稚得很,要不然怎么会给我们金氏集团闯下那么大的祸?!"金宏远一副恨铁不成钢的表情道。

"哎!老兄千万别激动,古语说得好,儿大不由爹嘛!"万运来给金宏远添满了茶,伸手示意对方喝下。

金宏远没有伸手取茶,却对万运来抱歉道:"淼淼那么优秀,大鑫怕是担心配不上她,所以才……"

"才什么?说这些都没用!我就不信我们家孩子除了大鑫就找不到中意的!"万运来重重地吐了一口气,看样子胸闷得厉害。

金宏远有些无所适从。尽管他也算是经多见广,但此时除了连声说"都是犬子没福分!都是犬子无福分!"再也想不出另外一句更合适的话来。

"哎,"万运来摇了摇头说,"我本来以为两个孩子天生就是一对,一个名字带'金',一个名字带'水',金生水,多般配呀!"说到这里,他又长吁短叹起来,弄得金宏远恨不得找个地缝钻进去。

不过,金宏远很快就恢复了镇静。他在心里暗暗盘算:"我今天是来干什么的？难道就是为了听老万唠叨吗？肯定不是！我是为了请求老万充当白衣骑士的呀！"想到这里，他再次抱拳道："运来兄，孩子的事就让他们自己定吧！我们做父母的，也只能做到这个份上了！"

"嗯。"万运来点点头，苦笑道，"也是，现在又不能包办婚姻！"

金宏远以为万运来的情绪已经平复，便试着问："楼上楼集团最近疯狂增持金氏股份，现在他们离我们的股份只有不到9%的差距了。运来兄能不能看在我们兄弟一场的面子上出手支持一下呢？"

"支持！一定支持！"万运来的回答果断而响亮，"不过，"他顿了顿，接着说，"这件事我说了也不全算呀！"

金宏远感觉很惊讶，随口恭维道："运来集团实力强大，名声远扬，听说运来兄在集团内部一言九鼎，还有你说了不算的事吗？"

"嘿嘿……"万运来冷笑道，"徒有虚名！徒有虚名呀！"

"哦？"金宏远满脸不解地盯着万运来，心想，莫非大鑫所说的都是真的？

"宏远兄，你知道，我就森森这一个宝贝女儿，为了让她将来顺利接班，我准备逐步将集团的决策权交给她。运来集团是不是能扮演金氏集团的白衣骑士，还得看森森支持不支持哦！"万运来说完，闭目养神起来。

"绕来绕去又绕回来了！"金宏远在心里嘀咕道，"森森那么优秀，总不至于找不到合意的男人，老万怎么就一定要盯着大鑫呢？"

"金总，您还要喝点什么吗？"就在金宏远百思不得其解的时候，先前领他进屋的那位美女凑近他，轻声问道。

"哦，不……"金宏远看了一眼万运来，发现他还在闭目养神，似乎没有听见美女的话，这才明白，原来万运来闭目养神的动作是一种送客的暗号。他连忙起身，向万运来拱手道："时候不早了，我该回去了，运来兄什么时候有空也到金氏集团走走？"

"回去？别急呀！眼看就要吃中饭了，在我这里吃顿便饭吧？"万运来一边说，一边也起身站了起来。

金宏远明白，万运来所谓的请吃便饭只不过是句客套话而已，便果断与他握手告辞。

　　眼见金宏远的背影在电梯口消失,万运来拿起手机,噼里啪啦拨了一通号码,声音低沉却异常果断地对着手机说:"每股5块5以下再买1亿股!"说罢,他撇了撇嘴,把手机往沙发上一丢,起身走到窗户边,一边舒舒服服地伸着懒腰,一边看着楼下来来往往的行人和车辆。当他看到金宏远摇摇晃晃的身影时,忍不住笑了。"小样,我玩不死你!"他自言自语道。

　　本来,金宏远根本听不见万运来的话。然而他却鬼使神差地扭头回望了一眼背后的运来大厦。就在回望的一刹那,他似乎看到万运来正面目狰狞地诅咒他。他揉了揉眼睛,想看得更清楚一些,却被深蓝色玻璃幕墙反射过来的阳光刺得头昏脑胀。"真是见鬼了! 按说,从这种玻璃幕墙外是看不见里面的,为什么我刚才能看到他呢?"他嘀咕了一声,顺手拉开了恰好停在他身边的轿车门。表弟见他情绪不太好,打开了音响,想用一曲舒缓的轻音乐来缓解一下他的情绪。"停下,听经济新闻!"金宏远不耐烦地命令道。表弟只好按下停止键,打开了收音机。

　　"江海能源遭遇举牌,董事长从容应对。本台记者报道……"收音机里传来男主持人极具磁性的声音。

　　"什么? 江海能源也被举牌?"金宏远简直不敢相信自己的耳朵,"腾"地一下坐直了身体,命令道,"把声音调大一点!"

　　表弟依令而行。金宏远重新靠在椅背上,闭眼聆听。

　　"众所周知,江海能源是有名的蓝筹股。但是自从去年疫情暴发以来,这只老牌蓝筹股持续下跌。就在众多投资者因买入江海能源股票被套而心情郁闷的时候,昨天晚上,江海能源发布的一则公告让大家看到了希望。公告显示,郑重投资通过二级市场耗资40亿元买入江海能源2.76亿股。"主持人字正腔圆地播报道。

　　"郑重投资? 这是一家什么样的公司? 怎么以前没有听说过呢? 40亿元,这可不是一笔小钱! 这么一个名不见经传的公司哪来这么多钱?"一连串的问题在金宏远的脑子里打转。

　　"听众朋友们对郑重投资可能不太熟悉,记者也是第一次听说。为此,记者辗转联系到郑重投资董事长郑重先生。现在让我们连线郑先生,听听他怎么说。"主持人的话音刚落,收音机里便传来了一个中年男人略显沙哑的声音:"大家好! 我是郑重。"

"口音还挺重！看样子这人是江海本地人。奇怪了，一出手就是40亿元，我以前怎么没听说过这人呢？"金宏远想。

"郑董事长，能介绍一下郑重投资的情况吗？"播音员问。

"好。郑重投资于2008年在江海注册成立，是一家金融与投资公司，主要从事私募股权和股票二级市场投资。"郑重有点惜字如金。

"就这么多？"主持人问。

"嗯。投资公司嘛，业务比较简单。"郑重说。

"好吧。您能向听众朋友们介绍一下郑重投资举牌江海能源的背景吗？"主持人又问。

"好。自去年疫情暴发以来，全球经济持续低迷，很多上市公司的股价下跌严重。为维护二级市场稳定，表明我们民营企业家对国家经济前景的信心，我们买入了一些基本面不错的蓝筹股。"郑重答。

"看得出郑重投资的站位还是很高的啊！"主持人夸道。

"应该的。"郑重自谦道。

"那郑总能不能告诉大家，除了江海能源，你们还买入了哪些蓝筹股呢？"主持人追问道。

"这个就不方便透露了，可能会影响市场稳定。"郑重说。

主持人笑了笑，又问："请问郑重投资接下来还会增持江海能源吗？"

"这就要看未来的市场演变了，只要有利于维护市场稳定，不排除未来继续增持。"郑重答。

"除了维护市场稳定，郑重投资在增持江海能源时还会考量其他因素吗？"主持人问。

"当然会。江海能源是一家令人尊敬的上市公司，它机制先进，管理严密，业绩稳定，近期股价超跌，有比较高的投资价值。"郑重说起来头头是道。

"关于江海能源，您还有什么要说的吗？"主持人问。

"没有了。"郑重答。

主持人大概意识到再聊下去也不会有什么新的收获，便礼貌地结束了这次连线，并在简单点评之后，接通了另一位关键人物——江海能源董事长张弓长的电话。

"张董事长您好！能向听众朋友们谈一谈您对郑重投资举牌江海能源的想法吗?"主持人问。

"没问题。我感觉很好啊！今天一大早我就在朋友圈里发了一条消息,欢迎郑重投资加盟江海能源股东队伍!"张弓长说完,爽朗地大笑起来,听得出他的心情非常不错。

"您不担心郑重投资进来后影响江海能源的正常经营吗?"主持人抛出了一个刁钻的问题。

"哈哈！不会不会！第一,郑重投资是我们江海本地企业,大家彼此知根知底;第二,现在股票二级市场比较低迷,郑重投资在这个时候举牌,说明他们对江海能源比较有信心。所以我们非常欢迎郑重投资举牌!"张弓长说完,再次爽朗地笑了。

"到家了。"表弟扭头提醒道。

"哦。"金宏远这才注意到轿车已经稳稳地停在了自家别墅的院子里。他挪了挪屁股,正准备下车,却一眼瞥见儿子金大鑫急吼吼地往门外走。"这个臭小子,又要去哪里?"他在心里嘀咕道。

第六章
痴情郎精心设宴　傲娇女姗姗来迟

金大鑫明明看到父亲的车开进院里,却假装没看见一样。他一把拉开车门,屁股一扭,坐进驾驶室里,以最快的速度系好安全带,启动汽车,猛然一踩油门,汽车便像离弦之箭,瞬间冲出老远。"总算逃脱了!"他看了眼后视镜里满眼的葱绿,知道那是离他家至少半里路远的一处街心公园,这才长长地呼出一口气,稍稍放松了一点油门。他倒不是怕父亲。自己也是40岁的人了,早就不像孩童般惧怕父亲了。他只是不想被父亲逮住,不想听父亲唠叨金氏集团的亏损和金氏股份被举牌的问题,更重要的是他与郑木林约好了要共进午餐。

金大鑫的目的地是位于外滩的一处江景餐厅。因为时值中午,马路上车辆稀少。他没用多久就将爱车开到那幢20世纪初建成的意大利文艺复兴风格的江海饭店楼下,把车钥匙往饭店服务生手中一丢,便迫不及待踏上台阶,一路小跑着上了二楼。

"金先生好!"守在楼梯口的两名妙龄女子齐声向金大鑫问好,还微微鞠了一躬。他顾不上搭理她们,继续大步前行。两名妙龄女子赶忙跟上,其中一名女子近乎小跑地冲到他的前面,引领他走进那间观景角度和室内布置俱佳的鸳鸯厅。

鸳鸯厅室内面积很大,内部陈设简约却不失大气。金大鑫抬腕看了看表,刚过11点30分。11点30分是他与郑木林昨天上午就约好的时间。他本来担心自己会迟到,所以一路上把车开得飞快。现在好了,尽管自己迟到了几分钟,毕竟赶在郑木林之前到达饭店!"也不知道她走到哪里了?"金大鑫急于见到心上人,屁股刚刚挨上屋角的真皮沙发,便忙不迭地掏出手机给郑木林拨去微信电话。电话倒是接通了,可是响了两声就被挂掉了。"也许她正在开车。"他替自己找了个台阶,把手机往茶几上一扔，顺手接过美女服务员递过来的红茶。就在这时，他的手机"叮"地响了一声。他赶忙放下茶杯，抓起手机，打开微信。最上面那一条微信是郑木林发来的，文字不多，却令他极度失望："对不起，昨天加班太晚，今天睡过头了。你稍等，我很快就到。""哎！这得等到什么时候？"金大鑫的心里不禁怒火中烧起来！然而他又没有别的办法，谁叫他上赶着要与她约会呢?！他强忍着心中的怒气，把头靠在沙发上，闭上了眼睛……

他的心里很烦躁。美女服务员却在此时递来了菜单。"金先生，请您先把菜点掉吧！"服务员说。他本不想搭理，斜眼瞟了一下服务员，发现她长相不错，又满脸笑意，十分的气一下子消了七八分。"来只帝王蟹吧！"他记得郑木林上次跟他说过，她最喜欢吃阿拉斯加帝王蟹，便毫不犹豫点了一只。"再来一份神户牛肉、两只南非鲍、两份木瓜炖雪蛤、一份白灼广东芥蓝！嗯，差不多了，先就这么多吧，不够再添，现在不是提倡光盘行动吗?！"他把菜单还给了服务员。服务员笑着说："肯定够了，光那只帝王蟹你们可能就吃不完！"金大鑫的眼珠子在眼眶里迅速转了两圈，说："行！够吃就好！""请问您要点酒水吗？酒店刚刚进了一批波达尼尔酒庄的限量版红酒，2005年产的。"服务员又问。"酒就不用了，还要开车！"服务员应了一声，笑容满面地退出包间。

包间里重新只剩下金大鑫一个人。他百无聊赖地靠在沙发上，一遍又一遍回想自己与郑木林相处的点点滴滴。"她到底是一个什么样的人呢？"他问自己。他感觉她可能是假名媛。因为她经常在朋友圈里发布某年某月某日在某某五星级饭店里与闺蜜一起吃下午茶，或者她自己单独在装修豪华的总统套房里度过周末的自拍照。而就在不久前，媒体还在热议假名媛拼单去豪华酒店玩自拍发朋友圈的故事。他想她的那些照片应该就是拼单拼出来的。然而他很快就推翻了自己的这个判断。因为她有时也会在朋友圈里晒一些不太高大上的事情。比如：她的名牌丝袜抽丝了，她会煞费苦心地在抽丝的地方绣出梅花之类的图案，却舍不得重新买一双新的；或者，她的限量版手提包被划了一道口子，她没有把它扔掉，而是把那只手提包修旧如新……诸如此类的故事还有很多。这让他不得不推翻"她是假名媛"的判断。在他看来，真的假名媛绝不会主动暴露自己的节俭。

那么她到底是什么样的人呢？金大鑫从沙发上站起来，慢慢踱到窗边。窗外，日光刺眼，人行道上几乎看不见行人，马路上的车辆和黄浦江里的船只也少得可怜，并且都是一副懒洋洋的样子。只有东方明珠顶上飘着的几丝白云让他稍稍感到了一些灵动之气。

金大鑫对窗外的景早已司空见惯，实在感觉不到有什么好看的，不禁怀疑起特意订景观餐厅的必要性。他又看了看表，时间刚过12点。

"也不知道她出门了没有。"想到这里，他给她发了条微信，"到哪了？"

"正在化妆，马上就好。"郑木林的微信几乎秒回，并且还在这句话的后面跟了一个甜甜的笑脸。

仅此一个笑脸就令金大鑫精神大振，浑身发热。"爱美是女人的天性。她把自己打扮得漂漂亮亮来见我，这不恰恰说明她重视我吗？"他想。他再次眺望了一眼窗外。奇怪！先前无精打采的一切突然间变得鲜活起来：行人步履矫健，车船划着弧线，小鸟结伴嬉戏，花草迎风招展……"真美！吃饭就得选这样的地方！"他自言自语道，随手用手机拍下外面的景致并发给郑木林。这次郑木林没有回复他。他也不再着急，而是兴致勃勃地站在窗口仔细欣赏了一会刚刚发现的几处绿化细节。直到他感觉腿脚有些麻木了，才想起该舒活舒活筋骨。他一边伸腿扭腰，一边盯着窗外的美景想象着郑木林娇美的模样……想着想着，他又开始急切地盼着她了。

他再次拿出手机，看了看时间，已经12点30分了！他又给她发了条微信："到哪了？"这次她仍没秒回。其实他也没有期待她每次都能秒回。事实上，她大多数时候都是过好久才给他回微信，有时候干脆不回他。但他依然坚持每天早中晚各给她发一次微信。有时候是一句甜腻腻的问候，有时候是转发的一条搞笑小段子，有时候是一幅他认为绝美的图片，有时候是他煞费苦心专门为她撰写的情诗……是的，他在不知不觉中已经为她写下了几十首情诗。那些情诗不知耗费了他多少激情。他在回读自己的诗作时常常泪流满面。因为他感动于自己居然有如此细腻的感情、如此强烈的冲动、如此美妙的文笔……而她对那些诗作却不冷不热，顶多给他发个笑脸或者大拇指之类的表情。尽管如此，他依然能激动半天。有一次，她居然除了大拇指，还给他发来4个字："你真有趣！"看到这4个字后，他别提有多高兴了。他甚至想立即冲到她的身边,紧紧抱住她,然后把她举过头顶。对,他想让她知道自己是多么宠溺她!然而他知道那是根本不可能的。因为此时此刻,她正在那个弥漫着荷尔蒙味道的南方古城与一群帅哥演绎着各种暧昧的故事。从她发在朋友圈的照片可见,她在那群衣着光鲜的小鲜肉的簇拥之下笑得异常灿烂。那样子就像一个女王,或者一个骄傲的公主。

想到这里,金大鑫感觉非常扫兴。他不明白,他这样一个玉树临风、才华横溢的富家公子为什么不能让郑木林真正动心?为了转移自己的注意力,他重新坐回沙发,打开微信。郑木林还没回微信,他开始在微信群和朋友圈里闲逛。逛了一会儿,他发现在好多微信群和朋友圈里都有一条关于郑重投资举牌江海能源的新闻。他对江海能源比较熟悉,知道它不仅是江海的明星企业,也是改革开放后国内为数不多的改革先锋和盈利大户。江海能源的当家人张弓长现年66岁。这个年纪的人要是在国有企业早就退休了。可是因为张弓长早年靠智慧和胆识盘活了一家濒临倒闭的国有炼油企业,又在20世纪90年代初通过改制重组使得这家炼油企业摇身一变,成为新中国首批上市公司;再加上他在企业上市后依然能身先士卒,锐意创新,不断改革,使得这家更名为江海能源的炼油企业越做越大,越做越强,他自己也成为企业的灵魂人物,所以至今仍然牢牢掌控着公司董事长的宝座。

至于那个什么郑重投资,金大鑫就没有听说过了。但他从那些微信公众号后面的留言以及微信群里面的讨论,也对郑重投资多少有了一些了解,知道它是由一个名叫郑重的人掌控的一家投资公司。那个郑重似乎不是什么了不得的大人物,早年在江海水产学院读过大学,毕业后做过几年水产生意,可能赚了些钱,后来就转而开展股票投资。郑重这次一出手就是40亿元人民币,看来还是很有些实力的。

金大鑫突然又感觉无聊起来:自家的事一团乱麻,哪有工夫操心别人家的闲事?他看看时间,已经12点53分了,便再次给郑木林发了条微信:"到哪了?""已经到楼下了。"郑木林再次秒回。他激动不已,一下子从沙发上弹起来,迅速整理了一下衣服,三步并作两步打开包间房门,忐忑不安地站在门口恭候那个令他魂不守舍的极品丽人……

金大鑫站在包间门口,心脏扑腾扑腾跳个不停。他感觉自己很好笑:都40岁的人了,也算阅女无数,居然在一个20多岁的小妮子这里大乱方寸!

时间一分钟一分钟地过去了。金大鑫望着走廊里一波波离席的食客和跟在他们身后殷勤送行的服务员,内心再次焦虑起来。他看看表,已经13点12分,距离郑木林刚才发的那条微信整整过去19分钟了。"该死的楼下! 从下面到二楼真需要那么长的时间吗?"他愤恨不平地小声嘀咕道。恰在此时,服务员小姐从他身后问了一句:"金先生,可以上菜了吗?"他愣了一下,随即意识到刚才那句怨言可能被她听到了。他感觉有辱斯文,却又不想让人看出来,只好随便应付了一句:"上吧。"服务员应声退去。他依然傻傻地守在门口,望眼欲穿!

就在金大鑫的耐心即将再次耗尽的当口,走廊拐角处悠然飘过一个窈窕的身影。是她! 她终于来了! 她身穿今夏最新款法式V领小雏菊碎花油画连衣小短裙,脚踩意式乳白色细跟皮凉鞋,手拎杏黄色限量版鳄鱼皮手袋,就像一名国际超模一样,迈着标准的猫步,向他款款走来。他怨意全消,心脏瞬间提到了嗓子眼。虽然她的脸上蒙着一只硕大的粉色医用口罩,她的双眼却笑成了两弯新月。他也报之以同样的微笑,两脚不由自主地往前挪了起来。她也加快了步伐,坚硬的鞋跟急促地敲击着光滑的大理石地面,也把金大鑫的心脏敲击得酥酥麻麻。眼看两人还有三五步远的距离,郑木林居然张开双臂,加快步伐,一头扑进他的怀里。惊喜来得猝然不及。要知道,在他们将近大半年的交往中,他多次试图拥抱或亲吻她都被她果断地拒绝了! 他很想将她拥得更紧,但考虑到两人正站在摄像头对准的走道里,更何况她刚从外面进来,身上热气腾腾,只好强忍着某种特别的冲动,仅轻轻在她露在外面的额头上吻了一下,便万分不舍地放开紧紧箍着的双手。

金大鑫伸出左手做了一个邀请的动作,紧接着用右手指尖在郑木林的后背上轻轻一用力,便将郑木林推进包间。郑木林摘下口罩,顺手往衣架上一挂,信步走到窗边,往外滩看了看,微微撇了撇嘴,嘴角现出一丝不易觉察的鄙夷。金大鑫对此看得非常真切,但他顾不上多想,也根本不愿意多想,便乘着刚才在门口时被突然激发出来的情致,一把揽过她的腰肢,正伸长脖子欲在她雪白的锥子脸上亲吻一口,却被她一转身甩到了一边。他感觉非常尴尬,脸上火辣辣地,愣在原地,不知如何是好。刚才还主动投怀送抱，怎么突然就变卦了呢？果真应了那句话：女人的心，秋天的云！他想。

"你怎么啦？"郑木林淡淡地问了一句，随后不紧不慢地走到餐桌边的椅子上坐了下来。"人家都饿坏了，你也不叫服务员上菜？!"她拿起桌上早已准备好的白毛巾在脑门和脖子上轻轻蘸了几下，嗔道。

"哦，上菜，对，快上……"金大鑫解脱似的拉开她对面的椅子，一扭腰坐了下来。

就在两人相视无语之时，门"吱呀"一声开了。服务员小姐将几碟餐前小菜放在桌面上。"请慢用。"服务员说。金大鑫举起筷子对郑木林说："请吧。"郑木林"嗯"了一声，伸手挑了几丝青瓜，送进微张的小嘴里。屋里一下静了许多，只有两人咀嚼的声音时断时续地回响。金大鑫想打破宁静，问她昨晚因为什么睡那么晚，可不知为什么，话到嘴边又咽了下去。

服务员小姐很快就把他点的几个菜全部摆在桌上。那只红彤彤的帝王蟹静静地躺在硕大的景德镇白瓷盘里，显得特别扎眼。"来，这是你喜欢吃的！"金大鑫起身用公筷夹了一只大长腿放在郑木林的盘子里。"谢谢！"她冰冷而不失礼貌地回应。屋内再次陷入宁静。他想讲个段子来打破僵局，可想了半天也没想起熟悉的段子。

"听说江海能源被举牌了。"金大鑫不知自己为何会说出这么一句与当前气氛完全不相干的话来。他想收回这句话，可惜已经迟了。哪知道郑木林竟然眼睛一亮，语气笃定地说："好戏还在后面呢！"金大鑫大喜，心想："总算讲到她关心的话题上了。"于是，他半开玩笑地问："看你这么高兴，莫非那个举牌江海能源的郑重投资是你们家的？"

郑木林没有理会金大鑫的玩笑，而是无比专注地享用那只帝王蟹的大长腿。眼看粗壮的蟹腿仅剩空壳，金大鑫立马又奉上另一只更壮的大长腿。

"对不起，我刚才不该开那样的玩笑！"金大鑫赔着笑脸道歉。

"那不是玩笑，是祝福！"郑木林头都没有抬一下，继续专注于第二只大长腿。金大鑫感觉郑木林话里有话，就盯着她仔细观察，希望从她的脸上找到一丝线索。看着看着，他突然发现她的锥子脸上似乎有那么一点雕琢的痕迹，因为她在咀嚼的时候喜欢用一只手掩着下巴,仿佛担心它掉下来一样。他有点不理解,包括自己在内的男人们为什么会喜欢这种锥子脸,以至于满大街都是长相差不多的锥子脸美女,而据面相说解释,锥子脸为福薄命苦之相。"哎……"想到这里,他不禁叹了口气,心想,真是"楚王好细腰,宫中多饿死"呀!

"你怎么叹气?不会是被老板骂了吧?"郑木林一本正经地说完,竟掩嘴嘻嘻笑了起来。金大鑫虽然与郑木林交往了大半年,却并没有把自己的真实身份告诉她,只说自己是一家房地产公司的副总裁,是货真价实的打工人。因此,郑木林才会问他是不是被老板骂了。当然,郑木林也仅仅告诉他自己出生于南方一个小县城的普通工人家庭,大学一毕业就来江海闯荡。

"骂倒是不会。我工作那么卖力,老板怎么舍得骂我?"金大鑫喝了口西瓜汁,喃喃道,"可惜,再卖命也没用。"

"为什么?"郑木林扑闪着那对大眼睛问。

"因为宏观调控,国家给房地产企业划了'三道红线'。以前我们公司的负债扩张速度每年都在50%以上,有时甚至达到100%以上,现在最快只能达到15%。负债一收缩,流动性压力一下子就上来了。可偏偏老百姓买房意愿也突然下降不少。你说难不难?"金大鑫所说的情况虽然不完全是他们金氏集团的情况,却也大体道出了当前房地产业的实情。

"这就叫'三十年河东,三十年河西'吧?房地产红了那么多年,也该消停了吧?"郑木林幸灾乐祸地说。看来,他的话并没有引起她的同情。

金大鑫被她呛得干瞪眼,心想,她要是知道我把金氏集团搞亏了80多亿元,指不定多瞧不起我呢!不行,我也得杀一杀她的锐气。他喝了口西瓜汁,咂咂嘴说:"你说的还真有那么点道理,房地产行业经过几十年的快速发展,土地红利、刚需红利、金融红利早已耗尽。没办法,这就是行业周期。"说到这里,他顿了顿,盯着郑木林的尖下巴问:"我现在正考虑转型,你说,我们联合开个医美公司怎么样?"

"医美公司?你怎么会想到干这个?"郑木林掩着嘴问。

"因为这个行业正处在上升周期啊!你没注意到今年年初以来跟医美沾边的股票全都涨到天上去了吗?"金大鑫问。

"我才没闲心关心什么医美的股票呢!"郑木林不屑地说。

"哦,原来是这样啊,算我没说! 不过,开医美公司这档事,你可以考虑一下。先不说能赚多少钱吧,等我们自己的医美公司开起来了,你再去磨下颌骨什么的,就不用到别的公司做了。"金大鑫在说到"下颌骨"时,还特意用手抚摸了一下自己的下巴。他原本想用这个小动作挑逗一下郑木林,没想到她竟然扑哧一下笑了,把刚刚嚼了一半的蟹肉喷得到处都是,有些肉屑甚至都溅到那锅正冒着热气的神户牛肉里。好在金大鑫并不嫌弃,伸手夹了一大块牛肉放进嘴里,而那块牛肉上分明就有两粒白花花的蟹肉末。

"哎! 你这个人呀! 你是不是认为我也是人工美女? 告诉你,本小姐这里可是如假包换的纯天然下巴!"郑木林说着,用手在下巴上轻轻一划,紧接着,神气十足地一甩头发。

金大鑫怔怔地盯着郑木林,把她的尖下巴、含珠唇、翘头鼻、丹凤眼、初月眉挨个审视一番,心想,如果这些都是纯天然的物件,那她可真是一等一的尤物。如此看来,我得下力气追了! 此刻,他更加享受那块带着蟹肉末的牛肉,而他的脸上也不由自主地浮现出心满意足的微笑。

"有什么好笑的?!"郑木林放下筷子,嘟起小嘴,撒娇道,"我生气了!"

"生什么气呀? 我们聊得这么开心!"金大鑫也放下筷子,盯着郑木林的眼睛,认真地说,"做我女朋友吧!"

"开什么玩笑?"郑木林把眼皮往上一翻,假意生气道。

"没开玩笑,我是认真的! 你是不是嫌我年龄大了?"金大鑫一字一顿道。

"不是。我现在有男朋友,他比你还要大一些。"郑木林淡淡地说。

金大鑫睁大眼睛,仿佛不相信自己的耳朵。郑木林在他们之前的某次会面中亲口对他说过,她谈对象主要看眼缘,不会过于在意对方的年龄、家庭,甚至婚姻状况,所以他才会不断创造机会与她见面。而她在大多数时候也都答应了,并且他们单独在一起的时候,可以说是无话不谈,有时候他还会趁着酒劲热情地去拥抱她,她也会适度迎合一下。如果她有男朋友的话,她怎么会与自己保持这种暧昧关系呢? 金大鑫百思不得其解。

房间内的气氛有些沉闷。金大鑫沉思片刻,悄悄做了一个决定:管她有没有男朋友,只要她还没结婚,只要她还跟我玩暧昧,那我就继续奉陪。不过,他现在得把话题岔开! 说什么呢? 他脑子转了转,又想起了江海能源。"对了,你前面说,江海能源被举牌的好戏还在后面,到底是什么意思呢?"金大鑫问。

"没什么意思,我只是随口说说的。"郑木林拿起刀叉一边切盘中的南非鲍,一边略显兴奋地说,"你想啊,江海能源的业绩那么好,现在的股价却那么低,它本身的股权又特别分散,这个时候进场举牌绝对是大好时机呀! 如果能获得更多的股权,甚至把公司的控制权拿下来,将来随便搞搞资本运作,不都能赚到很多钱吗? 就算仅拿分红也不错啊,每年收益率在6%以上,对于大资金来说,这么好的资产到哪找去?"

郑木林的一番话令金大鑫十分惊讶。他万万想不到,一个天仙般的小美女竟然有如此见地! 不由得当场向她竖起了大拇指。"高! 实在是高! 也不知道那个郑重先生是个什么样的人? 如果他真把江海能源拿下,将来能不能把它继续经营好? 要知道张弓长董事长把江海能源带到今天这种局面,可没少费心思! 他本人在中国企业界也是德高望重的人物啊!"金大鑫略显疑虑地说。

"他德高望重?"郑木林满脸不屑地说,"江海能源能有今天是他赶上了一个好时代,他不过是比一般人运气好一点罢了! 就算他曾经贡献巨大,也不能吃老本吧? 你看他现在,除了霸着董事长的位子,还做过几件对公司有价值的事情? 娱乐新闻里倒是经常看到他:不是潜水,就是登山;不是留学,就是演戏! 最搞笑的是,都快70岁的人了,还去追女明星,天天在朋友圈里秀恩爱! 什么弓长牌油焖大虾、青青牌T恤……想想都恶心! 这个董事长这么好当,谁不想试试? 我要是有那么多钱,我也想试试呢!"

金大鑫听到这里,完全被郑木林镇住了。他不敢想象,这个小女子居然对张弓长的人品如此不屑,难道他们之间也有什么恩怨? 他不敢再想下去了。为了掩饰自己的情绪,他赶忙将一块刚刚剥开的蟹腿肉丢进嘴里。

可是郑木林并没有就此打住。"什么东西! 你能抢年轻人的媳妇,年轻人就不能抢你的公司?!"她不屑一顾地说。

金大鑫有点蒙了:她怎么突然拿张弓长的年龄说事了,许你找年龄更大的男人,就不许人家找年龄更小的女朋友? 真是岂有此理!

或许是发现了金大鑫表情的变化,也或许是意识到自己的话说多了,郑木林戛然而止。屋内再次陷入沉闷。两人各自切着自己餐盘里的鲍鱼,偶尔发出的叮当声显得格外刺耳。

"我去下洗手间。"郑木林吃完最后一块鲍鱼,拿起手机往外就走。

屋子里只剩下金大鑫一个人。他看了看表,时间刚过下午2点30分。他想计算一下,她这次会在洗手间里待多久。因为根据他的经验,她与他单独聚会时不仅总是迟到,还特别喜欢往洗手间跑,而且一去就是很长时间,最后算下来,他们两人每次共处的时间其实很短。想到这里,他突然感觉自己有点贱,凭他的条件什么样的美女找不到,怎么就被郑木林牵着鼻子耍得团团转?!他瞅瞅桌子上的菜,除了鲍鱼,其他的菜都还剩下不少。他感觉有点罪过,赶忙又给自己夹了两根大蟹腿。

一阵风卷残云之后,他感觉食物已经堆到了嗓子眼。郑木林还没有返回。他干脆擦干嘴巴坐到沙发上,一边喝茶,一边翻看股市行情。他特别留意了自家的金氏股份和张弓长的江海能源,发现这两只股票的日K线都是红色的,只不过金氏股份的日K线是下跌趋势中的红柱,而江海能源的日K线是上升趋势中的红柱。

"你吃好啦?"正当金大鑫为金氏股份前途发愁的时候,郑木林推门进来了。

金大鑫看了下手机上显示的2点44分,心想,她这一去就是一刻钟,得把她再留一会,就问她要不要再吃一点。

"不吃了,我该回去了。"郑木林说着,就要伸手取包,却被金大鑫挡住了。

他拍了拍沙发,示意她稍坐一会。她忸怩了一下,不太情愿地在三人沙发的另一边坐了下来……

金大鑫往郑木林那一边挪了挪,希望能像往常一样拥她一拥。就在即将挨到她时,他一眼瞥见她裙摆下面一段雪白的大腿,忍不住多看了两眼。真是不看不知道,一看吓一跳。原来,那段白腿并非如他日思夜想的那般娇嫩润滑,而是既干又糙,龟裂纵横……他顿时兴致全无,正琢磨着尽快结束会面,放在一边的手机响了。他拿过来一看,是家里的固定电话号码。"应该是妈妈打来的!"他想,随即接通电话。

"大鑫,你在哪? 你爸……出事了!"听筒里传来母亲沙哑的声音。

"什么事?"金大鑫追问道。

"他……他被警察抓走了,哎! 这个不要脸的东西!"母亲厌恶地骂了一句。

第七章
色魔一朝现原形 阴阳两界皆不容

金大鑫被母亲突然打来的电话弄得六神无主。他以最快的速度付清账单,在郑木林的额头上匆匆亲了一下,便小跑着下楼去了……

一路上,金大鑫心烦意乱地猜想父亲被抓的原因。是因为开车撞了人,还是跟人打架呢?显然都不是。他从母亲那句咒骂里分明听出了别样的味道。难道是……他不敢想下去。早在几年前,他就听到父亲在外包养情人的传闻,母亲也因此经常与父亲吵吵闹闹。可是他和母亲一样,从没有得到过真凭实据。但他转念一想,即使父亲包养情人的传闻变成了现实,也不至于被警察抓走,看来一定有比这更严重的事情发生!他不寒而栗,开始神情恍惚起来,有好几次差一点闯了红灯或者撞上正过马路的行人。

当金大鑫好不容易将车开进自家院子时,他才发现自己两腿酸软,要不是手扶车门适应了好半天,根本就无法站立。他跟跟跄跄地走到别墅门口,轻轻推开房门。

客厅里挤满了人。母亲披头散发地坐在沙发上双手捂脸呜呜哭着,一旁的外婆正用干枯的右手轻轻拍打着她的后背,大姑、二叔、小姨等人则不知所措地杵在客厅的角角落落。母亲见他进屋,哭得更加伤感,其他人则像看到主心骨一样,紧张的神情瞬间舒展不少。

屋子虽大,空调虽足,但屋内仍然因为人多而异常闷热。金大鑫的额头很快布满了汗珠,他随手拽了几张面巾纸,胡乱擦了擦,凑近二叔的耳边问:"到底因为什么?"二叔环视了一圈,压低声音说:"说是强奸幼女。"二叔的话犹如晴空霹雳,令他猝不及防。他瞪大眼睛盯着二叔略微微抖动的白胡茬,似乎在等待他亲口纠正刚才所说的话。然而他没有等到。二叔茫然的神情令他不得不相信他的话没错,至少这是警察将他父亲带走的理由。他彻底崩溃了。若不是屋内有那么多人,他真想大吼几声,以排遣内心的羞愧与愤懑。

二叔毕竟是个长者,快60岁的人了,也算见多识广,见金大鑫无所适从,示意他换个地方说话。金大鑫会意,与二叔一前一后进到自己的卧室。

"我爸的事是真的吗?"金大鑫刚把卧室的门关上,就迫不及待地问。

二叔没有立即回答,只是默默地走到靠窗的藤椅上坐下来。"你爸这个人呀,哎……"二叔摇摇头,欲言又止。

"这么说,是真的了?"金大鑫走近二叔,追问道。

"是不是真的,现在还很难说。警察说有人以这个理由举报他,要带他去协助调查。"二叔说。

"哎,真丢人!"金大鑫在二叔斜对面的另一只藤椅上坐下来,自言自语道。

"你爸在外面……有人。"二叔没有接金大鑫的话,兀自说道。

"听说过,但一直不相信这是真的。"金大鑫说。

"没错,是真的。我怕你妈生气,一直瞒着你们。"二叔把头扭向窗外,接着说,"他有时也会找小姐,还被警察抓过。"

"居然还有这事?!"金大鑫羞愧难当,他恍惚觉得那个曾经被抓的不是他爸,而是他自己。他恨不得就此与父亲脱离父子关系。

"你父亲的确有问题。但是以我对他的了解,应该不会强奸幼女,这种事情太伤天害理,还会背上重刑! 他能这么糊涂吗?"二叔紧皱着眉头说。

"会不会被人栽赃呢?"金大鑫问。

"不知道啊。哎,屋漏偏逢连阴雨,这几年金家不顺啊!"二叔撸了撸稀疏的头发,满眼期待地看着金大鑫说,"你是金家的长门长孙,遇到这种事得挺住啊!"

金大鑫的脸瞬间红到脖子根。这回不仅为父亲,更为自己。他明白,因为过于草率,他给金氏集团造成了80多亿元的损失。虽然大姑和二叔在金氏集团及金氏股份里股权占比仅各有1.33%,但那也是一笔数目不小的钱,所以他们一度意见都很大。

"金氏股份最近的股价已经跌得不像样了,你爸这事要是传出去了,还不知会再跌多少呢!"二叔忧心忡忡地说。

是啊,那个楼上楼集团正等着抢占金氏股份第一大股东宝座呢,这可怎么办呢? 金大鑫与二叔一起陷入长时间的沉默……

沉默是一种消极的等待。可是对于金家人来说,除了在惊恐与绝望中静待警方披露事件真相,似乎能做的并不多。此时此刻,更加惶恐不安的则是金宏远本人。

金宏远是在刚进入午休的梦乡时被两位警察上门叫醒的。刚开始时,他还不以为然,以为又是什么经济纠纷要找他。当警察说明缘由后,他吓得脸色苍白,双腿打战,还差一点尿了裤子。不过,他毕竟是见过世面的大富豪,虽然现在家族生意面临严重困难,但是瘦死的骆驼比马大,几亿甚至十几亿元的头寸还是调得出的。因为信奉"有钱能使鬼推磨",他很快就恢复了平静,暗暗对自己说:"先稳住,什么都不承认,慢慢再想办法。"倒是他的结发妻子听说警察到家里带人的原因后,一时难以接受,竟不顾两个警察在场,哇哇叫着一头扑到他的身上,又是扇他的耳光,又是骂他不要脸。幸好警察及时制止了她,并把金宏远快速带上停在院门口的警车,才使他免受了撕扯之苦。

到了派出所,金宏远被带进一间空旷的屋子里。这间屋子差不多二十几平方米的面积,室内的陈设极其简单,仅有一桌三椅。他被安排在屋子正中的一张椅子上。他对面坐着两位神情严峻的警察。警察的年龄不大,看样子也就30岁出头。想到自己差不多要比警察大一倍的年纪,他内心的紧张感一下子就放松了。

"昨天下午3点钟左右你在哪里?"其中一个警察开口问道。

"宾馆里。"在路上的时候,金宏远已经想好了,该说的不能不说,不该说的坚决不说。所以对于昨天在哪里这个问题,他决定实话实说,而且毫不犹豫地立即回答。

"在宾馆里干什么?"

"休息。"

"为什么没在家休息?"

"因为昨天上午在公司处理些事情,比较累,下午晚些时候还有事要处理,我就让秘书在公司旁边的酒店里开了间房。"金宏远的逻辑似乎没有问题。

"你是1个人休息吗?"

"是的。"金宏远说出后，又感觉不妥，立即改口道，"哦，不，后来我又接待了几个客人。"

"什么客人？"

"韩浩敏。"

"还有呢？"

"还有3个小孩。"

"什么样的小孩？"

"3个女孩。"

"叫什么名字？"

"不知道。她们都是韩浩敏带过来的，我以前不认识她们。"

"她们大概多大年纪？"

"2个大一点的好像都是13岁，小一点的记得是8岁。"

"她们到你这里干什么？"

"我与韩浩敏是生意上的合作伙伴，以前也做过邻居，她昨天找我要谈一笔生意。"

"什么生意？"

"她是做建材生意的，来向我推销建材。"

"那她带3个女孩子来干什么？"

"她说那3个女孩子是她亲戚和邻居家的孩子，她准备跟我谈过生意后，带几个孩子去水上乐园玩玩。"

"她们在你房间里总共待了多久？"

"没多久吧，我没看时间。"

"她们是一起离开你房间的吗？"

"是……"金宏远刚说完，再次改口道，"不、不是……韩浩敏先带2个大一点的孩子出去了，那个小的又在我屋里玩了一会，我才打电话叫她把孩子领走的。"

"为什么没一起走？"

"好像那个小女孩还想多玩一会。"

"又玩了多长时间？"

"很短,也就几分钟吧。"

"你是不是对那个小女孩做什么了?"

"没有!绝对没有!天地良心,我都60多岁的人了,怎么可能对孩子做什么?我可以指天发誓,要是我做了什么不该做的,天打雷劈!"

"别说那些没用的,我们只需要你说,做了,还是没做?"

"没做。"

"果真没做?"

"果真没做!"警察的追问反倒进一步激发了金宏远坚决否定的情绪。

"那孩子在屋里干什么?"

"她自己玩呢。"

"你没有陪她一起玩吗?"

"我想陪她玩,可她不乐意,我就叫韩浩敏把她带走了。"

"玩什么她不乐意?"

"我想陪着她玩游戏。"金宏远说完,不待警察追问,又补充道,"你知道,我喜欢孩子,我做过很多儿童福利项目。"

"你有没有做过儿童福利项目与本案无关。你可以说说你想跟她玩什么游戏?"

"就是一般大人逗小孩乐子的游戏。"

"就这些?"

"对。"

"你说的都是实情吗?"

"肯定是的。"

"孩子的家长举报说,你强奸了那个最小的孩子。可有此事?"

"没有。肯定没有。总共只有几分钟的时间。不信你们可以调监控记录。"

讯问的警察盯着金宏远瞅了一会,又低头跟负责记录的警察嘀咕了几句,抬头对他说:"好了。"

金宏远如释重负,心想,总算过关了!不由得露出得意的笑容,把整个脸上挤得都是褶子。谁知正当他打算向警察要杯水喝的时候,问话的那个警察突然脸一沉,大声叫道:"金宏远!"他吓得打了个激灵,心跳速度瞬间提高了数倍。

"在。"金宏远目光呆滞地应道。

"你没说实话!"

"说了。"

"你必须把与小女孩单独在一起的过程说得再细一点!"

"这……"金宏远露出了畏难的情绪,眼巴巴地看着警察问,"刚才已经说过了,能不能不说了?"

"不行!"警察一口回绝。

警察的呵斥令金宏远极其沮丧。这些年,随着家族财富的膨胀,他的社会层级越来越高,哄着他、拍着他的人也越来越多,就连跟他讲话粗声大气的人都不见了踪迹,哪里还有人敢呵斥他? 可现在不同了,他是强奸幼女的嫌疑人。深知"光棍不吃眼前亏"道理的他只能态度谦恭地回答警察的问话。警察问得很细,他回答得也分外小心,生怕哪一句没答好,留下祸患。不过,这样的一个直接后果就是太累。

将近一个半小时的讯问把金宏远耗得筋疲力尽。此时的他,只想找个地方好好喘口气,然后呼呼大睡一觉。警察大概感觉该问的都问过了,至于金宏远到底有没有说实话,还需要收集更多的证据,便停止了讯问。先前那个做记录的警察将厚厚一摞记录纸递到他的面前。"你仔细看看,如果没有问题,在下面签上你的名字。"金宏远接过记录纸,从头到底仔细看了一遍,发现上面的内容与自己刚才的回答完全一致,就提笔在"以上笔录我已看过,与我所说的相符"的文字后面一笔一画地签上了自己的名字并按上了手指印。两名警察也分别签名并捺上印章后,其中一个警察说了一声:"好了!"金宏远以为自己可以回家了,高兴得一下子站起来,拔腿就向往门外走,却被警察呵止了:"干什么?"金宏远只得站住,嗫嚅道:"我以为可以回家了呢!"两个警察同时嘟囔一声:"想得倒美!"随后把他带到附近的拘留所,并关进一间独立的小房间内。

房间内还算干净,两边靠墙处各放了一张铁皮双层床,床上则仅有草席和线毯。屋内没有其他人。警察走后,金宏远便一头倒在其中一张下铺上,很快进入梦乡,就连吃晚饭的铃声也没有吵醒他。

也不知睡了多久，金宏远突然感觉屁股上被人狠狠踹了一脚。他一骨碌翻起来，刚想骂人，却发现自己被4个彪形大汉团团围住。这4个彪形大汉个个都有1米8以上的身高，方面大耳，目光狰狞。更加蹊跷的是，大汉们的打扮特别怪异，不仅人人披头散发，而且全部衣着黑色粗布长衫，脚蹬长筒翻毛牛皮靴。金宏远吓得大气不敢出，就连抬头再看他们一眼的勇气都没有，只是盯着自己的脚尖发呆。

"你叫什么名字？"其中一个大汉瓮声瓮气地问。

"我叫……叫……金宏远。"金宏远翻了翻眼皮，发现一个大汉眼睛瞪得像灯笼一样，吓得赶忙就把眼闭上了。

"好，没找错！兄弟们，快把他带走！"一个大汉号令一出，另一个大汉立即从裤兜里掏出一卷麻布，不由分说把金宏远的眼睛蒙了起来。紧接着，又有两个大汉一左一右把他的两只胳膊拧到了身后。金宏远小时候玩过这种游戏，知道这叫"架飞机"，而被"架"的人只能把腰弯成90度，特别难受。他被他们拧得疼痛难忍，不由得哇哇直叫："你们要干什么？怎么一点道理都不讲？"他刚喊完，就觉得屁股上被人狠狠地踹了一脚。踹他的那个人还恶狠狠地骂道："去你娘的！跟你这种王八蛋还要讲道理吗？快走！"

金宏远不知他们要让自己去哪里，又不敢再问，只能跟跟跄跄往前走。由于2个大汉把他的两只胳膊往后拧得很紧，他只能弓着腰艰难地往前挪，稍微慢一点，他的屁股上就会再被踹上一脚。也不知过了多久，金宏远听到"吱呀"一声门响，随后他被人一脚踹到地上，摔了个嘴啃泥。"金宏远，自己把眼罩摘掉！"一个凶巴巴声音命令道。他不敢不从，哆哆嗦嗦地爬起来，颤颤巍巍地解开蒙在眼上的布条，小心翼翼地往四周看了看。不看不要紧，这一看，他顿时吓得目瞪口呆，双腿一软，瘫倒在地。

原来，金宏远被带进了一个巨大的山洞里。山洞四周的墙上插着无数根油松棒子充当的火把。这些火把既把山洞照得如同白昼，也使得洞内烟雾缭绕，异常神秘。靠近洞壁站立着上百个张牙舞爪的怪人。这些怪人个个人高马大，面目狰狞，仅在腰部围一条破布或兽皮一类的东西，他们的手里都握着大刀、铁链、皮鞭一类的东西。山洞最深处是一座高台，高台上一把硕大的太师椅里坐着一位脸色铁青、须眉皆白的光头老者。这位老者面露凶光，口大如盆，身披虎皮长袍，手拄丈二铁棍，令人一见便不寒而栗。最让金宏远胆战心惊的是，在山洞的中央还架着一口巨大的油锅，油锅下烈火熊熊，油锅内黑油滚滚，他甚至都能听到热油翻滚时发出的"咕噜"声。

"完了！我这怕是到阴曹地府了吧？"金宏远趴在地上，浑身哆嗦得像疾风暴雨中的枯叶一般……

就在金宏远魂飞魄散之时，只听一声呵斥："下面趴者何人？还不快快跪下答话！"他哪敢违拗，双腿一软，扑通一声跪了下来。

"大胆流氓，你叫什么名字？"高台旁边一个手拿大账本、头戴破草帽、身披黑被单、脚踩木屐子的大胡子怪人厉声吼道。

金宏远不敢迟疑，赶忙应道："我叫金宏远。"

"什么'我'呀，'你'呀的？一点规矩都没有！"大胡子怪人怒斥道。一屋子怪人紧跟着附和起来。有的说："你应该自称'小人'！"有的说："你应该自称'罪人'！"也有的说："你应该自称'犯人'！"一时间，大厅声音嘈杂，震得金宏远耳膜刺痛，准备伸手捂上耳朵。哪知他两只手刚伸到半空，后背便"啪"的一声挨了一鞭子。他赶忙把手放下，头像捣蒜一样接连磕向地面。

"臭流氓，你在磨蹭什么？不知道自己叫什么名字吗？"大胡子怪人瞪着两只铜铃般的圆眼大声喝道。

"哦，小……小……不，罪……罪人名叫金宏远。"他颤抖着应答。

"好！既然自称罪人，那你知道自己犯了何罪吗？"大胡子怪人又问。

"不……不知道哇。"金宏远可怜巴巴地说。

"这么说是我们抓错你了？"大胡子怪人极不高兴地问。

金宏远慌了，心想，如果说他们抓错了，那这些怪人肯定饶不了自己；如果说他们抓得对，那不是等于承认自己有罪吗？不，千万不能随便招供！于是，他眼珠子滴溜溜一转，心生一条妙计。"罪人是做房地产开发起家的，早年时我为了把一户不愿拆迁的住户赶走，常常派人在夜深人静时往他家的大门上泼粪，那家人没办法最后终于接受搬迁条件。"金宏远假意忏悔道。

"嗯，这个算一条。还有呢？"大胡子怪人一边说一边在本子上记录。

"还有……还有就是……就是罪人我在建房时为了节约成本,经常把粗钢筋换成细的,把江砂换成海砂,有一次,一处30多层的大楼刚建到一半,就因为材料太差倒掉了。"金宏远又说。

"嗯,这一条就更可恶了。老百姓买套房子不容易,并且准备住上几十年、几百年的,像你这样建房子,让人家怎么住?"大胡子怪人眼露寒光,那样子恨不得一口吃了他。不过,金宏远的"供词"远不是他想要的。只见他咬牙切齿地说:"你这个奸商真是坏透了! 这些账,我会慢慢找你清算。但是今天找你来,不是为了听你扯这些生意上的事,你再耍滑头,专讲这些陈芝麻烂谷子的事,小心刑具侍候!"

金宏远拿眼偷瞄一圈怪人们手里的家伙,吓得浑身哆嗦,壮着胆子问:"您看罪人我该讲什么呢?"

"这还用问吗? 就说你昨天下午最新犯下的事吧!"大胡子怪人有点不耐烦了。四周的怪人也都七嘴八舌地吆喝:"快说! 不要揣着明白装糊涂!"有几个怪人甚至跑过来一把拖住他的四肢把他扔到那口巨大的油锅旁边。咕嘟咕嘟的油沸声在金宏远听来就像一个接一个的闷雷,而不时喷溅出来的油星更把他烫得直冒急汗。

"哦,罪人我说……我全说,嗯……这里太热了,能不能允许我离这远一点?"金宏远哀求道。

"别废话! 快说。"大胡子怪人鄙夷地说。

金宏远意识到胳膊拧不过大腿,但他又不想和盘托出,便耍了个心眼说:"罪人我……昨天下午在宾馆里陪几个小女孩玩呢。你们知道,我是慈善家,最喜欢小孩子。"

"这狗东西一点都不老实! 别跟他废话,直接把他扔到油锅里算了!"坐在太师椅里的那个怪人终于忍不住下了命令。此令一出,周围的怪人们纷纷跑上来,抓腿的抓腿,拎胳膊的拎胳膊,作势要把他扔进油锅里。这回可真把金宏远吓破了胆。他扯着嗓子哀号道:"求求你们了,我说,我全说! 快把我放下来吧!"怪人们起初不肯,最后还是大胡子怪人向坐在太师椅里面的怪人求了情,他们才重新将他放到地上。不过,他们只允许他跪在油锅旁边说话。

金宏远没办法,只得一边忍受着烈火的炙烤和油星的灼烧,一边交代自己的罪行:"罪人金宏远千不该万不该对小女孩起邪念。"

"仅仅动了邪念吗?"大胡子怪人又问。

"罪人我还抱了那个8岁的小女孩。"金宏远只好再挤出几个字。

"仅仅是抱一抱那样简单吗?"大胡子怪人的眼睛里喷出两道炽热的火焰,看起来已经完全没有了耐心。

金宏远的心理防线彻底崩溃。"当然……不是……罪人我还……"金宏远终于把前一天下午发生的事情原原本本地说了一遍。怪人们听后,个个火冒三丈,摩拳擦掌,恨不得立即把他扔进油锅里。大胡子怪人见场面混乱,爬到高台上跟那个坐在太师椅里的怪人耳语几句,然后向下面挥了挥手说:"兄弟们少安勿躁,王朝、马汉,来来来,先把这个畜生重打100大板! 待查清其他罪状后一并惩处!"

大胡子怪人话音刚落,果真有两个长相极丑的怪人各持一根长木板冲了过来。紧接着,2个怪人轮番用力将手中的木板拍了下来。金宏远顿时感觉背部火辣辣的疼……他猛然一惊,就着窗外洒进来的月光往四周一看,原来自己竟从铁皮床上掉到地面,还硌在不知从哪来的一块碎石块上。他把石块扔到一边,忍着剧痛挣扎着重新爬到床上。

小屋内又闷又热,不时有蚊虫吹着嘤嘤嗡嗡的号角向金宏远发起猛攻。他时而挥手驱赶蚊虫,时而撸一把湿漉漉的脖子和前胸后背,努力回忆起刚才在山洞里的恐怖情景。他越想越害怕,越想越后悔。"我怎么这么不经吓唬? 居然什么都跟他们说了! 哎,我做的那些事要是放在古代,恐怕真就没命了,就算放在当代世界上的其他一些国家,也可能送命或者被判终身监禁!"想到这里,他更加恐惧,如芒在背,如鲠在喉,生怕刚才那些怪人真跑过来把他抓走了。

月光洒在小屋内,也洒在金宏远的脸上。心乱如麻的他感觉月光格外刺眼。万般无奈之下,他翻身起床,在小的屋内来来回回打着转转。"这可怎么办? 这可怎么办?"他不停地问自己。也不知转了多久,他突然一拍大腿,自言自语道:"嘿,我怎么这么糊涂? 不是说梦与现实都是相反的吗? 这就是说我不仅不会被判死刑,还可以不用交代实情了?"想到这里,他不禁心中一阵窃喜,竟面朝窗户扑通一声跪了下来,紧接着"梆梆梆"叩起头来,嘴里还念念有词道:"财神爷呀财神爷! 罪人金宏远一时糊涂,找了个小女孩。哪知被她家里人告了状。警察把我抓过来关进小屋里,也不知道下一步还要把我怎么样。您以前对我特别关照,让我赚了不少钱。现在我想求您再帮我一次,让我翻过这道坎。我发誓,只要您帮我翻过了这道坎,我一定给您塑一尊纯金的神像供在家里,天天拜!月月拜!年年拜!我金宏远说话算话。这一点您是知道的。您可千万要保佑我呀!"

一番跪拜和祈祷之后,金宏远平添了不少底气。在他的人生信条里,只要肯花钱,就没有解决不了的问题。这一信条在他过去的人生经历中屡试不爽。早年,他为了拿到心仪的地块,就尝试过用手提包装现钞往主事人家里或者办公室里送。后来,他发现这一招很灵,便在送钱时干脆直接用蛇皮袋。一则蛇皮带很土,不会引人注意;二则蛇皮袋更大,可以装更多的现金。再后来,要送的钱更多了,他开始尝试用其他方法,比如直接送几套房子,或者给相关利益人开张银行卡,并在卡里存上数额巨大的现金……反正,对于金宏远来说,没有送不出去的钱,更没有办不成的事情。那个给他介绍小姑娘的女人就是他用钱买通的。那个女人年轻时美得如花似玉,金宏远为了把她弄到手,没少在她身上花钱。那个女人现已人老珠黄。他对她再无半点兴趣。不过,他很快就从她身上发掘出另一种用途,那就是,把她变成自己的专用皮条客,隔三岔五地给他挑一些年轻貌美的姑娘送过来。而他依然对她大方有加。昨天下午,他送走小姑娘后没几分钟便给她的银行账户上转去了12万元,她收到钱后还开心地通过微信给他发来了一个灿烂的笑脸……

金宏远掸掸膝盖上的灰,重新躺到床上。财神爷是金宏远最敬重的神。在金宏远看来,财神爷不仅能帮他赚钱,还能帮他摆平各种难事、险事。所以他把这次顺利渡劫的希望首先寄托到财神爷的身上。当然,金宏远也非常清楚,除了财神爷,他还得好好谋划一下如何才能应付今后的各种审问。他开始仔细回忆自己在前一天下午的所作所为,仔细分析事情败露的原因。

那一夜,金宏远在狭窄的看守所小房间内辗转反侧,一夜未眠。虽然他从自己信奉的财神爷那里找回了底气,却始终没有理解那个他当即付了12万元的女人为何没有把女孩的家长摆平,以至于东窗事发。"宋美呀宋美!你这个该死的臭婆娘,一定是想把这些钱拿去买毒品,给人家太少了!"金宏远在心里狠狠地咒骂着那个曾经是他情人的皮条客。

金宏远骂得没错。宋美染上毒瘾之后越陷越深，一日也离不开毒品，有时候甚至一天要吸食两三次。但是她深知金宏远是她获得毒品的唯一大金主，所以每次帮他拉过皮条以后，都摆平得干脆利落。只是这一次不知为何动作没那么麻利，以至于连她自己都被警察带走了。就在警察抓她之前，她刚刚接到小女孩母亲打来的电话。电话中，她被骂得狗血喷头，说自己拿她当闺蜜，还把几个孩子交给她带着玩，而她竟然把孩子往火炕里推，真是狼心狗肺，不得好死！她深知这次玩火玩大了，没等小女孩母亲骂完，便匆匆挂掉了电话。正当她手忙脚乱收拾东西，准备远走他乡躲上几年时，警察就破门而入了。开始时，她还非常紧张，待警察说明来意，她反而不紧张了，似乎这就是她要等待的结果。

那么担心被抓的宋美为何在警察说明来意后反而不紧张了呢？或许可以从市场上的一些传言中发现一些端倪。第一种传言说，宋美给金宏远做了20多年的情人，一直想做个正室，岂料金宏远嘴上说得比蜜还甜，行动上却总不给她机会，她眼看自己年老色衰，金宏远又特别喜欢年轻美女，知道自己被扶正的希望越来越渺茫，于是由爱生恨，伺机把金宏远送进牢里，哪怕自己陪着进去都行。第二种传言说，金宏远喜欢年轻美女的事在圈子里早就不是秘密，这事被一个觊觎金氏股份控制权的大佬知道后，便雇佣私家侦探紧盯他的一举一动，这一盯不要紧，居然发现金宏远对幼女也不放过，于是又花重金买通宋美，让她配合给金宏远下套。第三种传言说，毒瘾很大的宋美其实也非常想戒掉毒瘾，但自己又没有那个决心，便打起进监狱戒毒的主意来。以上三种传言到底可信不可信？哪种传言更接近真相？恐怕非当事人自己，没人能真正说得清楚。

却说金宏远在心里骂了一会儿宋美，自觉没趣，加上前一天一夜未眠，脑袋昏昏沉沉，便又倒头躺下了。刚闭上眼睛没几分钟，便心里一惊，"腾"地一下翻身而起。"也不知道我们的金氏股份怎么样了？"金宏远自言自语道。他的担心不是没有道理。如果市场上得知他被抓的消息以及被抓的原因，金氏股份非得跌停不可，并且一个跌停根本就止不住。果真那样的话，那个楼上楼集团就可以用更低的价格收集金氏股份的股票了。

金宏远的担心不是没有道理，只是他被抓得太突然，包括金氏集团内部的很多人都还被蒙在鼓里。所以此时的金氏股份股价运行得还算平稳，依然像前一天那样。这种情况持续了2个交易日。

2天后，一条神秘的消息出现在开盘不久的金氏股份股吧里："散户朋友们注意了：如果你手里还有金氏股份，请抓紧卖掉，留给大家的时间不多了，再不跑可能要吃至少3个跌停！不要问我是谁，我的名字叫'雷锋'！"有意思的是这则消息并没有引起太多人的注意，金氏股份并没有出现明显的抛压。或许根本就没有人看到这则消息；或许有人看到了，却根本不相信，因为在互联网上每天都充斥着各种虚假消息，如果什么都信以为真，那这个股票市场真就没法待了。

对于股吧里没有确切来源的消息大家可以不信，但是官方的消息大家就不得不认真对待了。那天收盘后，各大财经网站纷纷转发这样一则来自江海网的新闻：金氏股份董事长金宏远因涉嫌猥亵幼女被公安机关刑事拘留。金氏股份的股吧里这才炸开了锅：有后悔自己没听预警的；有自夸自己信息灵通，早就清空金氏股份的；也有大骂在股吧里发消息的那个人没有提前说明真相的；还有诅咒金宏远八代祖宗的……反正说什么的都有。但不管大家怎么议论，有一点是非常明确的，那就是，金宏远这回果真摊上大事了！

次日早间，金氏股份终于赶在开盘前发布了一则公告：公司董事长金宏远先生因个人原因被公安机关刑事拘留，公司经营一切正常。公告虽然强调金宏远被刑事拘留仅是他个人的原因，但是股民并不买账。开盘后，金氏股份的卖盘像洪水一样涌了出来，直接以跌停价开盘，并且整整持续了一天。更要命的是，金氏股份的买盘寥寥无几，全天下来仅成交不到100万元。

第八章

金大鑫临危受命　众美女入梦探视

金氏股份的股价不仅牵动着千万个股民的心,也牵动着看守所里的金宏远的心。然而无论是股民还是失去自由的金宏远其实都无力改变金氏股份的股价运行方向。能够对金氏股份多少做点什么的金家人,现在只有金大鑫了。

金宏远被刑拘的消息传到金氏集团和金氏股份以后,金氏集团内部一下子炸开了锅。大家万万想不到,慈眉善目、温文尔雅的金宏远董事长会做出那般龌龊、那般缺德的事情。那些多少有些公司股份的高管和一般员工想到此消息一出,金氏股份不知要被砸多少个跌停,气得捶胸顿足,欲哭无泪。那些没有公司股份的高管和员工们则各怀心思,有私下嘲笑的,有深为惋惜的,也有破口大骂的……

金大鑫目睹公司的乱象,既心急如焚,又羞愧难当。急的是,公司本来就面临被举牌的巨大压力,现在父亲又被刑拘,稍有不慎,金氏股份可能真要改姓了。羞的是,父亲犯什么事不好,偏要犯猥亵幼女的缺德事,这让他有何颜面见金氏股份的高管和员工? 他关掉手机,拔掉电话线,把自己死死关在办公室里,祈祷时间就此停滞。然而外面的事可以暂时躲一阵子,公司的事他就没法躲了,除非他任由金氏股份坠落,最后改为他姓! 其实,就算他彻底放弃自己在金氏股份的利益,那些公司主要股东和董事们也容不得他撒手不管。金大鑫在办公室里仅仅躲了不到一个小时,便被一帮董事会成员敲开房门,推到会议室里。

"人都到齐了,我先来说几句吧。我哥金宏远的事大家都知道了。实话说,我现在深感羞愧! 真相到底是什么,我们现在都还说不清,相信司法机关最终会给大家一个公正的结论。俗话说,国不可一日无君。企业其实也一样,一天也不可无法定代表人! 金氏股份现在的情况非常糟糕,作为公司的小股东和董事,我们必须对公司的稳定和发展负责,对全体股民负责!"金大鑫的二叔面无表情地盯着桌面说完这番话，又看了看坐在他身边的金大鑫，说，"大鑫是我哥的独子，我哥出事，他理应顶上来。今天把各位董事请到这里，就是想请大家紧急审议免掉我哥金宏远公司董事和董事长、由金大鑫出任公司董事和董事长的议案。"二叔说完，谁也不看，只顾点着香烟，闷头抽了起来。

金大鑫自从走进会议室，一直正襟危坐，闭目静听。二叔说完后，他因为羞愧，本想推让一下，不承想工作人员已经将选票放到他的面前，怕他看不到，还特意凑近他的耳朵提醒几句。他睁开眼，木然地看着那张粉红色的选票。"同意，还是不同意呢？"他的心里进行着复杂的思想斗争。同意吧，这意味着他将参与罢免自己父亲的权利游戏，好像有点大逆不道；不同意吧，公司乱糟糟的，他不顶上去谁顶？

"金总，您的票还没投。"正当他左右为难时，工作人员再次凑近他的耳边提醒他。他偷偷瞄了一眼其他几位董事，发现他们早已投完票回到自己的座位，而他的二叔正眼巴巴地看着他。"看来别无选择，那就同意吧。"他提笔在"同意"后面的小方框里画了个小圆圈。

投票的结果很快统计出来了。金大鑫以5票同意，1票弃权的投票结果正式当选金氏股份董事长。紧接着董事会又通过了聘请金大鑫为金氏股份总裁的议案。

金氏股份通过临时董事会议选举金大鑫为公司董事长并聘为总裁的消息，在当晚6点多就正式公告了。由于金宏远猥亵幼女一案太敏感，公告一出，各大网站立即发布或转发了新闻，并很快传遍街头巷尾。那一晚，金大鑫没少收到祝贺短信或微信。然而他哪有心思为这个意外得来的职务呈现半点高兴之意？倒是两名美女发来的祝贺微信令他再次陷入复杂的思绪。一条微信是郑木林发来的，大意是：听说金氏股份董事长因猥亵幼女被刑拘，他儿子金大鑫现已接任公司董事长，这个金大鑫不会是你吧？另一条微信是万淼淼发来的，大意是：恭喜你出任金氏股份董事长，哪天有空，我们好好聊聊万、金两家合作的事情？

金大鑫关掉手机，一甩手将它扔到床上，闭起眼睛继续窝在自家卧室的躺椅上。母亲的啜泣声时不时从楼下的门缝里飘进他的房间，强烈地撞击着他的耳膜。这种撞击令他肝肠寸断，苦不自胜。万般无奈之下，他给自己戴上了降噪耳机。周围顿时一片静寂,但他却非常清晰地听到了自己的心跳声:嗵嗵,嗵嗵,嗵嗵嗵……心跳声同样吵得他心烦意乱。他决定找点有趣的事想一想。

想什么呢? 金大鑫的脑子里一片空白。不过,郑木林那张可爱的锥子脸很快便不由分说地挤了进来。为什么要想她呢? 金大鑫想起她刚才在微信里流露出的轻佻态度,不由得心生厌恶。于是,那张锥子脸渐渐幻化成一张臃肿的大饼脸。"不,这根本就不是她!"金大鑫在心里嘀咕道。慢慢地,大饼脸又恢复成锥子脸,锥子脸上的两只大眼睛还向他俏皮地眨了两下,似乎在向他召唤:来呀,大鑫! 你怎么不来呢?"我这是怎么啦? 这种时候,怎么还有心情往邪处想?"金大鑫开始自责起来。然而他越是自责,那张撩人的锥子脸越是往他眼前凑,弄得他焦渴难耐。"我怎么会这么迷恋她? 她真有那么完美吗?"金大鑫开始回想她的不足,很快,那段龟裂干燥的大腿开始呈现在他的脑海里。他的焦渴感一下子消失得无影无踪。"对,这才是她的全貌,有诱人的地方,也有不堪细观之处! 算了,还是想想其他人吧。"金大鑫在心里对自己说。

不想郑木林,还能想谁呢? 金大鑫刚刚在心里问过自己,万淼淼的形象便挤了过来。金大鑫仿佛听到万淼淼趴在自己的耳边说:"大鑫呀,你现在是金氏股份董事长了,就算你对我没感觉,难道你就忍心看见金氏股份被别的企业吃掉吗?"她的声音是那样的娇媚,那样的不容回绝。他有点心动了。都说锦上添花易,雪中送炭难。万淼淼此时要跟他谈金、万两家合作事宜,这分明就是雪中送炭嘛! 他不由得心生感动,开始想象她的好处。按容貌,她与郑木林各有千秋。她长得五官精致、雍容华贵,明显是个大家闺秀。郑木林脸窄眼大、娇小美艳,更像小家碧玉。按年龄,万淼淼已经36岁,属于恨嫁族。而郑木林只有26岁,年龄优势非常明显。按性格,万淼淼似乎工于心计,对利益看得比感情更重。而郑木林古怪精灵,看起来好像直爽单纯,实则令人难以琢磨。想到这里,金大鑫似乎看到她俩一左一右站在他的近前。这两个人一个两眼放光,一个扭扭捏捏。"怎么办? 我该怎么办呢?"原本对万淼淼毫无兴趣的金大鑫竟犯起难来。

金大鑫无法再躺下去。他从躺椅上翻身而起,在卧室里来来回回踱起小步。空调的温度虽然打得很低,但他依然浑身燥热,虚汗淋漓。他一把扯下身上的T恤,将它揉成一团使劲往床上扔去。就在那团T恤快要接触到床面的一瞬间,那只静躺在床上的手机重新引起他的注意。他弯腰捡起手机,按下开机键。一段铿锵有力的《命运交响曲》之后,嘀嘀嗒嗒的微信及短信提示声密集地响了起来。他低头一查,最上面一条微信便是郑木林发来的:"对不起啊大鑫哥! 你这么久没回我微信,不会是生我气了吧? 就算新闻上的那个金大鑫就是你,我也不会嫌弃你!"他刚看完,郑木林又发过来一条微信:"如果你真是新闻里说的那个金大鑫,现在的心情一定非常不好,我帮不了你,只能祝你早日渡过难关了!"在这条微信的最后,郑木林还添加了好几个代表加油的小拳头。金大鑫心头一热。他感觉自己必须回应一下,但一时又找不到合适的语言,只好发了个笑脸过去。

金大鑫继续翻看微信。他想看看万森森有没有再发微信过来,却没有找到。倒是董事会秘书给他发来一个名为"公开信"的 Word 文档,并留言说,如果董事长没意见,他今晚12点之前将把这份文件交给媒体。金大鑫打开文件,仔细阅读起来。这份"公开信"并不长,大意是,金氏股份对原董事长金宏远给受害人和受害家庭带来的伤害深为不安,并向受害人和受害家庭深表歉意。公开信最后强调,任何侵害未成年人的行为都必须接受法律的严惩。公开信的内容再次刺痛了金大鑫的心。他踱到窗口,望着远处的半轮残月,思忖良久,才心情复杂地给董事会秘书回了两个字:"同意。"

处理完公司的事,金大鑫不由自主地又想起了郑木林,想起了她刚才发来的那段极其体贴的文字。"她在哪里? 在干什么呢?"他突然生出一种立即要见到她的强烈冲动。不过,当他抬腕看了看表之后,才知道这种想法是不现实的,因为此时已近午夜12点。

尽管如此,他还是拿起手机给她发了条微信:"睡了吗?"

"已经躺下了!"郑木林很快回复。

"我不信。"发过这条微信,他有点后悔,自己怎么还有心情跟女孩子斗嘴? 他赶忙撤回微信。

然而时间已经来不及了。他很快就收到郑木林发过来的表情包:一个面貌猥琐的男人指点着问,你又撤掉了什么见不得人的东西?

他感觉很好笑,就回了句:"我刚才只是想说'我不信',这见不得人吗?"

郑木林回应道:"那倒没有,不过,你为什么不相信呢?"

"开个玩笑而已。"他回道,还特意加了个龇牙的表情。

"好吧,就算你开玩笑吧! 不过,为了证明我没有说谎,我发张照片给你。"郑木林在这句话的后面加了个撇嘴的表情。

正当金大鑫猜想这是什么样的照片时,一张令他血脉偾张的图片跃上他的手机屏幕。照片中,郑木林正趴在床上举起手机对着墙上的巨大镜面拍照。看得出这张照片中的她是镜子中的人像。正因为是镜中之像,加上卧室里的光线不是太亮,她看起来又小又模糊。尽管如此,他仍然看得心脏加速。照片中的她仅穿白色紧身背心和粉色丁字裤,两条修长匀称的大白腿一条平放在床,一条向上弯起,显得特别俏皮,而她的胸脯因为身体与床的挤压,比平时更加丰满诱人。她的锥子脸因为双手举着的手机而被遮住大半,但她那红润、肥厚的嘴唇却特别让人想入非非……

"我现在能过去找你吗?"金大鑫被郑木林发来的照片弄得神魂颠倒,竟鬼使神差地发了这么一句话过去。

"开什么玩笑?"郑木林立即回复。

"没开玩笑,我是认真的!"金大鑫在这句话后面特意加了个羞答答的表情。

"哈哈哈哈哈哈哈……"郑木林一口气回了7个"哈"字。

金大鑫感觉自己被嘲笑,脸上突然发起热来。正当他懊恼自己不该憨皮厚脸地说自己要过去时,郑木林的微信又来了:"你知道我现在在哪吗?"

金大鑫一愣,心想,从她与自己聊得这么欢来看,应该不是跟某个男人在一起,于是,他鼓起勇气问道:"难道不是在你自己的租屋里吗?"

"哈哈! 你猜错了! 我在南粤出差呢!"

"哦,怪不得!"金大鑫彻底从刚才那种被嘲笑的感觉中缓过神来,同时也平添了一丝说不出的失望。"我想你了!"他又在微信里跟了一句。

"我也是。天晚了,睡吧! 我明天一早就回江海。"她回道。

"真的?"他不信。

"当然是真的!"她另外给他发了嘟嘟嘴的表情。

"那我明天请你吃午饭吧?"金大鑫发完这条微信,突然想起她曾经说过自己是厨艺高手,便又加了一条微信,"对了,还是你请我吧,我想尝尝你的手艺!"

"行。不过,时间要放在晚上,我得好好准备一下。"

金大鑫万万想不到自己的要求这么快就得到满足,兴奋地一口气给她发了10多次大红花。而郑木林也随即给他发来几个俏皮的"谢谢"表情包,最后还不忘提醒他时间已晚,该睡了。

一番交流之后,金大鑫感觉神清气爽许多。他看看时间,已经快到深夜1点了,赶忙钻进浴室给自己冲了个热水澡……

"大鑫,你这个孽障! 老子在看守所里都要憋死了,你竟然还有心情跟人谈情说爱!"一个沙哑却怒气冲冲的斥责声令金大鑫大吃一惊。他抬头一看,原来是父亲。

"爸爸,你不是在看守所里吗?"金大鑫问。

"你们不救我,我自己就出不来吗?"金宏远依旧满脸怒气地责怪道。

"爸爸,不是我们不救你,是我们救不了啊!"金大鑫感觉自己很委屈,另一种情绪也同时升腾起来,"再说……"

"再说什么?"金宏远狠狠地瞪了他一眼,气呼呼地走进厨房,很快便双手捧着一只肥大的烧鸡,一边往客厅走一边狼吞虎咽地啃着。"饿死老子了! 嗯,再说什么?"他又追问一句。

金大鑫感觉很揪心。他还是第一次看见父亲面对食物如此狼狈。"再说,您……您做得事也……也太……"

"太丢你的脸是不是?"金宏远边说边使劲吞咽着嘴里的烧鸡。因为用力太猛,他的脸扭曲得像要死一样,脖子上的青筋也爆起老高。

金大鑫没敢吱声,但心里却极不服气。他紧盯着自己的脚尖,等待父亲继续呵斥下去。

"你只想着丢脸,就不想想,没有老子几十年苦拼,积累这一大摊家当,你能过上现在的日子吗? 你要是还认我这个老子的话,赶快给我请一个有名的律师。我就不信这个官司能输!"金宏远说完,把手中还剩的半只烧鸡狠狠地摔到地上,一扭头,竟直接穿过紧闭的玻璃窗,飘到屋外。

金大鑫看得目瞪口呆,连声喊道:"爸爸! 爸爸!"可是金宏远就像没有听到一样,头也不回地在半空中飘着,飘着,越飘越远,越飘越小……

　　眼见父亲的身影彻底消失在一幢大楼的背后，金大鑫心情复杂地闭上了眼睛。

　　"爸爸怎么会是这样的人？"他默默地问自己。

　　"你想说什么？"一个声音在他耳畔响起。他睁大眼睛往四周看了看，没有发现任何人，只有他自己孤独地坐在钢筋混凝土的森林里。

　　"我想知道，他怎么能对孩子下手？这是真的吗？"他重新闭上眼，颤抖着双唇问，像是回应那个声音，也像问自己。

　　"孽障！连你都相信是真的，别人能不信吗？你倒好，不仅信以为真，还发布公告，这不就是要明白告诉天下人，你老子的确做什么缺德事了吗？！"父亲的声音如闷雷般在他的耳边响起，震得他一下子弹跳起来。可是当他睁开眼睛四处寻找时，身边一个人都没有。

　　"怎么回事？难道我爸真被冤枉了？"他对着密密麻麻的摩天大楼扯开嗓门大喊起来。然而无论他如何用力，没有人出来回答他，只有他自己的回声一遍又一遍地在耳际轰鸣……

　　金大鑫彻底绝望了。他重新瘫坐在地上，双手抱住脑袋，一遍又一遍地从心底里发问："爸爸呀爸爸，您到底做没做？做没做？人家可是个孩子呀！"

　　"孩子？你大概还不知道吧，你老子就喜欢对孩子下手！这回你算看明白了吧？他是个十足的变态狂！"一个既熟悉又陌生的声音在他的近旁响起。他抬头一看，那人就在近前，个子不高，头戴深灰色礼帽，身穿深灰色长风衣，衣领高高竖起，正手插风衣的斜兜里，抖动着右腿。只可惜，那人的脸极其模糊，怎么也看不清。

　　"你是谁？"金大鑫感觉这个人真怪，大热天里竟然穿着这么厚的衣服，忍不住问道。

　　"我是谁不重要，重要的是你老子的确是个变态狂，哈哈，哈哈哈哈！"言毕，那人一转身走了。

　　"我不信！他刚才还说他不会输官司！"金大鑫用尽气力对着那个人的背影大喊道。

　　"输不输官司他说了不算，法律说了算！他大概以为自己有钱就一定能赢官司,告诉你,未必！这回他算是输定了！"那人边往前走,边幸灾乐祸地说。

金大鑫怔怔地看着那人的背影,突然发现那人很像一个人,却怎么也想不起来到底是谁。眼看那人越走越远,他的脑海里才蹦出一个人的名字:"万运来！对,就是他！他为什么如此笃定地说我爸真有问题？难道是……"想到这里,他不禁打了个激灵。但是他又不肯轻易相信自己的猜测,便对着那人的背影大喊一声:"万运来,我们两家往日无怨,旧日无仇,你为什么要陷害我爸？"

"大鑫,你瞎喊什么呀？我爸什么时候害你爸了？"金大鑫抬头一看,原来是万淼淼。只见她身穿一袭红底金丝绣花旗袍,旗袍上面盘龙戏珠的图案非常抢眼,也给她平添了几分富贵妖娆之气。

"你怎么来了？"金大鑫极力压抑着自己的情绪,问道。

"我怎么就不能来呢？"万淼淼忸怩了一下,蹲在金大鑫的身边,红着脸说,"人家到处找你,累个半死,你也不安慰安慰人家！"说着,她居然把嫩藕般的胳膊绕到金大鑫的脖子上。

金大鑫本来就不太喜欢万淼淼,加之他猜想父亲被抓极可能与万运来有关,现在更加不愿与她接近了。他伸手试图掰开那条绕着他的胳膊,可是不知为什么,他的手虚软无力,根本就掰不动她。更要命的是,他的鼻孔中充盈着她身上飘散出来的神秘香气,他说不出那是一种什么样的香气,像百合,又像茉莉,还像玫瑰……总之,他越来越晕眩,越来越窒息。

"你……你想干什么？"金大鑫拼尽全身的气力质问道。他原以为这个声音一定会惊天动地,待发出后,才发现比蚊子的嗡嗡声还要低。尽快如此,她还是听见了。

"你说呢？"万淼淼嗲声嗲气地反问道,同时将猩红的双唇凑到他的唇边。她的气息很急,有一种急不可耐的迫切感。他感觉很狼狈,想躲又躲不开,想叫又叫不出。而她似乎很享受他这种无法逃脱的样子,竟直接把双唇压在他的嘴上,然后慢慢地把舌头吐进他的口中。他浑身一阵战栗,本想一把推开她,却鬼使神差地配合她翻卷起来……

也不知又过了多久,她终于松开他。而他旋即瘫软在地。"哈哈哈！哈哈哈哈！"她一阵狂笑,"从今天开始你就是我的啦,不仅你的小身子属于我,你的金氏股份也属于我啦!"说毕,她伸出右手食指轻轻地在他的脸上画着圈圈,画完一个,又画一个,那样子既轻佻,又放肆。而他竟然只能眼睁睁地看着她肆无忌惮地做着这一切。

万淼淼在金大鑫的脸上画了一会儿圈圈,突然一甩手,"啪"的一下抽在金大鑫的脸上。金大鑫只觉金星四溅,头痛欲裂。他试图扶地而起,却依然瘫软无力,只能从嗓子眼里艰难地挤出几个字:"你……你疯了?!"万淼淼一甩金色长发,瞪大那双标志性的丹凤眼,咬牙切齿地说:"王八蛋,敬酒不吃吃罚酒,让姑奶奶等了这么久!"

金大鑫怒火中烧。在他的记忆中,即便是父母也没有动过他一根手指头。现在,万淼淼居然敢对他下手,是可忍,孰不可忍!他想一拳打将过去,把这个疯女人捶个半死,可是胸口就像压着一块巨石。"哎!怎么会这样?"他干脆闭上眼睛,任凭万淼淼行事。奇怪的是,他并没有感觉到新的袭击,甚至连叫骂声都没有了。周围一片寂静,偶尔有几丝"沙沙"声音从遥远的地方传过来。他屏住呼吸,仔细辨别这种声音来自何方。没多久,"沙沙"声越来越大,越来越近。一阵微风吹过,他嗅到了一股沁人心脾的幽香。这种幽香和万淼淼身上散发出来的完全不一样。它更淡、更甜、更醇、更令人心驰神往。

"大鑫,你怎么会睡在这里?"一个完全不同于万淼淼的温柔女声取代"沙沙"声在他的耳畔响起。他感觉这个声音非常熟悉,却一时想不起是谁。他想睁眼看看,却怎么也睁不开。万般无奈之下,他用手抻开两只眼的上下眼皮。

视线所及,一片昏暗。朦胧中,金大鑫看到身边围着一众美女,似乎都在什么地方见过,又似乎都没见过,她们都扭动着腰肢,争先恐后地向他做着各种极具挑逗意味的动作。他无心应付,只微微蠕动了一下双唇,问:"刚才是谁跟我说话?"话音刚落,这些妖娆的美女纷纷说是自己,还问他是否需要服务。他非常厌倦,重新闭上双眼。奇怪的是,周围重归静寂,先前那种特别的幽香再次扑面而来,"沙沙"声也再次不紧不慢地响起。

"大鑫,你是不是生病了?"先前那个温柔的女声再次在金大鑫耳畔响起。他不再试图睁眼,也没有立即回答问题,只是把他之前交往过的美女一个个在脑子里放起电影来。那些美女个个如花似玉、娇媚可人,只是全部面呈哀怨之色。他打了个激灵,对自己游戏人生、玩弄美女感情的不堪往事深感愧疚。"怪谁呢？谁叫我玩弄她们呢?!"他开始自责起来。

"大鑫,你脸色不好,是不是生病了？我陪你去医院吧!"那个温柔的女声离金大鑫越来越近。他甚至感觉到了一股气流冲到他的脸上,暖暖的,痒痒的,非常舒服,非常安逸。

"来,我扶你。"女声再次响起。

"木林,你怎么来了?"金大鑫终于将这个熟悉的女声与郑木林挂起钩来。

"我怎么就不能来?"那人说着,伸出粉红的舌头在他的额头轻轻舔舐起来。

"还是你对我好。"金大鑫喃喃道,"做我的女朋友好吗?"

"你想多了吧？我还没打算做谁的女朋友呢!"那人说罢,释放出一串银铃般的笑声。

"为什么不呢?"金大鑫不死心,试图伸手把她揽入怀中,却听到"喵"的一声惨叫。

金大鑫被吓了一大跳。他慌忙打开床头灯,四下一看,哪有什么郑木林？只有那只雪白的波斯猫孤零零站在地板上,瞪着惊恐的大圆眼看着他！再往手里一瞧,他的手心里竟然还有一小撮雪白的猫毛……

"我怎么会做这种梦?!"金大鑫怔怔地坐在床头,百思不得其解。说句实在话,郑木林那张锥子脸的确令他怦然心动,但自从他爸出事那天中午,他看到她粗糙的大腿后,便已经不再将她列入美女行列。当然,在他感觉孤寂难耐时,他还会忍不住想想她。否则,他也不会向她提出品尝厨艺的要求了。"算了,还是睡吧,看她明天能做出什么样的菜来!"金大鑫把波斯猫赶到楼下,关好屋门和床灯,重新上床入睡。

第九章
两教授荧屏对垒　金大鑫推己及人

　　金大鑫一觉醒来,早已日上天顶。他拉开窗帘,望着外面白花花的太阳,心想:"室外的气温一定不低,还好今天是周六,不必往公司跑。"他伸了个懒腰,信步走下楼梯。客厅里空荡荡的。保姆张姨正缩在沙发的一角盯着电视打发无聊的时光。电视屏幕上,一个浓妆艳抹的大妈正咿咿呀呀地唱着昆剧。偌大的客厅更显空旷。金大鑫讨厌那种拖得很长的腔调,他皱了皱眉,转身走进餐厅。

　　正在低头喝汤的母亲见他进来,呆滞的双眼瞬间充满光芒。"大鑫,你下来得正好,陪我一起吃午饭吧!"母亲言毕,扭头对客厅喊了一嗓子,"他张姨,快给鑫儿盛汤!"

　　"妈,盛碗汤而已,就不要麻烦张姨了!"金大鑫朝正欲起身的张姨摆了摆手,拿起汤碗自己盛了起来。

　　母亲不再坚持,只是心疼地看着金大鑫,絮絮叨叨地说:"大鑫,你起来这么晚,好像还没有睡好,看你眼圈黑的! 这鸽子汤是你张姨今天特意炖的,多喝点补补身子。"

　　金大鑫刚刚在洗漱时也注意到自己的黑眼圈。他知道,那是一夜多梦的结果,还特意对着镜子用手指揉了揉。母亲的话令他再次忆起梦中的情形:我怎么会做那么多乱七八糟的梦?那都是些什么预兆呢?还有,郑木林该回到江海了吧?她真会做菜给我吃吗?她的厨艺到底怎么样呢?

　　"大鑫,你怎么了? 神情恍恍惚惚的!"母亲放下汤匙,理一下略显杂乱的花白头发,关切地问道。

　　"哦,没……没什么。"金大鑫抬头看了下母亲。他发现母亲的神情比他还要恍惚,心里咯噔一下。"哎!"他叹了口气,加快了喝汤的速度。一碗汤很快见底。

他将碗一推，拽了张餐巾纸，边擦嘴角，边起身要走。

"再吃点米饭吧。"母亲劝道。

"饱了。"金大鑫瞄了一眼母亲阴郁的脸庞，很想说几句安慰的话，可又不知该说些什么，只好对母亲说，"我真吃饱了，你也别想太多，最好出去散散心。"

母亲苦笑了一下，算是答复。

金大鑫不再多说，"噔噔噔"上楼去了。

自起床以来，金大鑫还没有打开过手机。所以他进屋的第一件事就是打开手机。这一开不要紧，各种短信、微信争先恐后地涌了出来。他大致翻了一下，发现广告居多，不禁心生烦意。正当他打算将手机扔到一边时，郑木林的微信跳了出来："嗨，金总！我回到江海啦！很抱歉，今天不能请你品尝厨艺了！"金大鑫看后，徒增不少烦恼，心想，又放我鸽子，真是太可恶了，便随手给她发了一个表示愤怒的表情。郑木林立即回复道："大鑫哥莫怪，今晚我有一件非常重要的事情要做，改日一定补上！"在这句话的后面，还跟了一个伸舌头的表情。尽管如此，金大鑫仍然不打算原谅她。他把手机往床头柜上一扔，一头倒在床上生起闷气来。

室外，日光依然白得刺眼，藏在树梢里的知了不时发出凄惨的哀鸣。这令金大鑫更加心烦意乱。他歪头看着窗外，希望在无精打采的树叶下找到那只不识时务的知了，然后想办法把它抓住，摔死，再踏上一只脚，把它碾得稀碎。然而他费了好大劲，也没有找到那只可恶的知了。他无聊至极，双眼毫无目的地在室内搜寻，最终将目光落到挂在墙上的电视机屏幕。他已经很久没看电视了。既然这么无聊，不如看看电视，打发一下时光。反正今天是周六，公司那边也没什么急需处理的事情。

打开电视后，美女主持人正在谈论的话题一下子就吸引了金大鑫的注意力。主持人说："截至上周五收盘，郑重投资在江海能源中的持股比例已升至第二位，距持股第一的中能集团(股份占比14.98%)仅差0.45%了！那么名不见经传的郑重投资会取代中能集团成为江海能源的第一大股东吗？"金大鑫不由得瞪大眼睛，急切地想从主持人的嘴里找到答案。

主持人并没有直接给出金大鑫想要的答案，而是请出了两位同样秃顶的教授。金大鑫与这两位教授都打过交道，知道他们都是国内顶尖的经济学家，只是这两名大牌教授的观点常常相去甚远,甚至针锋相对。两人不仅经常发文互相攻击,还常常在江海卫视上同台对垒,互不相让,只差没有出手较力了。有趣的是,这反而为江海卫视近年来不断下滑的收视率打了一剂强心针。

两位教授刚一坐定,漂亮的女主持人便笑盈盈地把郑重投资是否会成为江海能源第一大股东的问题抛给了他们。岂料这两位一向针尖对麦芒的老对手竟然异口同声地说:"肯定会!"然而当主持人问他们为什么如此肯定时,两人出现了小小的分歧。

微胖的王颂光教授说:"人家背后有江海财团的支持,按目前江海能源530亿的市值来看,0.45%的股份不过2亿多元而已。就算郑重投资拿不出来这笔钱,他背后的财团也肯定支持他!"

王教授的话还未落音,清瘦的陆远达教授便完全不顾正在直播的场景,撇着嘴抢话道:"财团的钱再多,人家也不能把钱白给他! 据我了解,这次郑重投资志在拿到江海能源的控制权,主要还是靠高明的资本运作手法!"然而当王教授追问他郑重投资到底要用什么高明的资本运作手法时,陆教授把眼睛翻向天花板,还用鼻子哼了一声,说:"亏你还是个知名学者! 对这种史诗级的股权争夺战只停留在浅层次的认识上! 他们到底会用什么样的资本运作手法,现在还是特别机密,反正传统的融资模式肯定不行!"

主持人见两位教授刚上来就杠上了,赶忙在一边打圆场:"两位老师先别争,我相信你们讲的都有一定道理。我建议,我们今天先把这个问题留着,等过一段时间,陆教授所说的资本运作方式不再那么机密时我们再来讨论如何?"

陆教授点了点头,还特意用手理了一下那一缕从后脑勺一直盘到前额上的头发。这回轮到王教授不乐意了。他瞪大了又圆又鼓、形似蛤蟆眼的两只大眼睛,不满地说:"什么资本运作手法? 故弄玄虚而已!"可惜,他没有陆教授那么长的一缕头发,其后脑勺上仅在与耳垂齐高处有大半圈窄窄的发带,所以他没法用手理自己的头发,只能用手扶一扶架在鼻梁上、类似啤酒瓶底的高度近视眼镜。

对于王教授的指责,陆教授没有理会,只是气定神闲地看着主持人,似乎在等待她抛出下一个问题,又似乎在借机欣赏她的美貌。

主持人瞄了一眼王教授,如他所愿地抛出了第二个问题:"我记得今年年初的时候传出过张弓长董事长告诫江海能源高管当心'野蛮人'恶意收购的事情,请问两位教授对此怎么看?"

王教授一听,立马来了精神,笑呵呵地说:"是有这么回事,当时张董事长说,江海能源的股价太低,要想获得江海能源的控制权只需要200亿元左右就行,他也的确提醒过高管们要当心门口的'野蛮人'。不过,你们可能不知道,张弓长董事长其实还是非常享受江海能源股价被低估那段时光的,因为那样的话他就可以和他的高管团队有充足的时间低价增持江海能源,甚至借助资本市场的力量实现管理层控股了!"

"哦,还有这事?"主持人一脸惊讶地问,"听说张弓长董事长当初是主动放弃个人作为江海能源第一大股东权利的,为什么过了20多年,他反倒要动控股的心思呢?"

"哈哈!"王颂光教授微微一笑,说,"这就叫彼一时,此一时! 那是人家张董事长有政治头脑,知道在当时的氛围下,个人控股国有企业会被人家戳断脊梁骨,弄不好还会栽进去。但是现在不同了,他亲眼见到那么多人没费吹灰之力就将国有资产转到自己手上,也开始不淡定了嘛!"

"主持人,对王教授这种观点,我不敢苟同!"陆远达教授再次理了一下额头上的那缕头发,接过了话茬,"首先,我只知道张弓长董事长告诫高管要当心门口的'野蛮人',没听说过他私下增持股份的事,就算有这种行为,那也是不忍心看到自己亲手带出来的上市公司被市场甩卖,而不像王教授说的那样,因为眼红别人占了国有资产的便宜。"

"我可没说张董事长眼红别人!"王教授忙不迭地摆手撇清。

"对,王教授的确没说,我和观众朋友们都能够做证。"主持人再次出面打圆场,并抛出一个新问题,"请问两位教授,你们如何看待江海能源大股东可能易手这件事呢?"

金大鑫盯着电视屏幕默默地想,是啊,我也想知道两位教授是怎么看待这种事的! 可惜,就在这个节骨眼上,电视台却暂停直播,推出了令人眼花缭乱的广告。

在等待广告结束的几分钟时间里,金大鑫感觉特别无聊。他拿起手机查了下微信,希望能收到来自郑木林的新消息。可惜,他并没有如愿,只好随手给她发了几朵小花,算作一种牵挂。

电视画面终于重新切换到两位教授的脸上。这回是陆远达教授首先亮明观点:"我认为,郑重投资此次来者不善,妄图携资本力量,控制实体经济,这是不道德的,对国家经济安全也是非常危险的。张弓长董事长将江海能源一手带大,他视江海能源为自己的孩子,那是付出真感情的。现在有人要从他的手里抢孩子,要抢他孩子的那个人以前名不见经传不说,将来会对他的孩子怎么样,也非常不确定。所以他哪天要是出面阻止郑重投资控股江海能源,这一点也不意外。"

"嘿嘿!"王颂光教授冷笑一声,晃着大脑袋道,"还用上道德标准了!"

"为什么不能用道德标准?"陆教授轻轻抹了一下鼻翼,反问道,"难道企业家就不该讲道德吗?"

"我可没说企业家不该讲道德!"王教授再次报以轻蔑一笑,说,"企业家首先应遵循法律法规,其次才是道德。您刚才过分强调郑重投资试图控股江海能源的行为是不道德的,这有点本末倒置。逐利是资本的基本属性。江海能源是公众企业。如果资本发现控股江海能源有利可图,那它完全可以在法律法规允许的前提下获取江海能源的控制权。当然,如果江海能源先前的大股东不想改变自己原有的第一大股东地位,那他们完全可以出手反击。至于张弓长董事长嘛,从目前的持股结构来看,他个人的持股仅有0.52%,充其量只是个持有少部分股份的高级而已。所以他只要遵守作为高级职员的职责就可以了,没有任何理由可以阻止别人获得江海能源的控制权!"

"哎,王教授呀王教授! 看来你受西方经济学的影响太深,你的言论完全从维护资本的利益出发,丝毫不考虑我们国家实体经济的安全与稳定! 也丝毫不考虑实业家创业的艰辛!"陆教授以一副恨铁不成钢的口吻说。

"别急啊,陆教授! 我们这里探讨的是经济学问题,不是道德问题。从经济学的角度,市场上发生兼并收购行为都是完全正常的。如果国家认为某一个实体经济领域重要,可以用相应的产业政策来保护它。至于您说的实业家创业艰辛,我也深有体会。但市场就是市场,市场只尊重竞争,不会同情眼泪。况且,有时候创业家是真流泪,还是假流泪,我们未必看得明白。"王教授摇晃着大脑袋慢条斯理地说。

"你这是什么意思?"陆教授涨红了脸问。

主持人也睁大了好奇的眼睛等待答案。

"我是说,张弓长董事长虽然创业艰辛,但他现在对江海能源的态度到底是因为关心企业,还是因为关心自身的利益,比如担心失去董事长位子,我们并不清楚。"王教授说到这里停住了。

"那您认为他到底是出于什么考虑呢?"主持人问。

"这个我还说不清楚。我只知道2015年股灾时,江海能源的股价跟大多数股票一样跌得不像样子。当时证监会曾号令上市公司增持自己的股份。很多上市公司虽然对未来经济前景心中没底,但出于对自家公司的信心或责任,还是出手增持了。有意思的是,江海能源虽然也公开发布增持公告,但包括张弓长董事长在内的公司高管却暗地里大肆减持套现。试想,他们如果真在乎自己的公司,怎么会在这种节骨眼上抛售手中股票,让别人得便宜呢?"王教授说完,歪头瞄了一眼陆教授。

"您说的事的确发生过。但当时情况特殊,谁知道未来经济前景会怎么样呢?"陆教授说。

"既然您说张董事长把江海能源看成自己的孩子,那么情况再特殊,他也不该抛弃自己的孩子。您说是吧?"王教授再次把球踢给陆教授。

"这个……"为掩饰自己的尴尬,陆教授再次用手理了理额前那一缕头发。

好在王教授见好就收,并不想让自己的老对手太没面子。他以高高在上的布道者口气总结道:"总的来说,我的观点就是,竞争的事情让市场来解决,我们完全没有必要对郑重投资收购江海能源强加任何道德标准。至于张弓长董事长,我完全理解他对自己所创企业的情感。如果将来郑重投资果真获取江海能源的第一大股东地位,并且张董事长果真被郑重投资罢掉董事长,那他也不是败给郑重投资,而是败给了他自己认知上的不足,以及他对资本规则的轻视态度!"

王教授的话令正在收看电视的金大鑫打了个寒噤。他木然起身,默默地在心里念叨着王教授话中的两个关键词:"认知""资本规则"。

金大鑫念叨几遍后,不由自主地想到了自家的企业。他想,金氏集团走到今天这一步其实首先应归因于自己认知上的不足。若不是他前几年在没有认清运亨集团真实价值的前提下一意孤行,以过高的价格并购运亨集团,金氏集团也不至于背上80多亿元的巨额亏损,金氏股份同样不至于沦落到要被突然冒出的楼上楼集团抢占控股权的境地。想到这里,他对张弓长董事长竟然有了一种同病相怜的感觉,尽管无论从企业规模还是从企业性质来看,金氏集团都无法与江海能源相提并论。"哎,也不知道张弓长董事长会不会接受江海能源被郑重投资控制?"金大鑫感觉这个问题很残酷,便随手关掉电视,坐到窗前的藤椅里发起呆来。

窗外的阳光依然白花花的,晃得人眼都睁不开。金大鑫只得眯起双眼,一边忍受知了的哀鸣,一边猜测郑木林的动向:她到底有什么重要的事情,非得狠心放我的鸽子呢? 是她老家来人了,还是交上男朋友了?

第十章
郑重密会张弓长 话不投机半句多

郑木林的确有一件重要的事情要做。这件事远比老家来人，或与男朋友约会更加重要。上午10点多的时候，她刚走出返回江海的飞机，就接到了郑重打来的电话。郑重叫她推掉晚上的活动，陪他一起与一个重要人物会面。至于那个重要人物是谁，她刚问了一句，便被郑重不耐烦地打断了："你问那么清楚干什么？你只要打扮得漂漂亮亮就行！"郑木林只好满口答应。

下午4点多钟，郑木林就给自己做好了简餐。她匆匆吃完晚饭，便一头扎进淋浴房里，给自己做了个彻底的清洗，吹干头发后，一屁股坐在梳妆台前，仔细打扮起来。这一坐不要紧，足足一个小时之后，郑木林才从梳妆台前站起身来。她对着镜子再次审视了一下自己那张精致的锥子脸和凹凸有致、白白净净的身子，虽然对刚画好的眉形还不甚满意，但想到时间已剩不多，只好移步衣帽间。

郑木林租住的这套两室两厅房本来就不小，面积有120平方米，一个人独住，绝对奢侈。她的衣帽间其实是这套房的另一室。最近半年多来，郑重不知发了什么神经，不仅大把给钱让郑木林购买名牌服装、鞋帽和各种限量版包包，还常常去商场替郑木林挑选服饰及化妆品。所以她的"衣帽间"很快就摆得满满当当。不过，衣服多也有衣服多的烦恼。面对着满屋子花花绿绿的服饰，郑木林一下子犯难了。郑重叫她把自己打扮得漂漂亮亮的，但并没有告诉她晚上的会见对象是谁。这无疑为她决定穿衣风格制造了不小的障碍。

郑木林先给自己挑了一件白底紫花锈金边的旗袍，穿上后对着镜子一看，发现太老气，赶忙脱了下来。接着，她又套了件淡粉色连衣裙，对着镜子照了照，发现太死板，赶忙又脱下来。如此换来换去，折腾了大半天，不禁香汗淋漓起来。她只好光着白花花的身子跑进浴室里再冲一下，并重新给自己的脸上补好妆。在做这些事的时候,她无意中看了看挂在墙上的石英钟,已经7点多了。郑重说7点半司机小陈会过来接她,看来,她必须要以最快的速度完成穿衣任务！到底穿什么好呢？她在脑子里快速盘算着。

"算了,管他见谁,我走清纯路线总不会出错！"郑木林想到这里,再次冲进衣帽间,取出了一件淡紫色吊带裙套在身上,对着镜子一看,还真不错——香肩尽露,丰乳凸现,最重要的是,因为裙摆仅及下臀,这使得她修直的大长腿特别惹眼。就是它了！她愉快地找来一根淡紫色发箍套在头上,又挑了双淡紫色细根皮鞋,对着镜子转了几圈,感觉非常满意。最后,她从几十只大大小小的包包里挑了一只小巧的乳白色鳄鱼皮坤包,往肩上一挂,再望镜子里一瞧,还真是特别清纯！恰在这时,放在隔壁的手机响了。她走过去接通手机,是司机小陈打来的。她最后又望了一眼镜中的自己,便"噔噔噔"下楼去了。

郑木林坐进副驾驶室后,向小陈笑着打了招呼,便头枕座椅背,闭目养神起来。没多久,车子徐徐停下。郑木林知道郑重即将上车,赶忙睁开眼睛,坐直身体。司机小陈则快速打开车门,小跑着绕到车子右侧,拉开车门,笑呵呵地等着郑重走近。

郑木林扭头朝郑重笑了笑,算是打过招呼。郑重则报之以同样的微笑,随后,一扭屁股,坐进了后排右侧。郑重依然没有说话。郑木林也没有问他要去哪里。她从刚才那一瞥发现,郑重今天的衣着非常讲究,上身穿白底小蓝格T恤,下身穿银灰色西裤,脚穿棕色中跟皮鞋,那双皮鞋被擦得锃亮,亮得甚至都能照出郑重刚刚修剪的板寸头,以及那中等微胖的身躯。这身行头,是一向不修边幅、穿着随意的郑重不久前刚刚置办的,总共花费两万多元。再联想到郑重那故作愉悦,实则略带紧张之色的表情,郑木林意识到他今天晚上要见的那个人非同小可。因此,郑木林暗暗告诫自己,一定要多观察,少说话,绝不能在这个节骨眼上让郑重有任何不适。

轿车在绿树掩映的大街小巷中又快速而平稳地穿行了大约20分钟,才缓缓停在一处朴实无华的石库门前。车子刚一停稳,早已等候在门口的两个身穿黑T恤、黑长裤的壮硕年轻人快速跑了过来,其中一个年轻人熟练地拉开了车门,并用右手挡在车门上框处。郑重下车后,直接朝石库门内走去。郑木林见状也快速跟了上去。

　　石库门内是一个比较开阔的院落，院内灯火辉煌，花草摇曳。郑重和郑木林在两名身着浅绿色麻布汉服的妙龄女子引领下，拾级走上二楼的会客室里。会客室内已经坐有一人。那人见郑重进屋，忙放下手中的小茶碗，起身迎了几步，抓住郑重的手一边使劲摇动，一边说："郑兄还是这么准时，佩服！佩服！"说罢，又朝郑木林挤挤眼说："几天不见，大美女变得更漂亮了！"

　　郑木林知道那人是郑重的好朋友，姓艾，名圆昶，是一个非常有名的实业家，便挤出笑容朝他微微鞠了一躬道："艾总又要取笑人了！"

　　艾圆昶眯眼看着郑木林，却用手拍了拍郑重的肩膀嬉笑道："哈哈，我哪敢开你的玩笑！还是郑兄有福气呀，身边还有如花似玉的美女陪伴着！"

　　郑重咧咧嘴，也拍了拍艾圆昶的肩膀，说："艾兄客气，您要是想找，什么样的美女找不到？"

　　艾圆昶也不反驳，却瞬间换了一副严肃的面孔说："哈哈！不说这些了！今晚这场会面不容易啊，你不知道我跟老张费了多少口舌他才答应！等会儿你们见面后，说话千万要客气点，人家怎么说也在能源领域做了这么多年，是德高望重的知名企业家！"

　　"那是那是！你不说我也会掌握这个分寸。"郑重一边说，一边在艾圆昶的示意下，在长条形茶桌靠门一侧的中间位子上坐下，而郑木林被安排在他的右侧。

　　"你坐哪？"郑重欠了欠身子，问艾圆昶。

　　"我嘛，哈哈……"艾圆昶说着，在长条形茶桌的侧边位一屁股坐了下来，"我坐在这里就行，不能喧宾夺主，是不？"

　　"啊哈……"郑重略显尴尬地笑了笑，"让艾兄费心了！"

　　"这是什么话？我只是做了个中间人而已，你们见面后能谈成什么样，我可不敢打包票！"艾圆昶说。

　　"谈成什么样我都不会怪你。你能把张总约过来，我已经非常感谢了！"郑重说着看了看表。

　　"郑兄不用看表，老张一向守时，如果我没猜错的话，他现在应该已到楼下了！"艾圆昶说完，侧耳听了听，随即就从刚刚坐下的位子上起身往门口走去。与此同时,郑重也手撑桌面站起来,转身就准备跟上去,因为动作太急,差点带翻了刚才坐的那张高背红木椅。

郑木林看着艾圆昶与郑重那颇为紧张的样子,心想,一定是他们要等的那个"老张"到了。不过,她也非常好奇:这个老张到底是个什么人物,会让自己的老板和在实业界叱咤风云的艾圆昶都如此重视和紧张呢?

随着一阵不紧不慢的鞋跟敲地声,一个精干的小老头和一个身材挺拔的美女一前一后出现在包房门口。原来是张弓长和他的小娇妻周璐璐。郑木林虽然没有见过他们,但因为他们都是名人,经常活跃在各种媒体上,所以一眼便能认得出来。"怪不得老板和艾圆昶都这么重视!"郑木林心里想着,不由自主地起身走到郑重的身后,双手搭在腹前,恭恭敬敬地候着。

"弓长兄,您来得可真准时呀!"艾圆昶向前一步抓住张弓长递过来的右手,使劲握了握,紧接着向周璐璐点了点头。周璐璐则微微一笑,算是回应。

"是吗?"张弓长抬腕看了下表,慢条斯理地说,"可是你们已经提前到了。"

"应该的!应该的!您是老大哥,我们理应提前恭候!"艾圆昶说着,用手指了指郑重,"这位就是郑重,郑总。"

艾圆昶的话音还未落,郑重一个大跨步走到张弓长近前,微微一低头,同时伸出左右手,满脸堆笑着说:"久仰张总大名,今日得见,非常荣幸!"张弓长迟疑了一下,还是递出右手,轻轻捏了一下,便迅速抽回。

艾圆昶又指着郑木林介绍道:"这位是郑总的秘书,小郑。"

张弓长从嘴角挤出一丝笑意,算是打过招呼。虽然如此近距离地见到改革开放后首批教父级企业家的机会并不多,但郑木林并不激动,也只是礼节性地向张弓长微微鞠了一躬。

艾圆昶介绍完双方客人,便将张弓长及周璐璐安排在背墙面门的位子上坐下,自己也在原先坐过的位子上坐下来。眼明手快的服务员利索地给大家倒好茶,便知趣地走开,并轻轻掩上房门。

"张总,您是中国企业家的榜样,您的故事对我下海创业并做到今天的体量有很大的帮助,所以从一定意义上来说,我应该喊您老师!"郑重客气地打破了屋内的沉闷。

"是吗?"张弓长冷笑道,"我可不敢当!"

"是的,是的,您千万别客气!"郑重的语气明显有些巴结之意,"我是'70后',1973年出生的,今年48岁。"紧接着,郑重开始滔滔不绝地讲述自己如何通过多次复读最终考上江海水产大学;在大学里如何通过勤工俭学为家庭减轻经济负担,如何将课堂里了解到的张弓长的创业故事运用到勤工俭学实践;大学毕业后如何进入一家水产研究所,在水产研究所又是如何不务正业,利用业余时间偷偷练摊,从而为自己积累了第一桶金;有了第一桶金以后,他又是如何大着胆子炒了水产研究所的鱿鱼,弄到一块不被人看好的建设用地,后来这块建设用地又是如何因为地铁8号线的规划建设而迅速成为江海市人人艳羡的黄金地块,从此在房地产开发上越做越大,越做越强;再后来,他又是如何提前察觉国家对房地产业的态度由支持向收紧转变,从而果断收缩房地产战线,转而加入投资家行列……郑重越说声音越洪亮,越说口气越得意。

郑木林对郑重所说的一切早已了如指掌,根本不需要再听。同时,她也知道,在这种场合,她不过是个摆设而已,是绝对没有说话机会的。所以在郑重如醉如痴地介绍发家史的时候,郑木林开始若无其事地观察屋内的设施和每个人的反应。屋内的设施很简单,一张桌子,几把椅子而已,唯一亮眼的是正面墙上的那幅油画。这幅油画的画面是一群衣不蔽体的野蛮人争抢一只长颈鹿,眼看长颈鹿就要被一个年轻壮汉抱到怀里,但那群野蛮人的身后居然蹿出来一只张开血盆大口的猛虎……郑木林不懂油画,也不知道这幅油画是哪一个名家的大作,只是觉得这幅画非常好玩。她想,那群野蛮人忙了半天,眼看就要抓到长颈鹿,但最后的结果肯定是白忙,如果逃得不快,说不定还会搭上自己的性命。想到这里,她不禁感慨世事无常,并同情起那个年轻的壮汉来。

郑木林不忍继续看画。她借低头喝茶的功夫平复一下被画面搅乱的情绪,然后环视一圈屋内每个人的脸。她注意到,张弓长的表情依然保持着僵硬状态,丝毫没有被郑重眉飞色舞的演说所打动。"这家伙真是个老狐狸! 他心里到底在想什么呢?"她开始端详起张弓长来。张弓长是1955年出生的,今年已经66岁,然而从面相来看,不过60岁而已。他蓄着板寸头,略有花白,却一根根精神抖擞地直立着;面色红润,眉骨清奇,只是鼻翼两侧的深沟让他看起来比一般人冷峻得多;他的身高应该不足 1.70 米,却胸肌发达,身材匀称,上穿纯白紧身老头衫,下穿深灰色紧身运动裤,脚穿白色运动鞋,浑身上下力道尽显。"这是一个不服老的典型呀!怪不得这么大年纪还去招惹小美女!"郑木林想,并不由自主地又将视线滑向他身边的那个女人。

从男人的眼光来看,周璐璐绝对是一等一的大美人:瓜子脸,柳叶眉,双眼皮,大眼睛;微挺的鼻梁,殷红的嘴唇;两只白里透亮的耳朵,一张吹弹可破的嫩脸;满头茂密微卷的黄发垂及香肩,一对饱满高挺的圆乳撑满罗衣……乍一看,颇似某位香港巨星,以至于她走在大街上经常被人当作那位巨星围观。一般人遇到这种情况,肯定烦死了。但周璐璐不一样,她特别享用这种被人围观,被人景仰的感觉。

事实上,周璐璐以前长得远没有这么漂亮。刚上大学时的她还是个大脸盘,塌鼻梁,皮肤粗糙,毛发干枯的丑小鸭。两年大学一读,眼看着身边的女同学一个个都有了男朋友,而她却一直无人问津,就连她苦苦暗恋的那个五大三粗却成绩优异的男生,也被她的室友从她的眼皮底下抢走了。她极度苦闷,常常自怨自艾,夜不能寐。一个偶然的机会,独自在校外小卖部旁边徘徊的她被一个泥鳅一般的小男孩塞了张小广告。她本想把那张小广告揉成一团,随手丢进垃圾桶里,却因为百无聊赖,鬼使神差地瞄了一眼小广告上的标题。这一看不要紧,竟然开启了她乌鸦变凤凰的蜕变历程。

原来,那是一张贷款广告。广告的标题简单而直接:"你想变漂亮吗? 让我来帮你!"这个标题令周璐璐眼睛一亮,强烈的变美之心驱使她一口气看完了那张小广告。"你只需告诉我们你想变成什么样的明星,我们就能帮你圆梦! 整个手术简单易行,价格仅要 10 万元!"看到这里时,她刚刚燃起的希望一下子就破灭了。对她来说,10 万元绝对是个天文数字。她出生于西北偏远地区的一个小县城,父母都是一个小皮鞋厂的工人,收入极其微薄。为了供她读大学,家里不仅把仅有的 2 万多元积蓄全部拿了出来,还东挪西借欠了一屁股债……"哎!"她仰望着天空长叹一声。许久之后,她才将目光重新落到那张小广告上。看着看着,她竟然重新燃起了希望之火。"如果你没钱,千万不要急,你只要写下一张欠条,我们立即把钱打到你的银行卡上!"她一边感叹天无绝人之路,一边掏出手机拨通了小广告上留下的电话……

　　半年之后,周璐璐果真旧貌换新颜。虽然还远没有当下这么漂亮,但已经可以在大街上吸引一些轻狂之徒的注意力了。不过,关于她的风言风语也多了起来。有人说,她为了借到那笔钱,在半推半就中配合放贷人拍下了手持身份证的全裸照片。有人说,她因为不能按时分期偿还贷款,天天被人打电话要挟催债,说要把她的照片寄到她的老家和学校。有人说,她被催得最紧时,差一点投河自杀,而救她上岸的人恰好是一位发廊老板,那位老板因为看她长相还行,先是破了她的处女之身,后来干脆让她一起帮着接客,总算赚到了可以分期付款的钱。有人说,她在那位发廊老板那里干了一段时间后,逐渐沉迷于这条挣钱路子,加上有了积蓄之后,又去进一步美容,人也变得更加好看,便走进了更加高档的会所,从此在"接客—美容—接客"的路子上越走越远,以至于竟然挤进了一些"名媛圈",还在几部只拍摄没上映过的电视剧里客串过一些无关紧要的角色。

　　不过,上面那些传言都没有被证实过,加上后来她傍上了大名鼎鼎的张弓长董事长,一下子成了张董事长身边小鸟依人般的情人,社会上对她的议论便只能在私下里进行了。有一次,某一个大V在自己的微博里爆料周璐璐的过去,一下子惹恼了张弓长。他通过公司律师向那个大V发了张律师函,要他立即删除微博,并公开道歉,否则将诉诸法律。大V没办法,只得照做。从此,网络上对周璐璐的言论再也不敢那么放肆。反倒是张弓长和周璐璐自己耐不住寂寞,会隔三差五地通过微博、微信等途径晒恩爱。

　　"哎!生活不易!既然张弓长喜好周璐璐那口,就让他喜好去吧!"郑木林提醒自己。尽管如此,她还是忍不住想,张弓长也算是见多识广的人,难道一点都看不出周璐璐只是个人工美女吗?

　　张弓长又不傻。他当然知道周璐璐并非天然美女,仅从她不停地向他要钱去美容店,并且每次回来都会更加漂亮,他就知道得一清二楚。不过,他对这些真不介意。不仅不介意,反倒非常乐见周璐璐整容。因为周璐璐整容的目标是香港的那位巨星,而那位巨星正好是张弓长的梦中情人。他早年曾经尝试过追求那位梦中情人,也撒了不少钱出去。可惜那位香港巨星早已委身于本港的一位大富豪,而那位大富豪不知要比张弓长当时的身价高出多少,所以张弓长只能暗自咽一下口水。现在好了,他不仅得到了跟那位巨星长相非常接近的美人,而且这位美人还要比那位巨星年轻得多!

"不错! 你的发家史非常感人!"张弓长以一种长者的语气赞赏道,随后话锋一转,问道,"你今天找我们来就是为了谈这些吗?"

"哦……不……"郑重愣了愣神,但很快就恢复了自信和镇定。他挺直腰杆,一挑浓眉道:"作为江海能源现在的第二大股、不久之后的第一大股东,我感觉非常有必要让您多了解一下郑重投资。毕竟我们都是一家人了嘛!"说罢,他扭头看了一眼艾圆昶,接着说,"我来之前也跟艾总交流过我对您的景仰之意。在我们投资这个行当有一句常说的话——'投资就是投人'。我下这么大功夫,动用这么多资金来争取成为江海能源的第一大股东,说到底就是冲着您来的。"

"哦,是吗? 您认为我有这么大的魅力吗?"张弓长冷笑着反问。

"当然! 不管别人怎么看,反正我是非常看好您的! 您是江海能源的开创者和旗帜,过去是,现在是,将来郑重投资成为第一大股东以后,您仍然是! 您作为江海能源旗帜这一点,是需要维护的!"郑重一边说一边留意观察对面两人的表情。他发现周璐璐听得很认真,在听到他说郑重投资成为第一大股东以后张弓长仍然是旗帜时,嘴角露出了会心的笑意。然而张弓长的表情不仅没有因为自己作为旗帜的地位得到郑重的口头允诺而有丝毫舒展,反而面露讥讽之意。那意思似乎就是说,就凭你,也配封我为"旗帜"? 不过,郑重并不是太在乎张弓长的反应。他想,跟你说是给你面子,既然你不在乎当这面"旗帜",那我完全可以成全你! 他努力压制内心里的不平,又补充了一句:"我今天是带着诚意来拜访张董事长的,说一千,道一万,都是为江海能源好!"

"为江海能源好?"张弓长问完这句话,哈哈冷笑两声,接着说,"你要真是为江海能源好,就不要谋求第一大股东的地位!"

张弓长的笑声和刚才说的那句话,令在场的每个人都颇为吃惊,其中也包括周璐璐。她仿佛怀疑自己听错似的,特意扭头定睛看了看张弓长,发现他的态度非常坚决,才失望地低头寻找小茶碗,以掩饰自己的不安。对于周璐璐的神态变化,郑重看得非常真切,他明白,她那是担心张弓长离开董事长的位子之后,不能继续获得每年上亿元的年薪,而她自然也就失去了继续美容以及享受奢侈生活的经济来源。于是，他决定在经济上做点文章。"张董事长，我希望成为江海能源的第一大股东，这是经过深思熟虑的，请放心，没有哪个第一大股东不想把企业搞好！我成为江海能源第一大股东之后，继续维护您的地位，这也是经过深思熟虑的。如果您不希望继续当江海能源的旗帜，我也没办法强求您那么做。不过，您知道，当不当江海能源的董事长，收入上可是有巨大差距的！"郑重软中有硬地说。

"哦？这么说我还得感谢你呢！"张弓长彻底将脸阴沉下来，一字一顿地说，"不是我看不起你，你现在还远没有达到成为江海能源第一大股东的水平。想要成为江海能源的第一大股东，你还要好好修炼才行！"

郑重万万想不到张弓长这么不讲情面，脸涨得通红，却又不便发怒，只好借喝茶排解心中的郁闷。一旁的郑木林也感觉浑身不自在，似乎张弓长那几句话是冲着她来的，而周璐璐脸上现出的得意之色更令她心里不是滋味。

眼看着会谈陷入僵局，心明眼亮的艾圆昶赶忙替郑重说好话："张兄，郑总跟您一样，也是从底层一路打拼过来的，非常不容易。来之前他就跟我说过，他对您非常敬重，很希望您将来在江海能源里继续发挥作用！"

"是的，是的，我的确说过。"郑重似乎找到了台阶，忙不迭地说。

"这么说，我还得感谢郑先生肯赏我一碗饭吃喽！"张弓长的语气依然毫不客气。

"张董事长既然不肯捧场，那我也不好多说什么。不过，江海能源是上市公司，您如果能留任的话，一定有利于公司股价的稳定。所以从保护广大股东和中小投资者的利益考虑，您继续充当江海能源的旗帜，总该没问题吧？"郑重重拾信心，并换了个理由来表达自己对张弓长的重视。

哪知张弓长仍不领情。他瞪大眼睛，以斥责的语气说："你现在还没有资格跟我说这些！虽说英雄不问出处，或许你将来真有可能成为江海能源的第一大股东，但毕竟你现在还不是。你来跟我说谁做江海能源的旗帜，这非常不合适！就算你将来当上江海能源的第一大股东，你也没有资格跟我说这些！"

张弓长的话再次令郑重满脸通红，也令屋内的气氛变得异常压抑。这反倒激起了郑重的心理逆反。他脖子一梗，皮笑肉不笑地盯着张弓长追问道："张董事长为什么说我没有资格？难道就因为您资历深就可以不尊重大股东吗？"这一问令张弓长猝不及防,也令周、郑两位美女心里一紧。

周璐璐担心张弓长受不了来自郑重的轻薄态度,忙凑到他耳边轻轻问他是不是可以回去了。哪知张弓长根本不在乎,只当她没说一样,以更加强硬的语气说:"说你没资格,是因为你们现在的信用体系还没有建立起来,等你们的信用体系建立起来并且超过江海能源了,我张弓长绝对欢迎你成为江海能源的第一大股东!我们江海能源用了很长时间才建立起现在的信用体系,每一步都实实在在,所以我奉劝你不要太着急,俗话说得好,'心急吃不得热豆腐',郑先生对这个道理不会不知道吧?"说罢,张弓长竟然莫名其妙地哈哈大笑起来。那笑声震得郑重心里一阵慌乱,也震得艾圆昶两眼发呆,更震得周、郑两位美女恨不得早点离开。作为中间人的艾圆昶感觉非常尴尬,甚至后悔不该张罗今晚这场会面。

"张董事长这话说得太绝对了吧?"郑重不服气地自问自答,"江海能源的信用体系的确比较完善,这也是我看中江海能源的原因之一。但是我们郑重投资的信用体系也不差,目前也是AAA级!"

"就算你们是AAA级,在我心里,你们的信用体系仍然比江海能源差十万八千里!"张弓长不依不饶地说。

郑重本想与张弓长再辩论几句,却在无意中看到艾圆昶那里飘过来的眼神,他明白,那是暗示他不要争辩,于是,只好将已到嘴边的话重新憋了回去。

张弓长正在兴头上。他喝了口茶,润润嗓子,继续说道:"郑重投资除了信用体系不行,资金来源也很成问题。"

"为什么?"郑重问。

"这还不简单? 我了解过,你们收购江海能源的资金主要来自短期债务。你们如果只是炒炒江海能源的股票,用什么样的资金都没有问题,你们可以随买随卖,自由交易。但是一旦你们持有江海能源的股份超过总股本的5%,那你们的投资就不是短期投资,而是长期投资了,因为在6个月之内不能进行反向交易。你是做投资的,短债长投是投资的大忌,这一点你应该比我更清楚! 换位思考一下,假如你是江海能源的高管,你会欢迎这样不顾风险管理的大股东吗?"张弓长问。

张弓长的问题令郑重再次哑口无言。他只好又一次端起茶碗,借喝茶来掩饰内心的慌乱。

　　郑木林对郑重投资购买江海能源的资金来源多少了解一些,知道那钱最初是郑重用公司位于黄浦江畔的一栋高档办公楼做抵押向一个隐秘资金平台借的,年利率7%,总共借了50亿元,双方约定资金分步到位。不过,郑重并没有止于此,而是用这笔钱又在另一家隐秘平台按1:5的比例配了资。当然,因为现在还不需要那么多的资金,他目前只用前期借来的部分资金进行配资。所以理论上郑重可有300亿元资金动用。实际上,郑重可动用的资金远不止这么多,因为江海能源是融资融券标的,将来他一旦资金紧张,还可以用手中的股票做担保直接向券商融资,以继续购买江海能源。她见郑重一时答不上张弓长的问题,有心想说点什么,以便替郑重解围,可是她又非常清楚自己压根就没有说话的份。情急之下,她把目光聚焦到周璐璐胸前的吊坠上。

　　"姐姐的吊坠真漂亮!"郑木林看似无意的赞美之词将郑重和艾圆昶的眼光齐刷刷地引到周璐璐的胸前。那块大拇指大小的椭圆形水晶吊坠正静静地躺在周璐璐雪白的乳沟深处,其淡紫的色调与她身上的淡紫色露肩短袖衫恰到好处地融为一体。尤为巧妙的是,紫水晶被镶嵌在"弓"字形黄金框架内,让人一眼便知这样的造型是为了凸显女主人与张弓长之间的特别情分。

　　"嗯,的确是件好东西,看得出设计者没少花心思!"艾圆昶抓住这个话题开始发挥起来。

　　"艾总真是好眼力!"周璐璐说着,羞涩地瞥了一眼身边的张弓长,"设计思路是他亲自提出的!"

　　"怪不得!除了弓长兄,别人还真没有这么用心!"艾圆昶顺势又把溢美之辞送给了张弓长。

　　"哪里哪里!"张弓长轻摇头道,那张紧绷着的脸终于换成了一丝得意之色。郑重和郑木林也随之轻松下来。不过,愉快的气氛仅仅持续了几十秒钟,张弓长便将矛头重新对准郑重的资金来源上面。"你们举牌江海能源的资金是通过循环杠杆层层借的,这种做法在5年前就有人用过了,后来的结局你们也都知道,所以呀……"张弓长饮了一口茶,加重语气说,"我劝你们还是好自为之,早点松手!"

　　张弓长的话令郑重本能地皱了皱眉头,他意识到眼前这个小老头太不识抬举,决定反击一下,也让张弓长知道自己有几斤几两。"张董,您说的这种情况在我们公司根本不存在！第一，我们的资金来源完全合法合规；第二，我们始终把风控放在投资工作的首位，根本不会出现您所说的那种短债长投和循环杠杆的情况！"

"是吗？"张弓长冷笑道，"当年那个姓姚的人也说自己的资金来源合法合规，事实上，在当时也的确如此。但是他们通过万能险快速获取投资资金的模式不还是被监管层叫停了吗？"

"您说得对。但是我们郑重投资绝不是宝能，我们有自己的筹资方式，不可能再走宝能的老路，也没有走宝能老路的政策条件了。"郑重试图强调自己筹资方式的合法合规性。

"郑总能介绍一下你们是怎么筹资的吗？"张弓长追问道。

"这是我们的企业机密，恕我不能相告。"郑重说。

"好！既然你这么说，我就无话可说了。不过，我要提醒你，太阳底下没有新鲜事，你的资金来路到底是不是合法合规，你自己最清楚，也终究逃不过监管层的监控！如果哪一天监管层出面干预你们的收购行为，可别怪我没有提醒过你！"张弓长用极其生硬的语气说完这些之后，瞅了瞅艾圆昶，说道，"时间不早了，今天就到这里怎么样？"

"哦……"艾圆昶抬腕看了下表，脸上露出轻松之色。他用眼神征询了郑重的意见，自言自语道，"已经1点30分了，是该结束了！"

"好！的确很晚了，该结束了！"郑重嘴里说着，眼睛不由自主地又瞟向张弓长，以势在必得的语气接着说，"我最后还想再说一句话，江海能源的基础不错，无论有多大困难，我们都不会放弃收购的努力！也请张董事长放心，我这个人说话算话，收购完成后，江海能源的大旗还会交给您来扛！"

张弓长没有吭声，只在嘴角处现出一丝轻蔑的微笑，紧接着起身往正朝他靠近的艾圆昶身边迎了一步，伸手与其重重一握，再朝郑重和郑木林轻轻点了点头，便挎起周璐璐的胳膊迅速朝门外走去……

"这个老家伙，还真把自己当回事了！"郑重的汽车刚刚驶离石库门建筑，他便粗声粗气地埋怨道，"等我拿下江海能源，看你还这么嚣张！"

第十一章
郑木林拒接来电　万淼淼趁虚而入

郑木林深知郑重与张弓长会面时很不自在，所以一上车便默默坐在副驾驶的位子上闭目养神起来。

郑重的牢骚没有在她的心里泛起一丝涟漪，倒是包里传来的微信提示音引起了她的注意。她抓起手机，打开微信，发现好多条新消息，最上面的那条微信是金大鑫发来的——"明天有空吗？"郑木林心想，这人真是个夜猫子，这么晚还不睡！不过，她并不想立即回复。她在情感问题上并没有非常迫切的需求。另外，她发现，与自己的追求者保持若即若离的关系，反倒更能激发对方的热情。她把手机重新塞进包里，开始考虑天亮后的安排。

明天（实际已是今天）是周日。她需要好好睡个懒觉，中午12点能起床就不错了。而下午，她又约好了闺蜜去一家新开的六星级酒店吃下午茶，拍照，发朋友圈。至于晚上嘛，按惯例，她得把时间留给郑重。她目前的一切都是郑重给的。若没有郑重在关键时刻的接济，她可能还在阴暗的地下室里栖息，根本不可能走出创业失败留下的心理阴影，也无法这么快卸下十几万元的债务负担。郑重对她的要求并不高，只希望她每周陪他一个晚上，并且明言自己只做她的"备胎"，她完全可以大大方方地寻找自己的真爱，不必考虑他的感受。她的父母对她目前的生活状态似乎有所觉察，曾多次以家庭传统和社会伦理方面的理由，软硬兼施地劝她正正经经地恋爱、结婚，可她已经深陷其中，自得其乐，哪里还听得进他们的劝告？况且他们远在异乡，所谓"天高皇帝远"，并不能拿她怎么样！

"你回去吧，明天下午2点过来接我。"郑重的话打断了郑木林的思绪。她睁眼看时，轿车已经稳稳地停在她租住的楼下，而郑重正自己拉开车门准备下车。看来,他今晚就准备在这里过夜。她赶忙解开安全带,一拉车门,走下轿车。司机小陈是郑重的远门亲戚,对此早已见怪不怪,见两人都已下车,一踩油门,轿车便消失在夜色中了。

上楼后,郑重的情绪依然十分激动,不待郑木林刷牙洗漱,就一把扯掉她的衣服,粗鲁地将她扔进席梦思上。随后,他一边疯狂行事,一边叫骂着张弓长的名字,仿佛他胯下之人正是那个"不识抬举"的张弓长……郑木林从没见过他如此狂躁,生怕自己哪句话不妥会激起他更大的愤怒,只好默默地承受着眼前的一切,连大气都不敢出一口。郑重毕竟已经不是二八少年,两轮狂轰滥炸之后,终于瘫软下来,像一只温顺的猫咪一样蜷缩在床上,只有两只眼睛射出的凶光让郑木林意识到,即便如此,他依然没有泄掉心中的怒火……

"……静止了所有的花开/遥远了清晰了爱……"一阵舒缓的音乐之后,周杰伦的歌声响了起来。郑木林知道,那是她特设的电话铃声——她睡前太疲惫,居然没关手机!电话是金大鑫打来的。她看了看身边的郑重,赶忙按下拒绝键。

"谁?"郑重伸了个懒腰,从嗓子眼里挤出一个字来。

"一个朋友。"郑木林随口应付道。

"怎么不接电话?"郑重追问,语气中明显充满了怀疑。

"我怕影响你休息。"郑木林揉了揉眼睛说。

"不影响,我这不是醒了吗?"郑重抬腕看了看表,接着说,"已经11点了,我也该起来了!你打回去吧,我给你留空间。"

"不用回了,我估计他也没什么事。"郑木林关掉电话,重新躺到床上。

"哎哟……!"郑重轻声嘀咕道。

"怎么啦?"郑木林抬头关切地问。

"没什么。就是浑身酸软,一点力气都没有!"郑重摇摇头,极不情愿地说。

"哦,我也是。"郑木林慵懒地打了个呵欠,把毛巾被往怀里搂了搂,重新闭上眼睛。

"你真不回电话了?"已经下了床的郑重双手叉腰凝视着昏昏欲睡的郑木林问。

"老大,你今天怎么这么奇怪?"郑木林翻了个身,把背朝向他,嘟囔道,"夜里都被你折腾死了,哪还有力气打电话?!"

"是吗?"郑重突然一阵狂笑,"别怪我,要怪就怪那个张弓长！谁叫他惹我生气呢?"

郑木林听后,不知该笑还是该气,抱紧毛巾被继续装睡。

"别装睡了,还是把电话给人家回过去吧。我猜打电话的那家伙八成是个大帅哥,你要是让人家等烦了,小心他去找别的小姑娘!"郑重就像一位长者那样苦口婆心地劝道。

"亏你想得开!"郑木林埋怨道。

"有什么想不开的? 我们之前不是说好的吗? 你随时都可以从我身边离开!"郑重走到窗前的躺椅上坐下来说。

"哼,说得倒轻巧,人家都被你糟蹋成这个样子了,谁愿意跟在后面做接盘侠呀!"郑木林说到这里,竟一阵心酸,抽泣起来。

"好好的,怎么就哭了?"郑重从躺椅上跳起来,一边往门口冲,一边嘀咕,"我就听不得女人哭！算了,我还是走吧!"

"你不是要小陈2点钟过来接你吗?"郑木林忍住哭泣,扭头问道。

"我一个大活人,他不来接,我还能找不到家?"郑重拉开房门,粗声粗气地丢下一句话,"没人接盘,我就养你一辈子!"言毕,"啪"地一甩手,果真离开了。

郑木林独自躺在床上,内心无比凄凉。她想给金大鑫回个电话,但这个念头仅在脑子里一闪便放弃了,说什么呢? 自己情绪这么糟！她干脆关掉手机,把毛巾被盖在脸上,重新进入昏睡状态。

金大鑫被郑木林莫名其妙地拒接电话,心里略显惆怅。"人要是倒霉,连喝凉水都会塞牙缝!"他不知道自己为什么会想起这句话。"她是天仙吗?"他问自己。"显然不是!"他坚定地告诉自己,他甚至又想起了她那段粗糙的大腿。"那我真的爱她吗?"他又问自己。"显然也不是!"他再次回答自己。"那不就得了嘛!"他从躺椅上一骨碌翻起来,快步走到窗前。

太阳已转至天顶。室外的光白得瘆人。香樟树的厚叶子懒洋洋地打着卷儿,躲在树荫里的知了不知疲倦地惨叫着。看样子,室外的气温还是不低。"也不知道爸爸在里面过得怎么样? 看守所不比家里,有电扇吹就不错了,空调肯定想都不用想!"金大鑫突然想起了爸爸,并对他现在的生存环境表现出担忧来。只是这种担忧转瞬即逝,他甚至还萌生了一丝不大不小的怨恨。这段时间,他被公司的各种危机情况弄得焦头烂额,那顶"强奸幼女犯儿子"的大帽子更压得他几乎喘不过气来,并令他彻底远离了先前那种多少带有优越感的公子哥儿的生活。别的不说,就连郑木林也可以不把他当回事了! 他认为郑木林挂他电话的原因没有别的,一定是知道了他就是金宏远的儿子。"哎,我怎么摊上了这么个爸爸!"他双手抱在胸前长叹道。

金大鑫在窗前伫立良久,心情愈加烦闷,为转移内心的苦闷,他重新开启手机,点开微信。新来的消息真不少,他挨个打开,有问候他的,也有转发段子逗他开心的,还有说要采访他的……就是没有郑木林发来的微信! 看着看着,他发现了万淼淼发来的微信,好奇心驱使他点开,竟然连续有好几条,还有她未能打通的微信电话。那些微信的内容很简单,都是约他见面的,或者见他未回微信跟着又问他是不是很忙之类的。他对万淼淼本来没有太多的好感,但是既然郑木林拒接他的电话,并且这么久没有再给他回过来,那他为什么不去见见万淼淼呢?

"找我有事吗?"金大鑫给万淼淼回了条微信。

"没事就不能找你了?"万淼淼的微信几乎瞬间回了过来,后面还加了个吐舌头的俏皮表情。

"当然可以! 非常荣幸!"金大鑫也在文字后面加了一个开心的表情。

金大鑫与万淼淼很快就约定好见面的时间和地点。时间嘛,就是马上。这是万淼淼首先提议的。她万万没想到原本拒她于千里之外的金大鑫居然这么爽快就答应了她的见面请求,生怕哪里又出什么变故,便主动提出立即与他见面。金大鑫看到微信后,想都没想便答应了。至于地点,两家人都是做房地产的,有的是地方。但他们都不想去自己的地盘,商量来,商量去,他们决定去一家名为"禅·悟"的茶馆。

金大鑫关掉手机就准备冲出去,刚拉开门却又停住了。"这样去未免太随意了!"他想。他冲进浴室,给自己快速冲了个热水澡,随后换上一身干净的衣服。尽管如此,他仍然感觉还缺点什么,一边整理发型,一边用眼睛在台面上快速搜索。很快,他的目光就定格在一瓶包装精致的香水上。这瓶香水是他在法国留学的哥们儿送给他的。他因为一向看不惯男人用香水,所以瓶盖都没有打开过。但是现在不一样了,他竟然有了喷上它的强烈冲动!心动不如行动。他以最快的速度拧开瓶盖,对准自己的腋下、前胸、后背就是一阵猛喷……

第十二章
禅悟茶馆好清凉 六角亭内情意长

"禅·悟"茶馆坐落于江海西南角的老洋房丛林中。金大鑫开着跑车七拐八转，好容易到达目的地，可惜茶馆的院门太小，车子根本就开不进去。他只好沿着黏糊糊的柏油路寻找停车处，费了好大劲才在路边找了个没有树荫遮挡的地方把车停下来。待他打开车门时，一股热浪迅速扑了过来。他皱了皱眉头，一边咒骂着天气，一边加快步伐向前奔去。待他重新找到茶馆时，全身上下早已被汗水浸透。

茶馆院门大开。金大鑫跨进门槛的一瞬间感觉自己犹如跨进了一个小型的苏州园林。院子不大，也就一二百平方米的样子，又窄又长，院内布满了假山和各种盆栽，4个墙角处种着几丛翠竹，一条弯弯曲曲的小溪从院墙的一边流到另一边，小溪的两岸布满了参差不齐的小石块，石块的缝隙处间或种着几株水草，一座小巧的六角亭则横跨在小溪的中间处。小亭顶上的黑瓦布满了青苔，与院内的环境倒是很搭。支撑小亭的6根柱子一律漆成紫色，因为岁月的原因，柱子上的油漆已经变得斑斑驳驳，若不是那一圈用以密封亭子的玻璃的存在，金大鑫还真以为自己通过时光隧道回到了唐朝。

院内无比清凉，浑身大汗的金大鑫竟然打了个喷嚏。店主听到声音，从房间内出来查看，见到金大鑫时脆生生地说了句"欢迎光临"后，便左手捧腹，右手前伸，邀请他进屋说话。金大鑫定睛一看，嚯，居然是个发髻高耸、略施粉黛、身着白纱汉服的古典美女！他的精神为之一振，因为找不到停车位而窝在胸中的火气瞬间烟消云散。

"这处院子是你们自家的吗？"金大鑫没话找话地问了一句。

白衣店主没有回答他的问题，却莞尔一笑给他递了条雪白的干毛巾，说："擦擦汗吧！请问您有预订吗?"

"具体还不太清楚,我还要等一个人。"金大鑫一边擦汗,一边环顾四周。房间不大,看起来非常古朴优雅。正面的白墙上挂着一幅颜色已经有些发黄的花猫戏牡丹国画;靠墙处摆放着一把古筝,一只鼓状圆木凳;两侧的墙上则是古代四大美女的画像,左侧靠墙处安放着一张古色古香的雕花长桌和一把同样风格的太师椅,右侧靠墙处摆着四只高背木椅,从材质看,这些木器应该全是红木的。

"嗯,环境不错,有点书香门第的味道!"他由衷地赞叹道,"你们的生意一定差不了!"

"生意?"白衣店主抖了抖宽大的长袖,转身倒了小半杯天然气泡水递给金大鑫,"如果把茶馆当成生意,那我们家还不得喝西北风啊?"

"此话怎讲?"金大鑫接过气泡水一饮而尽。

"大鑫,你已经到了啊!"门外飘进熟悉的女声。

金大鑫扭头一看,原来万淼淼已经走到院子里。

"淼淼!"白衣店主不待金大鑫说话,兴奋地迎至门口,伸出双手抓住了万淼淼递过来的两只纤纤玉手。两个大美女欢蹦乱跳,唧唧喳喳地聊了起来,全然不顾一旁站着的金大鑫。

金大鑫傻乎乎地在一旁站了一会,发现她们两人的交流没有停下的意思,不由得轻咳一声。万淼淼这才停下与白衣店主的交流,腾出一只手,指着金大鑫说:"我只顾和你说话,竟把这位大帅哥冷落了!"

白衣店主也回过神来,向金大鑫吐了吐舌头,略带羞涩地笑笑说:"对不起啊!"

"露露,不用跟他客气!他是我的好朋友,叫金大鑫,目前是一家上市公司的董事长。今天借你的宝地,要跟他谈一些事情。"万淼淼语气平缓地说。

"哦,原来你说的贵客就是他啊!"白衣店主说着,把甜甜的笑脸转向金大鑫,再次道歉说,"耽误你们谈正事了,失敬!失敬!"

金大鑫见不得女人给他道歉,脸上飞起两朵红云,忙说:"不要紧!不要紧!"

"大鑫,这是司徒露露,我闺蜜。她可是典型的学霸,通晓中、英、法、德、意、日6国语言,2016年从法国巴黎高等商学院轻松拿到工商管理硕士学位,在校期间还参加过法国的顶级模特大赛,并获得过全法电视真人秀亚军。她原本在巴黎一家奢侈品公司担任品牌策划经理,去年这个时候因为欧洲疫情失控,她父母不放心,连哄带骗把她从法国拉了回来。"万淼淼的简短介绍令金大鑫不由得对这个白衣店主更加高看了一眼,也多了几分了解她的兴趣。

"原来是位大才女啊,失敬失敬!"金大鑫拱手道。

"既然大家都是朋友,那就不用客气了!"露露朝金大鑫笑了笑,拉着万淼淼的手往外就走,"我把本店最好的一间茶室给你们留着呢,走,我这就带你们过去!"

司徒露露将万、金二人带至院中的六角亭前,轻轻一拉门,一股透着幽香的清凉之气扑面而来。"请吧!"司徒露露伸手做了个邀请的动作。原来,她所说的最好的茶室就是这个六角亭。金大鑫暗自赞叹主人的别出心裁。"你们先坐,我让服务员过来给你们服务!"司徒露露说完,搂过万淼淼的肩膀,轻轻贴了贴她的面颊,又朝金大鑫点了点头,便转身带上门,走开了。

"你这个闺蜜不错呀!"金大鑫透过玻璃望着司徒露露飘然而去的背影不由自主地赞叹道。

"那是,你也不看她是谁的闺蜜?!"万淼淼的话音刚落,好像又想起了什么,盯着金大鑫随口问道,"对了,大鑫,你是不是看上人家了?"

"没……没有……"原本对万淼淼并不是太在乎的金大鑫竟然张口结舌起来,就像一个偷吃了糖果的小孩子被大人发现秘密一样,就连面部的表情都极不自然。

"看上也正常,美女嘛,哪个男人不喜欢? 不过,露露可不是一般的美女,人家不仅长得漂亮,个头也足够高,你没发现自己比她矮小半头吗?"万淼淼一边弓身坐下,一边善解人意地说。

"哈哈! 真没有!"金大鑫毕竟是见过大世面的成熟男性,很快就从刚才的尴尬中恢复过来。事实上,不用万淼淼提醒,他已经注意到自己在身高上与司徒露露的差距,并感受到站在对方近旁的那种无形压迫感,再加上父亲那不光彩的事情,他还真没有多强的冲动去追求她。不过,看还是要看的,就当欣赏一件艺术品吧。

　　万淼淼笑了,似乎已经洞察出金大鑫心中的那点小心思。恰在此时,身着淡绿色汉服、双手端着红木托盘的小妹轻叩了两声玻璃门,她愉快地说了声:"请进!"

　　小妹进门后给二人各自递上一盘切好的水果,然后将葡萄干、夏威夷果、腰果、杏仁等六七样干果一一摆在小圆桌之上。"请问二位喝什么茶呢?"小妹将一份茶单递到万淼淼面前,万淼淼没有接,而是朝金大鑫努了努嘴,说:"我还是老规矩,福鼎白茶,让他看吧!"

　　"不用看了,我也要福鼎白茶!"金大鑫对小妹扬了扬手,认真地看着万淼淼说,"白茶性凉,可以消暑解毒,最近天气这么炎热,白茶正是上选之品!"小妹得令,拾起托盘转身退出。

　　"这家茶馆不错吧?"万淼淼拿起叉子挑了块西瓜送到嘴边。

　　"嗯,的确不错! 闹中取静,优雅舒适,看得出你这位闺蜜花了不少心思!"金大鑫鬼使神差地又把话题扯到了司徒露露身上。

　　"我这个闺蜜是个犟脾气,去年刚回国时,因为一时找不到合适的工作,自己又不愿意去她父母的化工厂里做事,还跟她父母闹过一段时间的别扭呢!"

　　"她父母是做化工的?"

　　"是的,她父母都是江海大学化学系毕业的高才生,早年在郊区的一家氟化工大型国有化工企业里当技术员,后来瞅准一个下属工厂的承包机会,双双跳出原有体制,居然正好赶上了一波中国氟化工产业大发展的浪潮,仅仅几年的工夫就赚得钵满盆满。有了第一桶金之后他们彻底从原单位辞职,到南方收了个萤石矿,再后来,他们不断加强研发力量,在萤石的深加工和产业链的延伸上做了不少文章,并通过借壳上市彻底实现华丽转身。"

　　"啧啧! 真会玩!"

　　"什么叫会玩? 人家那叫踏踏实实做实业好吧!"

　　"嗯嗯,算是吧,不像我们搞房地产的,搞来搞去,主要靠炒地皮,现在政府在这一块收紧了,整个行业的日子都不好过。

　　"谁说不是呢? 哎,不说了! 一言难尽! 还是说说我这位闺蜜吧。她父母本想培养她接班家族企业,可她对化工一点兴趣都没有,尽管她自己也知道氟化工产业很赚钱。"

"那后来呢?"

"后来她父母见她的心思都在时尚设计和品牌推广上,也就死了让她接班的心思,反正他们现在也才50多岁,并不急着考虑接班问题。没有了父母的压力,露露的思维开始活跃起来。经过一番考察,她发现了这处她父母前些年以上市公司名义买下却一直闲置没用的物业,决定将它改造一下,派上大用处。"

"什么大用处? 就是开茶馆吗?"

"什么? 你眼里只看到茶馆,这么大一块资产,总共只有四五个房间,开茶馆能赚几个钱? 人家是缺这几个小钱的人吗?"

"当然不是。"

"据露露说,她准备以这处茶馆为基地,广交天下最聪明的朋友,最终把它打造成塑造中国品牌并向欧美反向推广的创意基地。"

"这个目标太宏伟了!"金大鑫由衷地赞叹道。

然而这一赞叹不要紧,却将万淼淼的醋意诱发了出来。"算了算了,不说露露了,我今天找你可不是为了聊她的!"

"哦,你想聊什么?"

"主要是想跟你聊聊金氏股份的事!"万淼淼认真地说。

金大鑫的脸色一下子暗淡下来。来之前,他就意识到万淼淼一定会跟他谈到金氏股份的事,但他万万想不到她这么快就要切入正题了,真是哪壶不开提哪壶! 对于金大鑫情绪上的变化,万淼淼看得非常清楚。不过,她知道自己的真实目的是什么,所以并不想让金大鑫感到难堪。正当她琢磨如何才能缓解气氛时,小妹端着茶盘出现在小亭门前。万淼淼没等小妹叩门,便朝她深深地点了点头。

"这是你们点的福鼎白茶,请过目。"小妹进门后将茶铲里的一小撮茶叶在万淼淼眼前展示了一下,便倒入一只青花瓷小茶壶里,加水,洗茶,将茶水倒进一只玻璃分茶器里,放到万淼淼面前,接着又将一只青花瓷小茶碗放到分茶器旁。"请用茶!"小妹轻声对万淼淼说。万淼淼微微一笑,算是回应,却并不喝茶,只是耐心注视着小妹以同样娴熟的动作把盛着茶水的分茶器和小茶碗放在金大鑫面前。直到小妹离开小亭,万淼淼才将金大鑫和自己的小茶碗里分别加满茶水,捏住小茶碗的边缘伸至金大鑫的面前说:"大鑫,你这段日子太不容易了,我敬你一杯茶,祝你早日渡过难关!"金大鑫顿觉一股暖流快速涌上心头。他稍稍迟疑了一下,捏起小茶碗迎了上去。"叮"的一声脆响过后,两人各自将茶一饮而尽。

金大鑫咂咂嘴,品味着爽口的香甜,认真地对万淼淼说:"谢谢你!"

"谢什么?"万淼淼拿起分茶器又分别给金大鑫和自己加满茶。

"要谢的。我原以为你会笑话我!"金大鑫说。

"笑话你? 嗬! 我有那么刻薄吗?"万淼淼翻了个白眼,满脸充盈着尴尬的笑意。

"不是你刻薄,而是我爸那事……"金大鑫叹了口气,随后捏起小茶碗向她伸过去,"我不该有你会笑话我的想法,来,请接受我的道歉!"

"道歉就不必了,不过,我还是非常理解你的! 家里出了那么大的事,换了我也会抬不起头。"万淼淼捏起小茶碗与金大鑫轻轻碰了一下,之后将小茶碗凑到鼻子底下,闭上眼睛嗅了一会儿,复将小茶碗放在桌面,看着那杏黄清澈的茶汤悠悠地说,"你爸出事后,我非常震惊,难以想象他那样一个慈眉善目的人会做出如此没有底线的事,原以为他被人诬陷了,但是随着事态的发展,我才知道事情是果真发生了的,渐渐也就接受了这个事实。不过,接受不代表原谅,他做的这种事情是不能得到原谅的。我想你也不会原谅他。当然,我们是不是原谅他不重要,重要的是他该受到法律的惩处!"说到这里,她停下来,以右拳撑住下巴,凝视着金大鑫,似乎想从他脸上找到他对她刚才一番话的反应。

金大鑫注意到万淼淼投过来的目光,知道自己必须回应一下,便如实说道:"谢谢你的理解! 我的确感觉非常羞愧,也曾把自己关在屋内不敢见人。但事已至此,我已经没法逃避,只能硬着头皮接手家族企业的各项事务。"

"非常不容易! 我真心向你表示支持!"万淼淼言毕,饮尽碗中之茶,并重新给自己和金大鑫的小茶壶加满开水,再将热茶倒进分茶器里。就在万淼淼做这些事的时候,金大鑫端详起她来。他发现今天的万淼淼特别漂亮,特别温柔,心里不禁想起一句古话:"患难见真情!"

"你真好!"金大鑫下意识地突然冒出这么一句话来。

"是吗?"万淼淼的脸上瞬间布上两朵红霞,她羞涩地低下头,一边摆弄着空空的小茶碗,一边柔声细语地继续说,"其实,父辈是父辈,我们是我们。我们没有必要替他们背负沉重的道德枷锁。当然,如果一定要背的话,我可以与你一起来背。"

"真的?"金大鑫兴奋地从凳子上跳了起来,一把抓过万淼淼葱白般的玉手。

万淼淼没有回避,反而将另一只手也递过去,娇声道:"真的!你先前可能以为我比较强势,不太愿意接受我。其实,我更愿意做一只小绵羊。有人护着多好,哪个姑娘愿意在外面打打杀杀啊?!"

"好啊,既然你希望做小绵羊,那就让我承担保护你的任务吧!"金大鑫说着,一把将万淼淼拥进怀里……

金、万二人越拥越紧,谁也不愿首先放开,仿佛一旦放手,对方就再也不会回到自己身边。金大鑫的微信电话连响了三遍,他都假装没有听见。直到手机第四次发出声响,他才极不情愿地轻轻放开万淼淼。当他看清来电显示的人名时,却毫不犹豫地挂断了电话。

"怎么不接?"万淼淼一边整理衣裙,一边柔声问道。

"不用接,看样子是骚扰电话。"金大鑫随口答道,同时,将自己坐的圆凳往万淼淼身边挪了挪。

"哦,好吧。"万淼淼用叉子叉了一小块哈密瓜塞进金大鑫的嘴里。她隐约觉得金大鑫没有说实话,不过,这正合她意。如果拨打电话的那个人是个大美女,那么金大鑫的拒接就意味着此时此刻她在金大鑫心中的地位更加重要。即便打电话的那个人不是什么美女,那也意味着金大鑫当前更愿意与她单独相处。"大鑫,我知道你现在很困难,你公司那边需要我帮着做点什么吗?"万淼淼终于将话题转到公司上来。

金大鑫心头一热,差点脱口说出"要"字。然而一种男人特有的自尊心令他强行压住喜悦。他稍稍调整了一下坐姿,将腰杆挺得笔直,望着六角亭外一株不知名的小紫花淡淡地说:"金氏股份是上市公司,信息是透明的。我想你大概已经知道,最近这段时间,楼上楼集团趁我们公司股价大跌,又拿到不少低价股份。现在他们在金氏股份的股份占比离我们金氏集团只差5%不到了。我就是担心这样下去他们的股份占比很快就可能超过我们!"

"我知道。"万森森低头品了口茶，目光阴郁地说，"要是有哪家企业给你们充当白衣骑士就好了！"

"是啊！我也盼望能有个白衣骑士拯救一下金氏股份，可惜我们金家出了这么大的事，谁愿意冒这个险？我爸出事之前倒是动过这方面的脑筋，我还陪他去找过国资委的吴明亮主任，他自己还去找过你爸。可惜，他一出这事……"金大鑫摇摇头，长长地叹了口气。

"对不起啊！"万森森抓过金大鑫的手，轻轻抚着他的手背，苦笑道，"这事我知道一点，也曾劝过我爸，可他一定要把扮演白衣骑士与我俩的事情放在一起考虑。就在前几天，我还跟他提起这件事呢。他倒好，反笑我傻，说你们金氏股份都到这个份上了，叫我不要瞎掺和。在对待我们俩的关系上，他的态度也发生了180度的大转变，叫我离你远一点，还说，就算你现在回心转意，他也不同意我们相处。"

万森森的话及她的爱抚令金大鑫非常感动，他不由得歪过脑袋在万森森的脸颊上亲了一口，说："谢谢你！"

"不用谢！我又劝不动他！"万森森满脸绯红地说。

"其实，不是你说不动他，你们万家也是泥菩萨过河——自身难保了！"金大鑫剥了颗葡萄塞进万森森的嘴里，接着说，"我先前研究过你们家的年报，我发现网上那篇关于运来集团虚构40亿元东南亚大单的举报信极有可能是真的。"

"什么？连你也这么认为？"万森森睁大眼睛，一动不动地盯着金大鑫，那颗硕大的葡萄还没来得及咀嚼，便啪嗒一下从舌面滚到地上。

"森森，别急！"金大鑫伸手轻抚万森森那白如嫩藕的细脖子，柔声细语道，"你是财务分析行家，那次在我们家船上，你把我收购运亨集团导致巨额亏损的原因分析得头头是道，怎么轮到你们自家的事情，反倒是糊涂了？哎，我原本以为你对这个问题比我更清楚呢！"

"哦，不好意思，我爸名义上让我参与公司的一些事务，实际上，很多事情并不让我知道。"万森森感觉脸上火辣辣的，赶忙喝口茶掩饰一下自己的尴尬。

"除了知道的信息有限，还有个原因应该是'当局者迷'。在这一点上，我们其实都一样。不过……"金大鑫说到这里停住了。

"谢谢你的理解，想说什么你就说吧！"万森森鼓励道。

"不，还是不说了。"金大鑫想了想，似乎下定了决心。

"大鑫，你不用考虑我的感受，该说什么就说吧，我不会怪你!"万淼淼再次鼓励道。

"那好，我说了。也许我说的不对，我是说，或许你们万家的情况并没有那么糟糕。"金大鑫吞吞吐吐道。

万淼淼的表情慢慢放松下来，笑眯眯地盯着金大鑫，鼓励他继续说下去。

"运来集团这些年从国有大银行借了不少钱，借钱的理由都是要干有关国家战略的大项目。可是从那些大项目后来的进展来看，那些钱并没有花掉多少。"说到这里，金大鑫再次止住。

"你不会是想说，我爸涉嫌骗贷吧?"万淼淼的表情瞬间变得惶恐不安起来。

金大鑫没有回应万淼淼的问题，却重新将目光聚焦到亭子外的那丛小紫花上。万淼淼念及自己与他刚刚热乎，不便刨根问底，只好忍住不安，顺着他的眼光看过去。那是一丛平淡无奇的小紫花，如果不是因为他此刻正注视着它们，她绝对不会把目光停在它们身上，哪怕半秒钟的时间。事实上，金大鑫对那丛小紫花也没有特别的想法，只是感觉自己此时应该稍稍转移一下注意力而已。

一两分钟的沉默之后，金大鑫终于开口："你那么聪明，就算你爸什么都不跟你说，你也应该能看得出自家企业的问题。不过，我猜想，你跟我的心态一样，骨子里不愿意承认父亲的缺陷罢了!"

金大鑫的话令万淼淼稍稍喘了口气，但一想到自己的父亲可能也会因为做了不该做的事情而获牢狱之灾，内心依然忐忑不安。她轻轻抓住他的手不安地问："那我该怎么办呢?"

"我也不知道。"金大鑫喃喃道，"听天由命吧，苍天饶过谁? 如果你父亲真做了不该做的事情，那他早晚要为自己所做的事情付出代价，就像我爸那样。"

"那可怎么办? 其实我对我们家企业的事情知道得并不比你多。"万淼淼把金大鑫的手抓得更紧了。

"别急，急也没用! 车到山前必有路，如果我们没法阻止父辈的行为，那只能顺其自然了。"金大鑫把万淼淼的手往自己怀里拉了拉。万淼淼顺势把自己的上半身斜倚在金大鑫的身上。

"有个肩膀靠着真好!"万淼淼羞答答地说。

"你愿意靠就靠吧。不过,我这两只肩膀可能没有你想象的那样结实。"金大鑫腾出右手,轻轻摩挲着她的脸颊说,"如果我爸没出事,也许我连让你靠的勇气都没有。"

"为什么?"万淼淼仰头问道。

"这还不简单? 你那么优秀,跟你在一块,我有一种无形的压迫感。你想啊,哪个男人愿意找一个强势的老婆?"金大鑫讪笑道。

"原来是这样啊? 我还以为你看不上我呢! 那我以后在你面前当一只小羊羔怎么样?"万淼淼嘟起嘴巴,做出一副乖巧状。

"怎么会看不上?!"金大鑫在万淼淼的脸上轻吻一口,说,"当然,除了你看起来有点强势外,还有其他原因。"

"什么原因?"万淼淼再次紧张起来。

"你爸呗。他似乎更希望把我们之间的关系与他出手支持金氏股份挂起钩来。这一点我特别不能接受。"金大鑫直言道。

"其实,我也接受不了。"万淼淼将手抽回来,重新坐直身体,眼帘低垂着说,"当初我就跟爸爸抗议过,希望他不要把我们俩的关系搞得那么物质。他倒好,反把我教训一顿,说什么婚姻不仅是两个人的事情,而是两个家族社会关系的整合。哎……"

"在这个问题上,我倒能理解他。"

"你居然也这么想?"

"是的。这个问题没法绕过去。我甚至在爸刚出事的时候,就预感到你爸不会对我们俩的事感兴趣了,就算我有意,他都会坚决反对。"

"真的?"万淼淼似乎不相信自己的耳朵,怔怔地看着金大鑫。

金大鑫认真地点了点头,说:"你爸现在反对我们在一起,这几乎是必然。因为我们金家不仅在经济上出了大问题,连当家人也犯了事,而你们万家虽然潜在问题不少,但毕竟还没爆出来,你爸那么精明的人怎么可能不重新权衡呢?"

"哦……"万淼淼若有所思地点点头。

"如果我没猜错的话,你今天找我应该是自作主张的吧?"

万淼淼"嗯"了一声,突然抓住金大鑫的胳膊,轻轻摇晃着说:"我不管,我就是想跟你在一起。你不知道,你今天答应见我,我心里有多高兴!"万淼淼满脸都是小女孩的天真表情。

"谢谢。不过,我可要提醒你,我们家的事情远没有完,你跟着我可能要受苦。"金大鑫说。

"我不怕,相信靠我们自己的智慧最终能渡过难关。"万淼淼说这话时,目光中充满着坚毅。

"说得好! 不过,如果眼下这个难关过不去呢?"金大鑫问。

"过不去就过不去呗,做个普通人不也挺好吗?"万淼淼说着,再次将眼光聚焦到亭外的小紫花上,"大红大紫、万众瞩目的人生固然令人心动,在不起眼的角落里静静地开放不也挺好的吗?"

"你真这么想?"金大鑫盯着万淼淼的眼睛看了一会儿,见她双眼清澈,目光柔和,意识到她刚才那番话应该是经过深思熟虑后的肺腑之言,他兴奋得在她脸上接连亲了好几口,若不是发现服务员小妹正沿着溪边的小道往小亭走来,他差一点就要一把将她抱起来……

小妹过来是为司徒露露传信的,说店里来了几个朋友,露露准备请他们吃烧烤,想邀请他俩一起参加,问他俩有没有兴趣。金大鑫抬腕看了看表,已近6点,差不多是吃晚饭的时候了。不过,他想着自己跟露露刚认识,其他的人估计也不熟悉,再加上父亲出了那么大的丢人事,自己根本没有心情跟陌生人一起胡吃海喝,他打算婉拒露露的邀请。万淼淼似乎看透了他的心思,轻轻捅了下他的侧腰说:"你就别犹豫了,露露既然说了,最好不要驳了她的面子!"金大鑫心想,也罢,就算散心吧,便点头应承下来。万淼淼见状,开心地挽着他的胳膊跟随小妹来到茶馆门厅。

第十三章
新生代热议地产 金大鑫冷对木林

司徒露露正在与几个陌生的年轻人站在门厅里说话,见金大鑫和万淼淼过来,赶忙笑嘻嘻地拉过万淼淼说:"来来来,我给你们介绍一下南粤来的贵客。"听说那些人来自南粤,金大鑫稍稍喘了口气,心想,这样好,他们来自远方,对我们家的情况也许并不熟悉。

"这位是成娟,她是我的小学和中学同学,如今在鲲鹏股份任财务副总监。"司徒露露指着一位面容姣好、身材匀称的美女说。

金大鑫和万淼淼分别与她握了握手,说:"欢迎回到江海。"

美女笑着说了声"谢谢",便不再言语。司徒露露又指着两个长得几乎一模一样、只是上身所穿T恤颜色不同的高大男子介绍说:"这两位是成娟的双胞胎哥哥,穿红色T恤的叫成龙,穿蓝色T恤的叫成虎,他们都是北美名牌大学的经济学博士,在华尔街创办了一家名为龙虎投资的公司,因为那边疫情太严重,去年年底双双回国……"

"幸会! 幸会!"成龙、成虎不等司徒露露说完,就主动伸手分别与金大鑫和万淼淼握了握。"还是国内安全,我们哥俩现在都不想再回北美工作了。"成虎说。

"理解! 我也有不少朋友因为疫情原因回国了。他们和你们一样,也说国内有吃有喝有朋友,工作机会又多,现在都说不想再出国发展了。"金大鑫附和道。

"这位大哥……"司徒露露的眼神比刚才亮了许多,她顿了顿,提高嗓门说,"他就是大名鼎鼎的鲲鹏股份当家人曾夏生。"

"怪不得看着面熟呢!"金大鑫跨上一步,紧紧握住曾夏生的手说,"久仰久仰! 我们虽然不是同一个行业,但是因为经常在媒体上看到你,我对你的情况多少了解一些,我们似乎以前还同时出席过哪家证券公司的年度策略会。"

曾夏生稍稍有些纳闷,正要开口询问对方是谁,金大鑫低头道:"很惭愧,我姓金,家里出了点事,我刚刚接手家族企业,很多问题现在还没有理顺呢。"稍稍停了停,又说,"我们是做房地产的,这两年的日子越来越不好过了。"

曾夏生从金大鑫欲言又止的表情中似乎猜到了什么,为避免尴尬,便笑着接过话茬:"金总谦虚了,房地产也好,电子信息也好,各有各的存在价值。20年前开始,房地产也曾做过国家十几年的支柱产业,只是从国家全局来看,现在没那么需要而已。"

曾夏生的话令金大鑫非常舒服,并感觉到他没有在他姓名及家族企业上刨根问底的良苦用心,便笑着对他说:"谢谢你的理解! 待会儿吃饭时,我好好向你请教!"

"请教不敢当,我们可以好好交流交流,说不定还能找到合作的机会呢!"曾夏生说。

司徒露露见二人聊得彬彬有礼,便打趣道:"你们两位都是上市公司大老板,一定有很多共同语言,一会儿吃饭的时候你们可以坐在一起好好交流交流! 不过,我可有个条件,如果你们合作成功,千万不能忘了我这个红娘!"

曾夏生和金大鑫齐声笑道:"一定忘不了你!"

"那我就放心了!"司徒露露做了个鬼脸,转身抚着万淼淼的后背说,"最后我要隆重介绍一下我的闺蜜万淼淼小姐。淼淼不仅端庄美丽,还是财务高手,你们有什么财务问题可以向她请教。"

"哪是什么财务专家? 不过是略懂财务报表而已。你看这几位远道来的弟妹,哪个不是绝顶聪明之人?"万淼淼红着脸摆手道。

司徒露露介绍完今天的客人,请大家稍坐一会,自己进内屋换衣服去了。金大鑫、曾夏生等人便在门厅里闲聊。聊着聊着,大家的话题就聊到江海和南粤的房价以及国家的房地产调控政策上了。

成龙、成虎不理解金大鑫的房企为什么日子难过,都说像南粤、江海这样的地方,市中心新房价格都在每平方米10万元以上,这么高的房价,房企的日子怎么可能不好过?! 金大鑫苦笑道:"你们在国外待久了,对国内的情况大概不太了解,现在主要城市的房价的确还在涨,但这不代表房企的日子就一定好。"

"为什么呢?"成虎问。

"因为国家宏观调控的力度更大了。"金大鑫说。

成龙点点头说:"宏观调控我们都清楚,我们也知道这是国家针对房地产高杠杆率所采取的措施。但是宏观调控未必对所有房企都不利。如果你们公司的杠杆率不高,也许宏观调控对你们还是大好事呢!"

"我们公司的杠杆率的确不高,不过……"金大鑫欲言又止。

万淼淼见状赶紧凑上来解围道:"房地产对高杠杆依赖惯了,宏观调控捆住高杠杆房企的手脚,不也限制了低杠杆房企的拓展空间吗?"

成龙、成虎相互看了看,感觉万淼淼说得似乎有道理,又似乎没有对他们提出的问题给出合理的解释,正想继续追问,司徒露露换好衣服,从里间走了出来。这一回,她的穿着很随意,仅穿了一身淡紫色连衣裙,高耸的发髻也松了下来,一头闪亮的披肩长发自然垂下,既清纯又富有活力。大家就此停下前面的话题,兵分两路前往烧烤店。金大鑫亲自开车载着万淼淼、成娟和司徒露露。司徒露露则安排自家的轿车送曾夏生、成龙、成虎去目的地。

司徒露露与成娟手拉着手坐在金大鑫的车后排。这两个很久没有见面的儿时伙伴似乎有说不完的话,一上车就唧唧喳喳说笑不停。

聊着聊着,成娟突然向金大鑫提出了一个问题:"请问金总,现在房价那么高,真有那么多的需求吗?"

金大鑫想都没想,就说:"当然。"

成娟强调:"我说的是真实需求,就是说大家买房子是用来住的。"

金大鑫笑道:"城市里的商品房既是消费品,又是投资品。像南粤和江海这样的一线城市,因为新增土地面积非常有限,所以一些有钱人虽然已经有房住,但看中房子的升值潜力,会买房子进行投资。"

"那就是说,有部分人买房是为了投资?"成娟问。

"当然。不过,现在国家为了防止金融危机出现,特别提出'房住不炒',这个你应该知道。"金大鑫说。

"知道。既然国家不让人在现实世界炒房子,那大家可以去虚拟世界炒嘛,反正买房子的目的又不完全是为了自己住。"成娟说。

"哈哈,还是我的闺蜜聪明。"司徒露露接过话茬,说,"听说现在很多人都在元宇宙里炒房、炒地皮了!"

"对对对! 我讲的就是这个意思!"成娟因为自己的观点得到呼应,显得非常兴奋,接着说,"不久前,新闻里说有人花2700多万元在元宇宙里买了一块虚拟土地,别人问他值不值,那人说,过段时间你们就知道了。没过多久,那人就把虚拟土地分成很多小块,每块按照区位标成不同的价格,结果大家一算,如果他能把那些土地都卖掉,最低要赚1亿元。就在大家说他做白日梦时,还真有人要出远高于他购买成本的钱去购买整块虚拟土地。可是那个人说自己眼前还不打算卖,他准备把那块虚拟土地全部开发成虚拟房产以后再卖,说是要赚更多的钱。你们说,他的梦想能实现吗?"

"我认为这个人纯粹是痴心妄想! 房子是用来遮风避雨保温暖的,要那些抓不着、看不见的房子能有什么用? 别说花钱让我买,就算送给我,我都懒得要!"金大鑫的语气里透着不屑。

"你不要不代表着别人不要。当年比特币刚出现的时候也没有人愿意要,每枚价格不到1美分。可现在呢? 尽管前几年经历过大幅波动,但现在已基本稳定在每枚5万美元,短短12年涨了500万倍! 也许再过12年,那个花2700多万元买虚拟土地的人也能赚几百万倍的钱呢!"万淼淼说。

"淼淼姐姐说得对! 不瞒你们说,我和我老公上个月花1.5万元在元宇宙里买了一套花园别墅,你们猜现在涨到什么价了?"成娟问。

"多少?"司徒露露捅了一把成娟的腰,问道。

"现在已经3.5万元了,赚了一倍还多!"成娟眉飞色舞地说。

"疯狂! 太疯狂了! 这房价上涨得远比我们真实世界快得多啊!"金大鑫怎么也想不明白这个什么"元宇宙"能有这么大的魔力。

金大鑫的抱怨不仅没有令三位美女停止议论元宇宙,反而令她们的情绪更加高涨起来。她们从元宇宙炒房聊到元宇宙婚礼,又从元宇宙婚礼聊到元宇宙课堂、元宇宙节日、元宇宙设计、元宇宙旅游、元宇宙游戏……金大鑫听得云山雾罩,怀疑人生。

"难道我这么快就被时代抛弃了?"金大鑫不由得沮丧起来。不过,他并没有太多的时间进行反思,汽车已经到达位于淮海西路上的野狼谷烧烤店门口。他让三位美女先下车,自己去地下车库停好车再上来。他的运气不错,车子刚进地下停车场,便一眼看到密密麻麻的停车场内恰好有一辆车为他腾出了一个非常方便的停车位。因为从后视镜里发现后面好几辆车紧跟其后,他一踩油门,稳稳地将车开上了停车位。

野狼谷烧烤店位于这栋建筑的顶层。当金大鑫乘坐观光电梯到达这家名称豪放、装修粗犷的烧烤店门口时,他被长长的候座队伍吓住了。"看样子没有半小时排不上吧?"他看了一眼万淼淼,小声嘀咕道。"半小时? 你可真敢说! 刚才我们问过服务员小姐姐了,里面的客人大多数都是刚坐下来不久的,轮到我们至少要一个小时才行!"万淼淼说着,指了指身边的小凳子,示意他坐下来慢慢等。

然而金大鑫已经完全失去了等待的兴趣。家里和公司现在还是乱麻一般,他岂能为了一顿烧烤,耐着性子在此慢慢等待?!"要不,换个地方吧?"金大鑫的话刚落音,便遭到三个美女特别是司徒露露的坚决反对。她们说这家店是享誉江海的网红打卡店,其招牌菜是来自内蒙古大草原的香嫩烤羊腿,节假日没有两个小时根本就排不上! 金大鑫不好驳了这位刚刚认识的美女的面子,再加上曾夏生和成龙、成虎兄弟俩也想见识一下江海的网红店是什么样子,他只好耐着性子在小凳子上坐了下来。

时间一分钟一分钟地过去了,混着焦香味和羊骚味的烟气不断从店内飘出来。金大鑫眼看着半天没有动弹的候座队伍,耳听着3个美女谈论元宇宙的唧喳声,内心却越发烦躁起来。恰在这时,他的手机响了,掏出来一看,是郑木林打来的微信电话。他本能地打算挂掉电话,以解上午郑木林拒接他电话的心头之痛,就在他的手指头即将按到拒接键时,一个念头在他的脑海里一闪而过:"我为什么不以此为借口,快快逃离这里?"想到这里,他果断按下了接听键,并大声对着手机说他正在外面跟朋友会面,问她找他是不是有事。郑木林总算听到了金大鑫的声音,当然说想跟他见面并要当面解释没有及时接他电话的原因。金大鑫心中大喜,当即向万淼淼等人说,一个生意上的朋友找他有急事,他得赶快过去一下。万淼淼见状,不好多说什么,其他几个人与金大鑫又是首次见面,也不便多说,只好眼睁睁地看着他的背影消失在观光电梯里。

　　金大鑫上了自己的汽车之后，长长地呼了一口气，心想，总算逃离了一场莫名其妙的排队。然而他并没有把汽车开往郑木林的住处，而是直接把车往自家方向开去。经过一下午与万淼淼的独处，他的情感天平已经大幅度向她偏去，更何况郑木林还无故放他鸽子并拒接他的电话呢！

　　"现在的人真疯狂，一处抓不着看不见的所谓'土地''别墅'居然能卖出比曼哈顿房价更贵的价格来！疯了！不是疯了，还能是啥？"金大鑫一边开车，一边又琢磨起元宇宙来。"如果元宇宙里的房子能够遮风避雨的话，那我们这些房地产公司就完全没有存在的必要了，我们金氏股份的股权也绝对不会再有人来争了！可能吗？应该完全不可能！那么为什么如此多的年轻人对元宇宙里的房子那么感兴趣呢？"金大鑫越想越感觉奇怪。"除非……"他突然想到了自己在十几年前玩过的一个游戏。

　　那个游戏的名称叫"偷菜"。那个时候，金大鑫刚从国外读书回来不久，被父亲金宏远悄悄安排在金氏集团总部的营销中心里做一名普通业务人员。营销中心的工作很忙，金大鑫和他的同事们常常天不亮就起床，直到晚上九十点钟或者更晚还在陪客户喝酒、飙歌，一天下来，累得头晕目眩，浑身骨头就像散了架一样。即便这样，金大鑫还是发现了周围人的一个公开秘密，那就是利用一切空档趴在电脑上玩一种叫"偷菜"的游戏，就算吃饭或上厕所，也要交流"偷菜"心得，或兴高采烈，或垂头丧气，或满腔怒火……

　　渐渐地，金大鑫也加入"偷菜"大军、种菜、浇水、除草、施肥、杀虫……从没有真正干过农活的他越来越沉迷于这个虚拟的农业活动中，有时半夜起床小便，还忍不住打开卧室里的电脑看看自己的"小菜"长势如何，或者去朋友的"菜地"里溜达一圈，看看有没有成熟的"蔬菜"可偷，顺便换回几块"金币"。在成功"偷"走几次朋友的"蔬菜"并换回一大堆"金币"之后，金大鑫对劳神费力的"种菜"活动突然降低兴趣，干脆做起了"职业小偷"。为此，他特意加了好几百个好友，还随身携带一个小笔记本，详细记录好友"菜园"里所种"蔬菜"的品种和成熟时间，并在自己的手机里设置好闹钟，只要闹铃一响，便第一时间去"收割"别人的劳动果实。几个月之后，金大鑫在"开心菜园"里的"资产"就达到1000多万元，在月度排名中进入了前100名之列。他开开心心地为自己买了高级"别墅"和各种名"车"、名"表"，着着实实地过了一把虚拟世界的富豪瘾。尽管在真实世界里，他的生活要比虚拟世界更加豪华、精致，但那里的"金币"毕竟是他凭本事"偷"来的。所以在心理上的满足感一点也不亚于那些从没有在真实世界里住过大别墅，坐过名车，戴过名表的普通白领们。

不过，金大鑫痴迷"偷菜"大半年之后，就发现"偷来偷去"再也"偷"不出新鲜感，再加上那些朋友在守护"劳动成果"时越来越精明，以致他常常连续一两天什么都"偷"不到，他开始厌倦这种躲进虚拟世界中自我逃避的游戏，并果断将自己的号以1.1万元的价格卖给了一个家境十分苦寒却幻想在虚拟世界里过上大富豪生活的青工。

"什么元宇宙不元宇宙的，我看它充其量不过是换了个名称的偷菜游戏而已！"金大鑫不屑一顾地嘀咕道，"太阳底下没有新鲜事。有人沉溺于元宇宙，不过是因为现实世界里的追求无法实现，躲在元宇宙里寻求精神寄托；有人不遗余力地宣传和推动元宇宙游戏，不过是瞅准了大家的钱袋子，伺机进行一场痛快淋漓的收割。"想到这里，金大鑫不由自主地踩了一下油门。他目前既不想到元宇宙里寻求心理安慰，也没有心情参与元宇宙的割韭菜游戏。把金氏集团早日带出困境，才是摆在他面前的最重要的任务。然而如何才能完成这个艰巨的任务呢？他的心情再次沉重起来。

金大鑫回到家时，母亲正在准备晚饭，见他回来，紧锁的眉头快速舒展了一下，随即又锁了起来。金大鑫知道母亲的心里比自己更苦，却又不知如何安慰她，只能勉强向她挤了个笑脸，说自己刚吃过下午茶，晚饭不吃了，便快步上楼去了。

窗外残阳如血。一堆堆火红的云彩铺满了西边的天空，像等待检阅的士兵，只待一声号响便能演绎出气吞山河的豪迈。然而那声号角始终没有鸣响，只有躲在树梢上的知了发出此起彼伏的惨叫声，吵得金大鑫恨不得堵上耳朵。他干脆哗啦一下拉上厚厚的窗帘，以换回少许的安宁。

然而窗外的声音容易遮住，窗内的声音却响了起来。金大鑫不用回头，就知道那声音是从他的手机里发出的。他拿过手机一看，原来又是郑木林打过来的微信电话，本想拒接，却因为无聊而鬼使神差地按下了接听键。还没等他开口，郑木林就在电话里嗲声嗲气地问他为什么不接电话。他没好气地说："明明是你无故放我鸽子,还拒接我的电话,现在怎么反倒埋怨起我来了?"郑木林自知理亏,也不争辩,却在电话里呜呜哭了起来。金大鑫最见不得女人哭泣,心肠马上就软了下来,问她为什么哭。郑木林说自己上个月听人推荐花100万元买了一只元宇宙概念股,本来涨得很好,三五天的功夫,就涨了将近30%,本打算按照推荐人的建议放在手里做个长线,等股价翻两番再卖掉,谁知刚才打开行情软件一看,这只科创板股票上周竟连续跌停2天,不仅把先前的浮盈全部擦掉,还让她的本金亏掉了10%以上。金大鑫一听,更加来气,心想,又是元宇宙,你们这些人连元宇宙是什么东西还没弄清楚,就敢将大把大把的钞票往里面扔,活该你们亏钱!他想把心里的话直接告诉她,可是当郑木林问他,那只股票上周五的时候还是"一字"跌停,问他明天会不会继续跌停时,他立马想到了自家的金氏股份,一种同病相怜的情感令他把到了嘴边的话硬是咽了回去。

金大鑫礼节性地安慰了几句郑木林,便中断了电话。窗外的蝉鸣声依然固执地穿过厚厚的窗帘传到屋内,虽然已经很弱,却依然令他心烦意乱。

他干脆钻进浴室,关上房门,放了大半缸热水,然后把自己泡进浴缸里,一边听着轻柔的音乐,一边闭眼回忆自己与郑木林、万淼淼之间的情感历程。他发现,世间的事真是太不可思议了!本来,他更喜欢郑木林,可是她却无缘无故放他鸽子,还拒接他的电话!还是万淼淼好呀,不仅对他不离不弃,还有可能帮他和金氏股份走出目前的困境。对于这样的女人,他有什么理由拒绝呢?哎,人生呀,总是这么出其不意!他不禁对这一天之内发生的大反转惊叹起来。那么这种反转以后还会发生吗?他默默地问自己,却无法给出答案,也不想立即给出答案。

浴缸里的水温渐渐降低。金大鑫的心情渐渐平静,就连他的身体也变得轻飘飘的,似乎轻轻一阵风就能把他刮走。他瞅了瞅墙上的石英钟,算算已经过去个把小时了,便起身冲洗,随后拖着棉絮般酥软的双腿走进卧室,一头倒在床上。

> 第十四章
金氏股份忧业绩 养殖大户找上门

　　金大鑫醒来时，已经日上三竿。他匆忙喝了杯牛奶，便驱车赶往金氏股份。白花花的太阳晃得他双眼难睁，他只好眯起眼睛，顺着拥挤的车流缓缓前行。汽车仪表盘上的时针已经指向9点25分。新一周的股市已经完成集合竞价，正式开盘了。"金氏股份今天该不会又来个'一字'停吧？"明知担心没用，他还是忍不住往金氏股份的股价上想。金氏股份在金宏远猥亵女童的消息被媒体曝光之后已经连续跌停2天，并且两天都是"一字"跌停，几乎看不到成交量。按照这个趋势来看，尽管上周五晚上他签署的"公开信"言辞诚恳，态度谦恭，充分表达了金氏股份对原董事长金宏远侵害未成年人行径的谴责和对受害人及其家庭的歉意，但这份"公开信"无疑也坐实了金氏股份前董事长的丑闻，所以今天的金氏股份大概率走不出理想的行情。尽管如此，金大鑫仍然祈盼金氏股份能走出令人意外的行情，毕竟这样跌下去会大大挫伤投资者的积极性，何况那个楼上楼集团还虎视眈眈地准备抢占金氏股份第一大股东的宝座呢！

　　金大鑫越想越焦虑，顾不上把车开到公司看行情，而是趁车等红灯的空档，打开手机里的股票行情，用颤巍巍的手翻到金氏股份。果然没有奇迹发生！当他看到那个草绿色的10.03%跌幅时终于彻底死心了。他把头枕在椅背上，虚弱地闭上眼睛。"怎么回事？为什么不动车？"一阵急促的拍打声吓得他猛然起身。原来，交警见绿灯亮了之后，他的车仍一动不动，忍不住过来看看怎么回事。他快速打开车窗向交警道歉，一踩油门，赶在绿灯变黄灯之前冲过斑马线。因为开得太急，他差一点撞上前车的屁股，瞬间被吓出一身冷汗。

　　到达公司后，金大鑫已经无心再去关注金氏股份的走势了。他把身体埋进父亲金宏远坐过的那张硕大老板椅里，望着窗外的天空发起呆来。盛夏的江海天空是一年中最蓝最净的天空,一朵朵棉絮般的白云缓缓地变幻着造型和组合,令人人心情格外舒爽。然而金大鑫的心情一点也舒爽不起来。公司里需要他操心的事务多如牛毛。股价固然重要,但正常经营更不能停摆,拍地、规划、建设、销售、分配、融资……哪一样都马虎不得。否则,一旦公司业绩实质性下降,金氏股份的股价会跌得更惨。

"金董,参加公司业绩分析会的领导们都已到齐,现在就等您了。"秘书孙晓红轻叩门扉后,探头向他轻声提醒道。他猛然抬头,发现墙上的时钟正指向10:00。他这才想起今天上午还有这么一场会议,便赶忙起身,夹起笔记本匆匆奔向会议室。会议室里早已坐满了公司经营班子和业务部门的中层干部。金大鑫就座后快速扫视了一下屋内每个人的脸。从他们冷峻的表情中,他已经对这个月的公司业绩猜出了八九分:不理想! 肯定不理想! 他问大家有没有办法改变业绩下滑的局面,却几乎没有一个人能给他一个满意的回答。

金大鑫的内心非常失望。他随便扒拉几口午饭,便锁死房门,拉下窗帘,一头倒在宽大的沙发里。空旷的办公室内死一般沉寂,室外的蝉鸣声却凶悍地穿透厚厚的钢化玻璃,野蛮地敲击着他脆弱的耳鼓,令他双耳轰鸣,万箭穿心。"可恶的知了猴!"他霍地一下从沙发中站起来,绕着椭圆形会议桌快速转着圈圈,然而压抑在胸口的郁闷越发不可排解,他干脆直奔窗口,"唰"地一下拉开窗帘。白花花的太阳晃得他赶忙闭上眼睛,随手重新拉上窗帘。

就在金大鑫坐卧不安之际,门外传来一阵急促的脚步声,紧接着几声轻柔的敲门声在房门上响起。他对这种敲门声非常熟悉。"秘书李艳来干什么? 不知道我中午要休息吗?!"他虽心有不满,还是走到办公桌前,按下了开门的按钮。

"金董,这位先生说找您有急事。"李艳的话尚未落音,便从她的身后挤过来一个身穿黑T恤,蓄着小平头的中年汉子。

"金董好!"中年汉子伸出肥大的双手,一把捞起金大鑫尚未来得及抬起的右手,一边用力摇摆,一边急切地说,"我是从胶东半岛专程过来拜访您的,有一件非常重要的事情想与您商量。"

"什么事,急不急? 请坐下说话吧!"金大鑫感觉手被对方捏得有点痛,几次试图抽回右手,却没能如愿,只好用语言来分散大汉的注意力。可惜,大汉就像抓住了救命稻草一样，根本舍不得放下，反倒比之前捏得更紧了。

"急！当然急！现在也只有您能救我了，您看您能帮我一把吗？"大汉热切地看着金大鑫，希望从他嘴里得到肯定的答复。

金大鑫被问得莫名其妙，心想，自己的金氏股份还等着人来救呢，哪有能力救别人呢？再说，这位大汉到底想让他帮什么忙，还不知道呢，怎么答复他？！但是他的手被大汉捏得实在太痛，两人这样站在门口相持，总归也不是个办法，他只好使劲挤出一丝笑容，应付道："只要我能做得到，一定帮您。"

大汉终于听到了想听的话，再次用力一捏，咧开大嘴嘿嘿笑了起来，那样子就像3岁的孩子得到了糖果那样开心。

金大鑫被对方再次突然一捏，本能地往回缩手，好在大汉也终于松手，才得以挣脱。他用眼睛的余光瞄了下自己的右手，发现手背上竟被捏出两道深深的青痕。

"请坐。"金大鑫甩了甩手，示意大汉在沙发上坐下说话。

大汉并不急于坐下，却侧身指着身后一个仪表清爽、穿着讲究的男青年介绍说："金董，这位是王律师，我专门请来与您谈事的。"

金大鑫这才注意到大汉身后竟然还有一个人，忙伸手与对方握了握，示意大汉和青年都坐下说话。

大汉情绪稍稳，顺从地坐了下来，青年紧挨着他坐了下来。金大鑫则在靠近大汉一侧的单人沙发上坐下。

"这是我的名片。"大汉双手向金大鑫奉上烫金名片。

金大鑫定睛一看，原来对方的头衔是"胶东大东方生态养殖有限公司董事长"，大名"伍尚权"，心想，不管生态不生态，毕竟是做养殖的，跟我们做房地产的能有几毛钱关系？况且我们的房地产业务还没有拓展到胶东呀！

"是这样的，我们公司现在严重缺乏资金，想请金董帮忙渡过难关。具体情况请王律师介绍吧。"伍尚权似乎看出了金大鑫的心事，主动道明此行目的。金大鑫没说话，仅点点头。王律师赶忙从包里拿出名片，双手递了过来。

从王律师的介绍中，金大鑫得知，这位伍尚权先生是一位地地道道的农民企业家，他的生态养殖公司主要以养猪为主，附带养殖林下鸡。这些年养殖业起起伏伏,伍尚权虽然也摔过一些小跟头,但总体上却越做越大,他的自信心也越来越爆棚,感觉自己天生就是做大事的料。去年,他瞅准养猪业的低迷期,从市场上借了3亿元资金,扩建了养猪场,增购了养猪设备和猪苗。今年,眼看着养殖场里的生猪长势喜人,怎奈由于饲料价格涨得比猪价还快,他的十几万头生猪却因为市场供给量太大,根本卖不上好价,他想挨到年底生猪价格上涨以后再卖,却因为去年借的那笔钱马上就要到期而一筹莫展。为此,有人给他出主意,要他找一家上市公司,把养殖场并给上市公司,一方面可以获得紧缺的资金,另一方面也可以背靠上市公司谋求未来的大发展。伍尚权被说得心花怒放,可惜,联系了好几家上市公司,人家根本看不上。几经辗转,他打听到金氏股份的情况,心想,现在大家都在难处,或许能够相互支撑一把。这才有了今天他与王律师的江海之行。

金大鑫耐着性子听完王律师的介绍,摊开双手说:"伍董啊,您的情况我听明白了。可是我们是房地产公司,跟你们完全不相关,这个忙,我真没办法帮啊!"

"别,别,您千万不要拒绝我!我来的时候已经跟专家咨询过了,专家的意见是,我们双方完全可以合作,更重要的是合作后我们都能得到大发展!"伍尚权焦急地看了眼王律师,恳求道,"到底怎么合作,我也讲不清楚,您再给点时间,请王律师具体介绍一下吧!"

王律师将屁股往前挪了挪,身体尽力倾向金大鑫,笑眯眯地说:"金总的难处我们不是不知道,但是如果金氏股份与大东方公司一点合作的可能性都没有,我们也不会大老远登门拜访了!"

"是的!是的!我们两家合作的机会可大呢!"王律师的话音刚落,伍尚权赶紧点头附和,黝黑肥腻的大盘脸上呈现出迫不及待的巴结相。金大鑫本来就心烦意乱,能耐着性子接待一下这个在他眼中看起来粗鄙无比的养猪佬已经非常不易,这家伙居然还随便插话。这令金大鑫不由得皱起了眉头。

伍尚权虽然长相粗糙,但能从一介农民通过多年摸爬滚打,成长为拥有数亿资产的企业家,也算是人中龙凤。对金大鑫表情的变化,伍尚权看得一目了然,因为此时正有求于对方,随即坐直身体,收起笑容。

"眼下伍总的大东方紧缺资金,您的金氏股份缺少优质项目。如果金总能用手头的资金买下伍总的项目,那不是两全其美吗?"王律师说完,意味深长地笑了。

伍尚权吸取了刚才的教训,没有插话,只是紧闭双唇,一本正经地连连点头。

"你们听谁说金氏有钱?"金大鑫用浓重的鼻音表达着自己的愤懑与无奈。

"你们是上市公司,怎么说也要比一般的企业有钱!"王律师不慌不忙地说。

金大鑫听罢,不知该气还是该笑,可真让他笑,还真笑不出来。他把头枕到沙发靠背上,盯着天花板上的水晶吊灯喃喃道:"上市公司业绩亏损的情况一直就没断过,这两年因为疫情,亏损的情况更加普遍。我们金氏集团因为前两年收购失误,亏损了80多亿元。现在金氏股份股价跌成这个熊样,如果我们真有钱,早就出手增持了!"

"您说的这些情况我们都知道,不过,金氏集团是金氏集团,金氏股份是金氏股份。金氏集团亏损不代表金氏股份也亏损。况且金氏集团的亏损还是有特殊原因的!"王律师说到这里,舔了舔嘴唇,抓起秘书李艳刚刚放在茶几上的矿泉水,拧开瓶盖,咕咚咕咚连喝几口。而一旁的伍尚权就像没有听见一样,只顾盯着茶几上的另一瓶矿泉水,似乎那瓶矿泉水有什么特别之处。

金大鑫明白,眼前这两位不速之客应该是对他的家族产业和发生在他父亲身上的糗事都摸得一清二楚了,应该真是有备而来。既然这样,那何不听听他们到底能带来什么锦囊妙计? 于是,他稍稍调整了一下坐姿和脸上的表情,向王律师投出鼓励的光芒。

"金董有没有考虑过通过定向增发来解决金氏股份目前的困难?"王律师不再继续往下说,反而向金大鑫抛出来一个问题。

"定向增发? 你们有没有搞错?"金大鑫瞪大眼睛审视一会王律师,随后又把眼光移向伍尚权,见二人神色都很正常,就追问道,"现在金氏股份的股价这么低,我们要是能拿得出钱,还用得着你们来提醒吗?"

"哦,就是因为股价低,伍董才非常愿意与您合作。"王律师瞅了一眼伍尚权,意味深长地说。

"这我就不懂了! 既然金氏股份的股价这么低,我们有什么理由一定要向你们定向增发呢? 更何况你们现在缺钱,也拿不出钱呀!"金大鑫开始后悔刚才不该给这两个人这么多的耐心,于是快速起身,不客气地对伍尚权和王律师说,"对不起,我手头还有一件急事要处理。"

伍尚权和王律师见金大鑫态度这么坚决,相互看了一眼,悻悻地跟着起身,顺着金大鑫的手势向门口方向走去。

快到门口的时候,伍尚权猛然回身,一把抓住金大鑫,以近乎哀求的口气说:"老弟呀,要不你再考虑一下,王律师说了,按照他设计的方案,金氏股份不仅不会贱卖,还能得到大东方的优质资产,我们双方都能得到好处,共同渡过难关。"说罢,他用胳膊肘碰了碰王律师,问道,"你快对金董说的确是这样吧!"

王律师连连点头说:"的确是这样,要么您再给我们几分钟时间,听我把方案说完行不行?"

此时的金大鑫哪里还有心思听他们继续说下去?但考虑到大家都不容易,便让李艳把他们带到公司投资总监邵有为那里,算是给他们一个台阶下。

送走伍尚权和王律师后,金大鑫关上房门,打开电脑,看着上午开盘后一直没有打开的金氏股份走势图,内心愈发五味杂陈起来。

直到全天股市收盘,金氏股份的跌停板都没有打开过。金大鑫狠狠地捶击了一下桌面,腾地站了起来,烦躁不安地在办公室里来回踱着脚步。对于金氏股份的价值,他还是非常清楚的,目前的股价已跌的不到4块,而它的每股净资产也有3.7元,如果再来一个跌停板,那就要跌到每股净资产以下了。

金大鑫想,"如果当初不收购运亨集团就好了,这样他就有钱低价增持金氏股份,从而既收获低价资产,又能破解楼上楼集团可能的恶意收购了"。可是这个世界上哪有那么多"如果"!他深知收购运亨集团带来的80多亿亏损纯粹根源于自己的认知不足,而金氏股份目前这一波大跌除了行业整体前景黯淡,不仅跟金氏集团巨亏有关,也跟他父亲金宏远的所作所为密切相关。然而无论是他自己造成的巨亏,还是他父亲猥亵幼女案发,恐怕都是无法避免的!所以考虑"如果"之类的问题没有任何意义,直面现实,找到解决方案,才是王道。可是金宏远没出事的时候,他们父子俩就到处求人未果,现在金氏集团遭遇这么大的危机,周围那些亲朋故旧看笑话的看笑话,落井下石的落井下石,找到解决方案又谈何容易!想到这里,金大鑫开始后悔自己不该把伍尚权那么简单地打发掉。正在自责之时,邵有为敲门而入。金大鑫赶忙让他坐下说话。

"金董啊,金氏股份可能有救了!"邵有为的屁股还没有挨到沙发,就迫不及待地说。他那张沟壑纵横、苦大仇深的脸上现出了难得一见的笑容。

"你找到办法了?"金大鑫见邵有为满脸的褶子堆成了一朵灿烂的黑玫瑰,不由得动心地笑着问。

"我哪有那么大的本事?您不是让我接待伍董和王律师吗?我跟他们在会议室里一直谈到现在,对大东方生态养殖公司的基本情况和他们的诉求都了解清楚了。从公司的境遇来看,我们金氏股份与大东方可以说是同病相怜。其实,大东方的质地也不错,如果能挺到年底猪肉涨涨价,那他们今年的盈利情况应该会相当不错,现在的问题就是资金紧张了些。所以如果我们两家能深度合作一把,应该都能渡过眼前的难关。"邵有为眉飞色舞地说。

"合作? 一个是房地产企业,一个是养猪企业。您也是金氏集团的老人了,您告诉我这两个完全不同的行业怎么合作? 况且我们是上市公司,就算我个人同意合作,其他股东、董事、独立董事能同意吗?"金大鑫见邵有为兴致那么高,忍不住给他泼了点冷水。

邵有为的确是金氏的老人,从金宏远刚开始创业起就一直跟在后面,现在已经50多岁,眼看再过几年就要退休,按说他可以往后撤一撤了,可是出于对金氏集团的深厚感情,他依旧坚持在业务一线拼杀,即便在金宏远被抓后,他也没有动过其他心思。见金大鑫态度比较消极,邵有为打算好好做做他的工作。他收起笑容,推心置腹地说:"现在情况特殊,找房地产或上下游企业好倒是好,问题不是找不到吗? 就算找到了,在现在的房地产调控大环境下,企业的质地也很难好到哪里去,还有就是,现在的房地产调控形势您也是知道的,未来发展空间只会越来越小,不如抓紧机会早做转型!"

"您是说金氏股份向养猪业转型吗?"金大鑫问。

"那倒不是。我现在还没有想清楚,如果您也认为应该转型,今后可以好好论证一下。我现在只是想提醒您,对于送上门的并购重组机会,最好不要轻易错过!"邵有为说。

"您是说并购大东方?"金大鑫瞪大眼睛问。

"是的。大东方是一个比较理想的并购标的,特别是在当前这种非常困难的情况下,并购大东方至少有三个好处:第一,可以增厚金氏业绩;第二,可以提振金氏股价;第三,可以趁机进行重组,打乱那些试图抢占第一大股东席位者的节奏。"邵有为说着说着,双眼放射出光芒来。

金大鑫似乎受到了感染,认真地点了点头说:"您说得有道理,不瞒您说,您刚才找我时我正在考虑是不是要与大东方合作呢。既然您这么支持,那我们不妨推动一下!"

"好! 我跟伍董说去!"邵有为说着就要起身往外走。

"伍尚权还没走?"金大鑫问。

"是啊,我跟他们说好了,让他们在会议室等一等,我来跟您沟通一下。"邵有为一边往外走,一边回头道。

"既然他们还没走,那您去跟他们说,今晚我要宴请他们!"金大鑫冲着伍尚权的背影说。

当伍尚权得知金大鑫当晚准备宴请他和王律师时,兴奋得两眼放光,两只肥厚的手掌相互揉搓着,连声说:"这下有救了! 这下有救了! 不过,这个客得我请,邵总帮我推荐一家金董喜欢去的饭店吧,我要好好感谢一下金董。"

"那倒不必,你们是客人,金董既然说要宴请你们,您就别客气了! 他肯定不会让你们反过来请他的。其实,吃什么不重要,重要的是一起把合作的事落实落实,您说是吗?"邵有为笑呵呵地说。看得出,能够说服鑫大鑫接受与大东方合作的方案,邵有为心里也比较美。

伍尚权还想坚持,却被一旁的王律师制止住了:"伍董,邵总说得对,谁请客不重要,关键是谈事情。"他这才消停下来,抱拳道:"恭敬不如从命,改日金董去胶东,我再好好尽一尽地主之谊。"邵有为和王律师都说伍董说得好。邵有为看看表,时间刚过下午4点,距离晚饭时间还早着呢,便问伍尚权和王律师下午还有什么安排,要不要到外面转转。伍尚权把头摇得像拨浪鼓一样,说:"算了算了,外面热死人的,江海也就高楼大厦多一点,没什么看头,哪像咱胶东,人只要往海边一站,小风自然就会吹过来,要多舒坦就有多舒坦!"邵有为见伍尚权不愿外出,一时没了主意,还有至少两个小时才能到通常意义上的饭点,总不能就这样在会议室里干坐着吧。正在为难之时,他一眼瞥见墙角柜子上的两副扑克,于是两眼一眨,计上心来,指着扑克问:"伍董会掼蛋吗?"伍尚权一听乐了:"何止会? 我在我们胶东可是拿过掼蛋大赛冠军的！不信你问王律师！"王律师忙不迭地点头说："伍董的掼蛋水平还真没几个人能比得过！"邵有为心想，我管你技术高不高，只要能把这两个小时左右的时间打发掉就行，便对伍尚权和王律师说："走，我们去公司小食堂掼蛋去！待会儿金董就在小食堂宴请2位贵宾，请二位不要嫌弃。"伍、王二人都说没问题，有饭吃就行。

金氏股份的小食堂位于公司办公楼的顶层。邵有为带着伍尚权和王律师乘直达电梯转眼即达顶层。当电梯门打开的一刹那，伍尚权的眼都直了，只见到处珠光宝气，金碧辉煌，心想，这哪里是一家公司的小食堂，这怕是到了皇家宫殿！更令他称奇的是每走10步、20步便有一扇紧闭的大门，显得颇为神秘。邵有为在大门旁的乳白色小盒子上刷一下卡，大门便自动打开。总共经过4道这样的门，他们总算来到一间足有100平方米的大包房里。包房的中间是一张硕大的圆桌，看样子至少可以轻松坐下30人。圆桌的中间则放着一盆苍劲古朴的松树盆栽，圆桌的周围整整齐齐地摆放着真皮高背椅。在那些高背椅中有一张椅背比其他所有的椅子更高、更宽，看来应是东道主的位子。紧临这张椅子的那面墙上有一幅巨大的上山猛虎回望图，看起来气势宏伟，意蕴不凡。伍尚权虽说是农民企业家出身，有了钱以后，也广泛结交，算是见多识广，但金氏股份小食堂的派头还是令他暗暗称奇，心想，还是搞房地产的会玩，虽说现在走下坡路了，但根基还在啊，我这次算是来对了！也死磨硬缠对了！

邵有为没有在大包房里驻足，而是轻轻推开一扇门，带领两位客人走进旁边的一间休息室。几位服务员打扮的美女正在里面嗑瓜子聊天，见有人进屋，慌忙站起身来。"今晚小金董要在这里宴请客人，你们通知厨房准备一下。"邵有为说着，请伍尚权和王律师在一张方桌前坐下，又问哪位美女愿意过来凑个数。话音刚落，马上便有一位长相清甜、梳着马尾辫的姑娘自告奋勇地凑了上来。邵有为让她与伍尚权搭档，自己与王律师搭档。伍尚权眼见这么漂亮的姑娘跟自己搭档，自然有说不出的喜悦，也不问姑娘会不会掼蛋，便特别谦虚地说自己牌技不高，望姑娘好好带带他，那样子完全不似先前在会议室里那般洋洋自得。

美好的时间总是过得很快。2个小时的时间很快过去，第二局还没分出胜负，金大鑫就推门进来了。伍尚权马上起身，说自己这一把运气非常好，一定要跟金董事长分享运气。金大鑫探头一看，果然不错，不仅四大天王全在手里，还有两个同花顺，一个六个头。他称赞伍尚权果然运气超强，但并不接牌，只说自己不能无端抢了别人的运气。伍尚权则巴巴结结地说，要说有运气，那也是金董事长给的，不然为什么自己撺了这么多年的蛋，从没有拿到过这么好的牌呢?! 一句话把大家都逗乐了。因为牌好，伍尚权与同他打对家的小姑娘自然顺利获胜，并最终赢得了这一局的胜利。"两局两胜，感谢金董! 感谢金董!"伍尚权兴奋地摇晃着硕大的脑袋对金大鑫连声道谢。

伍尚权意犹未尽，要跟金大鑫打配合，再赢邵有为和王律师一局。然而金大鑫对掼蛋兴趣并不大，再加上心情也不好，就以饭点已到为由，请伍尚权和王律师去餐厅用餐。伍尚权是在市场上摸爬滚打发展起来的人精，知道此行的目的并非掼蛋获胜，便就坡下驴放下了手中的扑克。

金大鑫没有安排别人参加这次宴请。他让伍尚权和王律师分别坐在他的右侧和左侧，邵有为自觉坐到金大鑫的对面。偌大的圆桌旁只坐4人，看起来有点奇怪，却有一种奢华大气的逼人之势。金大鑫接任金氏股份董事长之后，还没在这里宴请过客人。不过，他之前倒也偶尔用过几次，所以完全能够驾驭场面。来回忙碌的服务员小姐姐早已将精美的冷热菜肴摆上桌面并为每个人面前的高脚杯里斟上淡紫色葡萄酒。

"欢迎伍董和王律师光临金氏! 现在疫情还是很严峻，为了2位的安全，今天我就在公司小食堂将就着请你们吃点家常菜，如果有什么不周到的地方，还请你们多多包涵! 我先敬你们一杯!"金大鑫捏起高脚杯起身走到伍尚权身边，轻轻与他碰了一下杯子，随即又大步转到王律师身边与他也碰了一下杯子，这才回到自己的座位手举高脚杯向在座的3人晃了晃，一饮而下。伍尚权心想，他这一圈转下来，只将酒喝下去一点点，却至少用掉两分钟时间，大城市的规矩真多，这要是在咱胶东，三大杯老白干恐怕早已下肚了。不过，他知道自己此行的目的，也懂得客随主便的道理，没有多说话，只是顺从地学着金大鑫的样子，喝下一点点红酒。

红酒也是酒。当4人你来我往把一瓶红酒喝光后，伍尚权的脸已变成紫黑色，情绪也明显高涨起来。他歪着肥硕的大脑袋眼神迷离地盯着金大鑫说："金董啊,说实话,您选择与我合作真是选对了!您看要不要王律师把合作方案简单汇报一下?"

金大鑫心想,我要不是被逼无奈,怎么可能考虑与你合作?不过,这种话他并没有说出来,只是微微一笑,淡淡地说:"不用了。邵总已经跟我说过了。大致的方案就是金氏股份向大东方股东进行定向增发,然后再向大东方增资。伍董您作为大东方的实控人以自己所持的部分股权为对价认购一定数量的金氏股份股权。这样,您不必出一分钱就能获得一定数量的金氏股份股权,大东方也会因为金氏股份的增资得到紧缺的资金。这个方案对您是不是很有利呢?只是……"金大鑫故意停下来慢慢品尝服务员刚端上来的小米炖辽参。

伍尚权听出金大鑫话中有话,担心合作生变,从身边的服务员小姐手里一把抢过红酒瓶,咕咚咕咚给自己的高脚杯里倒了满满一杯,随后拿起酒杯以近乎冲刺的速度来到金大鑫身边,央求道:"金董呀金董,这个方案对我们两家都特别重要,您可千万不要变卦呀!这样吧,为表达诚意,我敬您一杯,我喝完,您随意,怎么样?"话刚落音,也不管金大鑫态度如何,便一仰脖子,把整杯红酒瞬间倒进喉咙里。

金大鑫在房地产市场浸淫多年,对这种为求人办事主动给自己灌酒的场面见得多了,所以并没有被伍尚权的豪爽之气打动,只是笑呵呵地站起来,抿了一口杯中之酒,说:"伍老板真是好酒量啊!我没说不合作,不过,我还要考虑考虑。"

"别!您千万别再考虑了,我公司那边都火烧眉毛了,钱早到一天,大东方就能早解脱一天!这样吧,我再敬您2杯!"伍尚权说罢,又接连喝下满满两杯红酒,这才躬身抱拳道,"金董,我老伍真心跟您合作,拜托您尽快决定,越快越好!越快越好!"

伍尚权连喝3杯红酒的举动令在座的其他3人都忍不住鼓起掌来,金大鑫也称赞道:"伍董的确是条汉子!您放心,我一定全力推动合作!不过,这件事太敏感,金氏股份是上市公司,我们两家合作一事,大家千万不要走漏半点风声!"

"那当然!那当然!"伍尚权连连点头道,脸上写满了"幸福"二字。

此后,4人又你来我往,越喝越猛,直到金大鑫接到一个神秘的电话,这次宴请活动才匆匆结束。

金大鑫接到的那个电话是一个陌生男人打过来的。当时,伍尚权又倒了满满一杯红酒正晃晃悠悠走向邵有为,准备向他表示"感谢",说他在说服金董同意金氏与大东方合作方面起到了非常关键的作用。金大鑫见伍尚权已经醉眼迷离,担心他再喝下去会"现场直播",弄得大家都扫兴,正琢磨着如何才能在不伤客人面子的前提下结束这场拼酒游戏时,放在桌上的手机响了起来。金大鑫心想,这个电话来得可真巧,但愿能转移一下大家对拼酒的注意力。想到这里,他连来电号码都没细看,便快速接通电话。

"喂,是金大鑫吧?"手机听筒里传来一个沙哑而阴森的老男人的声音。

金大鑫对这个声音很陌生。他特意查看了一下电话号码,发现是一个本地的固定电话打来的,而这个电话号码并不在自己的通信录上。"您是谁? 找我有事吗?"他警惕地问。

"哈哈哈哈……"一阵放肆而奸邪的狂笑之后,那个老男人压低声音说,"我是谁不重要,重要的是你想不想把你们家那个在看守所里坐吃等死的老祸害救出来?"

父亲是金大鑫心里不能碰触的痛。这个陌生男人的话令金大鑫变得像霜打的茄子一般。"你……你……想干什么?"他声音颤抖地问道。然而对方没再说话,听筒里传来了"嘀嘀嘀"的忙音。他想弄清究竟,便将电话拨了回去,听筒里传来了"您拨打的电话号码是空号"的提示音。"怎么会这样?!"金大鑫一屁股坐到椅子上,手里僵硬地举着手机。在座的几个人一看这情形,赶快放下手中的酒杯,齐刷刷围了上来。"怎么啦?""不要紧吧?""需要我们做些什么吗?"大家七嘴八舌地问道。金大鑫不希望大家的注意力都集中在自己身上。他快速调整了一下情绪,轻轻摆了摆手,苦笑道:"不好意思,遇到点小麻烦。你们继续吧!"

金大鑫突然低落下来的情绪已经快速传染到在座的每一个人身上,就连伍尚权也酒醒了一大半。"差不多了,今晚大家喝得都很尽兴。金董可能还有事,我们也该回去睡觉了。合作的事,您放在心上,我肯定全力配合!"伍尚权拍着胸脯保证道。

金大鑫本来还想客套一下,却实在没有心情,只好强作笑颜,起身握住伍尚权的手,跟他说了句富有弹性的话:"伍董请放心,合作的事我会让他们再论证一下,上市公司嘛,该走的程序还是少不掉的!"

伍尚权有点不放心,本想再多说两句,但眼见金大鑫已经心不在焉,只好使劲握了握金大鑫的手,说:"那我就等您的好消息了! 除了业务上的合作,您这里如果有什么需要我帮忙的,只管吩咐,不要客气!"

金大鑫敷衍道:"一定! 一定!"说完,转身交代邵有为把客人送到楼下,他自己也陪同2位客人一直走到电梯口,目送他们进入电梯,才拿起电话通知驾驶员送他回去。

那一晚,金大鑫久久不能入睡。他反复回忆那个不怀好意的神秘电话,百思不得其解:那个人到底想干什么? 真是为了帮忙救父亲吗? 如果真是,为什么话只讲一半就挂掉电话? 为什么那个电话号码还是个空号? 如果不是为了帮忙救父亲,那他打这个电话到底想达到什么目的呢? 还有,父亲做了那么见不得人的事,还值得救吗? 救得了吗? 他头痛欲裂,心想,自己现在面临这么大的压力,真想一甩手不干了。可是他不干,谁来干? 自己又能逃避到什么地方呢? 更何况,金氏股份现在面临这么大的困难,除了父亲做了见不得人的坏事,他自己也逃不了干系! 既然这样,那他只有硬着头皮继续撑下去了!

第十五章
万运来背后捅刀　金大鑫果断停牌

第二天上午,金大鑫强撑着虚空的身体和眩晕的脑袋走进公司办公室。一大堆大大小小的事情忙得他顾不上再去考虑那个神秘的电话,公司的股价也令他更加揪心。他在繁忙工作的间隙,不时翻看着金氏股份的分时交易图。与前一天一样,金氏股份自早晨开盘直到收盘都没有打开跌停板。稍微有所区别的是,今天的成交量比前一天多了不少。"大概有明白人发现金氏股份的投资价值了吧?"金大鑫想。

"金董,有人找您。"金大鑫刚刚把眼光从电脑显示屏上移开,秘书就带了2个身穿白色衬衫,打着黑色领结的年轻人走了进来。

"金董好!这是我们楼上楼集团送给您的材料,请查收。"其中的一位青年将一只鼓鼓囊囊的牛皮纸文件袋放在金大鑫的桌面上,便转身离开了。

金大鑫望着2位男青年的背影,顿时怒火中烧。"这是要跟我摊牌吗?"他愤愤不平地嘀咕道,顺手拿起了文件袋,从中取出厚厚一摞文件,最上面那份文件的标题令他不由得打了个寒战——《关于江海楼上楼(集团)有限公司之要约收购通知函》,果真是摊牌!最担心的事终于还是来了!他倒吸了一口凉气,赶紧往下看。

函是写给江海金氏房地产股份有限公司的,第一段便直奔主题:"经江海楼上楼实业发展(集团)有限公司(以下简称'楼上楼')第八届董事会第6次会议审议通过,楼上楼拟认购江海金氏房地产股份有限公司(以下简称'金氏股份')12.6%的股权,认购价格为4.58元/股,拟认购金额7.04亿元(以下简称'本次认购')。"金大鑫看到这里,拿过桌上的计算机器,以金氏股份当日的收盘价3.56元/股,快速计算了一下,意识到这次楼上楼将以28.7%的溢价率获得他们想要的股份。而一旦他们收购成功,楼上楼集团占金氏股份的股权比例将由现在的23.7%上升到

36.3%，一举超越金氏集团28.35%的股权，成为金氏股份的第一大股东。那样的话，现在的金氏股份恐怕就要更名为"楼上楼股份"或其他什么名字了！而他也必将从公司董事长的位子上被迫退下。

他不敢怠慢，抓紧时间继续看下去，只见"要约价格及计算基础"这一标题下写道："根据《上市公司收购管理办法》第三十五条第一款规定，对同一种类股票的要约价格，不得低于要约收购提示性公告日前6个月内收购人取得该种股票所支付的最高价格。本要约收购通知函前6个月内，楼上楼及一致行动人买入金氏股份的最高价格为8.92元/股，故将本次收购价格确定为4.58元/股。"金大鑫再次在计算器上算了下，测算出楼上楼集团大概已为购买金氏股份花掉了20亿元现金，而按照现在的收购价格，尽管比当日的收盘价溢价高达28.7%，但楼上楼最终超越金氏集团成为第一大股东只需再拿7.04亿元。"太便宜他们了！"金大鑫越想越痛心。

当金大鑫看到楼上楼集团称自己收购金氏股份是为了"用楼上楼的先进管理经验激活金氏股份的发展潜力"时，忍不住暗暗骂道："本是一介强盗，偏偏要为自己戴顶花帽子！"不过，他也明白，嘴长在别人身上，别人爱怎么说就怎么说，古今中外哪一个发动侵略战争的侵略者不为自己编出冠冕堂皇的借口？他决定不在这个问题上纠结。

最后，他将注意力集中到"本次要约收购的终止"上。通知函是这么写的："第一，金氏股份与楼上楼签署《股份认购协议》，并以公司董事会、股东大会审议通过、中国证监会核准为生效条件，若并购交易未取得上述批准或核准，则楼上楼无法定要约收购义务，本次要约收购将自动终止；第二，根据《上市公司收购管理办法》第五十六条第二款规定，收购人拥有权益的股份超过该公司已发行股份的30%的，应当向该公司所有股东发出全面要约；收购人预计无法在事实发生之日起30日内发出全面要约的，应当在前述30日内促使其控制的股东将所持有的上市公司股份减持至30%或者30%以下，并自减持之日起2个工作日内予以公告；其后收购人或者其控制的股东拟继续增持的，应当采取要约方式。若届时履行上述股份认购协议相关期间内，楼上楼及其一致行动人持有金氏股份股权比例发生变化，将可能导致楼上楼无须履行全面要约收购义务；第三，若收购不生效，楼上楼将在未来36个月内,通过集中竞价、大宗交易等方式清仓所持有的全部金氏股份股权。”

“胃口不小啊! 乘人之危! 强盗!”金大鑫把能想到的脏话一股脑地倾倒出来……恰在这时,他的手机响了,打开一看,原来是万淼淼打过来的微信电话。

“大鑫,你这两天怎么也不跟我联系? 人家都想死你了!”万淼淼撒娇道。

此时的金大鑫哪里有心情听她撒娇,便漠然地对她说:“最近公司遇到点事要尽快处理,等忙完这一段我再跟你联系。”言毕就要挂断电话。

谁知万淼淼就像知道他要挂掉电话似的,在电话里连声说:“别急着挂断电话,我要告诉你一个好消息!”

“哦,现在还能有什么好消息?”金大鑫明确表达了自己的怀疑。

“当然有! 而且这个好消息还与你有关!”万淼淼并不急于说破。

“跟我有关? 不可能!”金大鑫说。

“还记得那天我跟你喝茶时,说要帮你吗?”万淼淼问。

“哦,似乎有这么回事,可是现在已经来不及了! 除非……”金大鑫不再说下去了。

“除非我爸肯做金氏股份的白衣骑士,对吧?”万淼淼问。

“对。”金大鑫肯定地回答。

“我今天问过我爸了,我说金氏股份现在股价这么低,你为什么不收购一些股份,顺便也帮帮大鑫? 他说可以考虑!”万淼淼的语气明显兴奋起来。

“谢谢! 但是现在已经来不及了!”金大鑫无奈地说。

“为什么?”万淼淼追问。

“现在还不能说! 不过,最迟明天你就可以知道了。”金大鑫说完以有急事为由,强行挂断了万淼淼的微信电话。

金大鑫说时间来不及并非随口瞎说。按照《上市公司收购管理办法》,上市公司在接到要约收购通知函后,为了确保股价不发生异动,不管愿不愿意被收购,都要第一时间停牌并发布相关公告。万淼淼给他打电话时,他已经收到来自楼上楼集团的要约收购通知函,也就是说,在第二天股市开盘以前,金氏股份就必须发布停牌公告。这样一来,即便万运来如万淼淼所说的那样愿意充当金氏股份的白衣骑士,也会因为楼上楼集团先行一步提交要约收购通知函而失去在二级市场低价增持股份的机会,而按照金大鑫对万运来比较模糊的了解,如果让他出比楼上楼集团更高的价格充当竞争性要约收购者,基本没有可能性。正是出于这样的考虑,他才对万淼淼说时间来不及了。当然,金大鑫现在还不知道的是,万运来之所以在这个时候突然答应女儿,愿意充当金氏股份的白衣骑士,正是因为他非常清楚时间已经来不及了。

万淼淼虽不清楚金大鑫为何说时间来不及了,却第一时间把责任归结到父亲万运来迟迟不肯出手助力上。被金大鑫强行挂断电话后,她拿起手机就冲到楼上,准备到万运来的办公室同他论论理。刚到门口时,正在附近搞卫生的阿姨意味深长地看了她一眼,并向她摇了摇手。她明白,父亲的屋里应该有人,并且他们正在做某种见不得外人的事。这要是在以前,她多半会强忍着怒火退出去。但是今天她却不愿意了。非但不退,她还加快步伐,气哼哼地敲响了父亲的房门。前两拳敲下去,屋内并没有应答,直到她加大力度,又"砰砰"两拳砸在门上时,屋内才传来怒不可遏的呵斥声:"谁?放肆!"万淼淼明白,在这栋巍巍耸立的运来大厦里,他父亲万运来就如同土皇帝一般,一般人见到他都不敢出一口大气,何况来砸他的门呢?除非是吃了熊心豹子胆!万淼淼平日里对父亲也多少有些畏惧,但两人毕竟是父女关系,所以该说的话还是敢说的,该表达的情绪也还是敢表达的。

有一次,她因为参加同学聚会,在一家饭店的走廊里看到父亲一只手挽着一个打扮妖艳的年轻女人,一只手拉着一个四五岁的小男孩,她竟然直接冲上去大叫一声"爸",然后指着那个年轻女人的脸质问道:"你都这么大岁数了,还在外面寻花问柳,偷养私生子,就不怕丢人吗?"当时,万运来被她突如其来的呵斥声吓了一跳,但很快就恢复了镇静。他把那个年轻女人和小男孩推到一边,觍着脸凑近万淼淼,低声说:"淼淼,你既然已经看到,我就不瞒你了,那个小男孩是你弟弟。我辛辛苦苦挣了这么大的家业不容易。我怕将来我不在了,你一个人来撑不起这个家,所以就想办法再给你生一个弟弟。现在有人给你当帮手了,你应该高兴才是呀!"万淼淼瞄了小男孩一眼,发现他果然长得极像父亲:头扁,脸圆,耳垂大……但她却丝毫提不起对那个男孩的亲情,甚至为自己的母亲嫁了像父亲这样的男人而深感不齿。"亏你能说出这种话来!"她死死地瞪着父亲的眼睛,哭诉道:"妈妈陪你吃过那么多苦,你现在却这样对她,你的良心不痛吗?"说罢,她头一扭,半遮面颊,冲出饭店,随便在路边拦下一辆出租车,提前跑回家里了。她把自己关在屋里,稀里哗啦哭了大半宿。母亲不知她为什么哭得那么伤心,多次敲门并在门外好生相劝,她都没有跟母亲说出真相,因为她担心母亲承受不了那么大的打击。不过,从那以后万运来见到女儿时总有一些不大自然。

"是我!有急事!"万淼淼大声回应道。

"能有多急?我在忙,你过半小时再来。"万运来在门内说,语气已经不像刚才那样怒不可遏,甚至还有一点商量的味道。

"不,我现在就要跟你说。"万淼淼说着,又使劲用拳头砸了两下。

"别砸了!"门内的万运来重新恢复了威严的语气,紧接着,屋内一阵窸窸窣窣的响动之后,门吱呀一声开了,万运来瞪着两只灯泡一般通红的眼睛对万淼淼吼道,"你疯了!"

"我没疯!看你做的好事!大白天竟在办公室里干这种勾当!"万淼淼之所以这么说,是因为在房门打开的一瞬间,她就一眼瞥见父亲身后还站着一个妆容纷乱、衣衫不整的妙龄女子,而她父亲的脖子上还留有两个猩红的唇印。

万运来一把拽过女儿的手,把她拉进屋子正中,而他身后的那个妙龄女子也趁此空档顺手拿起茶几上的挎包以最快的速度逃离办公室。万淼淼没去拦她,也不想再跟父亲谈论有关这个女人的任何事,因为她心里清楚自己此行的真正目的是什么。

万运来见妙龄女子已全身而退,随手关上房门,黑着脸问万淼淼:"到底有什么急事?"

"有关金氏股份的事情。"万淼淼稳定了一下情绪,质问道,"你不是说愿意充当金氏股份的白衣骑士吗?但是大鑫刚才跟我说已经来不及了,你为什么不早点出手?"

"哦,原来是这事啊!"万运来用手梳理了一下本已稀疏的头发,走到办公桌后的老板椅里坐下来,慢条斯理地说,"我已经派人把要约收购通知函给他们送过去了,他没跟你说吗?"

"没有啊!"万淼淼倍感吃惊地自言自语道,"这么大的事情,大鑫刚才为什么没跟我说呢？"

"呵呵，那你就要问他了。"万运来的脸上露出了狡黠的笑容。

万淼淼感觉莫名其妙，掏出电话立即给金大鑫拨了过去……

金大鑫正在主持公司危机处置工作会议，见电话是万淼淼打来的，想她也没有什么太急或太重要的事情，就顺手按下了拒接键。万淼淼并不放弃，再次把电话拨了过来。金大鑫略显烦躁，再次按下拒绝键，哪知没过多久，万淼淼又将电话拨了过来。他这才对与会人员说了声"抱歉"，按下接听键，用手捂着嘴压低声音对着手机说了句："我正在开一个重要的会，如果没有急事，回头我给你打过去。"万淼淼则说："没有急事，我会反复拨你电话吗？"于是，便将她父亲说已将要约收购通知函送达金氏股份的事在电话里大致说了一遍，还质问金大鑫前面为什么不跟她说。金大鑫被问得一头雾水，但感觉万淼淼说的话比较蹊跷，便跟参会人员简单打了个招呼，提起电话返回自己的办公室去了。

"你爸果真说送要约收购通知函过来了？"金大鑫一到办公室，便迫不及待把这个问题抛了出来。

"那还能有假？他刚刚才跟我说过！"万淼淼非常确定地回答。

"不对呀！"金大鑫沉思片刻，接着说，"这样吧，反正现在已经休市，这个信息在正式公告前不大面积扩散就行，当然，你最好还是要做好保密工作！"

"一定！"万淼淼的语气很肯定。

"是这样的，我们的确接到了要约收购通知函，但是这个通知函是楼上楼集团送过来的，不是你们运来集团呀！要不，再问问你爸，是不是他们的通知函还没有送到？"金大鑫说。

"楼上楼？它可是个恶意收购者呀！"万淼淼意识到事情正变得复杂，便挂掉电话，抬眼看向父亲。

万运来对女儿刚才的通话和表情变化观察得非常仔细，没待女儿发声，便眯起眼睛问道："没错吧？大鑫的确收到要约收购通知函了吧？"

"可大鑫说他只收到楼上楼集团送去的要约收购通知函，并没有收到我们的。"万淼淼满脸疑惑地说。

"这就对了。楼上楼集团也是我们的企业！"万运来的脸上堆起得意的褶子。

"我怎么不知道楼上楼集团是我们的?"万淼淼从父亲那诡异的笑容中意识到事情超乎想象的复杂,但是她还是想尽量弄清楚问题的真相。

"拿下金氏股份是我多年的梦想,这事必须做得天衣无缝才行,你对大鑫太上心,这事要是让你知道了,还能做成吗?"万运来说罢,将头扭向一边,似乎在休息,又似乎在等待女儿的进一步追问。

万淼淼立在原处,紧咬嘴唇,憋了半天才痛苦地挤出一句话:"您这是乘人之危,这事做得太卑鄙!"

"呵呵……"万运来冷笑一声,继续望着窗外说,"什么叫乘人之危? 生意场上的事能用道德来衡量吗?"

"为什么不能? 做生意也要讲道德! 可你一方面让我向大鑫靠近,另一方面却暗暗打人家公司的主意! 原来,我在你眼里只是个抢夺别人财富的工具!"万淼淼说到这里,眼泪扑簌簌涌了下来。

万运来用眼睛的余光瞄了一下女儿,轻轻挥了挥手,说:"你去吧,跟大鑫说,要他做好配合工作,如果收购顺利的话,将来这个金氏股份就是你的嫁妆!"

"谁要你这种不明不白的嫁妆?!"万淼淼声嘶力竭地丢下这句话,快速转身奔向门外……

金大鑫等了一会,不见万淼淼再打电话过来,便回到会议室准备继续之前的讨论。然而他的屁股刚刚挨上凳子,万淼淼的电话就打了过来,他只好按下接听键,将手机凑近耳朵。听筒里竟传来了万淼淼的抽泣声。他预感情况不妙,再次跟与会人员做了个手势,拿起手机重新回到办公室里。

"怎么啦?"金大鑫关切地问。

"大鑫,我对不起你!"万淼淼强忍哭泣,艰难地吐出了一句话。

"到底怎么回事?"金大鑫追问道。

"那个……那个楼上楼是……我爸的公司。"万淼淼终于把实情说了出来。

"真的?"金大鑫仿佛不相信自己的耳朵。

"真的。他亲口说的,估计是……是他找人代持的。"万淼淼说出了自己的猜测。

"难怪!"金大鑫说。

"难怪什么?"万淼淼问。

金大鑫本想说难怪当初他父亲金宏远请求万运来帮忙,万运来一直拐弯抹角不肯答应,但他自知现在说这话已经没什么意义,便岔开话题,说自己正在开会,等会议结束了,再跟她详谈。

万淼淼深知金大鑫目前的处境非常艰难,必须抓紧时间跟金氏股份的高管们想出应对之策,便勉强挂掉电话。

金大鑫重新回到会议室,把刚刚得知的情况向与会人员作了通报,大家纷纷指责万运来做人不地道,专门背后捅刀子。然而指责并不能解决金氏股份面临的严重危机。一阵骚动之后,大家终于回归理性,开始认真讨论如何才能化解危机。讨论持续到晚上七八点钟,大家才终于想出令金大鑫还算满意的应对措施,并在第二天开盘前发布了临时停牌公告:"因重要事项未公告,公司股票自即日起临时停牌,待相关事项明确后公司将及时公告并复牌。"

第十六章
金氏暂扣收购函　万氏情急辟新径

金氏股份的突然停牌令市场始料未及。不少散户眼巴巴地看着昨天还躺在跌停板上的股价，后悔得捶胸顿足。他们心里很清楚，虽然临时停牌公告并没有透露到底是什么重要事项没有公告，但利多几乎是肯定的，像昨天那么低的股价，估计今后很长一段时间都难以见到了。不过，散户对金氏股份的关注并没有持续太长时间，毕竟在当下的市场里值得关注的股票太多太多。

作为金氏股份临时停牌的始作俑者，万运来在第一时间就得知了它的停牌信息。因为他在派人把要约收购通知书送给金氏股份的同时，也送给了江海证监局和江海证券交易所，为避免股价发生异动，交易所同意了他们提出的临时停牌请求，而金氏股份也不得不执行交易所的停牌要求。只不过，金氏股份的临时停牌公告里并没有按照他们期望的那样——同时披露《要约收购报告书摘要》，这令万运来非常不放心。他斜坐在老板椅里，用手中的电子烟心烦意乱地敲击着桌面，问前来汇报的运来集团董事会秘书邓书珉："你说金大鑫这小子到底安的是什么心呢？"

邓书珉是个30出头的职业经理人，瘦高个，板寸头，看起来精明强干，但在万运来面前却连大气也不敢出。因为在运来集团里，万运来就是天，谁都得顺着他，否则，要么挨一顿臭骂，要么卷铺盖走人。"老板，您说他会不会借助停牌策划反收购动作呢？"邓书珉小心地回应。

"这还用你说吗？"万运来瞪了邓书珉一眼，说，"当时我们在准备要约收购材料时不是已经考虑过这种可能了吗？"

"是是是。"邓书珉头点得像八哥一样。

"去吧！"万运来不耐烦地甩了一下头。

邓书珉拾起放在桌面的记事本飞也似的逃离了万运来的办公室。空旷的房间里只剩下万运来一个人,他背着手在房间里踱了一圈又一圈,却始终猜不透金大鑫的葫芦里到底卖的是什么药。最后,他把邓书珉又叫了回来。

"老板找我什么事?"邓书珉小心询问。

万运来瞪了他一眼,问:"没事就不能找你?"

"当然。"邓书珉咕哝道。

"打个电话,问问金氏股份为什么没有披露《要约收购报告书摘要》。"这回万运来的语气还算正常。

"已经给金氏股份的董秘和证券事务代表打过好几遍电话了,就是没人接听电话呀。"邓书珉无奈地说。

"你们给金大鑫也打过吗?"万运来问。

邓书珉摇摇头,说:"没有他的电话号码。"

"废物!"万运来说着,打开手机翻出了金大鑫的手机号,并把号码读了出来。

邓书珉快速记下并随即拨了出去。电话接通了,金大鑫一听是运来集团的董秘,立即推说对方打错电话,果断挂掉电话。邓书珉手持手机呆立在原地不知如何是好。

万运来再次瞪了一眼,说:"看来这小子是存心躲避我们!"

"要么再等两天?"邓书珉试探着问。

"好。这两天你不要偷懒,要多打几次电话,看看他们到底想干什么!"万运来说。

邓书珉再次逃也似的离开了万运来的办公室。此后两天,他又多次拨打金氏股份董秘等相关人员电话,那些电话始终处于无人接听状态。而金氏股份也始终没有公告那份《要约收购报告书摘要》。

"不能再干等下去了!你们要抓紧时间想个办法!"万运来再次将邓书珉叫到办公室,给他下了死命令。

"好。"邓书珉将身体往前倾了倾,对坐在他对面的万运来说,"这两天我们董秘办查阅了《上市公司信息披露管理办法》,其中有一条说,'涉及上市公司的收购、合并、分立、发行股份、回购股份等行为导致上市公司股本总额、股东、实际控制人等发生重大变化的,信息披露义务人应当依法履行报告、公告义务'。金氏股份迟迟不肯披露《要约收购报告书摘要》,这是明显违规呀!"

"告他!"万运来猛然一拍桌面,把邓书珉吓了一跳。"你立即联系市证监局,把这事跟他们好好说说。我就不信没人治得了他们!"万运来梗着又短又粗的脖子命令道。

邓书珉不敢违拗万运来的意志,赶快唯唯诺诺地退了出去。打官司是法务部的职责。邓书珉直奔法务部总经理窦艾琳的办公室,一进门就恭恭敬敬地叫了一声"艾琳姐"。

"干啥?"窦艾琳瞪着一双丹凤眼,胖胖圆圆的脸上现出诡异的笑容。邓书珉没有立即道明来由,只是嘿嘿干笑两声,脚步却继续挪向窦艾琳。窦艾琳瞪了他一眼,没好气地说:"看你这样子,又要找我帮你解决疑难杂症吧?"

邓书珉使劲点了点头,说:"艾琳姐果真神机妙算!"接着就把万运来叫他向证监局告发金氏股份的事情大致说了一遍。

窦艾琳听后把头一歪,说:"我没听错吧?! 不过,以我之见,这个状是告不赢的。"

邓书珉问她为什么。

她手一摊,说:"这还用问吗? 金氏股份收到我们送过去的《要约收购通知函》以后肯定不会坐以待毙,他们大概率会通过资产重组来对抗我们的收购。"

邓书珉说他懂,之前都议论过,但他想不明白,金氏股份搞重组与他们能不能告赢有什么关系。

窦艾琳柳叶眉一挑,眼珠子快速转了转,说:"这个关系可大了! 金氏股份是上市公司,他们拥有信披通道优势。假如证监局问他为什么迟迟不肯披露《要约收购报告书摘要》,他们完全可以说正在准备重大资产重组,而收到我们的《要约收购通知函》是在他们筹划重大资产重组之后的事情。"

"照您这么说,这个状是不是就不告了呢?"邓书珉试探着问。

"告还是要告的! 要是不告,不知道他们什么时候才能披露《要约收购报告书摘要》!"窦艾琳顿了顿,接着说,"你要是不告,老板那边也交不了差呀!"

邓书珉感觉窦艾琳说得在理,向她千恩万谢一番,带了一名助手,立即赶往证监局。结果还真没出窦艾琳所料,当接待他们的一名副处长听说金氏股份"暂扣"他们送过去的《要约收购报告书摘要》涉嫌违规时,那位副处长笑着告诉他们:"无故扣留《要约收购报告书摘要》当然违规,但这种明显的错误一般的上市公司都不会犯,他们迟迟不肯披露肯定另有原因。"不过,副处长还是答应帮他们过问一下。邓书珉见监管部门已经把话说到这个份上,便起身告辞。

万运来得到邓书珉带回来的消息后,虽然心有不甘,却也不好再多说什么,毕竟得到金氏股份的控制权才是他的最终目的。既然证监局愿意主持公道,去替他们催一催,那就安心等待消息吧!

当晚9点多,运来集团翘首以盼的《要约收购报告书摘要》终于由金氏股份公告披露了。只是与"摘要"一起披露的还有另外一份公告——《重大资产重组停牌公告》。金氏股份称,几天前金氏股份停牌的真实原因是要筹划重大资产重组,而在公司筹划重大资产重组之后,他们又收到了运来集团送过来的《要约收购通知函》。当然,无论是要约收购,还是公司"本来"就已筹划的重大资产重组,在具体方案确定前,都不允许金氏股份的股票继续交易,所以金氏股份还同时宣布了继续停牌的决定。

正在酒桌上跟人推杯换盏的万运来接到邓书珉打过来的电话后,气得牙直痒,当着一桌人的面大声骂道:"被这小子耍了!"他问邓书珉有没有办法惩罚一下金大鑫,邓书珉为难地说,他已经请教过窦艾琳,金氏股份因为掌握信息通道优势,可以暂扣运来集团的《要约收购报告书摘要》,把原本由运来集团提出的、为避免交易时间公布要约收购信息引发股价波动的临时停牌,解读为因重大资产重组事项需要保密而做出的停牌决定。万运来听完邓书珉的解说后呆坐在椅子上半天没有吱声。直到有人过来向他敬酒,他才站起身,抓过酒瓶,咕咚咕咚将面前的分酒器倒了个满满当当,只象征性地与来者碰了下,便一股脑倒进了自己的喉咙里。

那一晚,万运来喝得酩酊大醉。直到第二天下午,他才慢慢缓过劲来。"这件事不能就这么算了!"他摸出手机,强撑着身子给邓书珉布置了一项新的任务。

万运来让邓书珉无论如何也要掌握信披的主动权,不能再被金大鑫牵着鼻子走。邓书珉对上市公司信披程序还算熟悉,他知道一般上市公司在进行信息披露时,都需要先把待披露的文件提交给上市公司董事会,再由董事会秘书负责披露。也就是说,作为"恶意收购方"的楼上楼集团及其一致行动人运来集团很难绕过金氏股份。不过,他不能把自己了解到的惯例告诉万运来,因为他知道万运来目前还在醉酒状态,根本没法跟他解释。

邓书珉刚刚放下电话,公司前台小姐就给他送来了楼上楼集团转过来的江海交易所关注函,在这份关注函里,交易所明确要求楼上楼集团就收购资金来源、收购方股权结构和收购的目的等内容进行补充披露。他不敢耽误,立即向万运来作了汇报。万运来说这事简单,授权他会同楼上楼集团全权处理。两个小时后,一份补充披露文件就交到了万运来的手里。万运来瞄了一眼,因脑袋还晕眩得厉害,就把文件还给邓书珉,并叫他读出来。邓书珉清了清嗓子读道:

《关于对江海市证券交易所监管问询函的回复公告》

本公司及董事会全体成员保证信息披露内容的真实、准确和完整,没有虚假记载、误导性陈述或重大遗漏。

江海楼上楼(集团)有限公司(以下简称"楼上楼")于2021年7月29日收到江海市证监局下发的《监管问询函》(江海监公司字〔2021〕123号,以下简称"问询函")。楼上楼公司人员对问询函涉及的事项向公司股东及相关人员了解核实,并同公司律师就问询函所涉相关事项进行认真分析、梳理,现就问询函所提问题进行回复:

第一,关于资金来源。楼上楼拟用于收购金氏股份的资金全部为自有资金和一致行动人江海运来实业(集团)有限公司(以下简称"运来")的免息借款。截至2021年7月29日,楼上楼有银行存款5.3亿元(以上数据未经审计)。

第二,关于收购方股权结构。楼上楼是在中国境内注册的合法企业,公司股份由三名个人股东分别持有。其中,戴迟先生持有楼上楼80%股份、戴铃持有楼上楼13%股份、戴花持有楼上楼7%股份。

第三,关于本次收购的目的。本次收购基于楼上楼发展战略的需要,目标是通过收购推进楼上楼产业结构调整,集中资源聚焦房地产业发展,有利于楼上楼转型发展,做大做强。

公司律师就上述事项已出具法律意见书,详见附件。

特此公告

江海楼上楼(集团)有限公司董事会

2021年7月29日

万运来听后总体感觉满意,要求邓书珉找公司法务部再就相关表述和格式等改一稿。邓书珉答应了一声,转身就走,刚到门口,却被万运来叫住了。"这次披露再不能被金大鑫那小子耍了!"万运来用手指点着邓书珉的脑门说。邓书珉从喉咙深处挤出了含糊不清的"好"字,便掉头跑掉了。

窦艾琳很快就帮邓书珉润色好了"回复公告",打印后递到邓书珉手中,说:"用好印,就可以发出去了。"邓书珉心怀感激地接过打印稿,却不肯立即离开。"是不是还有事要请姐帮忙?"窦艾琳问。"是……是这样的,老板交代这次不能再被金氏股份算计了。艾琳姐能给支个招吗?"窦艾琳瞪了他一眼,说:"法治社会就应该按程序办事!你还是先按老规矩把材料送给金氏股份吧。"邓书珉见她也没有好办法,只好照办。

然而三四天过去了,邓书珉只见到金氏股份公告的收购胶东大东方生态养殖有限公司的重大重组方案,却始终没见到楼上楼集团回复交易所的公告。非但如此,楼上楼集团还收到了交易所的电话。在电话里,交易所责问他们为什么不及时履行信息披露义务。当楼上楼集团把这个消息转告邓书珉时,他气得脸都白了。"明明是金氏股份不肯配合,现在挨批的却是我们!"邓书珉不敢将实情告知万运来,只好跑到交易所诉苦,并请求交易所授予他们独立的信披渠道。

交易所领导对他们的境遇深表同情,允许楼上楼集团利用"股东业务专区"发布公告。邓书珉喜不自胜,马不停蹄地促成了楼上楼集团在8月7日通过"股东业务专区"披露《关于对江海市证券交易所监管问询函的回复公告》。

楼上楼集团不通过金氏股份就直接披露公告的消息很快就传到了金大鑫的

耳朵里。他的第一个反应就是,决不能让楼上楼集团和躲在它背后的运来集团收购成功!经过一番紧急讨论,金氏股份很快就祭出了"实名举报"的杀招。给金大鑫出这个主意的是公司董事会秘书赵仁精。此人35岁左右,个头不高,身材偏瘦,虽然貌不惊人,却两眼炯炯有神,走起路来呼呼带风,说起话来头头是道,不仅专业能力非常出众,也特别善于处理公司和人际关系中的各种复杂问题,因而深受领导和同事的好评,都说他人如其名,是真正的"人精"!

8月7日那天,时刻关注楼上楼集团动静的赵仁精发现,就在楼上楼集团利用"股东业务专区"披露证监局问询函回复之后几十分钟的时间内,运来集团也利用这个特别通道披露了问询函回复。作为公司董事会秘书,他不敢怠慢,立即将两份内容几乎一模一样的问询函回复打印出来,送到金大鑫的手里。金大鑫快速瞄了一眼,一股无名之火在他的胸中突然升腾起来。他将几张打印纸用力拍在桌上,瞪大眼睛问赵仁精:"有办法反制万运来吗?"赵仁精的眼珠子快速转了两圈,说:"有倒是有,就是不知道您愿不愿意用?"金大鑫苦笑道:"公司马上都快保不住了,有办法只管说!"赵仁精见状,凑近金大鑫把自己的设想简明扼要地报告一番。金大鑫默默沉思片刻,语气肯定地说:"行,就这么着了!"

半个小时之后,一封署名金大鑫的举报信出现在各大网站的金氏股份公告栏中。这份举报信的措辞极其严厉,一开始就直指运来集团控股股东万运来刻意隐瞒持股,因为金氏股份从运来集团通过股东业务专区发布的公告来看,运来集团实际上也持有金氏股份的股票,而当初楼上楼集团在其提交的要约收购公告中只字未提这个一致行动人。

金大鑫的这份举报信很快就被邓书珉送到了万运来的手里。万运来看后恼羞成怒,捏着拳头咬牙切齿地说:"小兔崽子,也学会告状了!"邓书珉会意,却为难地揉搓着双手说:"老板,这小子的确可恶,不给我们发布公告也就罢了,居然还反告我们!"万运来眼睛一瞪,说:"哪这么多废话?!你就告诉我,有没有办法盘他?"邓书珉伸手挠挠头,无奈地说:"我们是进攻者,金氏股份肯定不会束手就擒,要说盘他,我们现在还真没什么办法,只能找证监局或交易所主持公道。""那还不快去!"万运来大喝一声,用手指了指门。

邓书珉拿起放在桌上的手机,赶忙往外逃去。刚跨出门框,他的手机便响了,掏出来一看,是江海证券交易所上市公司部的李晓燕打来的。他不敢怠慢,赶快接通电话。李晓燕问他两个问题:是否知道金大鑫实名举报运来集团?如果知道,运来集团对这次举报到底持什么态度?邓书珉停下脚步,首先说了几句恭维话,随后直接道出了万运来的不满,说运来集团的确持有1.25%的金氏股份,但这些情况交易所都是知道的,运来集团并没有刻意隐瞒。万运来似乎已经听出邓书珉正在与交易所沟通,便招手示意他进屋说话。

邓书珉重新进屋后,干脆问李晓燕:"我们董事长就在旁边,您要不要直接跟他通话?"得到对方的肯定答复后,邓书珉直接把手机递给万运来。万运来接过手机后,立即挤出谦恭的笑容,用甜腻腻的声音对着话筒说:"李主任啊,您好!您好!我是运来,刚才小邓已经把这边的情况跟您汇报过了,金大鑫搞出一封举报信,内容纯属无中生有,您可要为我们做主啊!"李晓燕只是一般工作人员,并不是什么"主任",她想说明一下,可万运来根本不给她机会,只能任其继续往下说。"运来集团持有金氏股份少量股票一事,我们已经向交易所和证监局汇报过,根本不存在刻意隐瞒的问题。金大鑫的这份实名举报信无非是为了阻挠我们开展要约收购嘛!到目前为止,我们运来集团的所有动作都是合法依规的,就连这次在股东业务专区发布问询函回复公告,也是在你们支持下才做的嘛!要是金氏股份不拒绝替我们发布公告,我们也不至于在股东业务专区上发布嘛!哎,李主任呀,您千万千万要替我们主持公道呀!"李晓燕感觉万运来越说越远,不想陪着他浪费时间,便模糊地说了句"交易所肯定会秉公执法",借口手头工作繁忙,赶紧挂掉电话。

李晓燕结束与运来集团方面的沟通后并没有闲着,而是直接把电话又打给了赵仁精,了解金氏股份为何不经交易所预审就直接通过上市公司信息披露直通车发布实名举报信。赵仁精嘿嘿干笑两声,嬉皮笑脸地说:"我们董事长也是被逼得没办法了,再加上时间紧急,只好出此下策。"李晓燕知道赵仁精通晓相关信披制度,心里虽然不爽,却也不好多说什么,毕竟利用上市公司信息披露直通车是金氏股份大股东的权利,并且被恶意收购的一方还处于弱势地位,能想到的办法都会尝试用一用。不过,李晓燕并不想跟着和稀泥。她在电话里略微沉思几秒钟,严肃地说:"根据《上市公司收购管理办法》,收购人包括一致行动人,也就是说运来集团本来就是收购人之一,他们没有必要单独披露自己持有多少金氏股份的股票,运来集团没披露持股情况的原因也在于金氏股份拒绝代为公告。所以你们举报运来集团刻意隐瞒持股情况是没有依据的。"赵仁精见李晓燕的话已经说到这个份上,自知再辩解下去已没意义,便连说:"明白,明白。"李晓燕说:"既然你已经明白了,那就赶快撤下举报信吧!"

　　10分钟之后,金大鑫发布的实名举报信便从各大财经网站陆续撤除。这份举报信自发布到被撤下,仅仅用了半个多小时。至此,运来集团与金氏股份的攻防战以双方各胜一局而告终。

第十七章
大鑫出手反收购　淼淼怼父护情郎

暂时失利的金大鑫并不打算轻易认输。他顾不上时间将近下班，立即召集公司高管和业务骨干讨论反击之策。

会议是在金氏股份的大会议室里召开的。金大鑫环视了一圈神情各异却普遍萎靡不振的参会者，心想，公司这大半年诸事不顺，连我自己都心力交瘁，这些人能继续安坐在这里已经不易，还能指望他们干什么呢？不过想归想，现在他再次遇到难题，也只能强拉他们一起扛了，谁叫他们现在还领金氏股份的工资呢！他让赵仁精简要介绍了实名举报信被交易所要求撤下的情况后，心事重重却无比真诚地说："现在是金氏股份最最困难的时候，我们既要顶住房地产市场退热的压力，又要对抗'野蛮人'的进攻，难为大家了！当然，作为公司的控股股东，我们金家是'野蛮人'进攻的最大受害者，所以我要特别感谢大家的支持！"

金大鑫的话音刚落，邵有为便接过话茬："董事长这么讲就见外了，'野蛮人'要是真控制了金氏股份，我们这些人也不会有好果子吃，人家肯定要把自己人换上去！"

"没错，所以我们现在吃点苦也是为了保住自己的饭碗！"赵仁精呼应道。

这两人发言之后，在场的不少人也七嘴八舌地表达了对公司现状的理解。金大鑫听后非常感动。虽然他也注意到仍有个别人神情冷漠，甚至还有点幸灾乐祸，但此刻的他已经顾不上那么多了，大敌当前，他必须把所有能用上的力量全部用起来。"现在的情况大家都清楚了，既然大家都不想坐以待毙，那就拜托大家一起出出主意，下一步我们该怎么办呢？"

"当然是继续反制了！"邵有为抖动着满脸黑黝黝的褶子说。

"怎么反制？"金大鑫问。

"当然是……"邵有为四下瞅了瞅,却把话又吞了回去。

金大鑫明白他一定想到了什么高招,因顾忌人多而不愿说,也就没再继续追问。恰在此时,金大鑫的微信电话响了起来。他拿起来一看,原来是郑木林打来的。他的内心一阵慌乱。自从她那天放他鸽子,他对她已生厌倦,加上这段时间因为遭遇要约收购,更加没心情与她联系。"她找我干什么? 她最近过得怎么样?"金大鑫稍稍动了动小心思,便快速把自己拉回到现实,"算了,管她呢!"他果断按下拒接键。"哦,大家有什么高招只管说!"他重新抬头望着对面的几位高管,并最终将目光落在分管市场开拓的副总裁彭兵的脸上。

"嗯……"彭兵涨红了脸,支支吾吾地说,"现在国家严控住房价格上涨,拿地成本太高,又不许企业囤地,所以……所以……市场开拓真是挺难的。"

这个答案并不是金大鑫想要的,他要的是如何应付"野蛮人"敲门的对策。他把目光又移到分管行政人事的副总裁谭雅琳脸上。

"最近公司人员基本稳定。听说有几个业务骨干想跳槽,可是现在就业环境不好,就算离开金氏股份也不一定能找到合适的工作,所以这些人还是勉强留着。不过,请董事长放心,我想办法再做做他们的思想工作。"谭雅琳一脸诚恳地说。

这个答案仍然不是金大鑫想要的,他本来想问她,假如公司被"野蛮人"抢去了,她打算怎么做那些人的工作,但想到还有更重要的问题需要解决,他把话憋住了。他把目光转向赵仁精脸上。

赵仁精扭了扭身子,歪头瞄了眼邵有为,说:"邵总那里应该有办法了。"

金大鑫会意,再次环视了一下在座的各位,歉意地说:"天不早了,今天的会就开到这里,大家如果想到好办法,可以随时来找我。"言毕,抬起屁股,快速离席而去,快到门口时,扭头对赵仁精和邵有为说:"赵总和邵总跟我来一下。"

几分钟之后,赵、邵二人便跟着金大鑫走进了他的办公室。

"说吧,你有什么高招?"金大鑫刚一坐下,便盯着邵有为问。

"我哪有什么高招?"邵有为在金大鑫对面的转椅上坐了下来,接着说,"现在只有拿大东方做文章了!"

"邵总说得对! 我们当初临时停牌不是说要策划重大资产重组吗? 现在时间过去这么久,该把大东方的事情抬出来了!"赵仁精附和道。

金大鑫见二人说到一块去了,想到眼前也没有其他更好的办法,便耐心跟他们探讨具体方案。那一天,3人谈到很晚,直到万淼淼打来微信电话,金大鑫才想起该放他俩回去。

万淼淼问金大鑫这几天为什么不跟她联系。金大鑫反问她为什么不主动联系。万淼淼说她天天在家因为金氏股份的事跟爸爸吵架,哪有心情给他打电话?万淼淼的话直击金大鑫内心深处最柔软的地方,他感觉一阵酸楚,恨不得立即拥她入怀。"快来吧,我等你!"他将自己所在的位置发到她的微信里。她回了个跑步前进的动图过来。

金大鑫放下手机,双手插进裤兜,慢慢踱到窗边。夜已深,但室外依然很亮,远处的高架路上更是灯火通明,车来车往。他瞅了瞅天空,想找一颗属于自己的幸运星。然而他失望了,天上没有月亮,白茫茫的,一颗星星也见不到,更何谈挑一颗能让他钟爱的幸运星?他想到了"光污染"这个词,心想,或许这就是繁华的代价吧,是繁华让世界失去了本真的样子。他不禁留恋起不多的几次乡下过夜情景。其中一次是在他读大学期间的暑假,他和本系同学因一起参加学生会组织的社会实践而来到赣南农村。到了晚上,他们就在山上的一所破旧小学操场上支起竹床和蚊帐。那几天夜里,天上也没有月亮,四周黑黢黢的,伸手不见五指,山坳里,偶尔有几丝昏暗的灯光从老乡的门缝中挤出来。微风拂来,清爽宜人,成群结队的萤火虫也为这寂静的夜增添了不少活力。最令大伙兴奋的是天上密密麻麻的星星,他们数呀数,怎么数也数不清……"还是农村好呀!简单、真实、没有这么多尔虞我诈!"金大鑫自言自语道。他真想从这栋大楼、这座城市逃往那个曾给他留下美好印象的赣南农村,那样的话,他就不必再为保住金氏股份的控股权而费尽心机了。只不过等他真正被迫去农村生活后,他才知道,农村也并非一片净土。当然,这是后话。

"砰……砰……砰砰……"屋外传来了迟疑不决的敲门声。金大鑫心中大喜:一定是淼淼来了!他三步并作两步,一把拉开了房门。果然是万淼淼!只见她穿着一袭淡粉色连衣裙,手拎一只棕色限量版手袋,风姿绰约地站立在他的面前,走廊里的灯光斜照在她的脸上,令她原本圆润的脸颊看起来如刀刻一般棱角分明。

"你怎么突然瘦了这么多?"金大鑫上下打量着眼前这位既熟悉又陌生的美丽

女子。

万淼淼没有吱声，稍稍迟疑了一下，似乎确定四周并无他人，才突然张开双臂，一把箍住金大鑫的脖子，把脸埋在他的肩膀上，嘤嘤啜泣起来。

"你这是怎么啦?"金大鑫左手揽过她的腰肢，右手轻轻拍着她的后背柔声问道。

万淼淼没有回答他的问题，却比之前啜泣得更加厉害。金大鑫明白她一定受了极大的委屈，便不再多问，只用双手把她抱起，退进室内，顺势用脚一勾，房门就"吧嗒"一声关上了。

"说吧，你到底怎么了？这里只有我们两人，确切地说这栋楼里除了一楼传达室的老张，再没有其他人了!"金大鑫把万淼淼搂到沙发上，安抚道。

万淼淼停止啜泣，用手理了下刘海，将目光停留在金大鑫的脸上。"你怎么瘦成这样？连胡子也不剃?"万淼淼心疼地伸出右手在金大鑫满是胡茬的脸上轻轻摩挲着。

金大鑫同样没有回答万淼淼的问题。自从收到楼上楼集团的要约收购通知函以来，他的压力太大了。他干脆将办公室当成了起居室，经常连晚饭也在办公室里将就，所以看起来又瘦又邋遢，完全不似几个月以前那种风流倜傥的公子哥儿模样了。

"大鑫，你的苦我都知道。"万淼淼开始在金大鑫的额头上轻轻吻了起来，一边吻，一边喃喃道，"都怪我爸! 他不仅不帮你，还要试图吞并你们。哎，我怎么摊上这么个爸爸!"

"别，你千万别自责!"金大鑫捧起万淼淼的双颊，端详起来，"你也瘦了不少，一定没少跟你爸闹别扭吧?"

"嗯。"万淼淼轻轻点点头，"可是我再闹也帮不了你，我爸铁了心要算计你!"

"别自责! 你爸是你爸，你是你。你爸也是为了生意。当然，他有点不择手段。这不要紧，我会奋起反击，决不让他得逞! 我知道你爱我，我也爱你!"金大鑫说着，将自己的唇压在万淼淼的唇上，万淼淼则立即做出热烈的回应……

正当金大鑫和万淼淼在空寂的办公楼内演绎激情的时候，金氏股份拟以非公开发行及现金方式收购大东方生态养殖有限公司的公告在投资圈内引发了热议。

　　参与热议的人几乎一边倒地不看好。他们的理由很简单：金氏股份是一家房地产公司，虽然这两年房地产形势不好，但再难也不至于跟养猪的搅和到一起！因为不认同，所以有人叹息，有人谩骂，有人嘲讽，有人窃喜……

　　叹息者多为金宏远的旧部，他们曾经跟随金宏远走南闯北，为金氏的家族基业立下了汗马功劳，却在职业生涯即将结束之时遭遇老东家的锒铛入狱，于是他们不得已把全部的希望都寄托在少东家金大鑫身上，盼望他能稳住公司阵脚，哪怕再稳个十年八年，他们也就可以解甲归田，安心养老了。现在好了，金氏股份外有"野蛮人"敲门，内有金少帅胡乱转型。如果"野蛮人"果真成功破门，他们这些老将肯定不会有好果子吃，怎么说人家都要换自己人上来；如果金少帅把那个什么养猪企业收了，他们这些老将也会变成多余的人，毕竟他们是做房地产出身的，建房子没问题，养猪那活还真没法干！

　　谩骂者多为喜欢追涨杀跌、炒题材股的股民。对于这些人来说，只要有重组，股价就有可能大涨。然而金氏股份的停牌消息来得太突然了，以至于他们都没有任何心理准备，要么手中没有金氏股份，要么持有数量非常有限，否则，怎么说也要多买些股票放在手里。更令他们不能容忍的是，从公开披露的信息来看，金氏股份和楼上楼集团的一些高管居然在停牌前一天突击买入金氏股份的股票，那个叫邵有为的金氏股份投资总监就一口气买了5万股，楼上楼集团一个董事的老婆也买了3万股！

　　嘲讽者多为金氏股份的一些同行。虽然这两年经济环境不好，房企日子不太好过，但他们毕竟享受过了20多年风风光光的好日子，就算行业开始走下坡路了，那也是没落的贵族。既然是贵族，怎么可能去养猪呢？所以同行们得知金大鑫要收购养猪企业，都把这事当成笑话，说金宏远虽浑，还知道房地产怎么做，金大鑫这小子简直就是个阿斗，放着高大上的房地产不做，偏要去养猪，真是丢人丢大了！

　　窃喜者主要来自万运来阵营。那天早晨，邓书珉把金氏股份准备收购大东方的消息告诉万运来时，他开始还没反应过来。当邓书珉直言大东方的主业是养猪时，万运来刚喝到嘴里的一口茶一下子喷了出去，弄得邓书珉满脸是水。一向对下属没有好脸色的万运来居然破天荒地向邓书珉道了歉，还从纸盒里抽出纸巾递了过去。"这小子估计是到穷途末路了,想对抗我们收购,他倒是找点好项目呀,居然弄了个养猪企业,哈哈哈……"万运来得意地拍着邓书珉的肩膀说,"这个收购方案不可能得到大小股东的支持,你就等着去金氏股份当上市公司董秘吧!"

对于社会各界的议论,金大鑫不用看相关新闻和股吧里的评论也心知肚明。他一开始就没怎么把大东方当回事,要不是金氏股份的业绩压力太大,他根本就不会接受邵有为的建议去跟伍尚权谈什么合作。但现在不同了。大东方的出现不仅可以解决金氏股份的业绩压力问题,还能应付一下突然闯入的"野蛮人"。所以他现在已经顾不上想那么多了,保住金氏股份的控股权比什么都重要。有了控股权,将来完全可以伺机把养殖这一块再从上市公司剥离! 正是基于这样的利弊权衡,他最终同意了收购大东方的方案并正式作出公告。

然而从邵有为那里传过来的信息显示,那个不久前还急吼吼要投入金氏股份怀抱的伍尚权突然变得悠然从容起来。邵有为几次邀请他来江海洽谈定向增发的具体方案,都被他以各种理由搪塞过去了。金大鑫心急如焚,决定亲自去胶东半岛走一趟。

第十八章
金大鑫亲赴胶东 伍尚权大开狮口

金大鑫一行乘坐的航班刚一着陆胶东半岛,邵有为便迫不及待地打开手机,接通了伍尚权的电话。伍尚权以中气十足的胶东普通话祝贺他们平稳着陆,说自己已经在出口处恭候他们了。邵有为合上手机,向金大鑫努了努嘴,说:"这人还挺客气的! 看来这趟差不会白出了!"金大鑫正歪着头看窗外的跑道,没有吱声。这倒不是因为他在邵有为面前摆老板的架子。邵有为也算是金氏股份里的老人了,业务能力不错,也给公司做成过不少大项目,金大鑫没有理由在他面前摆架子,更何况金氏股份现在已经风雨飘摇了。金大鑫之所以没有吱声,主要还是因为自己吃不透伍尚权,这个人不久前还跑到金氏股份可怜巴巴地寻求帮助,怎么说变就变了呢?

胶东机场不大,金大鑫等人又没带行李,机舱门打开后,只用几分钟,他们就到达出口处。伍尚权果然已在那里恭候,见他们出来,兴奋地挥舞着又黑又粗的手臂嚷道:"金董,金董,我在这里!"金大鑫快走几步,身体微微前倾,隔着分隔绳将手伸了过去。哪知伍尚权力度太大,差点把金大鑫拽到他怀里,幸亏邵有为眼明手快,一把拉住金大鑫的另一只手,这才避免了一场尴尬。金大鑫站稳后脸色煞白,心想,这个伍尚权是热情过头,还是故意给我一个下马威呢? 我得小心为妙! 伍尚权虽然连说两遍"对不起",憨厚的外表下却藏着一丝狡黠的笑意,似乎对自己刚才的表现很满意。邵有为从伍尚权刚才的表现联想到他来之前推三阻四的态度,开始推翻自己之前的判断,意识到此行不太可能有什么收获,但考虑到自己是促成金大鑫答应与伍尚权合作的始作俑者,只好决定硬着头皮陪同金大鑫走完这场主动出击的考察活动。

伍尚权热情地把金大鑫一行带上停在机场门口的一辆豪华商务车。他请金大鑫坐在舒服的按摩椅里,并亲自为他打开了按摩开关,自己则在旁边的座位上坐下来。金大鑫也不推辞,安心享受起来。汽车迅速启动,很快就驶上了一条依山傍海的高速公路。伍尚权用手指着窗外,对金大鑫一行滔滔不绝地介绍各种景观。金大鑫侧身看去,只见路的一侧天蓝水碧、云淡风轻,洁白的海鸥和大大小小的其他海鸟上下翻飞,追逐嬉戏,星星点点的帆船和三五成群的泳者穿梭往来,尽情游弋;路的另一侧则山高树密、草长花艳,调皮的松鼠和色彩缤纷的山鸡在林间上蹿下跳,肆意打闹,成群结队的蝴蝶和密密麻麻的蜜蜂你追我赶,互不相让。"太美了!"金大鑫由衷地赞叹道,他不由自主地联想到闻名遐迩的美国加州一号公路,这两条路虽然远隔一个太平洋,却如此神似,真是造化钟神秀啊!"咱胶东的风景不错吧?"伍尚权笑眯眯地问道,看得出他对自己的家乡充满着难以言表的自豪。金大鑫认真地点点头,心想,眼前这个粗壮的农民企业家真是好福气!

汽车一路奔驰,直接开上一座小山的顶部。"到了!"车刚一停稳,伍尚权就麻利地拉开车门,率先跳到地面,并客气地伸手为金大鑫挡住头顶的门框。金大鑫很感动,心想,这个胶东汉子看起来粗鄙,心还是蛮细的嘛! 他连声道谢,说自己年纪不大,用不着这么客气。伍尚权爽朗地笑道:"胶东是礼仪之邦,金董远道而来,咱得尽地主之谊不是?"金大鑫见他说得诚恳,没再多说什么,便顺从地跟随伍尚权走进写着"胶东第一楼"牌匾的宾馆大厅。

刚一进门,一个身穿玫瑰色真丝长裙的妙龄女子便将几包门卡递到伍尚权手里。伍尚权问哪个是总统套房,那女子便从中挑出一包门卡。伍尚权将那包门卡递给金大鑫,说:"这是您的门卡,胶东虽美,毕竟是小地方,您将就着住吧。"金大鑫听到"总统套房"几个字时,先是一愣,心想,这家伙怎么安排这么好的房间? 但他毕竟是上市公司董事长,自己的个人身价也不低,人家又没说谁付账,如果推辞,反显得不够大气,便随手接过门卡。伍尚权又将其余2张门卡包递给邵有为和赵仁精,说距离晚餐时间还有个把小时,请他们先回房休息,他将在6点准时在大厅恭候他们下来用餐。

金大鑫一行与伍尚权暂时握别后,便各自进入房间。金大鑫打开房门一看,嚯,果真是总统套房! 这间套房不仅空间特别开阔,屋里的设施也极尽奢华,更为特别的是,透过宽大明亮的落地玻璃,可将近处的山体和远处的大海一览无余!

他的内心再次被伍尚权的精心安排所感动,似乎根本就没发生过差点跌进伍尚权怀抱的糗事。他在窗前站了一会儿,又进入浴室冲了凉,心满意足地躺在沙发上闭目养神起来。

金大鑫到达大厅时,伍尚权和他的2名部下已经在那里等候了。伍尚权抬腕瞄了下表,随后笑嘻嘻地快步迎了上去。"金董,您真是太准时了! 整6点,一秒不多,一秒不少!"伍尚权说着,再次伸出肥厚的右手。金大鑫知他的意思是要握手,但鉴于机场那个尴尬瞬间,他没有伸手去迎,只是双手抱拳道:"哈哈,让您久等了!"伍尚权倒也不较真,顺势将手放到脑门上,行了个极不标准的军礼,对金大鑫说:"金董,这边请……"

金大鑫一行三人跟随伍尚权穿过一道爬满牵牛花的长廊,又越过一处造型别致的九曲回桥,终于来到一座背山面水的别墅前。伍尚权没有急于请他们进屋,而是带着他们在别墅前的空地上指着别墅介绍道:"这栋别墅可是咱们胶东的宝地,传说乾隆大帝还临幸过这里呢,门头上'状元楼'几个字就是御笔亲提的!"金大鑫抬头一看,果真有"状元楼"3个金光闪闪的大字,再看整栋别墅,飞檐翘壁,雕龙画栋,的确很是气派,便随口赞道:"不错! 不错!"伍尚权很得意,又指着大海的方向说:"你看这边的风景,是不是特别漂亮? 听说当年乾隆在这里一住就是半个月,又是作诗,又是饮酒,愣是舍不得回宫,要不是北方有什么战事,还不知道他要在这里待多久呢!"对于伍尚权所说的话,金大鑫并不十分相信,像这种假托有什么名人来过的地方多了去了! 不过,他四下一望,无论这栋别墅,还是四周的风景,都确实不同凡响。就拿眼前的风景来说吧,此时,太阳正在缓缓西沉,原本蔚蓝的大海已经被染得通红,翻滚的波涛如同一簇簇跳跃的火焰,而冲浪的健儿恰似戏火的艺人……再看近处,百鸟归巢,唧唧喳喳,啼啭欢唱,一阵微风拂过,金大鑫顿觉浑身别样舒爽,心想,如果没有公司那摊烦心事,自己也想在这里多住几日。"怎么样? 金董是不是也想作诗了?"伍尚权见金大鑫陶醉不语,在一旁笑嘻嘻地问。"我哪里会作诗?"金大鑫摇了摇头,说,"走吧,进屋去。"伍尚权愣了一下,随即右手一摊,做了个"请"的动作。

4人还未跨进别墅门槛,门内便传来清脆甜美的欢迎声:"金董好! 欢迎光临!"金大鑫定睛一看,只见门内两侧齐刷刷各站4位穿着淡粉色汉服的妙龄女郎,这些女郎个个身材窈窕,妆容精致,并整齐划一地将双手叠至右胯上。金大鑫对这种场面并不陌生,只是有点奇怪:原来胶东也有这种仪式!他礼貌地向女郎们点了点头,跟随领头的女郎拾级而上,进入一间古色古香的大宴会厅。伍尚权将金大鑫一行请到靠墙的沙发上坐下,留下4位女郎陪客人喝茶休息,说自己还要下楼迎接客人,便带领另外4位女郎下楼去了。趁此空档,金大鑫环顾了一下房间内的陈设,发现屋子正中是一张足以坐下20多人的紫色大圆桌,圆桌的周围已经摆好了8张紫色太师椅,他猜想今晚就餐的人数应该就是8人。他喝了口茶,看了看邵有为和赵仁精,发现这2位部下已经分别与1位女郎热聊起来了,不禁感觉好笑,心想,这2个家伙,真是人老心不老呀!

"金董,您看谁来了?"正在专心喝茶的金大鑫听见伍尚权提到自己,忙抬头向门口张望,只见1位人高马大、气度不凡的50多岁中年男人,2名年轻一点的中年男人和1名20多岁的小伙子先后走了进来。对于这4人他一个都不认识,但他明白这应该是伍尚权特意请过来的大人物,便赶忙起身迎了上去。"金董,我来给您介绍一下,这位是我们胶东市分管经济的张市长。"伍尚权指着那位人高马大者说,金大鑫心想,这个伍尚权还真有点能耐,把副市长都搬来了!他赶忙伸出双手,客气地与张市长握了握,并恭恭敬敬地呈上自己的名片。张市长看了看名片,拍拍金大鑫的肩膀,说:"不愧是大城市来的,年轻有为啊!"接着,他指着身旁的另外2个男人和那个小伙子介绍说:"你看,我把经信委和房管局的两位领导还有我的秘书小杜也带来了,今天我们要盛情欢迎大城市来的企业家!"金大鑫赶忙上前握手,递名片。

几个人站着寒暄了一会,张市长向伍尚权使了个眼色。伍尚权会意,对张市长和金大鑫等人说:"时间差不多了,请领导们就座吧!"说着,他把张市长和金大鑫分别请到主陪和主宾位,伍尚权自己和经信委的陈主任、房管局的赵局长则分别坐在次陪、三陪、四陪位,邵有为、赵仁精分别坐在次宾、三宾位,杜秘书虽然不是客人,却只好坐在四宾位。"好,上菜!"张市长一声令下,8位妙龄女郎立马忙碌起来,顷刻间,一桌色彩缤纷、香气四溢的菜肴便摆满了偌大一张桌面……

美女们上完菜,便分别站到8位食客身后,随时准备提供温馨服务。金大鑫虽然在商场浸淫多年,也算见过大世面,却极不善于同官员打交道。此刻,坐在张市长身旁的他感觉特别别扭。他想找个话题跟张市长聊聊,以打破眼前的尴尬,却见张市长正襟危坐,一脸严肃,加上想了半天也没想出来一个合适的话题,只好放弃这个念头。可是,就这样坐下去吧,也挺难受的,他准备打开手机,刷刷微信。就在他的手要碰到手机的一刹那,张市长清了清嗓子开始致祝酒词了,他赶忙把手缩回,与其他人一样屏息静气,恭敬倾听。

"今天是个好日子,我们非常荣幸地迎来了来自国际大都市的尊贵客人!尚权早就跟我说过,金氏股份是实力雄厚的上市公司,金董事长更是智勇双全的青年才俊,今日一见果然如此啊!胶东是个滨海城市,这里历史悠久,风景秀美,民风淳朴,资源丰富,美中不足的是经济发展略显滞后。不过,话又说回来了,滞后有滞后的优势,这就是后发优势!有后发优势也就有无限的商机!希望金董事长在胶东多住几日,走一走,看一看,不仅能与大东方成功合作,还能发现更多的商机!来,我代表胶东市委、市政府先敬各位客人一杯!"张市长说着,端起白酒杯站了起来。

金大鑫和他的两名下属见市长起身,也赶忙站了起来。金大鑫恭恭敬敬地将手中的酒杯迎向张市长手中之杯,发出了"叮"的一声脆响,邵有为和赵仁精也紧跟着端起酒杯快步走到张市长身旁,与他碰了一下杯子并当场喝光。张市长见他俩喝完,将手中的酒杯凑到唇边一饮而尽。站在他身后的美女随即拿起分酒器给他的酒杯重新加满。

金大鑫酒量还行,但不太喜欢喝白酒,尤其是高度白酒。他见张市长带头喝完,不好意思一点不喝,便将酒杯往唇边凑了凑,稍稍抿了一点。然而,他手中的酒杯尚未挨到桌面,斜对面的伍尚权就急吼吼地对他喊道:"金董,您的酒还没喝完,不能放下!"金大鑫听后,脑袋"嗡"的一声,心想,完了,来之前就听说胶东人喝酒厉害,看来今天难逃一劫了!他看了看伍尚权,又看了看张市长的酒杯。伍尚权一下子就看出了他的心思,笑着说:"张市长日理万机,又有胃病,今天不仅赏光出席晚宴,还带头喝完第一杯酒,您要是少喝了可说不过去啊!"伍尚权把话都说到这个份上,金大鑫只好皱着眉头把杯中酒喝了下去。

"这才是大城市人该有的气度嘛!"张市长对金大鑫的行动予以肯定,并顺手拿起公筷为金大鑫夹了块锅爝海蛎子,亲切地说,"尝尝我们胶东的特色美食!"金大鑫赶忙道谢,并拿起酒杯准备回敬张市长,却被张市长伸手挡住了。"按照胶东的规矩,主陪得敬酒3杯,我刚刚才敬1杯。"张市长哈哈笑了两声,再次端起酒杯,侧身看着金大鑫道,"这第二杯酒,祝你们金氏股份越做越大,越做越强!我就不站起来了,你们也不要起身了。"张市长说完,再次将杯中酒一饮而尽。金大鑫暗暗叫苦,心想,这样喝下去,非得喝醉不可,但人家市长都喝了,算是给足了面子,自己不喝肯定不行。于是,他没再磨蹭,端起酒杯,滋溜一口喝完杯中之酒。邵有为和赵仁精二人见状也二话没说,一扬脖子,将杯中酒喝了个底朝天。"爽快!"伍尚权双掌猛拍,几位胶东领导也跟着鼓起掌来。

张市长吃了几口菜后,很快又端起了酒杯。金大鑫以为东道主一方的敬酒活动基本告一段落,很爽快地把第三杯一饮而尽。谁知他刚刚放下酒杯,伍尚权便端着酒杯来到他身旁说,主陪敬过酒了,该副陪敬酒了。金大鑫心想,完了,看这架势,他们每人都可能敬3杯,加在一起至少是12杯,如果市长秘书也来敬3杯,那自己就得喝15杯!这样喝下去,他们3人肯定全得喝趴下,那还谈什么并购呢?他对伍尚权说:"伍总啊,我们今天来主要是谈合作的,能不能让我们少……"哪知伍尚权根本不听他讲完,就用自己手中的杯子强行与他碰了一下,说:"金董的意思我都明白,您放心!合作是要谈的,酒也是要喝的,酒是增加感情的,酒不喝好,怎么能谈好合作呢?我上次去江海,您没劝我,我都抢着喝,您今天千万不能驳我面子啊!"金大鑫无奈,只好硬着头皮喝了下去……

金大鑫醒来时,发现自己正躺在医院里,手腕上还插着输液针头。病房是个很宽敞的单间,里面只有他一个人。"我怎么会在这里?"他努力回想此前的情形。他的头晕得厉害,甚至还有点隐隐作痛,但饭局上的情景还是一点点浮现出来:主陪张市长、副陪伍尚权各敬3杯之后,坐在三陪、四陪位的两位领导果真紧跟着又分别敬了3杯,而那位市长秘书也不出意外地敬了3杯;后来,张市长说自己还有一场活动,带着秘书提前离席,临行前还特意指示伍尚权和两位领导,一定要让客人们吃好,喝好,玩好,好好感受一下胶东纯朴好客的民风;再后来,金大鑫就记不太清楚了,好像站在他们身后搞服务的美女们也要向他们敬酒,他不同意,说自己已经头晕目眩了,但美女们在伍尚权的支使下,不仅说了一大堆好听的话,还紧紧地贴在他身上……

"领导,您终于醒了!"金大鑫正在努力回忆时,房门吱呀一声被人推开了。

他扭头一看,原来是过来查看输液进展的护士小姐姐。他有点不好意思,向她歉意地笑笑,说:"不好意思,给您添麻烦了。"

护士说:"麻烦倒不是问题,反正这就是我们的工作,倒是领导您昨天刚来的时候情况太可怕了!"

金大鑫这才知道他是昨天深夜被送进来的,刚来时,他不仅深度昏迷,还吐得满身、满地都是,甚至一个护士的身上都被他吐得一塌糊涂。听到这里,他不禁羞愧得满脸通红,心想,这趟胶东之行真是太丢人了!他问护士有没有见过他的两名部下。护士说,跟他一块被送来的共有3个人,当时都醉得不省人事,另外两个人就住在隔壁,其中一个年轻一点的瘦子已经醒酒,那个年长的还在沉醉之中。金大鑫明白那个年长者是邵有为,担心他出意外,心里很着急,挣扎着要起来过去看看,可惜浑身没有一点气力,根本就起不来。护士见状安慰他说,医生刚刚给这个人检查过了,不会有大问题,再挂点水应该就可以脱险了。金大鑫这才放心地重新躺下来。

护士给金大鑫重新换了瓶盐水,叮嘱他安心静养后便离开了病房。金大鑫看看表,时间已过上午10点,心想,既然大家都无大碍,那就安心休养吧,于是重新闭上眼睛。

金大鑫再次醒来时,已是下午2点多了。病床前的椅子上不仅坐着赵仁精,还坐着伍尚权。"金董,您终于醒了! 可吓死我了!"伍尚权的胖脸上绽开了黑玫瑰一般的笑容。赵仁精则一撅屁股,从椅子上站起来,直接冲到金大鑫的床边,欣喜之情溢于言表。"金董,我没有保护好您,让您受苦了!"赵仁精说。金大鑫的头依然晕得厉害,却努力挤出笑容,说都怪他自己酒量不好,并问邵有为情况怎样。当他得知邵有为也在之前醒过来后,放心了不少。3个人在病房里你一言,我一语,聊了一会儿胶东的酒文化。

金大鑫想到此行要谈之事还没有沾边,心里不免焦急起来,于是话锋一转,问道:"伍总,大东方股权转让一事,您现在是怎么想的?"

"这个呀? 哈哈!"伍尚权笑道,"您先好好养着,我们明天再谈怎么样?"

"明天?"金大鑫叹了口气,说,"现在情况比较急,我现在就想知道您的决定！其实，要是不急的话，我也不会亲自过来了，公司那边还有一大堆事情急需处理呢！"

"知道。"伍尚权瞅瞅赵仁精，说，"赵总都跟我说过了。"

"对，我刚才跟伍总都说过了，他也表示理解，还提出了2个新方案。"赵仁精吞吞吐吐地说。

"什么方案？"金大鑫急切地盯着赵仁精的脸，希望他尽快说出来。

赵仁精搬过一把椅子，紧贴金大鑫的床头坐下，说："伍总的第一个方案是调高大东方的估值。"

"调高？"金大鑫问。

"对。把收购市盈率由之前双方商定的8倍提高到16倍。"

"一下子提高1倍？"金大鑫仿佛不相信自己的耳朵，他把疑惑的目光移向伍尚权，当他看到伍尚权咧开大嘴朝他憨笑时，才确定赵仁精所说没错。"为什么一下子提高这么多？"他问。

"伍总说，最近这段时间很多上市公司收购项目时都是这么定价的，他还说，他知道有些上市公司在收购医美项目时，市盈率能达到30多倍，甚至更高！"赵仁精答道。

"是的呢！我听说最多能达到40多倍市盈率！"伍尚权补充道，他的眼里充满了艳羡。

金大鑫感觉心里很堵，头也比先前晕眩得更厉害了。他把头偏向另一侧，闭上眼睛，努力使自己平静下来。

病房内突然变得鸦雀无声，谁都不愿意先说出一个字。赵仁精耷拉着脑袋，双手搓在一起，夹在两腿之间。伍尚权则伸长脖子盯着金大鑫。

大概两三分钟之后，金大鑫终于扭过头，盯着伍尚权问道："伍总知道您的大东方是什么行业吗？"

"养殖呀！"伍尚权挺了挺脊背，似乎在向金大鑫表明他对这个行业具有非常强大的信心。

"那您听说过哪家企业在收购养殖业项目时给出过40多倍的市盈率吗？"金大鑫又问。

"没听说过。"伍尚权咧嘴笑笑说,"我是做实业的,要不是跟你们打交道,哪里知道这方面的知识。"

金大鑫也朝他笑笑,心想,这家伙在跟我装傻呢,嘴上说不懂,漫天要价可是一点不含糊!再联想到伍尚权那次去江海求助时巴结的样子,他真想屁股一拍回江海算了。可是这个念头只是一闪,他就强迫自己重新把注意力放在眼前这个黑脸大汉身上,因为重组公告已经发出去了,短时间很难再找到其他更合适的收购对象。"好,那我再请教伍总一个问题,你们公司去年的净利润是多少?"金大鑫问。

"去年的净利润快到1200万了。"伍尚权说话的语气充满了自豪。

"好,就算1200万元吧。那你们今年的净利润能达到多少?"金大鑫又问。

"今年嘛,少说也能达到1500万元吧。"伍尚权答道。

"你就这么有把握吗?"金大鑫问。

"当然。很多专家都说,现在物价上行趋势明显,生猪这一块国内的缺口很大,到年底时生猪价格肯定要比现在高很多。我们大东方目前的生猪存栏数量和去年差不多,只要价格上涨20%以上,完成1500万净利润肯定没问题。"伍尚权说着声音变得大起来,仿佛那1500万元净利润已经装进口袋一样。

"伍总可能太乐观了吧?我虽然没干过养殖,却多少了解一些这一行的规律。先不说到年底时生猪价格能不能上涨20%,就算可以,那你有没有考虑过,假如你们大东方遇到非洲猪瘟之类的疫情怎么办?"金大鑫追问道。

"这……怎么可能呢?这种疫情前年流行过一阵子,我也损失不小,后来不是控制住了吗?"伍尚权嘴上虽然这么说,眼神中却隐隐掠过一丝不安。

"可不可能,我们谁都不能打包票。"金大鑫说。

"金董说得对,疫情这种事谁也说不清啊!"赵仁精转身对伍尚权强调说。

金大鑫见伍尚权低头不语,接着问道:"就算大东方今年不会赶上非洲猪瘟,年底的生猪出栏价格也会有20%以上的增长,那你能保证明年不会赶上什么疫情,明年的生猪出栏价格能再涨20%以上吗?"

"不能。"伍尚权答道。

"后年呢?"金大鑫又问。

"那就更没法保证了！"伍尚权摊手道。

"既然不能保证，那您准备如何保证大东方的业绩平稳增长呢？"金大鑫再次发问。

"这个嘛……"伍尚权想了想，说，"有句古话叫什么'车到山前必有路'，到时候自然会有办法！"

金大鑫笑了笑，说："根据我的经验，做企业得有预案才行，既然你不能保证明年、后年能有更好的业绩，怎么能要那么高的估值呢？"

"这个嘛……哈哈……"伍尚权讪笑道，"反正我感觉大东方就该值那么多钱！"

一番交谈下来，金大鑫感觉伍尚权的态度与之前发生了明显的变化，现在的伍尚权似乎故意通过不合理的要价逼迫自己主动放弃收购。他正好头还晕眩得厉害，便重新闭起眼睛。病房内再次变得寂静起来。

又过了一会，赵仁精清了清嗓子小心问道："金董还想听伍总的另一个方案吗？"

"行，那就说说吧。"金大鑫睁开眼睛，重新调整了一下坐姿。

赵仁精又扭头看看伍尚权。伍尚权冲他点点头以示同意。赵仁精这才向前微倾身体道："伍总想对金氏股份发起竞争性要约收购。"

"什么？"金大鑫仿佛不相信自己的耳朵，瞪大双眼盯着赵仁精看了足有半分钟，弄得赵仁精心里发虚，为撇清自己与伍尚权的关系，只好重复了一遍刚才那句话。

伍尚权也紧跟着说："对，就是这么个意思，我嘴笨，说不好那几个字。"

金大鑫调整了一下坐姿，将头舒舒服服地靠在枕头上，盯着天花板一声也不吭，嘴角上却现出了明显的不屑。赵仁精心领神会，坐直身体，不再说话。

伍尚权虽然文化水平不高，察言观色能力却绝对一流。为表达自己的诚意，他拍着胸脯向金大鑫保证道："放心吧金董，我出的价至少要比那什么楼上楼高10%！这还不算，等我收购金氏股份之后，一定不会亏待您，只要您愿意，我可以聘您做总裁，并保证您的所有待遇只会比现在更好！"

然而金大鑫并不动心，非但如此，还显出更加的不屑，似乎在说："就凭你一个养猪的,还想来做我的老板?!"

伍尚权明白金大鑫根本就看不上他,干脆摆出一副嬉皮笑脸的样子说:"金董再好好想想! 想好了再联系我不迟。"说着,站起身来,说自己晚上还有个重要的应酬,就不多陪了,回头再派人给他们送点醒酒的食物来。金大鑫想起身送送,却被伍尚权摆手制止,就连赵仁精要送,都被他按回到椅子上。"再考虑考虑,嗯!"伍尚权拉开房门的一瞬间,猛然回头道。他甚至还特意闭起一只眼睛向金大鑫做了个鬼脸,那样子与鲁迅笔下的阿Q竟然十分相似,似乎是说:"楼上楼买得,我大东方就买不得?!"

"这事你怎么看?"金大鑫闭目养神几分钟后,突然睁眼直盯着赵仁精问道。

"嗯……"赵仁精眼珠子快速转了两圈,说,"我估计他根本就没有这个实力,他上次去江海本来是因为资金紧缺,想要我们收购大东方,这才几天,他就摇身一变,成收购方了!"

"他有没有钱不是我们关心的重点,也许他找了个大金主呢! 我只想问你,我们要不要同意他来竞购?"金大鑫接着问。

"如果他执意要参与竞购的话,我们事实上是拦不住的,但是他未必真有实力竞购。"赵仁精说。

"为什么?"金大鑫又问。

"原因很简单。就算伍尚权找到了大金主,但那毕竟是人家的钱,这就需要付出成本,从伍尚权不久前还在为钱发愁来看,他应该没有能力付出这笔成本,因为拿下金氏股份第一大股东的位子少说也得15亿元,这15亿元按10%的年利率算,一年就得1.5亿元。这么大一笔钱伍尚权是万万拿不出来的!"赵仁精充分发挥自己的专业才能为金大鑫算了算账。

金大鑫听后轻轻点了点头。因为身体仍然不适,他拿起床头柜上的矿泉水,咕咚咕咚连喝几口,再次闭目养神起来。几分钟之后,他突然坐起身子,毫不含糊地说:"既然伍尚权不愿配合,那我们就终止收购大东方! 你抓紧订机票,我们明天就回!"

"好。不过……"赵仁精欲言又止。

"快说,不要婆婆妈妈好不好!"金大鑫催促道。

"当初金氏股份停牌主要是为了阻击楼上楼收购,所以如果放弃大东方的话,我们必须尽快找到一家新的并购标的。"赵仁精解释道。

"那就再找一家!"金大鑫说这句话时似乎用尽了全身的气力,他向赵仁精轻轻挥了挥手,有气无力地说,"去吧!"

第十九章
既换标的又诉讼　金氏死磕楼上楼

在返程的飞机上,金大鑫苦苦思索着放弃大东方之后的替代方案。自6月28日进入重组停牌程序后,差不多已过一个半月的光景。如果再过一个半月,金氏股份仍找不到合适的重组对象,那就只能复牌,到时候,等待金氏集团的可能就是公司控制权旁落了。当然,如果能让金氏股份的股价大涨到楼上楼集团要约收购价之上也会导致对方收购失败,但这需要金氏股份未来能有超出预期的业绩增长,或者有人帮忙直接拉抬股价。除收购兼并外,根本不可能在短时间内通过自身的经营管理大幅提升上市公司业绩,更何况现在房地产行业又极不景气呢! 直接拉抬股价倒是可以一试,然而别说自己既没钱做,也找不到愿意做这种无利益保障之事的人,就算自己有钱或能找到人帮忙,也得在监管划定的红线内行事。

"金董,我们得尽快找到新的重组对象。"飞机刚刚平飞,紧挨着金大鑫的赵仁精便忍不住开了腔。

"是啊,我正在琢磨这事呢,你有什么路子吗?"金大鑫望着窗外的白云问。

"我能有什么路子?"赵仁精讪笑之后,用胳膊肘碰碰邵有为说,"邵总是投资业务的老把式,快给金总再找个标的吧。"

"时间太紧了,想找合适的标的哪有那么容易的? 再说,公司现在的情况外面都清楚,就算我们看得上人家,人家也未必看得上我们!"邵有为有气无力地说。距前夜醉酒虽然已过一天两夜,他依然没有彻底恢复过来。此时的他只想闭目养神。

然而赵仁精并不打算放过他,再次用胳膊肘碰碰他说:"留给我们的时间不多了,你要抓紧想办法!"

"别难为他了,找个重组标的哪有那么容易?!"金大鑫仍然望着窗外,飞快地盘算还有什么标的可以拿来应急。他甚至想到了司徒露露——那个他仅见过一面的开茶馆的漂亮姑娘。她那处藏在闹市区的茶馆少说也值1个多亿吧？作为一个并购标的应该没太大问题。不过，他很快就否定了这个设想。一个原因是，那处建筑虽然值钱，但现金流和盈利能力应该都好不到哪去，用来做迎来送往的交友基地还行，装到上市公司里就没有理由了。

"想起来了！"邵有为也用胳膊肘碰了碰赵仁精，"还记得神力地产吗？"

"怎么不记得？年初时老董事长带我们跟他们谈过，但是人家的业绩比我们好，去年净利润3亿多，我们才1亿多，要拿下控股权，至少需要15亿元！"赵仁精悠悠地说。

"光是要价高还不算，神力地产的股权结构也非常复杂，不仅有机构投资者股东，还有个人股东、国企股东，要一个个说服这些股东也非常不容易，所以后来就不了了之了。"邵有为接着说。

"既然你知道并购这个标的难度极大，还说它干什么呢？"赵仁精埋怨道。

"我这不是没有办法了吗！"邵有为眯起眼睛想了一会，接着说，"其实，这个标的还是可以再谈一谈的，毕竟双方接触过一段时间，彼此比较了解。当初没有一鼓作气拿下的原因主要是我们并购的迫切性不强。现在不同了，我们迫切需要找到一个能够能使市场兴奋的重组对象，神力地产基本面好，如果能够谈得成，金氏股份的股价一定会大幅上升，那样的话，楼上楼集团的要约收购价就极可能被超越，他们的要约收购自然失败。"

"对！如果收购不成，也没关系，至少可以借此继续停牌，打乱楼上楼的收购节奏！"赵仁精补充道。

邵有为与赵仁精之间的对话被金大鑫听得一清二楚。根据他对神力地产的了解和金氏股份目前形势的综合研判，他认为这的确是个很不错的替代标的。于是，他果断地对邵、赵二人说："神力地产可以，回去后抓紧联系！"

两天后，金氏股份发布公告，宣布终止与大东方的重组，并同时宣布公司已选定神力地产作为重组标的。金氏股份临时更换重组对象引起了市场一片哗然，江海交易所当晚就给他们发来了问询函，要求金氏股份重新评估2021年6月28日进入重组停牌程序的审慎性及筹划重组事项的真实性，同时还提示金氏股份："重大资产重组停牌期间更换重组标的,应当在自进入重大资产重组程序起累计停牌3个月前披露预案并复牌。"

当赵仁精把打印好的答交易所问询函交给金大鑫的时候,他正在办公室里与万森森通微信视频电话。

金大鑫挂掉电话,快速浏览了一遍材料。这份材料并没有什么实质性的内容,表述上也满是"外交辞令",大意就是金氏股份进入重组停牌程序是审慎的、严肃的,大东方和神力地产2个重组标的也都是真实的。之所以中途更换重组标的,是因为金氏股份没能与大东方谈拢关键重组条件。"很好!"他把材料还给赵仁精。

赵仁精没有立即离开。"留给我们的时间不多了。这几天接触下来,神力地产能谈成的可能性也不大呀。"赵仁精忧心忡忡地说。

"知道。"金大鑫把手机往桌上一扔,望着赵仁精问,"你有什么好办法吗?"

"没有。神力地产是我们当下能找到的最好的重组对象了,既然现在已经公告,短期内也不可能再换,只能想办法往前推进。现在最大的困难是他们的股权结构太复杂,机构投资者和个人股东相对好说一点,只要给的溢价差不多就行,关键是2家当地的国企股东,它们的股权加在一起要占50%以上,并且不是溢一点点价就能搞得定的。"赵仁精说。

"那他们想要什么?"金大鑫问。

"他们根本不想要什么。跟年初谈的时候口径没有多大变化,说神力地产是他们当地的优秀企业,要重组也是他们主导,怎么能轻易让外地企业来重组呢?"赵仁精说。

"这完全是地方保护主义嘛!"金大鑫感觉很无奈,他把头枕到老板椅的靠背上,盯着天花板自言自语道。

"是啊。如果在剩下的1个半月时间内与这两家国企股东谈不拢,我们就得按要求复牌,那样的话,就更加被动了!"赵仁精说。

"那就千方百计搞定这2家国企股东吧,你先跟他们联系一下,改天我亲自拜访这2家国企负责人。"金大鑫说。

"行。我这就去安排。"赵仁精接着说,"还有个事也要跟您汇报一下,现在社会上都在传金氏股份停牌重组是假重组，无论是前面公告重组大东方，还是这次要重组神力地产，都是为了扰乱楼上楼的要约收购进展，还说金氏股份涉嫌虚假陈述。"

金大鑫听后不禁冷笑一声，说："没错！本来就是为了扰乱楼上楼嘛！不服可以告啊！"

"估计楼上楼会告的。不过，告也没用，他们根本就找不到证据。用停牌重组对抗恶意收购，这是行业潜规则。如果那么容易就被告倒了，就没那么多企业用这招了。"赵仁精说完便告辞了。

金大鑫独自坐了一会，想起神力地产的那2个国企股东不禁心烦意乱起来，他起身在办公室里一圈又一圈地踱步，设想了一个又一个方案，随后又把这些方案一一推翻。他踱到窗边，希望从外面的景致中找到灵感。八、九月的江海是一年中空气质量最好的时段，湛蓝的天空上点缀着稀稀落落的云朵，云朵并非纯白，而是镶着淡淡的黑边，这令它们看起来更加厚重，也更加神秘。金大鑫感觉那些云朵似乎在向他传递某种信息，但他又说不清具体内容。恰在此时，他的微信电话又响了。"一定是森森打来的！"他快速折返至办公桌旁，一把抓过手机。

果然是万淼森打来的。"你在干什么？"万淼森问。

"我在看云。"

"这么悠闲呀？"

"不是，我只是想休息一会，太累了！"

"我知道。"万淼森叹了口气，说，"都怪我不好！"

"与你有什么关系？"

"我说服不了我爸。"

"他是他，你是你。"

"你能这么想，我很高兴，真不希望你们再斗了！其实，我爸这段日子也挺紧张的。"

"是吗？"

"金氏股份已经停牌快2个月了，楼上楼集团的压力也不小。他们在中登公司里存放的1亿多元保证金是从市场上高息借来的，每天的利息就是一个巨大的数字。另外,为了完成收购,他们还得准备四五亿元的资金放在那里不能轻易动用,不然就不合规了。"

"活该!"金大鑫忍不住咒道。

万淼淼半晌没有吭声。事实上,她打内心深处赞同金大鑫的咒骂,但万运来毕竟是她爸,她没法跟着别人一起诅咒自己的父亲。

金大鑫咒过之后也感觉自己言重了,便向万淼淼说了一大堆宽慰的话才以自己还有急事需要处理结束通话。

金氏股份的答交易所问询函材料公告以后,并没有引起太大波澜。金大鑫多少舒了口气。他开始集中精力解决神力地产的股权收购问题。

从8月20日开始,金大鑫带领部下三赴千里之外的神力地产总部所在城市,与两家国企股东及机构投资者、个人股东分别进行谈判,虽然付出了百分之几百的诚意,甚至使出给两家国企董事长暗股的撒手锏,也没能令那2家国企股东让步,就连原本对转让价格不太敏感的其他几个股东也突然态度暧昧起来。金大鑫开始时还很奇怪,后来经多方打听才知道,这些股东态度转变的原因是当地政府准备以神力地产为主体对本地地产企业进行重组整合,并将在合适的时候直接上市。

眼看重组神力地产无望,距离披露重组预案并复牌的时间也仅剩十几天,金大鑫心急如焚,整夜整夜睡不着觉。他一遍又一遍地问自己:"怎么办?我该怎么办呢?"就在他惶惶不可终日之时,赵仁精给他出了个主意。

"金董,我们得想办法在金氏股份3个月停牌期满后继续停牌,和楼上楼尽可能久地耗下去,多耗一天就可以增加他们一天的成本,只有这样才能迫使他们放弃要约收购计划。"赵仁精在一个阴雨连绵的下午敲开金大鑫的办公室说。

"眼前也只能这样了!你有什么好办法吗?"金大鑫顺手递了根香烟给赵仁精。

赵仁精接过香烟,却把它放到桌子上。他发现本不抽烟的金大鑫最近突然抽起烟来,抽烟的频率比他这个有十几年烟龄的老烟枪都要高得多,有时竟然一根接一根连续抽好几根。"金董还是少抽点烟吧,这玩意抽多了太伤身,我现在都尽量少抽了。"赵仁精说。

金大鑫没有理会他，只顾给自己点燃了香烟。赵仁精感觉在吸烟问题上跟自己的老板讲太多道理并不合适，便开口说出了自己的主意："我最近研究金氏股份的股东结构时发现，公司第五大股东江海奇景企业发展有限公司是楼上楼集团的关联公司，他们有一个合资公司在从事建筑装饰业务。"

"真的吗？"金大鑫眼睛骤然一亮，他把刚抽了几口的香烟狠狠地按进烟灰缸里，腾地从老板椅上站起来。

"真的！我都查清楚了。"赵仁精说。

"好！这可是个重大发现！"金大鑫重新坐下，身体微微前倾，盯着赵仁精问，"你是想说我们可以告楼上楼存在信息披露遗漏和虚假记载，是吧？"

"对！"赵仁精使劲点了下头，快速转动着他那双亮晶晶的小圆眼说，"不仅要告楼上楼，还要告金氏股份！"

"什么？"金大鑫简直不相信自己的耳朵，"哪有自己告自己的？"

"我没说要金氏股份告金氏股份。"赵仁精说完，神秘地笑了笑。

"那由谁来告？"金大鑫追问道。

赵仁精拿起先前放在桌面上的那根香烟，凑近鼻孔闻了闻，说："可以让金氏集团出面来告。"

"对啊，这是个好主意！"金大鑫说完，转念一想，又感觉哪里不妥，便问道，"金氏集团是金氏股份的大股东，这种大股东出面告小股东的事也很少听说过，你不觉得很滑稽吗？"

"现在情况特殊，顾不上那么多了！"赵仁精拿起金大鑫的打火机，为自己嘴里叼的那根香烟点着了火，然后猛吸一口，慢慢吐出嘴里的烟雾，说，"只要能把水搅浑，什么样的合规手段都可以试一试！"

金大鑫双手扶案，歪头沉思一会，语气肯定地说："好，就按你的主意办！"

自己的主意被老板采纳，赵仁精不由得喜上眉梢，他又坐了一会，把具体设想向金大鑫作了全面汇报。

9月15日，金氏股份发布公告称，金氏集团已向江海市高级人民法院起诉楼上楼集团及金氏股份，要求楼上楼集团立即停止要约收购并赔偿其损失0.78亿元，因上市公司金氏股份也存在过错，应承担连带赔偿责任。这一诉状不仅认为江海奇景企业发展有限公司是楼上楼集团的关联方,并据此判断楼上楼集团的信息披露存在重大遗漏和虚假记载;还认为楼上楼集团股权结构极其复杂,有私募基金隐藏其间,可能涉及对外募资等违规行为。

公告发出后,舆论哗然,大家一致认为,金氏集团在上市公司复牌前不到两周的时间内提起诉状,这使得局面更加复杂,将对楼上楼集团的要约收购形成重大阻碍。

金氏股份的诉讼令万运来如同吃了苍蝇一般难受。然而,他又不能不当回事。他第一时间把楼上楼集团董事长戴迟、运来集团董事会秘书邓书珉和法务部总经理窦艾琳召集到一起商量对策。

"诉讼的事大家都知道了,这个事得赶快解决!"万运来说完这句话就捂上自己的嘴巴。8月29日,金氏股份已经公告,楼上楼集团的要约收购提示性公告已满60天,此后每30天会发布1次公告,直到公告要约收购全文。眼看事态正向着有利于楼上楼及其背后的运来集团转变,作为金氏股份大股东的金氏集团却临时祭出诉讼的幺蛾子。这些天,一想到这次要约收购还存在诸多不确定性,而他自6月29日以来因打入中登公司和准备用于收购的几亿元资金每天产生的十几万元资金成本很可能会因为收购失败而打水漂,他寝食难安,胸闷上火,以至几颗大牙疼痛难忍。

处理诉讼问题是法务部的主要职责。窦艾琳在得知金氏集团对楼上楼发起诉讼后,就紧急召集下属开展研究,并向中介机构作了咨询,她深知万运来的脾气阴晴不定,恐他将满腹怨气发到自己头上,决定首先开口给他吃个定心丸。"老板不用着急,金氏集团虽然不按常理出牌,临时抛出诉讼,但结果可能不会如他们所愿。"她小心翼翼地表达了自己的观点。

"哦?"万运来眼睛一亮,但随即又暗淡下来。在他的印象中,金氏集团的诉讼理由明明条条切中要害,怎么能不影响正常收购呢?

"我已经咨询了公司的法律和财务顾问,他们都说,除非法院作出具有法律效力的判决或者裁定收购人行为违规违法,否则,金氏集团提出的诉讼理由不会对这次要约收购构成实质性法律障碍!"窦艾琳接着说。

"要是法院作出对我们不利的判决呢?"万运来瞪着布满血丝的双眼,急切地想从窦艾琳嘴里听到更加确切的答案。

"那也没有关系。"窦艾琳的应答不仅令万运来大吃一惊,也令在场的戴迟和邓书珉大为不解,他们的眼光齐刷刷落在窦艾琳的脸上,希望从中找到他们想要的蛛丝马迹。"我们的收购工作正在按时间节点推进,按照现在的进度,最慢3个月就能完成收购。但法院的判决不可能这么快就出来。"窦艾琳调整了一下坐姿,以便使自己看起来不是那么紧张。事实上,此时此刻,她的心脏砰砰直跳,因为她不知道万运来会抛出什么新的问题,要是她一时答不上来,或者所答不那么令他满意,他说不定会大发雷霆。

或许是看出了窦艾琳的紧张,感觉自己应该站出来替她解围;也或许感觉作为董事会秘书自己也应该发表下专业意见,邓书珉清了清嗓子,说:"听了窦总的介绍,我有个想法……"他一开口,立即吸引了大家的注意力,窦艾琳也一下子轻松不少。"我们先不要太把金氏集团的诉讼当回事,能拖就尽量往后拖,拖得越久越好;我们现在就集中精力做好收购前的各项准备工作,争取在法院判决出来之前完成收购。"

"听起来似乎不错。"万运来的嘴角露出一丝久违的笑容。他把脸转向窦艾琳,希望从中找到进一步的答案。窦艾琳心领神会,一边使劲点头,一边肯定地说:"邓总说得对,这是目前我们应对诉讼最好的策略了。"

"好,既然你们都说拖,那就拖吧。"万运来喝了口养生茶,又把脸转向戴迟。

戴迟是万运来的远亲,三十出头的年纪,高考落榜后就因家境困顿投奔万运来。万运来起初并没把他当回事,只是看在亲戚的面子上,在自己控制的一家小型装潢公司里给了他一份不痛不痒的工作,后来发现他为人老实本分,寡言少语,在起意拿下金氏股份时便想到把他推出来做个傀儡董事长。戴迟平白弄了个集团公司董事长的花帽子,自然喜不自胜,哪管是不是傀儡,对万运来更加言听计从。事实上,他也没法不言听计从。一方面,万运来跟他签了代持协议,虽然从明面上看他是楼上楼集团的控股股东,但实际上他一股都没有;另一方面,他的经历和见识也远没达到掌控一家集团公司的水平。现在万运来将脸转向他,他也明白那是让他也说几句,可他对什么诉讼呀、要约呀还没弄明白怎么回事,能说什么呢?

"那什么诉讼……不诉讼的我也……讲不清楚。"戴迟用手背抹了把脑门,稍稍稳了稳情绪,磕磕绊绊地接着说,"我就表个态吧,我听老板的,老板要我怎么配合,我就怎么配合。"

戴迟的话倒是说出了自己在楼上楼集团的角色定位。对此,邓书珉和窦艾琳听了一点也不觉意外。一向说一不二的万运来却不满意了。他不知哪来一股邪火,竟狠狠地瞪了戴迟一眼,厌烦地说:"你好歹也是集团公司董事长,生意上的事情你也该有点主见,收购金氏股份这事干这么久了,你怎么还没长脑子?"

戴迟突遭训斥,脸色一下子变得很难看,呆坐在那里,不知如何是好。万运来见他这个怂样更加来气,指着他的鼻子斥责道:"你的脑壳里装的都是糨糊吧? 别的不清楚,奇景公司的事你也不清楚吗?"

"噢,奇景公司……"戴迟用手背碰了下前额,恍然大悟道,"这个我知道。楼上楼的一个子公司与他们合资成立过装潢公司,公司成立后,合作得不太开心,也没做成几件事,还亏了不少钱,我们的股份前几个月已经全转给奇景了。"

"股份都没了,那应该不是关联方了吧?"万运来紧皱的眉头瞬间舒展开来,不由自主地用短粗白嫩的手指叩击桌面。

"是的,金大鑫可能还不知道股权变更的最新情况,又找不到更火爆的攻击手段,这才拿'关联方'说事。"窦艾琳回应道。

"有数了!"万运来胖手一挥,喜笑颜开地说,"都回去吧。"

金氏集团对楼上楼集团的诉讼闹得沸沸扬扬,也引起了交易所的注意。一个月之后,楼上楼集团收到了江海证券交易所的关注函,要求楼上楼集团就诉讼事项进行说明。戴迟不敢怠慢,第一时间向万运来作了汇报。万运来再次把戴迟等人召集在一起研究应对之策。因为有前一次讨论的基础和月把时间的准备,这次会议只针对交易所的问题进行简单讨论便很快结束了。

10月13日,楼上楼集团向江海证券交易所正式提交了问询函的答复材料,对金氏集团在诉讼中所提及的质疑逐一进行了否定。交易所收到答复材料后也没再继续追问。此后,万运来开始督促手下紧锣密鼓地准备要约收购报告。

10月31日晚,楼上楼集团公告了要约收购报告书正文,要约收购进入了33天的窗口期。公告一出,敏感的财经媒体立即意识到持续大半年之久的金氏股份股权争夺战即将进入尾声。《江海证券报》资深财经记者第一时间撰写了特评,对金氏集团与运来集团的恩怨作了详细的回顾和点评,对万运来掌控的楼上楼集团接管金氏股份后可能的整合方案作了大胆的预测。一时间,这篇题为《万金攻防偃旗息鼓,金氏股份即将涅槃》的长篇特评经过各类主流媒体和自媒体转发,在社会上引起了广泛的关注。

就在大家都认为金氏家族已铁定要放弃抵抗的时候,金大鑫却悄然投入到更加紧张的股权保卫战中。从10月31日那晚开始,除了出差,他吃住都在公司,不知打了多少个长长短短的电话,开了多少场大大小小的会议,终于通过万森森闺蜜司徒露露做通成娟的工作,再由成娟出面辗转找到正担任私募基金董事长的花巧凤。成娟说,花巧凤是南粤投行界的元老级人物,见识多,人脉广,业务强,只要她愿意,一定能在南粤找到愿意与金氏集团合作的企业。金大鑫得到消息后甚为喜悦,立即带上邵有为和赵仁精飞赴南粤。

第二十章

大鑫南下求花总 运来排兵破迷阵

季秋的南粤,虽然没有了炽热的暑气,却依然温暖如春。金大鑫一行一走出机场,便被南粤的五彩斑斓和浪漫气息深深震撼。不过,此时的金大鑫还没有太大的兴趣欣赏周围的景致,他只是对南粤的美艳动了几秒钟的心思,便将思绪收回到此行的目的上。

根据成娟的介绍,花巧凤今年刚过50,在资本市场叱咤风云30多年后,本可以像很多成功女性那样选择急流勇退,养花种草,周游世界,她却壮志不已,越干越勇,在老公曹鹏的支持下,于2020年初与几个合得来的友人发起创立了花茂私募投资基金有限公司,并出任基金公司董事长及投委会主席。基金公司成立不久,花巧凤就凭借骄人的历史业绩为公司募集了50多亿元资金。一年多下来,当初发行的几个私募产品净值已接近翻倍,这在当下的市场环境下,着实不易。

不过,花巧凤的基金业绩与金大鑫此次前来拜访并没有太直接的关系。那么以做股票投资见长的花巧凤真的能帮他找到合适的合作对象吗?想到这里,他不禁忐忑起来。

花茂私募投资基金有限公司位于南粤湾畔的一栋两层别墅里。金大鑫一下车,就一眼看到别墅门前站着一高一矮两个风姿绰约的女人。高的是成娟,因为之前在江海时有过一面之缘,他一眼就认出她来。稍矮一点的那位身穿淡紫色套裙,脚踏黑色中跟皮鞋,发短微卷,略施粉黛,看起来知性且干练。金大鑫猜想,她大概就是花巧凤了。他加快步伐,那2个女人也同时向他们迎过来。

"金董,欢迎您!"成娟首先向金大鑫伸出手来。

"谢谢,让你们久等了!"金大鑫礼貌地握了下成娟的手。

"这就是花董,她听说你们要来,特意推掉今天的所有活动!"成娟向金大鑫介绍道。

金大鑫赶忙向前半步，微微躬身，并将双手同时伸过去。"久仰花董大名，让您久等了！"金大鑫恭敬地说。

花巧凤微微一笑，说："你们是江海来的贵客，有失远迎，不要怪罪！"

"怎么会怪罪？我们这次来是向您求助的，您不仅要帮我们对接资源，还抽出宝贵时间接待我们，我感激还来不及呢！"金大鑫说。

"千万别这么说！上市公司董事长我见得多了，有几个能屈尊造访我们这种小基金公司的？你们愿意屈尊，再加成娟介绍，我哪能不重视呢？"花巧凤说罢，冲金大鑫笑了笑，便转身与邵有为、赵仁精分别握手，金大鑫则在一旁简要介绍他们二人的情况。略做寒暄之后，花巧凤邀请金大鑫一行上楼说话。

几分钟之后，宾主双方就上到了二楼。"请进！"花巧凤推开房门，一间开阔大气的会客室赫然出现在大家的面前。会客室面朝大海，透过宽大洁净的落地玻璃，不仅可以看到波光粼粼的海面、轻盈敏捷的海鸟、悠闲飘荡的帆船，还可以看到海那边鳞次栉比的高楼大厦；正面的墙上则镶着一幅巨型山水画，画面上漫山遍野都是艳丽的桃花。"这幅画画得真漂亮！"金大鑫不由得多看了两眼。

"这幅画是我请著名国画大师李丹青画的，基本照搬了我家乡的模样，你们看，我的家乡漂亮吧？"花巧凤不无自豪地说。

"漂亮！就像世外桃源一样！如果我没说错的话，这就是桃花谷吧？"金大鑫满脸艳羡地问。

"对，就是桃花谷！你去过吗？"花巧凤对金大鑫准确说出自己家乡的名字感觉很吃惊。

"还没去过，很想去看看，我是从蓼痴写的《资本迷局》知道您家乡和您自己的故事的。"金大鑫说。

"哦……"花巧凤愣了一下，很快便恢复了平静，"都请坐吧！"她请金大鑫和他的两个同伴依次在正面和右侧的白色真皮沙发上坐下，她自己和成娟则在另一侧的沙发上坐下。

金大鑫发现自己提到《资本迷局》后花巧凤的反应比较复杂，猜测其中的原因可能是那本书里不仅写了花巧凤的奋斗和辉煌，还写了她的屈辱和艰辛。为避免尴尬,他决定不再谈《资本迷局》。

"《资本迷局》这本书写得不错,比较完整地再现了改革开放后中国经济的巨大成就和新中国资本市场的曲折历程,就是把我写得太完美了,其实我远没有那么好。"花巧凤淡淡地说,看得出时间已多少愈合了她的创伤。

"花董太谦虚了!您的故事不仅富有传奇色彩,也非常励志!"金大鑫不失时机地说。

"花董可能不知道,现在很多年轻人都在通过这本书跟您学投资呢!"赵仁精赶紧接上金大鑫的话茬吹捧道。

"不止学投资,还可以跟您学做人!"邵有为也晃动着他那黑黢黢的脑袋说。

"哎哟,千万不要这么说,就算《资本迷局》里的花巧凤有那么优秀,那也是文学作品中的人物,你们应该知道文学作品是可以虚构和拔高的。所以说,虽然我是小说人物的原型,但这并不意味着我就有那么优秀!"花巧凤笑着摆手道。恰在此时,阿姨手捧茶盘走了进来。待阿姨将茶杯放在几位客人身边的茶几上,花巧凤笑眯眯地接着说:"这是我们老家的六安瓜片,大家尝尝如何?"

金大鑫拿起茶杯,揭开杯盖,一股浓郁的茶香扑鼻而来,不由得连声赞叹:"好茶!好茶!"他将茶杯凑近嘴边,吹了吹浮在水面的茶叶,小心翼翼地抿了一口……

宾主双方品着香茶,聊着《资本迷局》和"腾跃四部曲"其他3部作品。聊到《股权纷争》时,花巧凤话锋一转,说:"金董是《股权纷争》的主角,从蓼痴已经发表的文字来看,你的故事非常跌宕起伏,也非常引人注目哟!"金大鑫赶忙摆手道:"哪里哪里!我现在只有'跌、宕、伏',根本看不到'起'的迹象。所以还要请您多多帮忙!"花巧凤则说:"放心,这个忙我肯定尽力去帮!你年纪轻轻就遭遇家庭变故,还要挑起家族企业的重担,这已经相当不容易了!'人有悲欢离合,月有阴晴圆缺',人不能总倒霉,也许用不了多久,你就可以东山再起了!"

花巧凤的一席话令金大鑫深为感动。他仔细打量这位年过50却依然面如桃花、举止优雅的传奇女子,心中万分感慨:若不是拥有一颗无比强大的心脏和不向命运认输的执念,她恐怕永远走不出那片茂密的桑树林!反观自己,无论是家庭条件,还是社会环境,都要比她的起点高得多,再加上男性相较于女性本来就有更多的性别优势,那么花巧凤能克服的困难,自己有什么理由克服不了呢?他不由得暗自庆幸此次南粤之行的意义：即便最终得不到花巧凤的帮助,也应该能从这位奇女子身上获得战胜困难的灵感和力量。

"金董,要么请您介绍一下金氏股份当前面临的主要困难和此行的主要目的吧。"花巧凤提醒道。

"哦……"金大鑫歉意地笑了笑,开始把金氏集团和金氏股份的发展历程和当前困境原原本本地说了一遍。

花巧凤听得很认真,还不时插话提问。待金大鑫说完,她沉思片刻,说:"对你们的情况我先前多少了解一点,听了您的介绍,现在更清楚了。不容易! 太不容易了! 你们当务之急就是要找到白马骑士,越快越好!"

"对! 对! 我们此行就是想找到白衣骑士,否则,只能认栽了。"金大鑫回应道。

花巧凤点点头,说:"只有不到1个月的时间,太仓促了! 金氏股份的基本面不错,如果再早几个月,我们基金公司也许可以充当这个角色。但现在不行,我们的资金已经用得差不多了,临时不可能募集到那么大的资金量。"

金大鑫听到这里,眼睛中刚刚闪现的亮光迅速黯淡下去。

"先别急,我再想想办法。"花巧凤抬腕看了看表,又瞄了眼窗外,说,"天不早了,该吃晚饭了。"

金大鑫也下意识地往窗外看了看,只见夕阳的余晖染红了整个海面,煞是喜庆。"莫非老天爷也要保我此行圆满吗?"他愉快地答应了花巧凤的邀请,来到凤鹏徽菜馆总店。

当晚菜肴的丰盛程度及花巧凤、曹鹏夫妻俩的殷勤态度都自不必说。席间,大家谈论更多的还是南粤与江海两地的文化差异和经济交往。特别令金大鑫感动的是,花巧凤还在吃饭过程中抽空拨通了好几个当地房企老板的电话,把金大鑫及金氏股份推荐给他们。

自那晚9点多开始,直到第三天中午前,金大鑫在花巧凤的协调和陪同下,连续拜访了7位有意合作的房企大佬,并最终与粤建地产集团达成战略合作意向。

回到江海后,金大鑫不敢怠慢,带领手下骨干人员趁热打铁,与粤建集团就合作细节进行了多次谈判。直到11月27日晚,双方才最终签署合作协议。

11月28日,粤建地产集团旗下粤宇房产突发公告,拟以4.75元/股的价格收购金氏集团所持有的28.35%的金氏股份股权。此时距离楼上楼集团要约期满仅剩5个工作日。根据要约收购规则,除非遭遇竞争要约,否则,收购要约期限届满前15日内,收购人不得变更要约。这就意味着,楼上楼集团及其背后的运来集团虽然有机会将原定的4.58元/股的收购价大幅提高至4.75元/股之上,但这也需要拿出更多的真金白银用于战胜粤宇房产这个突然冒出来的对手。

粤宇房产突然闯入的消息第一时间传到了万运来的耳朵里,在改与不改要约的问题上,他瞬间陷入两难境地。与金氏家族明争暗斗了将近一年时间,眼看再过几天自己就能坐上金氏股份第一大股东的宝座,竟半路杀出个程咬金,万运来无论如何也不甘心。他叫来财务总监,问她还能调出多少资金,可财务总监告诉他,运来集团和楼上楼集团账上的资金加在一起也不足200万元,如果拿走,下个月员工的工资就发不出来了。

万运来闷坐一会,又把董秘邓书珉叫过来,问他可有良策。邓书珉也说自己没有好办法,还说,如果老板愿意跟粤宇拼一下,可以修改一下要约,把收购价提高到4.75元/股以上。他还为万运来算了一笔账,说提高价格后,大概要多出6000万元以上,但多出这点钱还是值得的,因为前期通过二级市场收购的股份价格总体不高,更何况眼看就可以拿到控股权了呢?邓书珉的话令万运来万箭穿心般难受。他瞪圆了布满血丝的双眼,用沙哑的声音告诉他:"公司账上没几个钱了,再耗下去连吃饭都成问题!"

邓书珉被万运来瞪得浑身发毛,赶忙垂下眼睑,避开他的眼神,生怕他一下子扑上来,把自己狠揍一顿。尽管这样,万运来还是指着他的鼻子,怒斥道:"一群没用的玩意,关键时候全指望不上!"刺耳的声浪令邓书珉打了个寒战,为防刺激万运来,他只好耷拉下脑袋,做出恭顺的样子。然而他的内心却充满了屈辱,若不是时间已接近年终,全年的奖金还没到手,他真想拍拍屁股,彻底离开这个情绪阴晴不定、手段阴险狡诈的雇主。

邓书珉的沉默并没有令万运来消除火气,他反倒用更大的声音责问邓书珉:"怎么不说话了?你平时那些聪明劲都跑到哪里去了?"

邓书珉意识到沉默也没用,只好硬着头皮说:"如果集团凑不出那么多的钱,那就顺其自然吧。"

"顺其自然？说得轻巧！要是粤宇把第一大股东的位子抢去了，我这一年来的心血和那大一笔资金成本不就白瞎了吗？"万运来的怒气更大了。

"我是说……"邓书珉讨好地看了眼万运来，用尽可能平静的语气说，"从粤宇房产的公告来看，他们要收购的是大股东金氏集团的股权，即使比我们给出更高的溢价，也只有大股东享有这个权利，跟那些中小投资者并没有关系。"

"什么意思？"万运来身体前倾，迫不及待地追问道。

"如果粤宇房产不能给中小投资者更高的溢价，那么它充其量只能获得金氏集团手中的28.35%股份，比我们现在的23.7%也高不了多少。到时候，只要没有太多中小投资者撤回要约，我们仍然有很大的希望获得预期的12.6%股份。"

"哦……"万运来长长舒了口气，把身体重重地砸在老板椅的后背上，闭上眼睛养起神来。

此时，邓书珉也稍稍放了点心，但他仍然十分紧张，连大气也不敢出，生怕万运来又找什么茬子。房间内静得出奇，邓书珉甚至都能听到自己的心跳声。

"去吧。"万运来一动不动地从嗓子眼里挤出2个字来。邓书珉就像久待牢狱的犯人突然收到特赦令一样，心中一阵窃喜，却碍于眼前这位老板的淫威，不敢表现出来。他蹑手蹑脚地退出房间，轻轻掩上房门，飞也似的往自己办公室逃去。

第二天，受粤宇房产突然竞购的消息刺激，金氏股份高开高走，最高价一度超过4.4元/股，到收盘时大涨8.88%。看到这个吉利的数字，散户们笑逐颜开，奔走相告，都说"大佬相争，小散得利，好戏还在后面呢！"根据要约收购规则，在收购期的最后3个交易日里股东不能撤回要约。因此，一些先前接受要约的中小股东为了将手中的股份卖出更高的价格，也纷纷撤回要约进入观望状态，当天总共撤回要约1500多万股。

金氏集团在最后时刻搬出白衣骑士粤宇房产，大有背水一战、绝境翻盘之势。而粤宇房产给出的4.75元/股的收购价也似乎在提醒金氏股份的大小股东：若他们接受楼上楼集团的要约无异于直接损失了大把的差价！消息在资本市场继续发酵，更多的二级市场投资者准备第二天加入抢筹大军，更多的金氏股份中小股东准备在次日抓住收购期最后一个可撤回要约的机会把先前接受的要约撤回。

万运来得知已有大批股东撤回或准备撤回要约,再次心急如焚起来。他紧急召集戴迟、邓书珉、窦艾琳等骨干人员到他办公室讨论对策。

邓书珉因为昨天刚被万运来训斥,进屋后又见他脸色阴沉,担心自己再次挨训,便挑了长方形会议桌最靠边的位子坐下。谁知万运来还没讲几句话就开始点他的名字:"小邓,你昨天告诉我'只要没有太多中小投资者撤回要约,我们仍有很大的希望获得预期的12.6%股权',今天一天下来就有这么多股东撤回要约,如果明天他们继续撤怎么办?"万运来问完,就用咄咄逼人的眼光盯着他,以至于头低得接近碰到桌面的邓书珉仍感觉那两道眼光似两把利剑一般直刺他的脑门。

"这……"邓书珉战战兢兢地抬起头来,试探着说,"要是能召开一次股东协调会就好了,把先前那些接受要约的金氏股份中小股东凑到一起,好好做做他们的工作,也许还可以稳得住。"

"屁话!这就是你一个堂堂董秘给我出的主意吗?"万运来毫无顾忌地当众训斥道,"这么短的时间你能来得及把这些人召集起来吗?就算可以,你拿什么做他们的工作?去求他们吗?资本市场只讲利益,求他们有用吗?"

万运来的愤怒不仅令邓书珉恨不得找个地缝钻进去,也令在场的其他人心惊胆战,生怕下一个挨训的就是自己。然而怕是没用的,万运来开始点名了:"小窦,你说说看。"

窦艾琳心里一激灵,赶忙应道:"其实邓总说得也不是没有道理,现在的问题是那些股东情绪不稳,有点朝三暮四、得陇望蜀的感觉,要是能把他们组织起来开一次协调会就好了。其实,粤宇的出价也就比我们高1毛7分钱,溢价才3.7%,沟通一下应该会有效果。只是时间太仓促,协调会肯定开不起来了。不过,也许我们可以采取其他办法来安抚他们的情绪。"

受窦艾琳的启发,邓书珉的脑子快速转动起来:现场协调肯定来不及了,但向股东们传递信息还是有办法的。比如,可以利用楼上楼集团的微信公众号发布一个声明,然后再把这个声明推送给财经记者和有联系方式的金氏股份股东们。他随即把这个想法说了出来。

万运来听后大喜,说:"看来你小子还不算太笨,就是欠骂!"邓书珉被老板这么夸,虽然有些尴尬,却总算可以舒一口气了。参会的其他人也把悬到嗓子眼的小心脏放了下去。

那一晚,万运来带着手下人一直忙到很晚才将声明文案定下来,并通过楼上楼集团的微信公众号发布出来。这篇不到200字的声明总共只表达了3层意思:第一,粤宇房产的股权收购活动只给大股东金氏集团溢价权,和广大中小投资者根本没有关系;第二,粤宇房产可以单方面解除收购协议,金氏集团只能被动接受;第三,金氏集团持有的交易标的股权存在冻结情况,这可能导致金氏集团持有的金氏股份股权没法正常过户。

万运来方面的声明发布后,很快就在相关人群中传播开来。金大鑫刚刚在办公室的沙发上躺下,手机就急匆匆地响了起来,接通一看,是一个金氏股份前十大股东打过来的,那人把楼上楼集团的声明大致转述一遍,问他如何评价。金大鑫听后五味杂陈,没想到万运来出手这么快,竟一时不知如何回答才好。考虑到这位股东是前十大股东中除了金氏集团外唯一没有接受楼上楼收购要约的股东,也是他为数不多的战略同盟,他只能耐着性子劝对方不要相信楼上楼的胡说八道,他无论如何也不会让金氏股份落入万运来的魔掌!挂断电话后,金大鑫估计可能还会有人打电话询问,便果断关掉手机。

然而金大鑫并没有因为电话关机而迅速入睡。一想到仅剩4个交易日楼上楼集团发起的要约收购就要揭开谜底,他就心乱如麻,怎么也睡不着了。

金大鑫可以关掉手机,却不能消除中小投资者和广大散户对金氏股份的疑虑。由于金氏集团和粤宇房产都没能对楼上楼微信公众号发出的声明进行回应,接受楼上楼收购要约的投资者又逐步回暖,而二级市场上金氏股份的股价也没能保持前日的强势,在要约期满前的最后5个交易日,金氏股份的股价虽然最高达到4.46元,但始终未能达到楼上楼集团给出的4.58元/股的要约收购价,更别说达到粤宇房产给金氏集团的4.75元/股的收购价了。不仅如此,金氏股份的股价在最后一天收盘时竟回落至4.21元。白衣骑士粤宇房产最终没能阻碍楼上楼集团的要约收购步伐。

12月5日晚,江海交易所公布的要约收购数据显示,楼上楼集团要约收购金氏股份的预售股份数量达到3.156亿股,远超1.612亿股的要约收购目标,并且流通股股东参与率高达83.2%。此次要约收购终于以楼上楼集团取得多数中小投资者的支持而告终。

得知楼上楼要约收购成功的消息后,万淼淼脑子里跳出来的第一个想法就是要尽快到达金大鑫的身边,与他共同面对这个艰难的时刻。然而当她将电话拨过去时,才知道金大鑫已经关机。她不死心,一遍又一遍地把电话拨过去,普通电话关机,她就拨打微信电话,微信电话没人接,她就发短信过去……越是找不到对方,她的内心越是焦虑。情急之下,她瞒着母亲,悄悄溜到院里,开上那辆顶级跑车,直接找到金氏股份的办公场地。守门的师傅告诉她,金大鑫自下午外出后就没有回去过。她想,金大鑫可能回家去了,就向守门师傅软磨硬缠打听他的住址,可得到的答复永远只有3个字——"不知道"。没有办法,她只好回到车内,继续拨打他的电话。

夜越来越深,惨白的路灯光透过车窗玻璃映在万淼淼美丽却毫无光泽的脸上。越是联系不上金大鑫,她的内心越是焦虑。她想象金大鑫在即将失去公司控制权时的绝望模样,不禁潸然泪下。她在心里反复念叨:"大鑫呀大鑫,你现在到底在哪里呢?"她继续不厌其烦地拨打他的电话,终于听到了他的声音:"这么晚了,怎么还不睡?"她的眼泪像决堤的洪水喷了出来。"浑蛋!你在哪里?"她声嘶力竭地冲着话筒喊道。电话那一头沉默了片刻,金大鑫的声音又传了过来:"我在外面,你怎么哭了?"万淼淼顾不上回答他的问题,继续追问:"这么晚了还在外面?快告诉我你在哪里?"当金大鑫告诉她自己正在黄浦江边时,她不由得打了个寒噤,一种不祥的预感瞬间出现在她的脑海里,她疯狂地对着手机大喊:"你这个懦夫!你想干什么?不就是上市公司的控制权吗?多大的事,也值得你拿命赔上?"电话那一头再次出现短暂的沉默,紧接着传来了金大鑫低沉的声音:"你想多了,再难我也不会寻死!"万淼淼哪肯相信,她语无伦次地催促道:"快!快把你的定位发过来,我要看到你!对,越快越好!"

万淼淼放下电话,以最快的速度发动汽车,调转方向,待汽车上了马路,猛然一踩油门,那辆粉色跑车就像离弦之箭般飞了出去。路上基本没有其他车辆,她的脑海里几乎全是金大鑫绝望跳江的样子,她越开越快,哪管红灯绿灯和导航不断发出的超速提醒。此刻,她只有一个想法——在金大鑫跳江之前赶到并阻止他做出傻事。

　　不到20分钟的工夫,万淼淼终于到达金大鑫发过来的定位附近。她把跑车就势停在路边,沿着蜿蜒的小道疯了似的向江边冲去。然而没跑几步,她就发现自己双腿瘫软,再加上脚上穿的是高跟鞋,不仅快不起来,还差点摔了一跤。好在这里距离江边已经不远,她干脆脱掉高跟鞋,将鞋拎在手上,咬紧牙关,一边奋力往前奔跑,一边紧张地向江边张望……

　　一个凭栏而依的背影终于出现在万淼淼的视野里。"是大鑫! 一定是大鑫!"万淼淼欣喜地喊了出来,"大鑫……"那人转过身来,迅速迎了上来。两人相距还剩几十米的时候,万淼淼就着昏暗的路灯光确定了那人的身份——果然是金大鑫! 她将鞋往地上一丢,张开双臂,迎了上去。金大鑫也以同样的姿势向她奔来。紧紧相拥之后,万淼淼挣脱金大鑫的怀抱,一边号啕大哭,一边抡起双拳,雨点般砸向金大鑫。

　　金大鑫任由万淼淼捶打了一会,才俯身在她的脑门上吻了一下,说:"哭什么? 我这不是好好的吗?"

　　"你是好好的! 知道人家有多担心吗?"万淼淼埋怨道。

　　"有什么好担心的? 我又不会跳江!"金大鑫抚着她的后背说。

　　"那你为什么这么晚还在江边?"

　　"我想一个人静一静,想想事情。"

　　万淼淼将头埋进金大鑫的胸前。周围一片寂静,这反令金大鑫的心跳声听起来更加强悍。她这才明白金大鑫所言不虚。"对不起,我还以为你会想不开呢!"万淼淼轻声说道。

　　"放心吧,我不会这么容易就被击垮!"

　　"嗯,那就好。"

　　"也难怪你担心,要约收购这一战输得太惨,也许换个人还真接受不了。"

　　"让你受苦了! 都怪我不好!"

　　"苦倒是真苦,这几个月就像做梦一样,一言难尽! 但再难,也跟你无关!"

　　"怎么无关? 那个夺你控股权,还让你吃这么大苦头的人是我爸啊。"

　　"你爸是你爸,你是你,根本就是两码事! 况且,你也知道,你爸又不是只有你这一个孩子,他在外面还有私生子,所以他的财产也未必跟你有太多的关系。"

"我没惦记他的财产！你不怪我就好，我不能没有你。"万淼淼不由得将金大鑫拥得更紧。

金大鑫和万淼淼在江边聊了很久，直到东方出现鱼肚白，他们才相互依偎着走回万淼淼的车内。金大鑫直接回到公司，在办公室里睡了一个囫囵觉，便匆匆叫来赵仁精。

"粤宇那边有消息吗？"金大鑫问。

"我刚刚才联系过，他们说，只要您想明白了，一切都按原计划推进。"

"好。照原计划执行，你盯紧一点。"

"嗯。"赵仁精点点头说，"交易所的监管函还没答复呢。"

"哦。"金大鑫低头想了一会，他知道，赵仁精所说的监管函还是12月1日交易所发给金氏集团的。11月28日早间，粤建地产集团旗下粤宇房产发布公告称，将通过协议转让购买金氏集团所持有的金氏股份28.35%的股权。但是因为一时疏忽，金大鑫并没有通过金氏集团及时督促金氏股份同步披露相关公告，以致金氏股份直到当天午间才披露《关于公司控股股东、实际控制人变更暨权益变动的提示性公告》。江海证券交易所认为，金氏集团的行为违反了交易所《股票上市规则》中的相关规定，并于12月1日对金氏集团出具了监管函。"如果不及时答复会有什么影响吗？"他问。

"对这次股权交易不会有实质性的影响。"赵仁精答道。

"知道了。你忙去吧。"金大鑫摆了摆手。

赵仁精并没立即离开，而是坐在那儿，欲言又止。

"还有事吗？"

"老板，您要不要再考虑考虑？"

"不用了！"

"交易完成后，金氏集团就要彻底出局了。"

"只能这样了。就算出局，也不能跟在万运来屁股后面当个二股东！"

赵仁精见金大鑫态度坚决，便起身退了出去。

几天后，《江海财经早报》以《金氏股份要约收购余波未了》为题对金氏股份和粤宇地产之间的股权转让活动进行了跟踪报道，说金氏集团的新掌门人金大鑫是个狠角,宁愿顶着江海交易所的监管函,也要将其持有的金氏股份股票转让给粤宇房产,以便为楼上楼集团及其背后的运来集团引入一个强大的竞争对手。这篇报道还引用"消息人士"的话说,为了使粤宇房产在今后与楼上楼的竞争中掌握更多的筹码,金氏集团还将推出包括出让金氏股份核心高管职位,以及公开支持粤宇房产取得金氏股份控制权等方面的"组合拳"。

媒体的报道没错,这段时间金大鑫更加频繁地同粤建集团和粤宇房产保持着联系,就股权转让后的合作细节进行了深入沟通。

2022 年 1 月 4 日一大早,金大鑫再次带上赵仁精和邵有为飞赴南粤,直奔粤建集团总部。经过整整半天的面对面谈判,金大鑫代表金氏集团与粤建集团就金氏股份股权交易完成后双方的合作事宜达成新的共识,并签下战略合作协议。根据这份战略合作协议,金大鑫将向粤建集团出让自己兼任的金氏股份总裁一职,原本由金氏集团推荐的一个副总裁职位和财务总监职位也将交给粤建集团推荐。

当金大鑫放下签字笔的那一瞬间,他突然有一种说不出的虚脱感,似乎灵魂出窍,又似乎坠入万丈深渊……

"老板是不是哪里不舒服?"一旁的赵仁精见他脸色苍白,在他耳边轻声问道。他没有回答,却意识到自己可能失态,便笑着摇了摇头,挺了挺背,强打起精神来。

几天后,金氏股份发布公告称,金大鑫及 2 名高管分别辞去公司总裁、副总裁和财务总监的职务,他们空出来的职位已由粤宇房产相关人员接任。

金氏股份的公告一出,自然又引起了一波关注,《江海财经早报》记者还专门连线金大鑫,问他为什么一下子交出这么多职位,还问他下一步到底有什么打算。金大鑫平静地告诉那位记者,金氏集团既然已将自己持有的 28.35% 的上市公司股份过户给粤宇房产,那就理应将相应的高管职位交给对方安排。至于今后的打算,他作为金氏集团和金氏股份的董事长,可以非常负责任地说,无论是金氏集团,还是金氏股份,目前的管理团队都会全力支持粤建集团及粤宇房产,并且自己还将在条件成熟时进一步辞去上市公司董事长一职。那位记者放下电话后,立即联系粤建集团相关负责人,对方也明确表示将向金氏股份推荐合格的董监高人选,并且不排除今后择机增持上市公司股份的可能。这篇新闻见报后,市场仿佛再一次闻到了浓烈的硝烟味道,一场新的控制权争夺战已经箭在弦上。

万运来赢得要约收购大战之后着实得意了好几天。然而当他看到金氏股份发布的高管变动公告及金大鑫的答记者问后,再一次不淡定了。对付一个金氏集团都让他费尽九牛二虎之力,现在又冒出来一个粤建集团,并且这个粤建集团无论市场地位,还是资产规模都要比运来集团强得多,他最终能否拿到金氏股份的控制权还真难说,要是拿不到控制权,他就不能按照自己的意愿改造上市公司,那此前所有的功夫和资金成本全都白费了!

情急之下,万运来只好再将邓书珉等人召集到会议室里商讨对策。邓书珉见万运来又是一副苦大仇深的样子,也知道原因是什么,却深知自己无力化解他的焦虑,一进会议室便尽量避开万运来的眼睛。然而万运来没说几句话便点名要他出主意,还说,要约收购都成功了,上市公司副总裁兼董秘的位子也给他留好了,现在该他发挥作用了。邓书珉心想,收购成功倒是真的,你许诺的事情能不能兑现就不好说了。不过,碍于情面和职业素养,他还是帮万运来分析了当下的形势:

"运来集团及其控制的楼上楼集团目前已累计获得金氏股份36.3%的股份,比第二大股东粤宇房产的股份要高出大约8%。如果这个第二大股东没有其他想法,大家还可以相安无事。待楼上楼集团要约收购90天持股期满之后,可通过股东大会,行使股东权利,进而改组董事会,调整经营班子。现在的问题是,这个第二大股东还有进一步增持股份及冲击第一大股东的意图。这就非常难办。因为对方完全有这个实力,何况还有金氏集团充当内应呢?"

"说了半天,就是没招喽?"万运来极为不满地打断了邓书珉的话。

"嗯……是这样。"邓书珉低下头,吞吞吐吐地说,"当然,也不是一点办法都没有。"

"有屁快放!"万运来催促道。

"如果老板您肯放下身段,主动拜访粤建集团并向他们让渡点利益,也许还可以峰回路转。"邓书珉应道。

万运来一听,"腾"地一下上火了,瞪着眼睛问:"如果我不放下身段会怎么样呢?"

"那就只能等待90天持股期满后,自行召集股东大会,行使股东权利了!"邓书
珉说。

"什么浑蛋逻辑?!"万运来"啪"地一拍桌子,气哼哼地走出会议室。

第二十一章
北上求助效果微 弓长祭出停牌招

金大鑫虽然还保留着金氏股份董事长的头衔,并且声明会全力支持粤建集团,但是因为金氏集团在金氏股份已经一股不剩,总裁的职位也移交给了粤建集团,实际上已经比先前空闲了许多。他将卧室从办公室搬回家里,没事的时候就刷刷微信、微博,了解一下社会经济热点,而频繁出现在新闻热点中的江海能源控制权之争也让他意识到这段时间除了他,还有另外一个人因为上市公司控制权而烦恼不已,这个人就是张弓长。

原来,7月底郑重深夜密会张弓长之后,并没有听从张弓长"见好就收"的警告,而是利用旗下的子、分公司及其与金融大佬合作的几个基金公司持续增持江海能源,至8月25日,持股比例已经达到15.03%,并将江海能源的股价推高至13.19元/股,完成对江海能源的第三次举牌,成功超越持股14.98%的中能集团,成为江海能源的第一大股东。

郑重的一意孤行彻底激起了张弓长的愤怒。他在得知郑重投资已经完成第三次举牌的消息后,连夜发布了一条微博:"'野蛮人'强行入室,江海能源路在何方?"既毫不掩饰地表达了自己对郑重投资成为第一大股东的抗拒心理,也向市场明确传递了自己对江海能源未来前景的担忧。不过,以硬汉著称的张弓长决不会仅仅发布一下怨妇之言就算了。内心高贵的他决不能容忍郑重这个出身市井的暴发户成为自己的老板。为避免事态向着他不希望的方向进一步发展,张弓长带上自己亲手培养出来的接班人、江海能源现任总裁曾筱华紧急北上京都,以寻求中能集团的支持。

曾筱华是江海本地人,毕业于江海工学院。此人低调务实,自大学毕业后就扎根江海能源基层,从一个普通的技术员一步步走上分公司经理的岗位,并成功引起张弓长的注意,早在10年前就被张弓长作为自己的接班人进行重点培养。因为既熟悉张弓长的脾气,又非常了解江海能源的历史,曾筱华对张弓长此次北上的前景并不是非常看好。因为一向无条件支持张弓长的中能集团前董事长在中央强力反腐中落马后,刚于年初接任的新董事长周明对张弓长并不太熟,并且为了与前任划清界限,周明还极有可能故意与张弓长保持距离。当曾筱华在北上的飞机上将这个顾虑告诉张弓长时,张弓长沉默半晌,才吐出4个字:"事在人为!"

两人抵京后,果然如曾筱华所预料,事情的进展非常艰难,他与张弓长足足等了2天,才得到周明的接见,并且仅给他们20分钟的汇报时间。"20分钟就20分钟吧,只要能见面都好说!"张弓长让曾筱华不要紧张。

"江海能源是中能集团一手培养起来的,自从10年前中能集团成为江海能源的第一大股东后,在江海能源导入发展资金和开拓市场方面起到了至关重要的保驾护航作用,可以说江海能源的身体里流淌着中能集团的血液。江海能源也非常努力,非常争气,这些年总共为中能集团贡献了100多亿元的净利润。现在江海能源却走到了十字路口,那个鲁莽闯进来的郑重投资已经超过中能集团成为第一大股东,而且从现在的情况来看,他们极有可能继续增持股份,以达到获得更多话语权的目的。将来江海能源会被他们带到哪里去? 这还很不确定。现在情况十分紧急,所以我们今天特意请中能集团出手增持江海能源,夺回第一大股东的位子。"张弓长一见到周明便直言不讳地表达了此行目的。

周明55岁左右,比张弓长要小10多岁,看起来温文尔雅。张弓长说话时,他就端坐在那儿静静地倾听,一句话也不插。直到张弓长不再言语,他才淡淡地问了一句:"张董这次来京就为这事?"

"对。"张弓长十分肯定地点了点头。

"我们对郑重投资举牌一事多少了解一些。"周明顿了一下,话锋一转,问,"有人看好江海能源不是挺好吗?"

张弓长本希望周明能对中能集团失去第一大股东地位表示一下遗憾,然后自己乘机说服他出手夺回第一大股东宝座,没想到他根本不在乎! 不过,张弓长毕竟是有备而来,立刻换上一副忧心忡忡的面孔说:"郑重投资代表的是金融资本,他们要是掌握了控制权,江海能源可能就要走下坡路了。"

"未必吧。"周明的语气中充满了不在乎。这令张弓长深感意外。

"我这么说并不是杞人忧天。第一,他们的自有资金并不多,却用了很高的杠杆,要承担很高的财务成本,所以我们判断,郑重投资进入江海能源主要是为了追求短期利益;第二,他们没有做过实业,更没有做过能源产业,就算他们想追求长期利益,也没有那个能力。"张弓长极力争辩道。

"张董的意思是说,只有做过实业的,并且最好是做过能源产业的才适合做江海能源的第一大股东,甚至是控股股东?"周明又问。

"对。就是这个意思。"张弓长说。

"那就请你们说说,在过去十几年里中能集团对江海能源的发展起过哪些具体作用?"周明笑着问。

一旁的曾筱华听到这个问题,预感到周明话里有话,正担心不好回答时,张弓长已经从容地开了口:"中能集团在江海能源发展的关键时期成为第一大股东,在过去十几年里对经营层充分信任,充分放手,也正是因为这种信任和放手,才让经营层有充分的发挥空间,并连续多年取得15%以上的净资产收益率,股东与管理层之间的良好关系已经成为业内标杆。"

"张董的意思就是说,只要是不管你们的股东就是好股东了?"周明又问。

"也可以这么说吧。我们把自己定位为职业经理人,都非常敬业,这应当是大家有目共睹的,不然也不会有这么好的业绩。"张弓长说完,挺了挺背。

"你们的确非常敬业。这一点我完全相信。不过,既然你们认为只有充分放手的股东才是好股东,是不是如果中能集团今后对你们管得多了,就不是好股东了呢?"周明问。

"哦,这个嘛……"张弓长一时不知如何回答,他在脑子里快速分析了周明提出这个问题的潜台词后,立即意识到对方可能希望更多过问江海能源的日常经营,或者还有其他什么目的。

一旁的曾筱华见张弓长一时没有接上话,心里很着急,有意替他解围,却又担心自己表达有误。好在周明似乎并不一定要听到他们的解释,而是换了个话题:"听说前几年中能集团考虑过将江海能源与中能新能整合到一起,以发挥传统能源与新能源之间的优势互补作用,后来因为你们不同意就没有做成。不知道你们当时是怎么考虑的?"

"对,这事的确有过。我们当时的想法是中能新能是中能集团的控股子公司,业务重点是发展新能源产业,江海能源不过是中能集团占股不到15%的参股公司,又是做传统能源的,2个公司在业务上的关联性并不大。所以后来也就没有整合。"张弓长说。

"现在看来,也许整合在一起更好。"周明意味深长地说。

张弓长本来还想再坚持一下当初的观点,但一想到那个令他看不上眼的郑重投资正虎视眈眈地盯着江海能源,便立马打消了这个念头,诚恳地说:"我就不为过去的事辩解了。如果周董还想将2家公司整合到一起的话,现在最好能出手增持江海能源,不然的话,将来整合江海能源的就可能是郑重投资了。"

周明笑了笑,抬腕看看表。张弓长意识到这次会见该结束了,有意再说点什么,可惜,想破脑袋也没有找到合适的话题,只好悻悻地起身与周明握别。

张弓长在20分钟的时间内向周明表达了希望中能集团重回第一大股东的愿望,却没能获得对方的任何答复,这令一起参加汇报的曾筱华颇为遗憾。一出中能大厦的大门,曾筱华便忍不住叹了口气。张弓长斜睨了他一眼,并没有说什么。

在机场候机时,张弓长问曾筱华:"你是不是以为我们这趟白跑了?"曾筱华点头说:"是有那么一点。"张弓长把头转向窗外,怔怔地看着停机坪上的飞机,过了半晌,才从喉咙深处挤出几个字来:"尽人事,听天命吧。"曾筱华发现,张弓长鼻翼两侧的深沟比以前陷得更深,看起来也比平常更加冷峻了。

几天后,江海能源收到中能集团的通知,中能集团在8月30日、8月31日连续2天共耗资近5亿元增持江海能源,将其持股比例提升至15.38%,比郑重投资高出0.35%,重新夺回了第一大股东的位子。

张弓长用手摩挲着那张书面通知,感觉自己似乎可以放心,又似乎不能放心。"0.35%可是一个了不起的数字,郑重那小子只要稍稍用力就可以重新反超!那样的话,中能集团还会再度出手吗?"他在心里反复问自己。恰在此时,曾筱华过来找他汇报工作,他便把自己的疑虑告诉曾筱华。

"老板,其实我也有这个顾虑呢!表面上中能这次最终还是给我们面子了,但是这个面子其实也不大。依我看,郑重那边大概率不会就此罢手。"

"那你说该怎么办呢?"

"可能需要做两手准备。"曾筱华从兜里摸出香烟,先恭恭敬敬递给张弓长一根,并帮他点着,随后再给自己点上,猛吸一口,慢慢吐出一股白烟,才接着说,"一方面,当我们得知郑重投资加仓后,可以再去游说中能集团,但是从他们这次的增持力度来看,要说服他们再度出手增持的可能性不大,假如到时候股价涨得比较高,可能就更难说服他们了。另一方面,我们管理层自己也不能坐以待毙。"

"哦?"张弓长的双眼顿时一亮。

"老板您还记得去年3月受疫情和美国股市、期市暴跌影响,我们的江海能源也一度跌到每股8块钱以下吗?"

"这怎么能忘得掉? 连续两三个跌停呀,太疯狂了!"

"当时,为了给投资者信心,公司还提出由管理层筹集100亿元从二级市场增持江海能源。但是因为对世界经济前景信心不足,管理层内部没有达成共识,这件事后来就不了了之了。"

"对,早知会有今天这个局面,当时摔锅卖铁也要凑足这笔钱呀!"

"其实,现在再实施这个计划仍然不迟! 虽然成本差不多比当时高1倍,却能体现管理层对将来的信心,也能进一步加强管理层对公司的控制力。"

"好啊,既然中能那边不确定性很大,不如我们自己行动!"张弓长将手中的烟头狠狠地按在烟灰缸里。曾筱华明白张弓长这算是下定决心了。

9月2日,在江海大厦的江海能源总部召开了当年第六次临时股东大会。这次股东大会的议题只有一项,那就是审议董事会提出的百亿回购计划。

当参会的股东问张弓长为何要在此时抛出这么庞大的回购计划时,他侃侃而谈:"江海能源自上市以来股权一直高度分散。有人说股权分散会导致内部人控制。我不这样认为。事实上,很多成熟的欧美企业股权结构都比较分散。他们的经营管理非常好,也没少给广大股东挣钱。对于江海能源来说,中小股东就是我们的大股东! 现在江海能源虽然没有绝对控股股东,却有中能集团这样的相对控股股东。我们管理层也已经适应了这种股权结构,我们的努力大家都有目共睹,成绩也是有目共睹。所以我们管理层决定进一步增加在公司里的持股比例,相信再经过几年的努力,我们一定会还给所有股东一个更好的江海能源!"

江海能源2021年第六次临时股东大会最终以96.73%的高票通过了董事会提出的百亿回购计划,回购价不高于14元/股。当张弓长得知投票结果时,心里多少有些得意,因为这个结果意味着包括郑重投资在内的新老股东都认同公司管理层的计划。

不过,张弓长的好心情并没有维持多久,江海能源的股价就向上突破14元,这不仅直接导致公司管理层的百亿回购计划只完成1.75亿元,便没法继续回购股份,还引起了一大波风言风语。一个比较流行的说法是,张弓长和他的江海能源董事会如果真看好自己的公司,早就在去年3月全球股市大跌时回购了,那时候的股价多便宜啊,比现在要便宜百分之四五十呢!持这一观点的人还说,张弓长口口声声说自己是为了保护中小投资者的利益,其实就是见不得出身不如他的人爬到他头上去,所以过了一年多才不得已兑现当时许下的诺言。

传言到张弓长耳朵里,他只能苦笑一下。因为即便他真有心回购公司股份,现在也没有机会了。那个愣头青郑重并没拿他推出的百亿回购计划和他引以为傲的后台老板中能集团当回事,而是继续我行我素,大手笔增持江海能源,并稳步推高了公司的股价。

12月3日,郑重投资持有的江海能源股份达到20.03%,并将股价推高至17.01元/股,触及第四次举牌线。

"郑重这小子太不识相了!"张弓长眼睁睁地看着郑重投资的最新持股比例,既厌恶,又烦躁。而当曾筱华告诉他中能集团自8月底增持几千万股之后,再也没有出手时,张弓长仰天长叹道:"堂堂部级企业竟然甘居瘪三之下!"

"是啊!中能集团的态度的确让人想不通!"曾筱华附和道。

"其实也没什么想不通的,周明跟我们没有交情嘛!"

"对,要是陈董不出事就好了。"

张弓长抬眼瞄了曾筱华一下,开始低头摆弄手边的功夫茶壶。他知道曾筱华所说的陈董就是中能集团的上一任董事长——他的老朋友陈君放。"他是个好人!讲义气!格局也大!这些年总能在关键时候出手支持我们,在日常经营上又能充分放手,绝不婆婆妈妈,管东管西!就是嗓子粗了点,什么好处都敢捞。可惜了!可惜了啊!"张弓长无限惋惜地说。

"人无完人。要是周明也能像他那样讲义气就好了!"曾筱华说。

"据我观察,周明也是个模子。"张弓长给曾筱华的功夫茶碗里加满了金黄的茶水,说,"不过,我们基本指望不上他了!"

曾筱华捏起茶碗,凑到鼻子前嗅了嗅,一口喝了下去。"老板,您说得对,我也早有同感。他刚刚上任,仅仅为了与前任划清界限,就不会延续陈董的做法,更不用说他可能还有其他打算呢!"

"是啊,新官上任三把火嘛,他肯定也不能免俗。江海能源盘子大,现在的股价又被郑重那小子拉起来了,每提高5%的持股比例至少要花费50亿元,他完全可以用这些钱打造其他什么明星项目,而不是帮我们阻击郑重!"张弓长忧心忡忡地说。

"您也别太急了。我们再想想其他办法吧。"

"办法总是要想的。我们不能在中能集团这一棵树上吊死,更不能把我们几十年的心血拱手让给郑重这个野小子!"张弓长将手中的功夫茶碗重重地放在茶几上。

然而反感归反感,要找到阻击郑重投资的办法并不容易,毕竟江海能源是上市公司,公司的股票是公开交易的,谁有钱谁就能买。更令张弓长抓狂的是,他还没有想好应对良策,江海能源的股价就进一步节节走高了,至12月15日收盘时竟然以将近19.7元/股的高价强势涨停,次日上午,更是在开盘后不久再次以21.65元/股的价格强势封上涨停板。连续2天的涨停不仅彻底打乱了江海能源董事会通过的百亿回购计划,也为张弓长搬救兵阻击郑重投资制造了更大的障碍。要是这两天的买盘是游资或其他什么机构所为也就罢了,他们不过是为了获取点交易差价而已;如果还是郑重投资干的,那就意味着他们在坐稳第一大股东以后还有更大的野心。张弓长想到这里,脊背阵阵发凉。他感觉情况十分危急,在没有找到合适的阻击之策前,只能让江海能源临时停牌了,至于理由,随便编一个就行。于是,他跟曾筱华简单交换了意见,便果断地向董事会秘书下达了停牌命令。下午1点,江海能源以筹划重大资产重组为由,紧急实施临时停牌。

为进一步统一思想,迎接挑战,张弓长还在当天14点召开了一次公司高管闭门会议。张弓长严肃地环视了一圈这些跟随他多年的心腹,开门见山道:"大家都知道,最近几个月公司遭到了非常严峻的挑战,'野蛮人'已经登堂入室了！郑重投资在月初就已经坐稳第一大股东的位子,他们可能还不满足,这两天的涨停板很有可能就是他们所为！面对这种局面,我们该怎么办？是投降,还是反抗？我的意见是反抗！坚决反抗！江海能源能有今天,这非常不容易,这栋举世瞩目的现代化大厦是我们一块砖一块砖垒起来的！决不允许郑重投资这种来路不明的野蛮人骑到我们头上！"

会场内鸦雀无声,高管们要么瞪大双眼听他讲话,要么刷刷地记着笔记。张弓长拧开保温杯盖,喝了口水,接着说:"可能有人会问我,为什么不欢迎郑重投资？这个问题我先不回答,我想先听听你们的回答。"话刚落音,高管们便七嘴八舌地把他们的理解说了出来。有人说,郑重投资是玩资本的,与江海能源根本不是同类企业,他们控制江海能源只为满足资本增值的需要,一旦目的达到,很可能就把江海能源一脚踢开;也有人说,郑重投资资金来路不明,路子又野,哪天要是犯事了,必然连累江海能源。张弓长点点头,看样子对大家的回答还算满意。不过,按照惯例,他还是要给出自己的标准答案。"大家刚才说得挺好。说白了,郑重投资根本不配做江海能源的大股东,它自己才多大一点规模？根本没有足够的信用,它来做江海能源的大股东,只会糟蹋江海能源的品牌和信用。这才是我不欢迎它们的最主要原因。"

"江海能源能有今天,靠的是稳健经营,靠的是老老实实做实业。那个郑重可不是这样。听说他是靠卖菜起家的,这倒不是看不起他们,我们每个人都要吃菜,能把卖菜这门生意做好也不容易。可是他靠卖菜赚到第一桶金后,就开始动歪脑筋,把老本行甩到一边去,不仅玩金融,还猛放杠杆玩金融。我这里有一个数据,郑重投资能用于购买江海能源股票的本金并不多,也就是三五十亿元,如果不用杠杆,在前期低价时最多能买8%左右的股份。但是用上杠杆就不一样了,他通过反复质押,一下子就把这些本金放大到几百亿元。这种短债长投的做法,跟搏命有什么两样？风险太大了！国家也不会允许他这么玩下去。另外,几乎所有郑重投资的参股和控股企业都参与了购买江海能源股票的行动,并且这些企业之间还有大量复杂的关联交易。将来一旦哪个环节出了问题,一定会产生连锁效应。如果我们任由它来控制江海能源,这个连锁效应一定会传导到江海能源,并把我们拖垮！一个稳健经营，另一个赌性十足，这两种水火不容的企业文化怎么能凑到一起呢？"张弓长说到这里，额头上的青筋暴起老高，他将拳头重重地砸在桌面上，差一点将放在桌上的水杯震到地上。这令到会的高管们非常吃惊，也让他们意识到一向寡言少语、温和谦恭的张董事长这回是真生气了。

"江海能源能有今天也离不开中能集团的大力支持和高度信任。因为他们的大力支持，我们顺利渡过了几个生死存亡的关键时刻；因为他们的高度信任，我们得以心无旁骛地开展生产和经营。江海能源不是不需要大股东，而是需要像中能集团那样可以帮助我们稳定股权结构，完善组织建设，具有国际化背景的大企业来做我们的大股东。反观那个郑重投资，充其量不过是个暴发户，既不可能帮助我们完善组织建设，也不可能给我们带来国际化的视野和机会。它来当大股东，除了抢劫江海能源辛苦创造并积累下来的巨额财富外，只能拉低江海能源的层次。大家说说，这样的第一大股东怎么能赢得我们的欢迎和尊重呢？"张弓长说完，再次拧开保温杯盖，连喝了好几口水。

会场内一片宁静。高管们个个正襟危坐，似在思考，又似在等待张弓长继续说下去。张弓长看了看身边的曾筱华，示意他也说几句。曾筱华只好接过话茬说："张董今天说的非常重要，也非常明确，我就不补充了，请大家回去好好消化。如果张董没意见的话，建议办公室将张董今天讲话的要点整理一下，交给媒体发表出来。"

回到办公室后，张弓长仍然心意难平。他气呼呼地斜靠在茶几前的沙发上，有一搭无一搭地刷着微博，突然跳出的一个标题引起了他的注意——《一场大规模洗钱犯罪：江海能源被野蛮入侵背后的真相》。

张弓长快速浏览了文中内容，发现这篇暗指南粤人大规模洗钱的文章虽然有替他说话的意味，其中的逻辑却并不严密，除了口气看似高瞻远瞩、忧国忧民外，既没使用可信的数字，也没列举权威的证据，有的多半是臆想和猜测。这要在平时，他顶多一笑了之，今天他却毫不犹豫地将这篇文章转发出去，不为别的，只为震慑一下郑重投资及其背后的南粤资本，顺便也表达一下自己的不满情绪。这条微博转发之后不到半小时，其浏览量便已过万，不少新老朋友还纷纷点赞或留言。更有好事者打来电话，问他有没有找到郑重投资洗钱的证据，还提醒他，如果找到证据，一定要果断告发那些人。一句话点醒梦中人。为避免节外生枝，张弓长随手删除这条微博。

张弓长在江海能源管理层内部讲话的公开发布以及那篇转发后不到一个小时就删掉的微博，将江海能源与郑重投资之间的矛盾直接公之于众，也正式引爆了一轮热火朝天的舆论战。

喜欢抓热点的江海卫视财经频道照例请来了王颂光和陆远达这两位网红教授。当美女主持人介绍过张弓长的内部讲话和那篇很快被删掉的微博之后，陆远达没等主持人点他的名，便义愤填膺地说："我本来对张弓长印象还不错，没想到他竟然是个狭隘之人。"主持人问他为何下此结论。他理了理那圈标志性的毛发说："我仔细阅读了他的内部讲话，那些话从骨子里透着傲慢、偏见与居高临下、以势压人的气势，哪有半点大公司董事长该有的谦逊与格局！说人家是野蛮人，好像天底下只有他一个人道德高尚一样！其实，从我们经济学家的眼光来看，兼并收购是正常的经济行为，人家来收购，说明江海能源有价值，作为职业经理人应该感到高兴才是，完全没有必要看不起人家，更不能真把自己当成主人，以至于越线定夺谁来做江海能源的大股东。该紧张的不应该是他，而应是江海能源的原第一大股东中能集团，因为郑重投资的闯入，将直接影响中能在江海能源的利益。"

陆远达的吐槽引起了王颂光的共鸣。他拿起话筒直接问了几个问题："第一，江海能源到底是谁的企业？第二，作为创始人的张弓长在自己仅剩极少量股份的情况下到底是什么角色？第三，郑重投资买入江海能源股票的过程中是否存在违法违规的问题？第四，张弓长手中到底有没有郑重投资帮人洗钱的证据？"

陆远达说："你这几个问题问得非常好！都问到点子上！我来替你回答一下怎么样？"没等王颂光同意，便滔滔不绝地给出他认为合理的解答：

"第一，江海能源以前的大股东是中能集团，现在的大股东应该是郑重投资，据最新披露的数据，郑重投资在江海能源的占股比例已达24.32%，比第二大股东中能集团要高出大约9%，是江海能源真正的主人。

"第二，张弓长虽然在创建和发展江海能源上立下了汗马功劳，并且现在仍然担任公司董事长，但他现在已经没有多少股份，与郑重投资比，他那点股份几乎可以忽略不计。所以张弓长的角色应该是职业经理人。通俗地说，他是公司的保姆。现在保姆对主人说，我们不欢迎你做我的主人，因为你的信用不够。你说滑稽不滑稽？

"第三，我不知道郑重投资在购买江海能源股票的过程中是不是存在违法违规的问题。但是张弓长应该知道。如果郑重投资违法违规了，他完全可以去举报。至于郑重投资有没有资格购买江海能源的股票，得听监管层的，张弓长说了不算。他不能因为人家出身于底层就不欢迎人家。

"第四，在拿不出确切证据的情况下，转发微博暗示郑重投资帮人洗钱这招很烂，对张弓长的形象损害太大。"

两位教授在电视上的对话恰好被张弓长看到了。面对批评，张弓长开始感觉压力，也似乎意识到某些表态并不妥当，开始考虑以一种合适的方式回应外界的批评。

经过再三权衡，张弓长在微博上写下这么一段话："南粤商人是改革开放后迅速兴起的一支重要商业力量，他们敢闯敢干，吃苦耐劳，锐意创新，视野开阔，在中国经济发展中扮演着举足轻重的角色。我本人十分钦佩南粤商人，江海能源南粤分公司有不少非常优秀的南粤本地人，我本人也有许多祖籍南粤的好朋友。"

相较于社会上不相干人士的激烈反应，真正的当事方郑重投资对张弓长的内部讲话以及他所转发的那篇微博倒是反应平淡，仅在公司网站上低调发文回应："我司在举牌江海能源时，严格遵守相关法律法规，坚决相信市场的力量。"

不过，郑重投资的低调丝毫不能减轻张弓长对于失去江海能源控制权的担忧。除了暂停股票交易和发起舆论战，张弓长还强烈地意识到必须尽快组织股东资源，建立坚强有力的统一战线，以对抗郑重投资可能凭借股权优势做出不利于现有公司管理层的行为。而最需要他去公关的股东就是南粤能源投资有限公司（以下简称"南粤能投"）了。

第二十二章

为胜算四处拜票 得承诺底气大增

南粤能投是南粤当地一家专注于能源投资的企业,实力非常雄厚,与江海能源不分伯仲,近年来经常开展行业上下游的并购和整合。不知具体出于什么原因,在郑重投资第二次举牌后,南粤能投也参与了从二级市场逢低购买江海能源股票的活动,开始时买的并不多,到11月底时,持有的江海能源股份仅占2.5%。12月16日上午,南粤能投在江海能源原第一大股东中能集团犹豫不决、出手无望的关键时刻,竟然入场狂扫江海能源股票。先是以21.15元/股的均价快速买入1000多万股,随后在江海能源即将涨停时直接以21.65元/股的涨停价再次挂单1000万股,至当日中午收盘时,南粤能投持有的江海能源进一步增加到将近7亿股,对应的持股比例达到6.24%。

对于南粤能投加入江海能源的股权纷争,张弓长起初持谨慎态度。一方面,南粤能投专事能源产业的上下游并购,张弓长在一定程度上担心它也是冲着江海能源控制权来的;另一方面,它与郑重投资背靠的资本都有"南粤"这个地域特征,张弓长怀疑它有可能是郑重投资的同盟军。不过,张弓长深知建立广泛统一战线的重要性。所以在没有弄清楚南粤能投真实目的之前,他决定尽可能与它保持良好的关系,并在南粤能投12月16日进场抢筹时,通过公司官网发表声明:"热烈欢迎南粤能投成为公司新股东!"

江海能源停牌后,张弓长让董事会秘书把最新的股东持股情况拉了一份清单。当他发现郑重投资的持股比例已经达到24.32%,而南粤能投的持股比例也达到6.24%时,意识到南粤能投已成为影响江海能源未来走向的一个关键股东了。南粤能投所持有的股份与郑重投资和中能集团相比差距虽然很大,但是如果它能加入自己的阵营,那么中能集团(持股比例为15.38%)、江海能源管理层(持股比例为4.47%)、张弓长的铁杆老友孙圣贤(持股比例为1.15%)、南粤能投等几家股东合计持有的股份比例就可以达到27.24%,比郑重投资高出将近3%。那样的话,即便郑重投资要求召开股东大会,并提出不利于江海能源现管理层的议案,张弓长也能增加不少胜算。

张弓长算好股权账之后,主动与南粤能投董事长赵卫钱取得了联系,并向对方表达了有意于近日前往南粤拜访的愿望。赵卫钱听说张弓长要亲自南下,在电话里首先表达了自己对这位实业界老前辈的敬意,话锋一转,却说自己近期事务繁忙,希望过段时间亲自前往江海看望老前辈。张弓长一听就急了,心想,他这一拖不知得拖到什么时候,便再三表达尽快见到赵卫钱的愿望,还说不会占用对方太多时间,1个小时足矣,但一定要当面交流一次。赵卫钱明白他的意图,答应次日下午在南粤能投总部恭候张弓长的大驾。

张弓长放下手机,便通过内线电话把消息告诉了曾筱华,并要他安排好手头的工作,明天陪自己一起去南粤。曾筱华自然满口答应。张弓长开始放心处理手中事务。没过多久,赵卫钱却给张弓长打来电话,说想将明天见面的地方改一改,特来征求老大哥的意见。张弓长问他准备怎么改,他说南粤有一个72标准杆的高尔夫球场刚开业,想在那里恭迎老大哥。张弓长说那倒不必,在公司说几句话就行,哪能耽误赵总太多时间呢?赵卫钱坚持说,张大哥这么尊贵之人专赴南粤,那是给自己面子,决不能只在办公室里接待,还说早就耳闻张大哥是高尔夫高手,自己正好当面讨教。张弓长听出对方的口气还算诚恳,心想,既然对方这么给面子,不如顺势答应对方,借此好好增进一下双方的感情。

一场找上门的工作拜访转眼变成了对方邀请的球技切磋,张弓长心情大好。晚上回家时,他把次日要去南粤打高尔夫球的消息告诉了周璐璐。周璐璐正好也是个高尔夫迷,当初搭上张弓长就是在高尔夫球场。她说自己好久没打高尔夫球了,这段时间张弓长老是苦瓜着脸,害得她也跟在后面吃瓜落儿,问自己能不能同去南粤沾个光。张弓长起初以工作为由坚决拒绝,还说现在国家反腐呈高压态势,作为上市公司董事长,他要不是为了与赵卫钱建立更好的私人关系,以便联手阻击郑重,才不会冒冒失失接受打高尔夫的邀请。哪知周璐璐并不吃他那一套,说他既不是政府官员,又不是国企的高管,充其量不过是一个市场化的职业经理人,根本没必要自作多情,还问他是不是准备趁她不在去勾搭其他小姑娘。张弓长禁不住软磨硬缠,只好答应了小娇妻的要求。周璐璐喜不自胜,当即就在张弓长胡子拉碴的脸上甜甜地亲了一口。

一夜无话。却说次日下午1点多钟,张弓长一行三人刚到南粤机场出口处,便被早已恭候在那里的江海能源南粤分公司总经理李皓直接迎上了两辆豪华轿车,随后直奔南粤银龙湖高尔夫度假村。为表示尊重,张弓长在上车后不久即向赵卫钱发了条微信,告知对方自己正在赶往目的地。赵卫钱很快回复:"收到,热烈欢迎!"

半个多小时后,轿车稳稳地停在一栋依山而建的高尔夫会所门前。张弓长推开车门的一瞬间,就看到赵卫钱那张棱角分明的笑脸,便以最快的速度下车。赵卫钱则直接迎过来,同时伸出两只手。

"老大哥,欢迎您大驾光临呀!"赵卫钱诚恳地说。

"冒昧打扰,还让你站在门口久候,罪过罪过!"张弓长对这位比自己年轻将近20岁,并且只在公共场合见过几次面、却无深交的同行谦虚地回应道。

"老大哥客气了! 您不仅是我们能源界的前辈,也是当代中国企业界的翘楚,南粤是小弟的根据地,能在这里接待老大哥,这是小弟的福分啊!"赵卫钱说。

两人寒暄的时候,周璐璐等人也都下了车,安静地站到张弓长的身后。

"这是我太太。"张弓长扶了下周璐璐的肩膀,向赵卫钱介绍道。

"嫂夫人好! 欢迎您光临南粤!"赵卫钱躬身与周璐璐握了下手,不失礼貌地恭维道,"以前只在电视里看过,今天见到真人了,您比电视上更漂亮!"

"哪有?"周璐璐嘴上谦虚着,心里头却像吃了蜜一样甜,不由得对这个比自己年长十几岁却称自己"嫂夫人"的人多看了一眼。只见赵卫钱身材挺拔,仪表堂堂,上穿米黄色长袖翻领T恤,外加银灰色毛马甲,下穿银灰色休闲裤,脚穿棕色高尔夫真皮鞋,整个人看起来干净、清爽、英气逼人。心想,这个人比那个傻乎乎的郑重看起来舒服多了,怪不得老张要巴巴结结地过来打球呢!

主客双方在门口简单聊了一会,赵卫钱便领着张弓长等人进更衣室更衣去了。

十几分钟后,头戴白色高尔夫球帽、身着白色长袖翻领T恤、白色休闲裤、白色高尔夫球鞋、外加一件黑色毛马甲的张弓长率先走出更衣室。紧接着周璐璐也以同样的打扮走了出来。正坐在休息区沙发里等候的赵卫钱赶忙迎了上来，满脸堆笑地说："老大哥和嫂夫人真是一对神仙眷侣呀！"张弓长呵呵笑了两声，算是回应。周璐璐则用嘴角挤出一丝笑容，回问道："怎么没见赵夫人？"赵卫钱说自己的老婆除了打麻将，其他都不会，所以就没有叫她过来参加今天的活动。

正说着，其他几个人也陆续换好衣服。赵卫钱见人已到齐，带大家乘观光电梯直达顶楼观景台。观景台上视野极好。张弓长凭栏远眺，只见这个坐落于群山之中的高尔夫球场就像世外桃源一般，美丽逼人：湛蓝的天空白云飘飘，开阔的水面白云荡漾，起伏的果岭绿草如茵，蜿蜒的赛道令人遐思……

"感觉怎么样？"赵卫钱问。

"非常好！这是我见过的最养眼的高尔夫球场！"张弓长愉快地说。

"好，既然老大哥这么满意，我们这就下去体验一下吧！"赵卫钱言毕，邀请张弓长夫妇与自己同乘一辆高尔夫球车，其他人则分乘几辆高尔夫球车驰向球场。随着车子的移动，轻风携带着香甜的青草气息扑面而来，一场轻松愉快的高尔夫交流赛徐徐拉开序幕……

与赵卫钱沟通是张弓长此次来南粤的直接目的，两人自然要同在一组。周璐璐本希望跟张弓长粘在一起，恰好赵卫钱脑子灵光，主动向她发出邀请，便欢天喜地地答应了。周璐璐也算是见过大世面的人了，明白自己在这两个男人中间的角色定位，所以从一开始就与他俩保持着合适的距离，以便让他们更好地交流。

1号洞是个4杆洞。赵卫钱说张弓长是贵客，一定要他首先开球。张弓长稍做推让，便从球童手中接过木杆，往洞口的位置看了一眼，将球轻轻放在草地上，定位，起杆，转身，挥杆，"啪"的一声，雪白的小球划出一道优美的曲线，在200米左右的前方草地上稳稳地落了下来。

"不错！挺稳的！"赵卫钱向张弓长竖起大拇指，并请周璐璐接着开球。周璐璐不肯，说自己跟在后面打打酱油就行。但赵卫钱说她是客人，又是女士，坚持让她先开。周璐璐只好答应，并且也稳稳地将球打在前方的草地上。最后开球的赵卫钱毫不逊色，那只白色的小球看似落在了最远的地方。

开球都不错！3人各自找到自己的球。赵卫钱的球果然落得最远，这下不用谦让了。他接过铁杆,稍稍运了运气,对准小球挥动球杆,直接将球打到果岭上。相比之下,张弓长和周璐璐就没那么幸运了。张弓长的球落在果岭旁的沙坑边,周璐璐的球则直接落到沙坑里。结果,赵卫钱首洞就打出了小鸟。而张弓长虽然把球从沙坑边击到果岭上,却只能以4杆的正常成绩完成首洞。周璐璐则因球落沙坑,情绪稍有波动,总共打了5杆才完成首洞。

"开局不错!打得非常漂亮!"张弓长向赵卫钱表示祝贺。周璐璐也强压着内心的失落,跟在后面道贺。

"这才刚开始,球道环境也不差,算不了什么!银龙湖高尔夫球场以水障碍复杂闻名,接下来能打什么样还得看运气!"赵卫钱自谦道。

"除了运气,还要看意志力。"张弓长环视了一眼连绵起伏的果岭和散布其间的水泊说,"我观赵总,不仅意志超强,最近运气也不错,我们两口子今天很可能都要败在你的手下了!"

"老大哥,您千万不要这样讲!论经验,我比不过您;论灵巧,我比不过嫂夫人。要说意志力,谁没有?您是我们商界的传奇人物,我可是听着您凭借坚强意志,多次东山再起故事成长起来的!嫂夫人虽然年轻,也是一步一个脚印走过来。你们要是没有意志力,很难说能有今天这么大的成就呀!"

赵卫钱短短的几句话,竟然把张弓长和周璐璐同时夸了!这令张弓长不由得暗自赞叹这位行业后辈的高超情商,也对他的善意了然于胸。他据此判断,赵卫钱入股江海能源没有太多的恶意,至少现在还看不出他与那个郑重有什么私下的勾结。想到这里,他的心情豁然开朗,打起球来更加轻松随意、挥洒自如。

周璐璐也因为赵卫钱的夸奖心情大好。像她这样嫁给年长自己几十岁老人的年轻貌美之人,最怕别人说她看中张弓长的钱和地位。现在赵卫钱不仅没流露出丝毫这样的想法,还说她能有今天是靠自己蹚出来的,这是何等高度的评价呀!而她自己在心底里也的确是这么认为的。

接下来,虽然球道越来越长,入洞障碍越来越复杂,他们3人却都发挥得越来越好,聊的话题越来越多,越来越随意。张弓长还抽空询问了赵卫钱举牌江海能源的初衷。赵卫钱说,主要是为了资产配置,还说自己是做能源投资的,像江海能源这样业绩好、股息率高的能源上市公司,打着灯笼也难找,况且成为江海能源股东后还能有更多机会向前辈学习呢！张弓长感觉赵卫钱说得有理，又问他将来有没有控股江海能源的打算。赵卫钱说，江海能源的盘子太大，自己根本没有那么大的财力，作为一家以稳健著称的能源投资公司，又不可能像郑重那样利用杠杆资金去争夺控制权。张弓长从赵卫钱的语气里听出他对郑重投资的不认同，意识到这两人并没有私下结盟，总算彻底放心了。

愉快的4个多小时很快过去了。西沉的太阳将天空染得通红，也将银龙湖高尔夫球场和球场上的人脸染得通红。当周璐璐在最后一洞打出一记漂亮的老鹰球时，张弓长和赵卫钱同时鼓起掌来。周璐璐最终在这场愉快的友谊赛中以85杆的成绩夺得第一名，赵卫钱和张弓长分别以86杆和88杆的成绩名列第二、第三名。球技不俗的张弓长虽然意外垫底，却在这场比赛中摸清了赵卫钱的意图，加上夺得头筹的是自己的小娇妻，自己的分数又是非常吉利的88，心里的感觉竟与夺冠并无二致。

当天晚上，赵卫钱在高尔夫会所里隆重宴请了张弓长一行。菜品的丰盛和精美程度自不必说，一向严控饮酒的张弓长还主动拿起酒杯，说要借赵卫钱的酒表达自己对南粤能投成为江海能源重要股东的热烈欢迎之意。赵卫钱谦虚地说，南粤能投只占江海能源6.24%的股份，是非重要小股东。张弓长则说6.24%已经不少，市值快有100亿元了，可不是随便哪家企业都能投得起的，更重要的是双方价值观一致，未来合作空间广阔。张弓长还说，像南粤能投这样的股东，他和他的团队都是热烈欢迎的。赵卫钱听罢，表示非常感动，并命自己的下属向张弓长夫妇和曾筱华轮番敬酒。那一晚，宾主双方你来我往，谈天说地，好不畅快，一直到10点多钟才结束筵席。分别时，张弓长满面红光地拉着赵卫钱的手久久不肯放下，还拍着胸脯说："你这个小老弟，我算是认定了！"赵卫钱也搂着张弓长的肩膀说："大哥您是我的偶像，生意上的事以后少不得向您请教。"

在前往宾馆的路上，张弓长依然沉浸在脱离险境的喜悦之中。他顾不上理睬周璐璐，亲自在手机记事本中起草了一份《关于欢迎南粤能投成为江海能源重要股东的声明》，要求曾筱华立即安排人在公司官网上发布。曾筱华接到指令后，快速瞄了一眼，知道这篇声明的大意是：江海能源作为国内头部能源企业，非常需要同行的大力支持，南粤能投致力于能源产业链投资，是非常令人尊敬的投资者，双方管理层已进行过卓有成效的沟通,南粤能投表示会积极支持江海能源的发展。曾筱华深知这篇声明的重要性和迫切性,很快就交办好了。接近深夜12点的时候,这份声明便正式出现在江海能源的官网上。张弓长第一时间将声明转给赵卫钱,这才心满意足地躺下休息。

张弓长吃下南粤能投这颗定心丸之后,感觉神清气爽,腰杆也一下子硬了不少。为进一步扩大同盟军,他决定再拜访几家大型公募基金。总部在南粤的方实基金长期重仓持有江海能源,持股比例一度达到1.26%。对张弓长来说,这是一个非常值得争取的合作伙伴。第二天下午,他们在南粤分公司负责人的陪同下,驱车赶往方实基金总部。路上,张弓长收到赵卫钱发来的微信。打开一看,原来是南粤能投官网发布的声明,大意是:南粤能投强烈看好江海能源的发展前景,公司管理层也与江海能源管理层理念接近,我们将积极支持江海能源的业务发展,希望江海能源管理层保持稳定的经营风格,继续为股东创造更大的价值。“太好了!”张弓长忍不住哼起了京剧《智取威虎山》中的唱段:“穿林海跨雪原气冲霄汉!抒豪情寄壮志面对群山。愿红旗五洲四海齐招展,哪怕是火海刀山也扑上前。我恨不得急令飞雪化春水,迎来春色换人间……”

张弓长带着小娇妻和接班人一起惠顾方实基金的消息迅速在方实基金内部传开。基金这一行当的人平日里少不得与各路上市公司大佬打交道,不管是在自己的地盘接待上市公司老总,还是前往上市公司实地调研,都是常有的事。对于张弓长这种行踪神秘的顶级大佬,他们却是难得一见,张弓长与小娇妻同时露面的情况就更加稀罕。很多人怀着对张弓长传奇创业经历的膜拜,特别想一睹他与小娇妻成双人对的风采,怎奈领导没有安排自己参与接待,只能在张弓长等人可能要到达公司的时候,借故去卫生间,慢慢走过前台,以便创造个偶遇情节。

10点整,张弓长等人准时走出方实基金所在楼层的电梯,一个“恰好”经过前台的小美女一眼瞥见走在最前面的张弓长,竟然激动得愣在原地,还差点发出了尖叫声。张弓长不知她为何如此激动,兀自走上前向她打听他要去的那间会晤室该怎么走。那位小美女这才反应过来,结巴几下,脸憋得通红,却没能说出一句完整的话,干脆右手一摊,只说“这里”,便直接将他们引向目的地。一路上,她不时侧身看看张弓长,又看看周璐璐,那样子特别甜蜜,也令发现她与张弓长等人并肩而行的同事们"羡慕嫉妒恨"。

张弓长等人到达会晤室的时候,方实基金董事长、总经理等高管及方实自己培养的几个明星基金经理早已恭候在那里。方实基金董事长曹起在看到张弓长的一瞬间眼睛突然一亮,立即从沙发上弹起,额头前倾,两手前伸,直冲门口,嘴里还欣喜地说着:"张董驾到,有失远迎,欢迎欢迎!"屋内的其他人也几乎同时起身,腆着笑脸。张弓长见对方这么热情,心里暗自高兴,一边伸手回应曹起,一边说:"唐突造访,打扰了!"曹起则说:"张董是业界的珠穆朗玛峰,是我们的偶像,您能亲自登门,我们不胜荣幸!"张、曹二人寒暄了几句,相互介绍了自己的部下。部下们又交换过名片,分坐在靠墙的左右两排沙发上。

张、曹二人隔着茶几坐在正面的沙发上,聊了一会儿宏观经济和各自的最新经营情况。张弓长话锋一转,直奔主题:"方实基金是江海能源的重要机构投资者,持股非常稳定,在江海能源发展的关键时期扮演着非常重要的角色。我和曾总今天前来拜访,主要有三个目的。一是感谢你们长期以来的坚定支持;二是向你们通报一下公司的最新情况;三是希望取得你们的继续支持。"

曹起则说:"支持是应该的。江海能源是能源行业的头部企业,业绩优秀,分红稳定,公司盘子大,股票的流动性好,这样的企业非常适合方实的投资偏好!这些年我们通过江海能源获得过非常可观的分红,要说感谢,我们该感谢你们!当然,我们也注意到今年以来发生在江海能源上的股权纷争问题,有些事情我们还看不明白,所以也非常希望您能给我培训一下。"

张弓长笑了,将脸转向方实的总经理和其参与会晤人员,一个个看过去,最后又转向曹起,说:"好!既然曹董事长对第二个问题这么感兴趣,那我就不展开说感谢的话了。"他指指自己的胸口,"一切都在这里了!我就说说江海能源管理层如何看待股权纷争吧!"张弓长停顿了一下,接着说,"大家都知道,江海能源是我和两个朋友合伙创办的,开始时连一间像样的门面都没有,只能做做贸易,基本不赚什么钱,有一段时间还亏损了好几十万元。这么多钱在20世纪80年代简直是天文数字,把我们压得觉都睡不安稳。我那两个合伙人受不了压力,又感觉公司前途渺茫,先后退出,只留下我一个人坚守。我把这个公司当成自己的孩子一样,一直硬挺着,没舍得抛弃它。"

"真不容易!"曹起插话道,"听说您后来找关系弄了一个批条,把几千吨原油直接从大庆运到江海,一单生意就赚了很多钱。"

"没有那么玄乎,那都是市场瞎传的。"张弓长淡淡地笑了笑,接着说,"那时候还没有市场经济这个说法,但是一些集体所有制的小炼油厂已经开始出现了。不过,他们要么没有稳定的原料来源,要么好容易买到的原料太贵,很难维持正常经营。我在北大荒插过队,在大庆油田那边有个熟人,就通过这个人辗转找到油田供销部门的负责人,希望能从他们那里拿到货。没想到那位负责人挺开明,当场就答应以优惠价格供货。接下来我又想办法找到铁路和航运部门,开通了航线,搞到了油罐车皮。第一单生意不大,只有几十吨,赚的钱也不算多。但这个通道打通后,接下来的事情就都顺了。"

"听您讲起来好像不太复杂,也没怎么费力,但据我所知,您做的这些事在当时都是开天辟地的大事。"曹起说。

"哈哈!都过去了,都过去了!"张弓长缓缓地摇着头说,"我既然把江海能源当成自己的孩子,总要想尽一切办法把它养好。"张弓长的语言很平实,有一种风轻云淡的味道,却难掩骨子里流露出来的自豪感。

"您真是太谦虚了!"曹起笑着恭维道。在座的方实基金人员也跟在后面会心地笑了。"不过,有一点我不太明白,您既然把江海能源当成自己的孩子,为什么后来在股份制改造后,把属于您的股权都交给政府,甘愿做一名职业经理人呢?"曹起接着问道。

"这个嘛……"张弓长抬头看着天花板慢悠悠地说,"我们是社会主义国家,哈哈……"

曹起从张弓长欲言又止的表情中读出了追悔之意。关于这个问题,他之前其实听过好几种解读。有人说,张弓长把江海能源的股权全部捐献给政府,主要是因为当时的国资优势太明显,如果江海能源的私人股份太多,不仅不利于取得政府的支持,还很可能在与国企的竞争中处于不利地位,对张弓长个人来说,虽然没有了股权,却收获了好名声,个人的收入也得到了保证。也有人说,张弓长深谙传统文化,懂得吃小亏,占大便宜的道理,就是没有发展的眼光,看不到民间资本崛起的前景,所以那次全捐股份也为现在遭受郑重投资抢占江海能源控制权埋下了隐患。不过，既然张弓长不愿明说，他也没必要打破砂锅问到底。

"其实，我当时有个想法，股份这东西只是个控制公司的工具，我相信即使我手中没有一股股份，也能把公司管理得很好！"张弓长感觉这个问题没法回避，补充道。

"没有股份也能把公司做成行业标杆，您做得非常出色！"曹起说。

"过奖了！这是一个职业经理人应尽的本分！不过，我现在又有了一些股份，不多，也就100多万股，是后来公司给的奖励，加上逢低从二级市场上买了一点，凑了这么个数。"张弓长说完，咧嘴笑了。明眼人一看就知道，他的笑容比较勉强，透着些许自嘲和不甘。

"如果让您重新选择，您还会把股份都捐掉吗？"曹起问过这话，感觉不太合适，自己又不是财经记者，问这么私人的问题，恐怕不太合适。不过，话已出口，已经无法收回。

张弓长此行因为有求于对方，不便计较，只好拧起眉毛想了想，说："你这个问题问得好！其实我也经常问自己。说实话，完全不后悔是不可能的，按照江海能源现的市值，我当时那些股份，现在起码也值几百亿了。但是财富只是个数字，我对这方面的损失不是太在意，这些年我从公司获得的工资和奖金收入也不少。如果不是遇到了'野蛮人'，我完全不会后悔。"

曹起注意到，张弓长提到"野蛮人"时，特意加重了语气。他知道，那个"野蛮人"指的应该是郑重，但他又不太认同张弓长对郑重投资的排斥态度，至少从他的角度看，自从郑重投资入主江海能源以来，方实基金持有的江海能源流通股市值已经获得了好几亿元的浮盈，他没有理由讨厌他。"如果我没猜错的话，您说的'野蛮人'是指郑重吧？"曹起见张弓长点头，以一种极为婉转的语气说，"可能是他们太看好江海能源吧！"

"那是肯定的！我们管理层自己也认为做得非常出色！他们过来投资，我们本来是非常欢迎的，我还公开表过态，但是后来就不对了，他们越买越多，明显是冲着控制权来的，那我们就不能欢迎他们了！"张弓长说到这里，语气开始变得强硬起来，"郑重投资是个什么样的企业？放在两三年前我就根本没有听说过，现在才知道他们是怎么回事。了解清楚他们的发家史以后，就更不能欢迎他们了！江海能源是踏踏实实做实业做起来的,我们的经营管理理念和队伍都非常优秀,这一点是郑重投资根本没法比的。如果郑重投资最终取得了江海能源的控制权,那对江海能源将是毁灭性的打击。郑重投资闯入江海能源,就是落后文明企图毁灭先进文明。"此时,张弓长不光语气强硬,连额头上的青筋都暴跳起来。

"为应对'野蛮人'的入侵,使江海能源继续保持卓越,我们已经暂停了公司股票交易。这可能会给像方实这样的基金公司和广大散户带来一定的不便,但是为了公司的未来,我们管理层只能这样做了。所以希望你们能够理解并继续支持。另外,我们今天来,还想向你们通报一下公司管理层在阻击'野蛮人'和日常经营上的一些工作。"张弓长放慢语速,把近期与中能集团和南粤能投等新老股东沟通的情况以及日常经营中的一些新进展大致介绍一番,最后希望方实基金能继续理解和支持公司管理层。他还特别提到曾筱华,说自己快要退休了,曾筱华非常优秀,也非常敬业,只要江海能源不被"野蛮人"控制,将来一定会在曾筱华的带领下做得更好,给股东们创造更多的效益。

曹起在听到张弓长介绍与南粤能投的沟通情况时,心想,南粤能投的历史也并不长,除了社会背景比郑重投资硬得多,在经营管理上并没有明显的优势,同样是举牌,南粤能投可以举,为何郑重投资就不能举呢? 不过,他并没有把自己的想法说出来,而是继续认真倾听张弓长的介绍,在张弓长说完后又对他再次大加赞扬,还说,自己代表方实基金对张弓长和他的团队致以崇高的敬意,也会一如既往地支持江海能源管理层。

从方实基金离开后,张弓长又带领管理层马不停蹄地拜访了几家持有江海能源股份较多的基金公司。这些基金公司和方实基金一样,无一例外地对张弓长表示了崇高的敬意,对江海能源管理层现在的做法表示充分理解,并表态未来一定会继续支持公司管理层。

一圈走下来,张弓长底气大增,还非常自豪地对曾筱华说:"市场上支持我们的力量还是非常可观的,我就不信那个郑重能把江海能源夺走!"然而令张弓长始料未及的是,后来江海能源复牌,几大基金公司短时间内合计减持了近3亿股江海能源,占它们之前所持股份将近一半的规模。当然,这是后话了。

第二十三章

木林娇羞说孕事 郑重开心解战局

就在张弓长四处拜票并就江海能源抗议"野蛮人"入侵密集发声的时候,郑重投资方面却低调得出奇,很少公开回应。郑重仅有的一次回应还是在参加一次行业会议时,因被记者堵住,无法脱身,他又不想得罪记者,才不得已说了两句:"郑重投资与江海能源的股权纷争根本没有那么激烈,主要是有些媒体在炒作。我们公司与江海能源一直保持良好的沟通。我个人也十分敬重张弓长董事长,他是能源行业的资深企业家,是我们学习的榜样,我没有任何理由不与他保持良性互动。"

郑重的回应看似风轻云淡,却难掩内心的无奈。这种无奈自12月16日开始与日俱增,甚至间歇性变成狂躁。之所以如此,是因为有人提醒他,张弓长早在20多年前就曾通过停牌争取到宝贵时间,并最终赢得了控制权保卫战。那么张弓长这次又会通过停牌使出什么样的手段来对付他呢?他设想过很多可能,但感觉都能被自己化解。他相信,车到山前必有路,何况他现在已经控制江海能源将近25%的股份呢?唯一让他如鲠在喉的是,停牌对他造成的经济损失十分巨大。他粗粗算了一笔账,按照他现在购买江海能源所用的总共将近400亿元杠杆资金来算,平均支付7%的年利率,每年就要支付28亿元利息,每天就要支付将近800万元!一想到张弓长即使什么都不做,只要让公司无休止地停牌,就能把自己拖垮,郑重特别心烦意乱。

然而面对巨大的压力,郑重却几乎找不到诉说对象,只能不断借助酒精来麻痹自己。而能陪他喝酒的除了郑木林再无他人。这倒不是因为他周围的人不能喝酒,而是担心自己醉酒后胡言乱语,暴露商业机密。他认为自己给郑木林的好处足够多,不仅不会出卖他,还能在自己喝醉时照顾他。对郑木林来说,自从金大鑫不再理她,她再也不想与其他男人交往,甘愿全心全意地服侍郑重。

　　12月底的一天晚上,郑重又带郑木林来到位于江东金融城标志性建筑环球中心91层的旋转餐厅。刚一进门,他们就被热情的迎宾小姐引到郑木林早已订好的包间里。服务员为二人挂好衣服,沏好茶水后,将菜单递到郑木林手中。郑重手一摆,说,不用看了,有什么特色菜,上几样就行。服务员问他,要不要尝尝饭店刚到的非洲丛林肉和阿拉斯加帝王蟹。郑重说,这些东西都吃过,那个丛林肉特别好吃。他要求这两样都上,另外,让郑木林再点几样自己喜欢吃的。谁知郑木林一连点了三个都离不开一个"酸"字的菜:酸菜鱼、酸黄瓜、醋熘白菜。惹得郑重咧嘴大笑:"我们到这么高档的餐厅,本想吃点特色菜,你怎么净点这些家常菜,还跟'酸'字较起劲了?"郑木林红着脸说:"我也不知道为什么,这些天就想吃点酸的、清淡的。"郑重也没在意,就说:"想吃什么就点什么吧,只要别说我舍不得给你吃好吃的就行!"

　　服务员很快就将切片酸黄瓜和切片丛林肉端上桌面。两份菜都摆放在精美的白色景德镇瓷盘里,一份紫红透亮,另一份嫩黄光滑,令人食欲大增。郑重向服务员招招手,叫她拿一瓶上好的威士忌过来,还对郑木林说,这么稀有的野味一定得配上烈一点的洋酒才有意思。郑木林掩嘴一笑,算是答应。郑重拿起筷子挑了一片丛林肉准备放进郑木林面前的餐盘里,却被她伸手挡住了。"这到底是什么肉?"她问。"不知道,可能是猴子的肉,也可能是大猩猩的肉,或者是老鼠、狮子之类的肉,具体我也说不清。"一旁的服务员答道。郑木林听说是猴子的肉,顿时吓得花容失色,连连摆手说:"算了! 算了! 我宁愿吃酸黄瓜,也不愿意吃这种来历不明的肉!"郑重见她吓成那个样子,不禁开怀大笑起来,还以一个勇士的姿态顺手将那块肉丢进自己嘴里。"好吃! 太好吃了! 入口即化,满嘴留香,真乃世间少有美味也!"郑重极其尽夸张地赞美着这片丛林肉,瞬间将生意上的烦恼丢到九霄云外。

　　"来,先干掉这一杯!"郑重举起服务员刚刚斟好的洋酒,朝郑木林扬了扬,便一饮而尽。郑木林拿起酒杯,将杯口凑近唇边,却没让酒流进嘴里。尽管这样,她还是被威士忌特有的芳香熏得阵阵反胃,只好迅速放下杯子,伸手捂住嘴巴。"怎么啦?"郑重发现她这个细小的动作后,随口问道。"不太习惯,好像有点恶心。"郑木林双眉微蹙道。

　　几杯洋酒下肚,郑重那油腻的胖脸慢慢由红变紫,情绪也变得松弛起来。他见郑木林忸怩,不肯吃东西,突然生出一股恶作剧的冲动并随即付诸行动:那就是,把一片丛林肉夹进她的餐盘里,还一定要她立即品尝。郑木林禁不住他软磨硬缠,用筷子夹起丛林肉,凑近眼前看了看,立即皱起眉头,准备将肉重新放进盘里。郑重却起哄不让她放下,说她是胆小鬼。郑木林只好重新将那片肉送到嘴边,闭起眼睛,皱起眉毛,用门牙小心翼翼地咬了一点点,谁知还没来得及咀嚼,便一阵恶心,一股酸水涌上喉咙口。她赶紧丢下那片肉,捂住嘴巴,一头冲进卫生间,趴在马桶上吐了半天酸水,才病恹恹地走出来。

　　"怎么回事? 你刚才根本没吃下去嘛,怎么就吐了?"郑重望着脸色惨白的郑木林,不解地问。

　　"我也不知怎么回事,已经连续好几天这样了。"郑木林喝了口温水,感觉稍稍好一点,羞答答地说,"有可能那个了。"

　　"哪个?"郑重把双眼瞪得像牛蛋一样,盯着郑木林的脸,希望从中快速找到答案。

　　"看你那傻样! 真不懂?"郑木林用眼白剜了郑重一下,嗔道,"都是你干的好事!"

　　"好事? 我干的?"郑重用手拍着后脑勺,还是不明白郑木林说的是什么意思。

　　"哎,说你傻,你还真傻!"郑木林扑哧一声笑了,"我可能怀了你的孩子。"

　　"是吗?"郑重从椅子上猛然弹起,怔怔地望着郑木林,喃喃道,"不可能! 不可能!"

　　"怎么就不可能了? 我这段时间天天陪着你,不是你干的好事,还能是谁?"郑木林嘟起嘴巴,面呈恼怒之色。

　　"不是……那什么……哎……"一向处变不惊的郑重竟变得语无伦次。他离开座位,围着圆桌快速地转着圈圈,嘴里嘀咕道:"难道是检查结果有误?"好容易把情绪平复下来,才重回座位。

　　"什么叫检查有误?"这回轮到郑木林不解了。

　　"我做过检查,医生说我有不育症。"郑重说完,捧腹大笑道,"原来我没毛病!

有毛病的是我家里那位！这下好了,我有后了！我有后了！从今往后,你千万不能累着,好好给我养胎!"

"先别高兴这么早！我现在还不能确定,只是感觉应该是怀上了。"郑木林弄清原委后,提醒道。

"嗯。"郑重点点头,随即问道,"你有几成把握?"

"大概八成吧。过两天我去医院检查一下就清楚了。"郑木林说。

"八成？那差不多可以肯定是怀上了！当然,还是要检查一下,看看是不是真的。这样吧,明天你就去,我亲自陪你!"郑重说完,高兴得又给自己斟上大半杯威士忌,吱得一声,喝了下去。"你知道我有多高兴吗?"郑重伸出双手,隔着小小的圆桌捧住郑木林的锥子脸,越看越开心。

郑木林伸手挡开郑重的手,嗔道:"你倒是开心！人家还不知得受多大罪呢!"

"受罪是肯定的,我完全理解,十月怀胎嘛,怎么可能不受罪!"郑重设身处地道,"放心！等你生完孩子,我一定给你补偿!"

"美得你!"郑木林伸出右手食指,作势要刮郑重的鼻子,"谁说要给你生孩子了？我在想什么时候打掉呢!"

"别！千万别打掉！我都答应了,只要你生下来,我肯定给你补偿!"郑重急得脸都变形了。

"谁要你的补偿？我又不是你老婆,凭什么给你生孩子?"郑木林埋怨道。

"嘿嘿,不是我老婆就不能生了?"郑重霸气地说。

郑木林没有吭声,只是盯着手边的筷子发愣。

"怎么不说话了？是不是答应了?"郑重试探着问。

"谁答应你了?"郑木林嗔道。

"如果你真能帮我生下孩子,我一定给你补偿,绝无戏言!"郑重笑嘻嘻地说,"等我彻底拿下江海能源的控制权,至少可以给你和孩子1亿元的补偿！以后每生一个,就给你和孩子1亿元,怎么样?"

"真的?"郑木林简直不相信自己的耳朵。

"当然是真的！我什么时候跟你说过戏言!"郑重剥了块帝王蟹的大钳肉放进嘴里,慢慢咀嚼起来。

"嗯，我当然相信你！可是江海能源的控制权不太好拿下吧?"郑木林试探着问。

"事实上已经算拿下来了。"郑重喝了口酒，接着说，"我现在是第一大股东，比第二大股东要多将近10%的股份！"

"那就是说，你现在可以高枕无忧了?"郑木林问。

"那倒也不是。张弓长那个老棺材瓤子狡猾得很，弄了个停牌来对付我，给我增加的成本太大！"郑重说到这里，有些愤愤不平起来。

郑重的情绪急转直下，这令郑木林不免为他着急起来，毕竟她与他现在有了那么一层更加微妙的紧密关系。"那该怎么办呢？我能帮你做点什么吗?"郑木林问。

"就你?"郑重翻了翻眼皮，嘴角处现出一丝讥笑。

"嗯，我看你挺着急的……"郑木林的脸窘得通红。

"你知道我现在每天要给人家多少利息吗?"

郑木林摇摇头。

"800万！每天800万！"郑重用手指比了个"八"字。

"妈呀！怎么会这么多?"郑木林惊得伸长舌头。

"我借的钱多。"

"记得你大概借了200亿元，如果每天要付800万元利息的话，融资利率应该在年化14%左右，这也太高了吧！"

"利率倒还可以，年化7%。现在市场上钱多，一般情况下，融资利率不会超过8%。不过，我总共借了400多亿，要承担的利息自然少不了！"

"原来是这样呀！"郑木林似乎明白了郑重这段日子情绪不高的原因，隐隐觉得当老板也很不容易，当个不走寻常路的大老板更不容易，既然自己肚子里可能已经怀上了郑重的孩子，那他的事也可以说就是自己的事，自己又帮不上什么忙，不如哄他开心开心，于是故作惊讶地说："老大，你就凭一栋价值几十亿的楼变出400多亿现金！还用它坐上一家知名上市公司第一大股东的交椅！啧啧！厉害！太厉害了！"

"真认为我厉害?"郑重见郑木林说话的样子很认真，也特别可爱，不由得兴奋起来。

"当然了！你在我眼里是最厉害的！我要敬你酒,祝你早日实控江海能源！"郑木林端起水杯,向郑重抛了个媚眼。

郑木林的夸奖令郑重飘飘欲仙。他抓起酒瓶,先咕咚咕咚给自己倒了大半杯,随后又准备往郑木林面前的空酒杯里倒酒,却被郑木林伸手挡住了。

"老大哎,我不能陪你喝哟!"郑木林指指自己的腹部。

"哦,我差点忘了,保护下一代要紧!"郑重拿起酒杯一饮而尽,随后舔了舔嘴唇,笑眯眯地望着郑木林说,"看在你肚子里小宝贝的面子上,我给你透露个秘密。"然而说完"秘密"两个字后,他却低头慢慢喝起海参小米粥来。

郑木林并不急,本打算也趁机吃点东西,然而肚子里的酸水又往上漾了出来。她赶紧放下筷子,按住胸口。

郑重见状,确信郑木林应该真是怀上了。他更加兴奋地伸出3根指头,得意洋洋地说:"你不是想知道我是怎么变出400多亿现金的吗? 告诉你,我有3套秘密武器!"

"秘密武器?"郑木林努力屏住上翻的酸水,做出愿听其详状。

"对,秘密武器! 我的第一套秘密武器是办公楼抵押。这个你应该知道。我们那栋办公楼通过抵押换回了30多亿现金。加上公司还有一些家底,在一起凑了50亿元。我先拿出一部分钱,放了几倍杠杆,变成100多亿元。用这100多亿现金,我完成了第一次举牌,持股比例占江海能源6%以上。"

"是呀,那个时候张弓长还公开对你表示欢迎呢!"郑木林附和道。

"嗯,他当然要欢迎我们! 那时候美国刚金融崩盘不久,中国的股市也非常糟糕,江海能源的股价跌得不成样子,管理层又鼓励社会资本增持股票,我去举牌江海能源,那可是给足了他们面子,张弓长岂有不欢迎的道理?"郑重说到这里,竟然生出一股救世主般的豪气。

"厉害! 感觉你就像个大侠!"郑木林说。

"对,说得太好了,像个大侠!"郑重喝了口酒,接着说,"第二套秘密武器是融资融券和收益权互换。融资融券你应该懂,但是你知道什么是收益权互换吗?"

郑木林双肘撑在桌面,双手托腮想了想说:"读书时学过,准确的定义记不住了。收益权互换好像是一种互换协议。根据协议,股票投资者可以向证券公司交一部分保证金,以换取他们自营盘资金的股票收益权。等互换协议到期,投资者不仅可以收回保证金,还可获得证券公司自营盘资金的收益或者损失,而证券公司只向投资者收取使用它们自营盘资金的利息。"

"没错!看来你的大学没白读!这种收益权互换很厉害,只要付少量资金利息就可以换到股票收益。一般来说,资金的利息也就年化7%左右,但是股票如果做得好,收益在短期内可达到百分之几十,甚至翻倍,或者更高。这样一来,资金的杠杆不就一下子放大很多了吗?"郑重说到这里,双眼放起光来。

"对呀!我记得你刚开始买江海能源的时候一股才10来块钱,停牌前它的股价已经到20多块了,年把时间,股价就翻了一番,也就是说股票收益达100%,资金杠杆事实上已经达到十几倍!"

"哈哈!这就是杠杆的魅力!我通过融资融券和收益权互换总共筹集到130多亿元现金,用这笔钱陆续买下江海能源8.53%的股份!"郑重站起身,说,"我去趟厕所,回来后接着给你剧透我的第三套秘密武器。"

郑重回来时,郑木林正单手托腮望着屋角的一株吊兰发呆,样子十分可人。郑重突然精虫上脑,趁着酒劲径直走向郑木林,俯身揽住她的脖子,随即将嘴压在她的红唇上。这要在平时,郑木林也就受用了。然而此刻的她一闻到郑重满口的酒气,马上脸色煞白,酸水上涌。她本能地用力一推郑重,哪知郑重本未站稳,加上酒精的作用,两腿早已软若棉絮,趔趄了几下,差点摔倒在地。

郑木林大惊失色,赶紧站起来,捂着嘴致歉:"我不是故意的,正好反胃,所以就……"

郑重调整下站姿,嘿嘿一笑,走过去轻拍郑木林的肩膀,又在她的脸上轻轻地划了一下,才趔趔趄趄地走回自己的座椅,边走边自嘲道:"我都40多岁了,还没尝过当爹的滋味呢!原来女人怀孕的时候这么娇气!"听他口气,除了满满的幸福感,竟没有半点恼怒之意。

郑木林知道郑重的脾气,平时根本不敢违拗郑重,现在虽然有点母凭子贵的可能,但毕竟怀孕一事还没得到医院证实,距离成功产子更有很长的路要走,所以待那股酸水刚刚下去,赶紧挤出点媚笑道:"老大,我不是故意的噢,刚才的确有点受不了哦。”

“哈哈！想多了！想多了！我一个大老爷们还能跟你计较这些？”郑重手扶椅子，晃动着紫红的胖脑袋，说，“对了，刚才看你发呆，是不是在想什么呢？”

“哎呀，老大你真是慧眼如炬，观察得这么仔细！人家在替你祈祷呢！”郑木林嗔道。

“祈祷？”

“是呀！你不是说第二套秘密武器用了收益权互换吗？幸好这大半年江海能源一直在往上涨，要是下跌，你不就亏大了吗？既要支付融资利息，又要承担自营盘的损失。所以我就帮你祈祷，希望江海能源的股价继续往上涨。这样，你就可以一直赚钱了！”

“下跌？怎么可能？我把400多亿真金白银砸进去，那些机构、游资什么的一看江海能源有故事，也在拼了命地往里钻，怎么可能跌？”

“不跌就好，看来我想多了。”

“放心，只要我手中的江海能源股票不动，它就跌不到哪里去！除非我想让它跌！”郑重担心郑木林还不太明白，接着说，“其实，这个收益权互换对我的价值在于融资，只是附带着还赚了点小钱而已。在具体操作时，我用自有资金作保证金，跟券商通过收益权互换，不仅可以将资金规模放大一倍，还可以回购券商名下的江海能源股票。拿到股票后，我再把它们质押给资产管理公司。资产管理公司作为名义上的股票管理人，不仅可以从银行获得理财资金，还可以作为名义上的质权人将银行认购资产管理公司资管产品的资金发放给我的郑重投资。郑重投资融得资金后再向券商赎回股票，并再次进行质押，经过这样多次循环，就可以把券商手中的股票全部置换到郑重投资手里了。”

“有点烧脑。”郑木林嘟起红唇。

“烧脑？玩金融当然烧脑，不然什么人都能玩了！”郑重咧开大嘴狂笑起来。

“嗯，那我就靠你了，反正我脑子不够用。”郑木林嗔道。

“没问题！你跟我一天，我就养你一天！好，现在我再给你解密我的第三套秘密武器。”郑重说到这里，问郑木林，“还记得我与几家银行和信托公司一起搞的那个资管计划吗？”

郑木林点点头。

"这就是我的第三套秘密武器。首先,我要找到券商和基金公司作为资管产品的通道,由它们作为名义管理人发行资管产品。然后,我拿出80亿元资金作为劣后资金,再找几家愿意提供优先级资金的银行作为托管银行。通过这种办法,我又拿到160亿元资金。用总共240亿元我又买到江海能源11.2%的股票。就这样,我一举超越中能集团近十个百分点,稳稳坐上江海能源第一大股东的宝座!"郑重说到这里不免得意起来,晃动着肥大的脑袋问郑木林,"惊喜不惊喜? 意外不意外? 传奇不传奇?"

"传奇,太传奇了! 就像变戏法一样!"郑木林赞叹之后,随即又说,"怪不得张弓长说你循环质押,乱用杠杆呢!"

"他那是只许州官放火,不许百姓点灯! 难道他就不用杠杆?"郑重有些愤愤不平起来。

"他也会用杠杆?"郑木林有些不相信自己的耳朵。

"岂止会用? 他杠杆玩得比谁都溜?!"郑重指指桌上的菜,"你还是尽量多吃一点,得会儿我再给你揭秘张弓长是怎么玩杠杆的。"

郑木林按郑重的要求,吃了点酸菜鱼。郑重则继续享受他的威士忌配丛林肉和蒜蓉帝王蟹。郑木林边吃边琢磨郑重刚才提到的第三套秘密武器,很快又有了新的问题:郑重刚才说用80亿元自有资金通过资管计划撬动银行160亿元资金,他前面已经用掉那么多钱,从哪里又搞到这么一大笔自有资金? 再就是,用80亿撬动160亿,所用杠杆不过两倍,既然他手中资金并不十分宽裕,为何不把杠杆再多放一点呢? 她把这两个问题随即抛给了郑重。

郑重已喝完将近半瓶威士忌,此刻已经有点头晕目眩,但听到郑木林抛来的问题,立马兴奋起来,大着舌头说:"不明白了吧? 这240亿元实际都是用15亿元自有资金变出来的。因为根据有关规定,分级资产管理计划的杠杆倍数不得超过10倍。所以我没法直接用15亿撬动220亿。但是这个规定难不住我,我可以用嵌套来绕开这个限制。"

"嵌套?"

"对。我只用4步就把15亿元层层嵌套成220亿元。首先,我找到江海发展银行,希望他们提供资管产品的优先级资金。他们答应后,我就用中南分公司上交的15亿元利润作为劣后资金,江海发展银行提供35亿元理财资金作为优先级资金。这样,郑重投资总共不就有50亿元了吗? 然后,我从中拿出45亿元以股东借款的名义借给全资子公司郑远投资。郑远投资拿到这笔钱以后购买了东、西、南、北几个公司手中的郑中资本29%股份。因为郑中资本是我名下的另一家公司,我只通过一份借款协议,就将这45亿元又从郑中资本流回郑重投资。"

"绕了半天,这笔钱又回来了! 你简直就是魔术师!"郑木林适时送上美言。

"嘿嘿,这才第一步呢。"郑重喝了一口酒,接着说,"第二步,我从流回郑重投资的45亿元里面拿出25亿元作为劣后资金,再找江海发展银行提供50亿元理财资金作为优先级资金。然后用这75亿元向郑远资本增资。郑远资本再用34.2亿元购买郑中资本22%的股份。如此一来,郑远投资持有的郑中资本股份就变成了51%。然后,我又通过一份借款协议,将这34.2亿元流回郑重投资。"

"漂亮! 已经流回79.2亿元了!"

"漂亮的还在后面!"郑重晃着脑袋说,"接下来,我让郑重投资拿出30亿元,江海发展银行再次提供60亿元理财资金,然后将这90亿元以资本金和资本公积的形式注入郑中资本。这算是完成了第三步。"

"真棒! 我要敬你一个!"郑木林举起手中的水杯与郑重碰了一下。

郑重一扬脖子将杯里的酒喝了精光,将酒杯往桌子上用力一掼,继续摇头晃脑道:"前面三步都是铺垫,第四步才是真正的大戏! 我让郑中资本从90亿增资款中拿出80亿元作为劣后资金,与江海发展银行等8家银行和信托公司成立8个资管计划,共撬动他们的优先级资金160亿元。这两类资金加在一起正好就是240亿元。"

"太牛了! 15亿变成240亿,差不多用了15倍的杠杆,中间不仅涉及多个自家的公司,还涉及多家银行和信托公司,明面上,每次增资和借款的杠杆比例都只有两倍,但追到源头一看,杠杆居然被你放得那么大!"郑木林被郑重的变戏大法惊得都不知怎么夸他才好了。

"嘿嘿,不这么玩不行! 不能让管理层抓到把柄呀!"郑重诡异地笑着说。

"听说管理层里面聪明人很多,你就不担心他们最终发现了吗?"

"这个问题倒不大。因为我们国家目前的金融监管是分业监管，虽然前些年银监会和保监会合并成银保监会了，但是证监会还没有并进去。在他们各自能看到的范围内，我的运作都是规范的。就算将来有一天，他们联手来调查，那也不要紧，我该实现的目标早已实现，充其量罚我一点小钱而已。"郑重说完，抓起酒瓶，准备再给自己加点酒，却差点将酒瓶打翻。

郑木林见郑重已经醉眼蒙眬，劝他不要喝了，可郑重不仅不听，反而给自己斟了个满杯。郑木林自知影响力有限，只好由着他，并提醒他，该讲讲张弓长了。

"好！我这就给你讲。"郑重梗着脖子说。

郑木林往前伸了伸头，以便更容易听明白郑重越来越含糊不清的声音。

"前段时间，我从江海能源公布的股东持股情况中发现了两个新进入的合伙公司。这两个合伙公司持有的江海能源股份加在一起超过4%。为了弄清它们的来头，我专门委托调查公司对它们的资金来源进行追踪。结果不查不知道，一查吓一跳。你猜这些资金都是从哪里来的？"郑重看着郑木林问。

"应该都是从江海能源来的吧？"

"聪明！"郑重用食指点着郑木林的脑门说。

"哈哈，这是明摆着的呀！你正好要揭秘张弓长的杠杆技能嘛！"郑木林捂嘴笑道。

"准确地说是从江海能源高管那里来的，你不能把江海能源与张弓长这些高管画上等号。"郑重颤颤巍巍地端起酒杯，又喝了口酒，接着说，"为了增加对抗我的筹码，张弓长搞了2个持股计划——一个是金龙计划，另一个是玉凤计划。金龙计划共耗资大约40亿元，买入江海能源将近2%的股份。玉凤计划共耗资大约45亿元，买入江海能源2.4%的股份。这两个资管计划加在一起总共花掉大约85亿元，拿到了4.47%的江海能源。"

"哇！江海能源的高管真有钱！大概个个都是亿万富豪吧？"郑木林无意中现出崇拜的神情来。

"天真了吧？"郑重撇了撇嘴说，"他们的收入的确不低，但真要他们拿出来这么多钱，那倒也不容易！"

"想起来了，他们应该跟你一样，加了杠杆！"

"对。在金龙计划中，高管们借助券商通道，通过其中一个合伙公司出资12亿元作为劣后级资金，再找南粤商业银行弄了28亿元优先级资金，杠杆倍数大概是2.3倍。在玉凤计划中，高管们借助信托通道，通过另外一个合伙公司出资14亿元作为劣后级资金，再找南粤城市银行弄了31亿元优先级资金，杠杆倍数大概是2.2倍。"郑重提起这些数据，如数家珍，一点也不像酒已半酣的样子，这令郑木林非常惊讶，连夸他记忆超群。郑重却晃着脑袋说："我现在跟张弓长短兵相接，连这几个数据都不搞清楚，还怎么跟他玩？！"

郑木林想想也是，感叹道："江海能源管理层通过两个资管计划总共拿出26亿元，如果这26亿元都是他们自己的拿的，说明他们手中的钱也不少啊！"

"拿出一半还是可能的，但再多就有问题了。"

"为什么？"

"2020年，江海能源一次性计提了过去3年公司奖金额度内留存的6.8亿元，加上当年的奖金5.2亿元，总共正好13亿元。"

"那他哪来总共26亿元资金作为劣后资金呢？"

"你可以猜一猜。"

"估计也是用杠杆了。"

"对！除了用杠杆，别无它法！"

"明白了。明面上江海能源管理层拿出26亿元自有资金作劣后资金，实际上这26亿中至少有一半来自杠杆融资。也就是说，他们用13亿元自有资金撬动了59亿元社会资金，实际杠杆倍数达到4.5倍，而不是表面上的2.2倍、2.3倍！"

"太对了！调查公司的人告诉我，江海能源高管们搞的那两个合伙公司不仅有高管相互交叉任职的情况，还有一个合伙公司是另外一个合伙公司连带补足义务人的情况。"

"什么是连带补足义务人？"

"就是说，假如一个合伙公司的资管计划净值因股价下跌到补仓线以下，另一个合伙公司有义务根据通知为它承担补仓义务。"

"这么说，这2家合伙公司是典型的一致行动人呀！"

"是的。但是张弓长自己绝对不肯承认这个事实。他一口咬定，这两个资管计划的管理人各自行使投票表决权，所以不是一致行动人。"

"哈哈！都是高人！都是高人！没想到浓眉大眼的张弓长也是玩杠杆融资的高手！"郑木林说到这里突然想到一个问题，沉思片刻后问道，"听说2022年1月1日起'资管新规'就要正式实施了，到时候监管机构会通过穿透手段阻击多层嵌套和循环杠杆，那样的话，你们现在这种做法会不会受到影响？"

"可能会吧。"郑重鼓起眼珠子使劲盯了一会儿天花板，心有不甘地接着说，"放心，到时候，我总能找到办法！实际上，这个'资管新规'从2018年4月就开始试行了，我去年和今年不还是做成了这么多资管产品？另外，不管是我的还是张弓长他们的资管计划都属于存量的东西，会按要求慢慢退出。从我的角度来看，大不了以后不玩新的嵌套了。"说完，郑重头一耷，趴在桌上打起了呼噜。

在驾驶员的协助下，郑木林好不容易才将郑重带回自己的住处。只是郑重醉得太深，直到被放在床上也没有醒过来。郑木林在床头柜上为他备好饮用水，便自顾自洗漱睡觉了。

次日早上，郑木林正常起床，郑重仍然鼾声雷动。她麻利地梳妆打扮一番，便匆匆下楼购买早点，路过便民药房时，见门开着，灵机一动：何不进去买只验孕棒呢？此念一出，她的心跳瞬间加速，脸也变得滚烫，自己毕竟还没有结婚，与郑重之间的关系连正常的男女朋友都不算，要是被熟人看到她买那东西，还不丢死人了？然而一想到郑重说的那1亿元奖励，她又迫切想知道自己是不是真怀孕了。怎么办？是进去，还是不进去？她在门口徘徊了几步，终于将心一横，硬着头皮走了进去。

药店里除了一个与郑木林年龄相仿的女售货员，再无他人。她悬着的一颗心终于放了下来。"请问需要什么？"售货员友好地问道。"看看。"她看似不经意地答道，眼睛却忍不住瞄向计划生育专柜。售货员对这样的情况大概见得多了，立即心领神会，往计划生育专柜走去。"有……那个什么……验孕棒吗？"她鼓起勇气问道。"有。19块6一盒。"售货员俯身从柜子里拿出一只小盒子放在柜台上。郑木林几乎在那盒验孕棒落在台面的同时，伸手拿过盒子，连看都没看一眼，就顺手装进牛仔裤兜里去了。随后，她快速打开手机，用微信扫了下店里的支付二维码。"叮"的一声响过之后，她逃也似的离开药店，直奔自己的住处。

郑重已经醒了，正靠在床头发愣，见郑木林急吼吼地闯进屋里，就问她一大早干什么去了。郑木林说买早点去了。郑重笑了："你两手空空，是不是已经在外面吃过了？"郑木林这才发现，自己果然两手空空，但她顾不上解释，便一头扎进卫生间里。

"天呀！"几分钟后，一声大呼从卫生间里传了出来。郑重不知怎么回事，忙翻身下床，光脚闯进卫生间，只见郑木林正紧握双拳，半举两臂，眼放光芒地盯着台面。"怎么啦？"郑重抚着郑木林的后背问。"快看！两道杠！"郑木林指着台面上的一只塑料棒说。郑重仔细一看，见那只塑料棒上确实有两条血红色的杠杠，却不知那到底是什么东西，就问："这是什么？""这是验孕棒！我果真怀孕了，亲爱的！"郑木林转身勾住郑重的脖子，将脸埋在他的肩膀上嘤嘤地哭了起来。"是吗？我有儿子了！"郑重终于明白怎么回事，兴奋地一把抱住郑木林的杨柳细腰，用力将她高高托起。郑木林吓得满脸煞白，一边用力捶打郑重的肩膀，一边大声呼叫："你疯了！快放我下来！快放我下来！要是把孩子摔没了怎么办？"郑重心里一紧，忙小心翼翼地将郑木林放到地上，柔情蜜意地说："你看我这傻劲，居然高兴成这样！"他紧紧搂着郑木林，久久不肯放开。

郑木林被郑重箍得有些气闷，却又不好直接挣脱，只好拐弯抹角地问："饿了吧？"郑重的注意力这才稍稍转开。"嗯，还真有点饿了！"郑重说。"那我下楼买早点去，刚才居然搞忘了！"郑木林从郑重怀里抽身，再次下楼买早点去了。

没过多久，郑木林拎着煎饺、卤蛋、豆奶等早点重新回到屋里。随后，二人一边吃早点，一边继续眉飞色舞地谈论着郑木林肚子里的孩子，商量着如何保胎、如何检查之类的事情。这时，郑重的微信电话响了起来。他打开一看，是公司办公室主任打过来的，接通一问，办公室主任说有个记者想采访他，问他方便不方便接受采访。郑重生意做得虽猛，却不太愿意抛头露面，更不轻易接受媒体采访。但今天不一样。他心里高兴，二话没说，就爽快地答应了采访的要求。

第二十四章
资深记者来专访　圆滑郑重表信心

　　在黄浦江畔的公司会客室里，郑重精神抖擞地迎来了记者刘铃。刘铃二十八九岁的样子，长相俊俏，衣着讲究，是《江海金融时报》的资深记者，见证过很多金融界的大事件，也写过不少颇有影响力的大稿子。

　　刘铃与郑重相对而坐，闲聊了几句，便立即进入正题："江海能源在我国能源领域具有举足轻重的地位，'郑江之争'持续大半年来，也吸引了社会各界的广泛关注。目前，江海能源已经停牌，但从各方面传出来的信息来看，你们双方的攻防战似乎比之前更加激烈。我今天来主要想就市场关心的一些热点问题向您求证。"

　　"好的，感谢大家的关心，也非常欢迎您的到访！"郑重挪了挪屁股，表情开始变得严肃起来，"首先，我要声明一点，根本就不存在什么'郑江之争'！张弓长董事长德高望重，是我们的老大哥，我们之间的沟通非常顺畅。江海能源是一家公众公司，股票也已经全流通，我们手中的股票全都是通过二级市场合法依规、公开购买的，既没有跟人争，也没有跟人抢。如果张董事长不希望我们成为江海能源的股东，他完全可以将江海能源退市。既然没退市，那就意味着包括郑重投资在内的任何人都可以自由购买。"

　　郑重的这段话讲得非常高明，既给足了张弓长面子，又软中带硬，对张弓长排斥郑重投资的言行委婉地提出了批评。刘铃这样的聪明人当然一听就懂。她朝郑重淡淡一笑，开始正式提问："您刚才说，江海能源是公众公司，谁都可以通过二级市场购买它的股票，张董事长也没反对过你们买。据我所知，他的确没有直接反对你们购买江海能源股票，并且昨天还在公司官网上说，欢迎郑重投资成为江海能源的股东，愿意照顾你们的合理诉求，但是只希望你们做一个纯粹的财务投资者。对此,您有什么看法?"

"呵呵。"郑重诡异地笑了笑,说,"我非常理解张董事长的心情。我给你说个故事吧。我从前在水产部门工作时,按领导要求下基层锻炼,工作内容是去菜市场卖鱼,卖我们自己养殖的鱼。我不得不告诉您,我们养殖场的鱼养得真好!我们为此付出过大量的智慧和辛劳,眼看着那些鱼从一丁点大的小鱼苗长成几斤、十几斤、几十斤重的大鱼,我们真不想卖。但是不卖的话,我们的工资从哪里来呢?养鱼场怎么扩大呢?既然必须卖,那就卖吧。在菜市场卖鱼的前几天,不管谁来买,我都会卖给他。几天后,有个人引起了我的注意,这个人不仅每天都来买,而且每次还会买很多。我一想,不对,他买这么多鱼,到底想干什么?该不会有什么不良企图吧?想到这里,我心里有点害怕起来,但是又没有理由不卖给他。于是,我就想到一个对付他的办法。我跟他说:'你买我的鱼可以,我也非常欢迎,但你买回去必须做成红烧的。'那人一听就不乐意了,说怎么做鱼是他自己的事,他把鱼买回去了,就拥有鱼的所有权,想红烧就红烧,想清蒸就清蒸,想水煮就水煮,凭什么要听我的?"说到这里,郑重忍不住哈哈大笑起来。

"您真幽默!"刘铃也不由自主地跟在后面笑了起来,心想,怪不得张弓长瞧不起郑重是卖鱼的出身,他连讲个笑话也离不开卖鱼。不过,刘铃就是刘铃,她很快意识到郑重这个笑话的深意,并再次将张弓长对郑重投资的意见挑了出来,"据江海能源内部人士透露,张董事长在最新的一次内部会议上说,郑重投资举牌江海能源的资金都是杠杆资金,还说,你们的杠杆非常高,少说也有10多倍。他认为,这种用杠杆搞来的资金非常疯狂,社会不应该欢迎这种非理性行为。对此,您有什么要说的吗?"

"我必须声明,郑重投资的所有行为都是合法、合规的。"郑重收起笑容,一字一顿地说,"至于用多大的杠杆,纯属企业行为,我作为企业实控人会对所有的决策负责,并承担相应的风险。张董事长既然能看出郑重投资用了多高的杠杆,那他一定是运作杠杆的高手。"

刘铃捕捉到郑重的话外音,立即跟着问了一句:"您是说,张董事长也在什么地方用杠杆了吗?"

"这可是您说的!我刚才的原话并没有这样说。"郑重眯起一只眼,向刘铃挤了一下。

刘铃心领神会，说："明白了，回头我去了解一下。"接着又问，"您刚才说郑重投资的所有活动都是合法合规的，但是据我所知，监管层最近对你们盯得很紧，您就一点不担心吗？"

"哈哈，这个问题很尖锐嘛！来，先吃点水果，待会儿我慢慢给您说道说道。"郑重指了指服务员刚刚放在刘铃面前的果盘说。

郑重陪刘铃吃了几颗蓝莓，开始介绍他对监管层的态度："提起监管机构，很多企业的感受就是一个字——'怕'。有什么好怕的呢？我就不怕！中国有一句古话，'不做亏心事，不怕鬼敲门'。我又没做违法违规的事情，为什么要怕他们呢？我尊重监管机构，但绝不会惧怕。我相信，监管机构是讲道理的，对规则范围内的正常投资行为不会胡乱干预。你看，从我们买入第一股江海能源起，一直到12月16日江海能源盘中停牌，监管层一次麻烦也没找过我们！"

"是啊！现在已进入大数据时代，就算几万元、几十万元的违规交易也逃不过监管部门的眼睛。你们的交易规模那么大，要是真有违法违规行为，早就惊动监管部门了。不过，我听说证监会牵头，银保监会和审计署共同组成了一个调查小组，正在对你们进行专项调查。江海银保监局前几天已经开始对郑重投资的银行授信和信用情况进行核查，还要求辖区内所有与你们有业务往来的银行向他们反馈业务品种和风险敞口之类的情况。这个传说是真的吗？如果是真的，会对你们有什么影响呢？"刘铃重新进入状态，继续问道。

"你说的这个事情我也听说过，是不是真的我就不清楚了。不过，我可以负责任地告诉你，郑重投资及所有关联企业的资金状况、信用状态都没有问题，不管是表内、表外，还是委托贷款、理财，信用状况都没问题，绝对经得起核查！"郑重的语气非常肯定，表情也非常轻松。

"哦，那我要预祝郑总顺利过关！"刘铃想了想又问，"12月24日，江海银保监局专门印发通知，要求举牌上市公司时，除披露举牌的常规信息外，还应该披露资金的来源、投资比例和管理方式之类的信息，另外还要说明关联方和一致行动人。有专业人士评论说，这个通知主要是针对郑重投资举牌江海能源的。对此，您怎么看？"

"没有证据表明这一通知就是针对郑重投资的。但是作为一向遵纪守法的企业，我们乐见监管层工作做得更细，监管得更严！"郑重嘴里这样说，心里却想，幸亏我们跑得快，目前已经成为江海能源的单一第一大股东，要不然，每次举牌要披露这么多信息，跟扒光了给人看有什么区别？

刘铃虽然聪明，却无法参透别人的心理活动，明知郑重用的是外交辞令，也不好太顶真，只能笑着说："郑总真是大格局呀！"

"过奖了！过奖了！实际上我们的确严格遵守法律法规。就连证监会新闻发言人也在本月26日回答记者提问时指出，在合法合规的前提下，证监会不会干预郑重投资举牌江海能源。不过，作为郑重投资的实控人，我还是希望走得更远、更扎实。所以我诚心诚意地欢迎监管部门和社会各界对我们进行监督和批评。前几天，银保监会领导在一个会议的讲话中，特别提醒我们要注意防止短债长投和流动性风险。我感觉他提醒得非常及时，也正在认真落实。"郑重说话的样子非常诚恳、真切。

"太好了！相信您一定会越做越好！我正好刚刚收到一条关于郑重投资的好消息。"刘铃说到这里，故意停顿了一下。

"什么好消息？"郑重似乎急切地想知道。

刘铃拿起手机，找到朋友发给她的那条微信，读了起来："近日，由证监会牵头、银保监会和审计署共同参加的调查小组对郑重投资及关联企业进行了资金专项调查，最终得出的结论是'风险可控'。"

"太好了！这个消息可靠吗？"郑重掩饰不住内心的喜悦，问道。

"应该可靠，估计很快会有正式消息发布。"刘铃说，"不过，我能再耽误你一点时间吗？"

"当然可以！"郑重大方地点点头。

刘铃接着问道："前几天江海能源管理层通过公司官网表达了对南粤能投成为股东的欢迎之意，随后南粤能投也表达了对江海能源的支持。您能告诉我，您得知消息后是什么感觉吗？"

"就问这？"郑重笑着摇了摇头，不太情愿地说，"我恭喜他们！"

"恭喜？可是江海能源管理层有了这个盟友之后，你们的股份占比就没有优势了!"

"那也要恭喜! 俗话说,和气生财,我没有必要把谁都当成对手!"

"郑总倒是想得开! 我是不是可以这样理解:南粤能投到底是谁的盟友还不一定呢?"

郑重愣了一下,反问道:"你为什么会有这种想法呢?"

"准确地说,不是我有这种想法,这是市场上的一种声音。因为从表面上看,南粤能投致力于能源投资,而郑重投资目前的企业战略似乎也在向能源投资转型,你们之间好像是竞争关系。但是从股权关系来看,南粤能投又通过它控股的江海发展银行间接持有郑中资本的股份,所以说,南粤能投更像郑重投资的盟友。"刘铃说。

"哈哈,不愧是资深记者,您对情况摸得很透啊! 不过,这也说明不了什么问题。现代企业就是这样,你中有我,我中有你,最终大家一起挣钱,一起推动社会进步。"郑重嘴上这么说,心里面却在想,她倒是提醒我了,看来我也应该到南粤能投走动走动。生意场上没有永远的朋友,只有永远的利益。既然我们与南粤能投还有股权纽带,为什么不能进一步携手合作呢? 就算不能进一步合作,也能多少分化南粤能投与张弓长的联盟关系,或者促使南粤能投保持中立。

刘铃不知郑重心里的小九九,很快又提出一个新问题:"按说江海能源条件这么好,它的老股东中能集团在发现你们举牌后应该放手增持才是,为什么它们只在前期买了一点,后来就没有进一步动作,甘愿降为第二大股东呢?"

"这个嘛……"郑重挠挠头说,"人家的事我就不清楚了,可能是嫌股价太高了,也可能是要把资金放在其他更急需的地方吧。"

"股价的确是被你们越买越高了。但这应该不是主要原因。听说中能集团最近还有另外一桩烧钱的项目,涉及资金200多亿元。这可能就是您说的把资金放在其他更需要的地方吧。中能集团作为央企,虽然财大气粗,却也很难同时在两个战场发力,是吧?"

郑重笑了笑,算是默认她的分析。

刘铃看了看表,说,"时间过得真快,在结束本次采访之前,我还想再问最后一个问题,您作为江海能源目前的第一大股东,能谈一谈未来对江海能源的设想吗?"

"这个问题问得好!"郑重略加思索,侃侃而谈起来,"郑重投资从首次举牌江海能源起就十分看重它的行业发展前景和专业化管理团队。现在我们虽然已经成为第一大股东,却并不谋求改变江海能源的战略,不谋求根本性重组江海能源董事会,这是我一贯的主张,也跟张弓长董事长交流过。张董事长是德高望重的行业领袖,经营管理能力非常强,目前身体状态也还不错,只要他愿意,我们会支持他继续领导董事会。当然,作为第一大股东,我们也会争取享有相应的权利。"

"您讲得非常明白了,相信市场会有自己的解读。您说会争取享有相应的权利,具体指的是什么呢?"

"这个嘛……哈哈,现在还不方便讲得太多、太细。不过有一点请放心:江海能源是上市公司,我们所做的一切工作都将以不冲击市场和尊重、保护中小股东利益为底线。"

"好的,我一定会把您的想法准确地向市场传递! 谢谢!"刘铃起身与郑重告别。

郑重一直将刘铃送到电梯口,并嘱咐她多向市场传递关于郑重投资的正面信息,说自己有信心和能力支持江海能源迈上新的台阶。

第二十五章
张弓长假戏真做 大股东态度冷淡

却说金大鑫自从将金氏股份转让给粤建集团之后，一下子比前段时间轻松了不少。在度过了10多天无所事事的日子后，金大鑫开始反思金家失利的原因，并将注意力转到越来越热闹的江海能源股权纷争上。他发现，自张弓长12月16日以"筹划重大资产重组"为由下令江海能源临时停牌，快有10个交易日了，那么接下来张弓长与郑重之间会上演什么样的戏码呢？他找来赵仁精，将自己的问题抛了过去。

"根据有关规定，江海能源该复牌了。"赵仁精说。

"一定要马上复牌吗？"金大鑫又问。

"即便不复牌，也该公告一下重组进展。"

"哦，你说张弓长会找什么样的标的作为重组对象呢？"

"估计还是大国企。因为张弓长虽然是民企出身，却从骨子里看不起民企。他在很多场合中的谈话也明确指出，他更倾向于同大国企并肩作战。我理解，他这么坚持的原因无外乎是国企资源多，与国企合作对他来说也比较安全。"

"是啊。所以他一直排斥郑重投资。只是如果这个潜在交易对手不是中能集团的话，他们其实很难这么快就找到一个与中能集团不相上下的交易对手。"

"金董，您认为江海能源停牌的原因真是为了重大资产重组吗？"

"当然不是。明眼人一看就知道，江海能源停牌的真实原因是为了阻止郑重投资再次举牌，根本不存在什么'重大资产重组'，这跟我们当初停牌阻止楼上楼集团本质上是一回事！"

"金董看得透彻！我也认为江海能源是在演戏。我猜想，江海能源既然给出了停牌理由，那无论如何也要把假戏继续演下去。"

二人对话的当天晚上,江海能源果然发布了首次重组进展报告,大意是:经过连续多日的紧张谈判,江海能源已与一名潜在交易对手达成合作意向,拟以发行新股及支付现金的方式收购该潜在交易对手持有的目标资产。

看到公告的赵仁精第一时间通过微信告知金大鑫,并不忘添上一句:"我没猜错吧? 他们果然又演上了!"

金大鑫给他回了个"大拇指",随后进入江海能源股吧。没想到还真有人当真。那些在停牌前买过江海能源股票的散户尤为开心。他们兴奋地在股吧里晒自己的交易对账单,憧憬着江海能源复牌之后会有几个涨停,自己的股票会有多少进账。也有少数持不同意见的散户说,郑重投资已经是江海能源的第一大股东,如果它在股东大会上投反对票,重组方案很可能通不过。还有一些更明白的散户则认为,江海能源管理层推出来的重组方案不过是确保江海能源继续停牌以阻止郑重投资增持股票的借口,还说,其实只要江海能源复牌,郑重投资肯定还会继续增持,股价就没有不涨的道理,何必一定要把希望寄托在根本搞不清楚真假的资产收购上?

"明白人还是挺多的。像江海能源这么质地优秀又有强烈重组预期的上市公司还真值得投资一下。"金大鑫想。

对于散户的议论,张弓长自然不会关心,更不会在乎别人说那个目标资产可能不存在。因为那个潜在交易对手和目标资产确实存在,而且双方也的确签订了资产转让意向书,只是那个潜在交易对手是江海能源方面临时找朋友配合演戏的,大不了过段时间宣布因关键条款未能谈妥,重组失败。这样做对江海能源基本没有什么影响,却能直接造成郑重投资背负巨额融资成本。

转眼又一周过去了。因收到证券事务代表转来的香港投资者希望江海能源尽快复牌的要求,曾筱华敲开了张弓长的办公室房门,请示该怎么回应。

"那就复牌吧。"张弓长漫不经心地说。

"重组还没有实质性的进展,这么快就复牌,对郑重投资也没造成多大干扰啊!"曾筱华显得稍有疑虑。

"我是说 H 股复牌,A 股继续停牌。"张弓长说。

曾筱华更不明白了,瞪大双眼看着张弓长。

"这没毛病。H股复牌交易，对我们影响不大，郑重投资弄来的钱都是人民币，现在外汇管制这么严格，他们没法大量购买H股。"张弓长说。

曾筱华是张弓长培养的接班人，本是绝顶聪明之人，经张弓长这么一点拨，立即明白了张弓长的意图。他告别张弓长，向董事会秘书转达了H股先行复牌、A股因"筹划资产重组仍存在不确定性，为避免股价异常波动，公司股票继续停牌"的命令。

江海能源差异化对待A股和H股的做法瞬间引爆了市场舆论。那些急切盼望江海能源赶快复牌的A股投资者忍不住骂起脏话来，说张弓长及其团队为了阻止郑重投资上位，滥用停牌制度，完全不考虑中小投资者的利益，真是太下作、太不要脸了。郑重也是一脸无奈，却苦于短期内找不到合适的反制办法，只能继续忍受每天将近800万元的利息。

张弓长对外界的质疑心知肚明。他本是爱惜自身羽毛的人，怎奈一时找不到更好的办法，只能用此权宜之计。但是张弓长并没有就此止步。这段时间，他除了密集拜访股东中的潜在同盟，还在考虑如何一劳永逸地解决郑重投资的股权纷争问题，最好能让郑重投资从江海能源的股东名单中彻底消失，而发行股份、购买资产并进行资产重组的确是解决问题的最优路径，只是这个交易对手并不容易找到。他不仅自己寻找，还将寻找的任务悄悄地布置给管理团队。

"这个交易对手至少要满足4个条件：第一，一定是国企，央企和地方企业都可以考虑；第二，必须有非常强大的实力，能拿出现金或优质资产，一举取代郑重投资成为江海能源的第一大股东；第三，与江海能源产业相近，或者具有上、下游的相关性；第四，地理位置不要相距太远。满足这4个条件后，再看经营理念、公司文化、交易价格之类能不能谈得拢。"张弓长告诉他的团队。

张弓长提出的交易对手条件令曾筱华想起了某些江海大龄女青年的择偶标准：江海本地人，有100平方米以上一手婚房，本人年薪50万元以上，大学本科以上学历（硕士或博士优先），年龄比自己大或小5岁之内，无婚史，身体健康，男方父母身体健康且婚后不要求与儿子同住。据说，专家按此条件推算了一下，整个江海市2000多万人口中能符合上述条件又无确定对象的男青年不过几十号人，如果再考虑女方对男方长相、身高、性格等方面的个性化要求，那么大龄女青年提出的条件几乎无人满足。不过,曾筱华当着张弓长的面并没有表示异议,而是拍着胸脯说:"只要有1%的可能,也要付出100%的努力去寻找这样的交易对手!"

对于张弓长布置的任务,曾筱华从来都是不折不扣地贯彻和落实,要不张弓长对他也不会如此信任。经过一段时间对江海及周边地区的地毯式搜索,曾筱华还真找到了一家接近张弓长要求的企业,并与这家企业的负责人进行了初步交流。回来后,他第一时间将情况向张弓长作了汇报:这是一家江海本地国企,全名叫江海能源化工(集团)有限公司(简称"江海能化"),集团层面100%国资,总资产2500多亿元、净资产1200多亿元,主业是能源化工,有一个100%控股的子公司可作为交易标的,并且对方主要负责人对双方合作兴趣较高。

"太好了! 你还真在大海里捞到针了! 真是天无绝人之路呀!"张弓长欣喜地打量着眼前这个自己亲手选定的接班人,越看越顺眼。

"老板,这件事要想做成,还有很长的路要走。"曾筱华小心提醒道。

"当然!"张弓长的情绪丝毫没有受到影响,反而鼓励曾筱华,"事在人为! 你带人跟他们好好谈谈,把他们的需求了解清楚。等你们谈得差不多了,我再出面,我跟他们董事长高伟全还算比较熟,这个人不错,是个实在人!"

"行,我抓紧推进。不过……"曾筱华犹豫了一下。

"有什么难处吗?"张弓长关切地问。

"江海能化这里有没有难处,可能需要谈过以后才知道。我是说中能集团那边会不会有什么障碍?"曾筱华试探着问。

"中能?"张弓长沉思良久,才缓缓地说,"物是人非,管不了那么多了!"

曾筱华明白张弓长所说的"物是人非"是指中能集团的掌舵人已经不是他的老朋友了,而他又不愿意屈身逢迎这位官阶虽高,年龄却要比他小很多的新掌门人周明。上次他们一起前往京城拜访已经十分难得,可惜周明并没给他们多大面子,只是象征性增持一点江海能源,此后再无下文。或许这又进一步强化了张弓长疏远中能集团的想法。既然如此,多说无益。曾筱华告别张弓长,专心与江海能化谈判去了。

随着曾筱华不断带回谈判的好消息,张弓长的底气越来越足。2022年元旦一过,张弓长便带着周璐璐心情舒畅地飞赴冰城,出席一年一度的能源峰会去了。

在这次峰会上他将作主旨演讲,秘书已将PPT帮他准备好了,题目是《"双碳"趋势下的传统能源转型之道》。

元月的冰城,银装素裹,云晴鸥舞,室外天寒地冻,室内暖意洋洋。当张弓长满面春风、步履矫健地走上演讲台时,偌大的会场中爆发出雷鸣般的掌声,坐在台下的周璐璐也奋力拍起双手。在简短而不失幽默的开场白之后,张弓长气定神闲地展开了演讲。在历数传统能源对人类发展与进步所做的巨大贡献之后,他情绪复杂地讲述了"碳达峰""碳中和"的历史必然及其对传统能源提出的挑战。"没办法,这就是趋势的力量! 趋势来了,只能顺应并转型,谁转得早,转得快,谁就能立于时代的潮头!"他结合江海能源的实践,重点阐述了传统能源企业战略转型的必要性和可行性。

张弓长的演讲深入浅出、幽默风趣,场上的笑声和掌声此起彼伏,然而人们更关心的还是张弓长所说的那些战略思路是否会因为第一大股东的易位而无法实施。在圆桌会议环节,刁钻的主持人直接把大家的疑问抛给了他。张弓长接过话筒,毫不犹豫地答道:"不会,肯定不会。"主持人问他,是不是已经与郑重投资达成了某种协议,所以才这么肯定? 他冷笑道:"这种事情有必要跟他商量吗?"主持人很纳闷,问他:"据我所知,郑重投资在江海能源的持股比例已经高达24.32%,难道战略这种事关企业发展的重大问题不需要大股东的同意吗?"张弓长则两手一摊说:"现在的股权结构只是暂时性的,我们正在推动江海能源实施重大资产重组,重组之后江海能源的股权结构将发生根本性的变化。"主持人希望张弓长透露一下重组后的第一大股东是什么样子。张弓长神秘地笑着说:"国企,实力强大的国企。至于民营企业,在我这里是受不欢迎的,不管它有多优秀,都是不受欢迎的。"

张弓长关于江海能源不欢迎民营企业做第一大股东的言论令与会人员一片哗然。有人当场提问:"在民营企业对就业和税收做出巨大贡献的今天,为什么还有这么大的偏见?"张弓长只是简要地答道:"习惯。作为江海能源的创始人,我一直习惯与国企打交道,想让我改变这个习惯很难!"有听众不客气地问:"您的这个习惯可不可以理解为靠大树,傍财神?"张弓长眉毛皱了一下,但很快就舒展开来:"您愿意这样想,我也没办法,不过,用我的话说,这叫走正道!

我早年当过国企的经理,后来下海创业,事业越做越大,江海能源改制时,我把应属我个人的股份全部捐献给了国家。我连私营企业的老板都不做,难道会做私营企业的打工人?"张弓长的一番话听起来理直气壮,咄咄逼人,竟令那位提问的听众满脸通红。有人还想继续提问,却因为圆桌会议已到结束时间而被主持人制止了。张弓长回到座位后,与身边的人打了个招呼,便与周璐璐一前一后走出会议大厅。

张弓长与周璐璐简单吃了点东西,便匆匆搭上前往滑雪场的接驳巴士。张弓长是滑雪发烧友,水平与专业运动员相差无几。此时的滑雪场阳光明媚,正是一天中的最佳滑雪时段。张、周二人麻利地换好衣服,戴好雪镜、头盔,穿上雪鞋,乘坐缆车直达难度最高的6号道。与山脚不同的是,山顶上寒风呼啸,气温骤然下降。瑟瑟发抖的周璐璐望着陡峭的雪道,吓得连连后退。张弓长只好让她一个人去难度小一些的3号道,他自己则稍稍活动一会筋骨,就从山顶直冲而下,左躲右闪,一路疾驰,彻底将大半年来的紧张、劳累抛到九霄云外……

一连几天放飞山林,张弓长心情大爽。更令他心情大爽的是,就在他即将打道回府时,曾筱华打来电话。

曾筱华告诉他,与江海能化的谈判非常顺利,如果他对几个合作要点没意见的话,随时可以签署合作备忘录。不过,曾筱华建议他在作出决定之前再去京城拜访一下周明,将合作之事向中能集团通报一下,再给中能集团一次重回第一大股东的机会。

张弓长听说谈判取得了实质性进展,自然喜不自胜,对于拜访周明,却连声说"不"。他的理由很简单:中能集团已经物是人非,如果周明还把江海能源当回事,就不会眼睁睁看着郑重投资疯狂举牌了;也不会在郑重投资持股比例突破20%后,否定江海能源管理层为稀释郑重投资股权而提出的增发H股方案。

曾筱华追随张弓长多年,深知他这些年随着行业地位提升带来的名人效应,心态也发生了很大的变化,不仅举止言谈带有明显的优越感甚至倨傲倾向,就算遇到困难挫折,也不肯放低身段,委曲求全。然而引进战略投资者毕竟是件大事,按照曾筱华与江海能化初步谈好的增资扩股规模,改组完成后,中能集团的股份占比很可能会被稀释到10%左右,变成排在郑重投资之后的第三大股东。这对于当了十几年第一大股东的央企来说,是极没面子的事情,更要命的是,这种丢脸之事还发生在副部级新董事长上任不久。为了表达对昔日第一大股东的尊重,也为了避免周明因不满而搅局重组,曾筱华在电话里足足劝了张弓长10分钟,才使他勉强同意拜访周明。

说来也巧,周明最近正好在京,并答应给张弓长45分钟的接见时间。第二天,张弓长和曾筱华便分别从冰城和江海飞抵京城。

周明接见二人的地点依旧是自己的办公室。"最近公司的业务还好吧?"周明礼节性地问道。

"所有业务都在正常开展,去年的预决算也在抓紧做。总的来说,2021年公司顶住了宏观经济下行的压力,总收入和净利润都有望创出历史新高。"张弓长底气十足地说。

"不容易!"周明说。

"的确有点难,除了宏观环境,郑重投资的恶意收购也对公司正常经营造成了一定的干扰,好在江海能源有一支专业化的团队,该怎么干,就怎么干,去年的目标全部超额完成。"张弓长注意到,周明听见自己提郑重投资时皱了一下眉头,以为他对郑重投资也有芥蒂,便不失时机地说,"我们今天来主要想汇报一下公司引进战略投资者的打算。"

"嗯,听说过。"周明点点头,随即问道,"为什么要引进战略投资者呢?"

"主要是因为郑重投资不适合做江海能源的第一大股东。"张弓长挺直了脊背说。

"你们想引进什么样的战略投资者呢?"周明问。

"就像中能集团这样的。我们永远欢迎中能做江海能源的第一大股东。"张弓长的态度显得非常诚恳,令人无法拒绝。然而周明并没有直接回应他,仅仅在嘴角处挤出一丝勉强的笑意来。张弓长对此并不在意。他打算趁机将周明一军,便将之前管理层报给中能集团却迟迟没有得到答复的一个重组方案抛了出来:"中能江化(全名为'中能江海石化有限公司')和江海能源都在江海,两家企业规模接近,业务关联性也高,如果能整合在一起,不仅能提高协同效应,还可以达到稀释郑重股权的效果,最大的得利者肯定还是中能集团。"

"这个方案不合适。"周明淡淡地说。

张弓长深知"同意的理由可以千条万条,否定的理由只需一条",没有追问周明为何否决这个方案。事实上,他早已对这个方案不抱任何幻想,况且他手中已有江海能化这个潜在交易对手了呢?"既然周总不同意中能江化与江海能源整合,我们现在正好找到了一个比较理想的整合标的,想听听周总的意见。"说罢,他向曾筱华使了个眼色,"筱华把江海能化的情况汇报一下。"

曾筱华调整了一下坐姿,简明扼要地汇报了江海能化的基本情况,以及自己带领团队与对方谈判的情况和预估的交易规模。

周明的表情有点复杂,过了半晌,才惜字如金地挤出几个字:"接受郑重投资吧。"

张弓长彻底死心。他看看表,距离周明给的接见时间只剩5分钟了,便起身同周明告别,与曾筱华一起逃也似的离开了中能大厦。

尽管早有心理准备,但重组设想被周明以打太极的方式否决,张弓长还是非常郁闷。在返回江海的路上,若不是周璐璐不时讲述些冰城的趣事,他连话都懒得说一句。曾筱华深知张弓长的脾气,一路上很少主动和他说话。直到走出机场,坐进公司的小车,张弓长才果断地说出一句话:"抓紧时间把合作备忘录签掉,越快越好!"

第二十六章
备忘录掀起巨浪 张弓长携妻潜海

1月11日下午,天空中飘着蒙蒙细雨,本就阴冷的冬季江海显得格外清冷,豪华的江海能源多功能会议厅里却暖意融融,笑声不断。江海能源和江海能化两家企业的主要负责人在紫色椭圆形会议桌两侧相对而坐。双方共同组成的合作备忘录起草小组代表首先介绍了《江海能源与江海能化合作备忘录》(以下简称"备忘录")要点。随后,张弓长和江海能化董事长高伟全分别代表本企业作了热情洋溢的致辞,展望了双方合作的深远意义和广阔前景。接下来,美丽端庄的女主持人以富有感染力的语调宣布:"激动人心的时刻就要到来了,有请张弓长董事长和高伟全董事长到主席台签字!"热烈的掌声随之响起,张弓长和高伟全步履矫健地走到主席台上,在几十双眼睛的注目下郑重签署了这份即将掀起巨大波澜的备忘录。

根据这份备忘录,江海能源将以向江海能化发行股份的方式购买其下属公司股权,预计交易对价500亿元左右。江海能化将向目标公司注入优质的石油炼化资产。交易完成后,江海能化将取代郑重投资成为江海能源的第一大股东,持股比例约占21%,郑重投资的持股比例将稀释到18%左右,中能集团的持股比例将稀释到10%左右,成为第三大股东。

当天晚上,张弓长在江海能源的"小食堂"里盛情款待了江海能化客人。菜肴之精美,酒水之高档自不必说。双方畅想未来,把酒言欢,直到很晚才你搀我扶地相互道别。

目送客人的车辆全部消失在夜色之后,曾筱华凑到张弓长身边低声问道:"明天董办这边要与中能集团的代表开年度董事会筹备会,您看要不要将今天的情况跟他们通报一下?"张弓长虽然微醺,脑子却依然清晰。他从"中能"二字联想到几天前在京受到的冷遇,仍然气不打一处来。"算了!"张弓长一甩手,快步登上停在不远处的轿车。

　　次日下午,按照张弓长的指示,江海能源正式发布《关于公司与江海能化签署合作备忘录的公告》。公告发出之后不久,江海能源董事会秘书和证券事务代表便接到方方面面打来的电话,纷纷询问此次合作的原因、背景及重组实施的可能性。他们早已得到张弓长和曾筱华的指示,回答的内容基本都是外交辞令。比如,对为什么选择江海能化,他们的回答是:"双方产业关联度大,恰好又都有需求。"再比如,关于重组实施的可能性,他们的回答是:"尚有不确定性,发行新股方案需要得到大部分股东的同意才能通过。"

　　事实上,他们的回答也没错。如此规模的重大重组,要是得不到大部分股东的同意怎么能通过呢?郑重得悉备忘录要点之后,气得直骂娘,盘算着一定要在这项重组议案拿出来审议时坚决予以否定。南粤能投董事长赵卫钱虽然不久前与张弓长在高尔夫球场上相处愉快,却也对股权被稀释心存不甘,准备将来投反对票。周明则授意正在江海能源筹备董事会的中能集团代表直接冲进曾筱华的办公室,向他表示强烈抗议,并质问他,这么重大的事项,没经过原股东的反复论证,怎么能随便公告呢?曾筱华只好安抚他们说,合作的事现在只是个意向,我们将充分尊重股东们的意见。

　　曾筱华打发走中能集团的代表后,赶紧找到张弓长,将公告发布后各方面的反应汇报了一下,并建议取消将于13日上午举行的"江海能源与江海能化战略合作媒体见面会"。张弓长听后冷笑道:"帮不上忙,捣乱倒积极!媒体见面会只是个形式,既然中能方面反应这么激烈,那就取消吧。不过,合作的事不能取消。不仅不能取消,还要千方百计往前推进!"

　　曾筱华并没有立即离开张弓长的办公室。最近事情比较多,他还有很多关键问题需要同张弓长商量。

　　第一项工作就是取消江海能源和江海能化联合媒体见面会的理由。张弓长说:"这个简单,你定吧。你也是老手了,随便找个理由搪塞一下就行,又不是什么原则性的大事。关键要把情况跟能化那边讲清楚,免得他们误会。"曾筱华说:"就说'因时间仓促,双方还没有做好充分准备'吧。"至于能化,他会做好沟通工作,还说,这种战略合作,大家看的都是实质,能化那边对于取消联合媒体见面会肯定能够理解。张弓长点头同意。

第二项工作是将于13日下午举行的江海能源临时董事会。曾筱华说,经过前期的紧张筹备,8个议题都准备得非常充分,就等董事们表决通过,然后正式公告了。张弓长问有没有什么议题可能被否决。曾筱华笑着说:"应该不会,都是些关于发债、聘请会计师事务所、项目投资之类的常规议题,又事先与董事们作了比较充分的沟通,大家也没提什么不同意见。"张弓长连说:"那就好! 那张好!"还继续补充道:"现在是江海能源的敏感时期,小心驶得万年船啊!"曾筱华见张弓长对这次临时董事会如此重视,心想,与能化的合作影响那么大,是不是也要把签署备忘录这事拿到这次临时董事会上审议一下呢? 他随即将想法说了出来。张弓长将头枕在老板椅背上,盯着天花板看了一会,才慢吞吞地说:"这件事情比较复杂,从周明的态度来看,中能大概率不会同意。对没有太大把握的议题,最好不拿出来审议!"曾筱华问:"这么大的事如果到时候提都不提的话,会不会给人留下口实?"张弓长又想了一会,说:"肯定会有人不高兴。但是也只能如此了。我记得我们的《公司章程》没有规定签署无法律约束的备忘录必须经过董事会或股东大会审议。"曾筱华眼睛一亮,说:"的确没有。就连《公司法》也好像没有这方面的规定。"张弓长叫他派人再查查《公司法》和《公司章程》,做好相应准备,以防将来有人拿备忘录说事。

第三项工作是将于16日下午召开的临时股东大会。这次临时股东大会的议题只有一个,那就是,审议因公司与江海能化合作进行重大资产重组,特申请江海能源A股继续停牌的议案。曾筱华问:"当时实施紧急停牌,主要是针对郑重投资的。现在他们的股份占比将近25%,要是带头反对,这项议案极有可能通不过。我们是不是要做一些应对准备?"这回张弓长没有多想,而是轻松一笑说:"我并不担心这项议题通不过。"他见曾筱华满脸吃惊的样子,开始慢条斯理地解释道:"股市自去年11月以来一直震荡走低,能源类的股票很多已经跌掉30%以上。这时候江海能源要是复牌,估计也会跟着补跌,多了不说,3个跌停板还是很可能的,那样的话,就可能跌到郑重投资的平仓线了。他们借了那么多钱,这一平仓可不是闹着玩的!"曾筱华立即明白了张弓长的意图,如释重负地说:"对了! 郑重这个时候应该最盼望继续停牌!"张弓长咧嘴一笑,继续说:"就算他们否决,这项议案也未必通不过;就算通不过,也没有什么大不了的,反正我们与能化的合作已经箭在弦上了,只要他们敢继续加仓,我们就加大购买资产的规模,一定要把他们的股权稀释到第二位!"

这次与张弓长的工作讨论不仅令曾筱华大大增强了底气,也令他更加佩服这位伯乐兼人生导师。此后的几天,临时董事会和临时股东大会都开得非常顺利。江海能源管理层提出的继续停牌的议案,以98.1%的高票顺利通过,这意味着包括郑重投资在内的绝大多数股东都投了赞成票。

然而就在江海能源上下齐心全力推进与江海能化重组整合的时候,中能集团董事长周明通过《财经时报》公开对江海能源管理层表达不满:"几百亿的重组,江海能源在11号的临时董事会筹备会上一丝风都没透,第二天就公开披露合作备忘录,又是股权对价,又是资产交易规模,又是支付方式。13号的临时董事会一次审议了那么多议题,也没提与江海能化合作的事情,这正常吗?"

一向默默支持江海能源的中能集团突然发声质疑,这令包括张弓长在内的所有人大跌眼镜。江海能源的股权纷争开始进入白热化阶段。

周明呛声江海能源的新闻登出后,曾筱华第一时间就通过微信转给了张弓长。然而张弓长却没在第一时间看到这篇新闻。此时的他正与周璐璐在南海海底畅快地潜游。在过去大半年时间里,张弓长实在太累了。他已经67岁,若不是去年突然蹿出个破门而入的"野蛮人"郑重,已处于半退休状态的他本可以周游四海,阅尽世间奇妙景,间或受邀演讲,激情指点天下事,何止提心吊胆,四处求人?

南海的天蓝得醉人,南海的水清得见底。张弓长和周璐璐就像两条巨大的人鱼灵活地穿行在色彩斑斓、形态各异的珊瑚礁中间,陪伴他们的则是大大小小、成群结队的鱼虾蟹贝。他们偶尔也会靠在珊珊礁上紧紧相拥,或者手拉手跳上一曲水中华尔兹,或者伸手逗弄一下与自己并肩而行的鱼虾。玩累了,他们就浮出水面,斜靠在岸边的礁石上,望着遥远的天际发呆;或者干脆躺在洁白温润的沙滩上,任凭湿咸的海风从身上拂过。这里的紫外线很强,但他们一点也不在乎,他们要的就是浑身黝黑的效果。望着活力四射的周璐璐,张弓长感觉自己也似乎年轻了几十岁。他想，既然自己还如此年轻，那为什么不放手一搏，把那个"野蛮人"郑重彻底逐出江海能源？想到这里，他热血上涌，翻身而起，再次一头扎进水中……

为了尽情地享受南海的迷人风光，张弓长在白天游玩时，特意关掉手机。所以当他看到曾筱华转来的那篇新闻时，已是夜里9点多钟了。除了那篇新闻，曾筱华还给他留了一段话："周明董事长公开发难，说明他已经非常不满。这个问题很严重，毕竟中能集团拥有15.38%的股份，在11人董事会里拥有3个席位，将来无论是开股东大会，还是董事会，都绕不开他们。建议您再亲自去趟京城，当面与周明再沟通一下，取得他的理解和支持。"

张弓长的好心情顿时被那篇新闻搞得烟消云散，他把手机往墙角处的沙发上狠狠一丢，气哼哼地骂了句"狗屁"。

"怎么啦？"正坐在梳妆台前往脸上敷面膜的周璐璐扭过头来，不解地望着张弓长。

"没啥。"张弓长满脸怒气地坐在床边，一动不动。

周璐璐跟张弓长在一起已有两三个年头了。在她的印象中，张弓长永远那么自信、高傲、强势，说一不二，却几乎没生过这么大的气。她意识到问题的严重性，赶忙起身捡起张弓长扔掉的手机，轻轻放在床头柜上，然后搂着他的脖子娇滴滴地说："我的小笨笨，我可不想看到你生气，你本来还是个年轻小伙，这一生气倒像个小老头了！"说着，还在他的脸颊上轻轻吻了起来。

张弓长还真吃这一套，顿时怒意全消。他揽过周璐璐的细腰，隔着雪白的浴袍，在她浑圆的屁股上轻轻捏了一把，温柔地说："不生气，不生气，为了你，也不生气。"周璐璐又在他的脸上轻轻吻了一下，这才放心走回去继续收拾脸上的面膜。

张弓长重新拿过手机，移步到沙发上琢磨是否再去一趟京城。经过反复权衡，他终于痛苦地决定再去一趟。他给曾筱华回了条微信："那就去吧。你联系一下，看他最近几天是否方便，等时间定下来以后，我们分别从南海和江海飞赴京城。"

第二天，张弓长继续与周璐璐畅游南海，只是开手机的时间比前一天提前了3个小时。曾筱华已将沟通的结果通过微信发了过来："周明董事长后天上午方便，不过,他说没必要去那么多人,我一个人过去就行。另外,中能派驻我司的董事向市证监局告状,说我们不该不经董事会审议就跟别的企业签署重大资产重组备忘录,要求我司依法合规。"

曾筱华没有说周明为什么没有提到他。但张弓长心里明白,周明极可能把气撒到自己头上了。"小样! 不见就不见,我还不想见你呢! 都告状了,还等我去舔你呀?"张弓长在心里嘀咕道。不过,他今天没有生气,只是给曾筱华回了个微信,叮嘱他就中能集团向监管部门反映的问题进行辩驳,理由是,根据《公司法》和《公司章程》的规定,签署无法律约束力的备忘录,并不必须经过董事会审议。

曾筱华给张弓长发过微信后,立即与周明取得了联系。周明听说只有曾筱华一个人要去拜访,当即就爽快地答应了。曾筱华很高兴,随后又按张弓长的授意,让董事会秘书起草了一份情况说明,对中能集团的质疑一一进行了辩驳,经反复讨论修改,正式报送江海证监局。

第二十七章
曾筱华求情未果 张弓长紧急返程

2天后,曾筱华如约走进周明的办公室。周明客气地请曾筱华坐下后,立即拉下脸说:"你们最近玩得有点过分啊!"

"这……"曾筱华一时不知应该如何回应,尴尬地咧了咧嘴,明知故问:"周董指哪件事呢?"

"还用问吗?那么大的事情,几百亿的交易额,你们竟然不经董事会审批,就直接公布合作备忘录了!"周明气呼呼地说。

"周董,我们与江海能化的合作的确是件大事,此前张董和我还专门向您作过汇报,但是要拿到董事会上审议还是早了点,并且根据《公司法》和江海能源的《公司章程》,这种合作备忘录实际上是不需要董事会审议的。"曾筱华恭恭敬敬地又解释了一遍。

"你们是跟我说过,但是我也没答应嘛!"周明的语调突然高了几分。

眼见周明怨气依然很大,考虑到江海能源与江海能化的合作最终绕不开中能集团的当家人周明,曾筱华只好将责任揽到自己身上:"领导您批评得对,都怪我考虑不周,没给张董当好参谋!"

周明嘴角抽动了一下,说:"这事跟你关系好像没那么大吧?你倒是挺愿意担责的!"也许意识到眼前这位同龄人的态度还不错,周明勉强挤出一丝笑意来。

曾筱华对周明的表情变化看得真切,忙说:"我是公司执行董事、总裁,该担责!该担责!"

"说吧,你今天来有什么事?"周明决定不再纠缠备忘录了。

"哦……"曾筱华向前挪了挪屁股,这使他看起来更加恭敬,"这次来主要有两层意思。一是专门向您致歉。我们在发布备忘录上的确有考虑不周的地方,还望您多体谅！”

"道歉就算了。现在这事情已经过去了，影响已经无法挽回，希望你们以后不要再犯类似错误！"周明的情绪看起来好转很多。

曾筱华见状，多少放心一些，不失时机地道明此行的真正目的："二是来向您请求支持。"

"什么支持？"周明问。

"江海能源从一个小企业一步步走到今天，很不容易。但是因为股权分散，现在被别有用心的资本盯上了。我们担心，一旦郑重投资全面控制公司，我们用几十年时间沉淀下来的企业文化、企业战略都会受到破坏。这不仅是我们这些职业经理人的巨大损失，也是原有股东的巨大损失。所以我们下决心要把郑重投资堵在门外，至少不能让它掌控公司。"曾筱华推心置腹地说。

"郑重投资有那么坏吗？为什么不能跟他们好好合作呢？"周明皱着眉头问。

曾筱华记得上次自己陪同张弓长来拜访时，周明也说过这话，知道想让他改变观点有不小的难度。但是公司管理层在阻击郑重投资方面已经形成共识，于是，他决定再坚定地表达一下观点。"周董，郑重投资与江海能源完全是两种文化，他们是做金融的，我们是做实业的，他们一旦控制江海能源，江海能源可能就只有灭亡这一个前途了。所以我们一定要找一个合适的合作伙伴来阻击他们。如果中能集团有意重回第一大股东，我们最欢迎，毕竟双方合作这么多年。如果中能集团无意或者因为其他原因暂时不考虑重回第一大股东，那就拜托您支持一下江海能源与江海能化的战略合作！"曾筱华诚恳地说。

周明沉吟片刻，盯着曾筱华的双眼说："中能现在精力有限，暂时顾不上你们。你们如果执意与江海能化合作也行，但不能按现在披露出来的方案做。"

曾筱华见周明态度有所松动，急切地说："请领导明示。"

"你们管理层目前公布出来的方案是发行股份购买资产，这样做的结果必然摊薄包括中小股东在内的所有老股东权益。我想，这一点你们一定很清楚。"周明说。

"的确存在这个问题，所以这个方案需要得到您的理解和支持！"曾筱华说。

"实话说，目前这个方案我没办法理解，更没办法支持。"周明将眼珠翻向天花板，"作为央企的负责人，我的任务是确保国有资产保值增值，而不是眼睁睁看着企业利益受损。所以我的意见是，如果你们一定要我支持，我只能支持你们用现金收购的方式取得江海能化的相关资产。"周明的态度很坚决，似乎没有半点商量余地。

曾筱华心想，要想稀释郑重投资的权益只有发行股份购买资产这一条路，既然周明提出的方案对改变郑重投资的股权比例没有半点作用，那我们为什么还要费那大力气去做呢？他把自己的想法如实向周明作了汇报，便起身告辞了。

周明一直将曾筱华送到电梯口，直到曾筱华走进电梯，电梯门缓缓关上，才转过身去。"曾筱华这个人还不错，比那个牛哄哄的张弓长顺眼多了。"周明边走边想。

曾筱华在返回江海的路上，就打电话把周明的意见向张弓长作了汇报。正躺在沙滩椅上欣赏蓝天白云的张弓长当场就蒙了，心想，他这不是存心拆台吗？不行，我得想办法做做周明的工作。然而周明的工作哪有那么容易做通？张弓长一连给周明拨了3遍电话，都被他瞬间拒接了。张弓长这才意识到问题的严重性：与江海能化的战略合作不能没有中能集团的支持，中能集团在江海能源的11人董事会中拥有3个董事席位，按照《公司章程》，董事会的议案需要2/3以上的董事同意才能通过，如果代表中能集团的3名董事反对，那么其他8名董事中只要有1人反对，今后管理层提出发行股份购买江海能化资产的议案就没法通过。

张弓长从沙滩椅上站起来，双手背后，烦躁不安地在沙滩上来回踱步。原本细软的白沙突然变得碎石一般，每走一步都把他的双脚硌得剧痛；十几分钟前还凉爽轻柔的海风也变得如同利刃，割得他浑身刺痛；就连先前看起来如同画卷的蓝天白云、碧海轻舟和奇花异草组合，也变得杂乱灰暗、奇丑无比了；甚至周璐璐那裹在粉色比基尼里前凸后翘的身体，在他眼里也霎时变得既干枯又粗鄙起来……

"亲爱的，你怎么啦？"正躺在沙滩椅上的周璐璐目睹张弓长失魂落魄的罕见模样，忍不住问道。

张弓长既没有搭理她，也没有停下脚步，只是木然地斜睨了她一眼。而周璐璐却从他的眼神中看到了逼人的寒意，这是她认识他以来的数年时间里从未出现过的，她不由得在这个大热天里打了个寒战……

"走!"张弓长再次走到周璐璐身边时,突然停下脚步,一把拉起她,扭头就走。周璐璐万万想不到一个快到70岁的老头,居然还有那么大的力气,痛得嗷嗷直叫,惹得周围的人齐刷刷看过来。张弓长也不理会,仅为周璐璐留下几秒钟的时间拣起放在一旁的手机,便继续大步流星往客房赶。

直到打开房门,张弓长才从喉咙深处挤出几个字:"快收拾东西,回江海!"周璐璐这几天玩得正爽,本想撒娇再待几天,却因瞥见张弓长那魂不守舍的样子而临时放弃了。"是为重组的事着急吧?"她体贴地小声问道。张弓长点点头,开始收拾自己的东西。"那总得冲个澡,换件衣服吧?"周璐璐脱掉浴袍,指着自己仅穿三点式泳衣的身体说,"身上都快结盐霜了!"张弓长这才意识到自己也需要冲洗一下才行,点点头,说:"快点洗,我来让秘书把机票改签一下。"

经过一番手忙脚乱地收拾和准备,张弓长和周璐璐于当晚7点多准时登上返回江海的航班。

"张董事长,您好!欢迎您乘坐本次航班!我是商务舱空姐陈瑛,请问您需要什么报纸?"一位漂亮的空姐手捧一摞当日报纸,带着迷人的微笑,俯身问张弓长。作为名人的张弓长在飞机上被空姐或其他乘客认出,这是常有的事情,所以他对空姐称他"张董事长"并不奇怪。"来张《江海晚报》吧。"张弓长礼貌地说。"好嘞,这上面正好有一篇关于您的文章。"空间笑呵呵地抽出一份《江海晚报》递到张弓长手中。

张弓长快速翻看报纸,很快就锁定空姐所说的那篇文章——《做派过于高调,张弓长惹恼中能新掌门》。这个标题令他气不打一处来,但他又忍不住不看。这篇文章从不久前周明公开呛声江海能源与江海能化签订的合作备忘录入手,特别强调了周明对江海能源的严重不满,接着话锋一转,说,造成这种分歧的根本原因在于张弓长的过于高调。"长期的行业领袖地位早已令张弓长自视甚高,目空一切。中能新掌门周明上任好几个月,张弓长才在一次去北方出差的途中,'顺道'拜访这位副部级大领导,这令周明极为不爽,并因此埋下了两人矛盾的种子。其实,作为知名企业家,张弓长完全可以保持独立的人格和风骨,前提是你永远不要求别人。现在好了,江海能源遭遇空前的控制权危机,张弓长依然我行我素,涉及金额几百亿元的资产重组居然不提前向中能集团这个曾经连续十几年的第一大股东汇报,也难怪周明不满了……"

"扯淡！"张弓长一气之下把报纸揉成一团，狠狠地掼到地板上。身边的周璐璐见状，担心影响他的形象，赶紧拾起报纸，抚平后插进前方椅背的袋子里。

张弓长回到江海后，第二天一早就把曾筱华叫到自己的办公室里。

"老板在南海玩得挺尽兴吧？看您皮肤都晒黑了！"曾筱华一进门就没话找话地说。

"头几天还好，你这电话一打，我就没心情再待下去了。"张弓长指了指沙发，示意曾筱华坐下说话，自己顺手抓过保温杯坐到他对面。

"周明那边的工作确实不好做。"曾筱华摇了摇头，苦涩地笑了笑。

"本来我想再亲自跑一趟，可他愣是不接电话，这是明摆着不打算给机会呀！"张弓长也跟着摇了摇头。

"他对您成见很深。"曾筱华本想为张弓长找个台阶下，哪知张弓长听了这句话，反倒上火了。

"有什么了不起的？还真把自己当成大领导了！"张弓长愤愤不平地说，两只眼睛瞬间射出两道寒光。

"老板，别生气！我们再想想其他的办法。"曾筱华说。

"想办法？你认为周明那还有回旋余地吗？"张弓长问。

曾筱华低头想了一回才说："有点难。目前这个重组方案会摊薄老股东的利益，换了谁都不会轻易同意，何况周明对我们已有成见呢！"

"既然这样，那就先不管他们了。董事会一共11名董事，中能方面占3名，我们管理层占3名，只要我们把其他5位非执行董事的工作全部做通，定增方案还是可以通过的。"张弓长脖子一梗，不服输的劲头一下子就上来了。

"也只能这样了。"曾筱华无奈地点点头，"不过，5位非执行董事的工作并不都好做。宋文凯是您老朋友，打个招呼应该就可以。独立董事滕晓明是我们管理层推荐的，也应该没问题。独立董事孙东方和王超是市证监局推荐的，他们的态度应该比较中立，只要我们动之以情，晓之以理，也是有可能争取过来的。难就难在中能推荐的独立董事陈大贵上。"

"宋文凯和滕晓明的工作我来做。孙东方和王超那里以前都是你联系的，这回你再多跑跑。至于陈大贵嘛，他是投行家，虽然是中能方面推荐的，却跟我们也有业务往来,我不相信他会拎不清,一定要站出来跟我们作对。当然,工作也还是要去做的,到时候,我们一起去找他。"张弓长补充道。

两人就需要做工作的5名非执行董事的性格、爱好、特长等又仔细进行了一番分析,才进入下一个话题:董事会的筹备。根据江海能源的承诺,本次重组停牌最迟不晚于2月16日复牌。在复牌前还得披露江海能源与江海能化的重组方案。如果董事会能够通过重组方案,江海能源就可以顺利披露这一方案,并提交监管部门进行审批,股票则会因为审批继续停牌。要是董事会否决重组方案,江海能源也应披露方案没有通过的事实,股票则必须按承诺准时复牌。那样的话,江海能源的股价可能会因为能源板块在其停牌期间大幅走低和重组失败的双重利空而连续暴跌。

"时间太紧张了!"张弓长感叹道。

"是啊,再过几天就要过年了,要准备的事还有很多:完善重组方案、游说5名外部董事,看来今年这个春节长假又没得休息了!"曾筱华附和道。

第二十八章
众董事唇枪舌剑 独议案侥幸过关

经过紧张的筹备，这场决定江海能源命运的董事会终于在2月15日下午2点准时召开。会议召开的地点就在江海能源的多功能会议室里，11名董事除1名独立董事王超因故无法到场，其他10名董事全部到会。此外，江海能源董事会秘书王耀光、公司律师赵亚明等人也列席会议。包括张弓长、曾筱华在内的董事们在就座椭圆形会议桌前，相互握手，问好，氛围一派和气。谁也想不到几个小时后，他们之间会爆发激烈的争论和冲突，并在资本市场和整个企业界掀起轩然大波。

张弓长主持董事会一向言简意赅，直奔主题。这次也不例外。他简单介绍了本次董事会要讨论的唯一议案——"江海能源以发行股份方式购买江海能化持有的江海炼化100%股权"，便要求曾筱华向到会董事汇报重组预案要点。

曾筱华轻咳两声，按下桌上的发言键，以中气十足的声音介绍这份重组预案。根据他的介绍，江海能源（集团）有限公司（简称"江海能源"）打算用发行股份的方式购买江海能源化工（集团）有限公司（简称"江海能化"）持有的江海石油炼化有限公司（简称"江海炼化"）100%股权，初步交易价格是470.12亿元人民币，交易对价以发行股份方式支付，初步确定发行股份的价格为16.79元/股，即定价基准日前60日交易均价的92%。按此计算，江海能源将就本次交易向江海能化发行至少28亿股A股股份。

"反对！"曾筱华刚刚介绍完重组要点，中能方面的董事夏炳辉便率先按下发言键。尽管大家对中能集团的态度多少有些思想准备，但是夏炳辉的反应如此激烈，还是让大家始料未及。室内的气氛一下子变得紧张起来，所有的眼光都集中到夏炳辉的脸上。"曾总刚才介绍的重组方案完全不顾老股东的利益，充其量只是经营班子的一厢情愿，对于这样的重组预案，中能集团坚决反对，我们将对这项议案的主要内容投反对票。"夏炳辉毫不客气地说。

已经听惯了好话的张弓长被夏炳辉说得满脸通红，正纠结自己要不要出面回应时，另一个人的声音响了起来："刚才听了中能方面董事代表的发言，我感觉非常震惊，也非常疑惑，这与我们原先的想法、看法相差甚远，希望主持人给我一个发言的机会。"张弓长循声一看，原来是独董孙东方。他与孙东方交往不多，甚至还有点看不起这个在他眼里有点迂腐的"经济学家"，不过，他相信孙东方的为人，加之日常与孙东方联系较多的曾筱华提起孙东方时总是带有几分崇拜，他多少有些放心了。"请吧！"张弓长向孙东方点头致意。

"我有两个问题。第一个问题是提给公司管理层的。我想张董和曾总应该都还记得，我本来不愿意当上市公司独立董事的，但当初市证监局领导亲自给我打电话，盛情邀请我出任江海能源独立董事。他的理由是江海能源股权结构好，管理非常规范，是中国上市公司中为数不多的符合现代企业管理架构的特殊上市公司，并希望我给予支持。在他的反复动员下，我才同意担任不领报酬的独立董事。去年以来，发生在江海能源的股权纷争令我非常困惑，也非常失望。在郑重投资举牌江海能源以来，社会上闹得沸沸扬扬，董事会居然从未就此事正式讨论过！那么问题来了，号称管理规范的江海能源到底规范在什么地方？发生这么大的事情，管理层和原大股东中能集团居然都没有提出过就此召开董事会进行专门讨论！更加荒唐的是，某些管理层还经常以个人名义发表意见！这与成熟市场中，企业股权发生重大变更时董事会出面发表权威言论的做法完全不一样。难道这就是你们引以为豪的规范管理吗？"

孙东方的语速非常缓慢，却字字铿锵，直击江海能源的管理漏洞。张弓长的脸色再次由晴转阴。但他没有争辩，也没来得及争辩。因为孙东方很快又向他抛出了新的问题。

"管理层试图推动江海能源与江海能化进行重组，这本是一件非常正常的事情，但现在也变得让人摸不着头脑了。先不说这个方案到底可不可行，我就想问问管理层到底与中能方面有没有沟通过？为什么眼看就要对议案进行表决，中能集团还会这么激烈地表示反对？难道管理层真像外面传说的那样，因为过于傲慢，搞坏了与原大股东的关系？今天的表决非常重要，如果管理层提出的议案被否,一定会严重损害江海能源的品牌价值和社会形象,我们这些董事也会面临广大中小股东和投资者的质疑。所以我希望管理层能对这个问题解释清楚。"

孙东方说到这里,拿起桌上的矿泉水,咕咚咕咚连喝几口,未待张弓长或曾筱华张口,便将头转向中能方面的几名董事。

被人当众批评傲慢,这令早已习惯鲜花和掌声的张弓长非常难堪。要是换个场景,张弓长即便不狠狠瞪他两眼,也会扔一摞难听话过去。若干年前的某个冬天早晨,他就在北方某滑雪胜地的宾馆门前嘲讽过包裹严实的孙东方:"嗬!看这个大教授穿的,有那么冷吗?"说完,他还特意拉开自己的滑雪服拉链,两手叉腰,迎风傲立……但是今天他只能忍着,一会儿还指望孙东方对议案投赞成票呢!"这小子大概是想报那年被嘲讽的一箭之仇吧? 真是个书呆子!"他在心里骂过之后,重新把注意力集中到孙东方的发言上。

"我的第二个问题是提给中能集团的。"孙东方继续慢条斯理地说,"在大家的印象中,中能集团与江海能源的关系是大股东与企业关系的典范。中能集团作为江海能源的第一大股东并不直接干预公司的日常经营活动,只在江海能源有需要时才出手帮助。这也使江海能源得以轻装上路,自主经营,并以卓越的业绩证明这种管理架构具有非常强大的优势。但是自郑重投资举牌以来,你们的表现令大家非常费解。在他们连续举牌,股权占比即将超越你们成为第一大股东时,你们仅仅象征性地增持了一点,此后既没有新的增持动作,也没有采取过其他保卫控制权的反制性措施,甚至连提请召开董事会对郑重举牌行为进行专项讨论的动作都没有。给大家的感觉就是,你们已经放弃江海能源了。其实,放弃也很正常,尽管很多人会感觉可惜,但这毕竟是大股东自己的事,也许你们有其他的考量或难处。"

"我们的确有难处。"夏炳辉忍不住插话道。

"好,这可是你们说的!我先不问你们到底有什么难处,我只想知道,既然你们有难处,那么在江海能源管理层经过努力好容易找到江海能化这样的合作伙伴后,你们为什么又要跳出来反对呢? 根据曾总刚才的介绍和我先前所了解到的信息,我认为江海能源与江海能化之间的战略合作是有利于维护所有股东利益的,也是有利于江海能源长期稳定发展的。现在你们既然反对,我倒是想问问你们,中能方面是已经有更好的方案了，还是准备欢迎郑重投资做实第一大股东呢？我希望你们能把真实的目的在今天这个会上讲清楚，不能总让市场瞎猜，那样不仅对广大中小股东不负责，对江海能源也极不负责。如果你们已经有了更好的方案，并且一定要重新做回第一大股东，那么也请你们说说，迄今为止，你们都实打实做了些什么工作？为什么在可以增持的时候不增持，在可以做其他工作的时候不做，而只是一味地反对？还有，你们今后准备用什么样的优质资产来给江海能源一个可以看得见的、更好的未来，并且这个优质资产绝不比江海能化提供的要差？当然，如果你们决定欢迎郑重投资来做大股东，那也可以理解，只是请你们一定要讲清楚，郑重投资控制江海能源后对这个企业的健康发展、对所有的股东会有什么好处？"

孙东方抛出的一连串问题反复撞击着每一个参会者的心扉，也令多功能厅内的气氛变得更加复杂。张弓长的表情虽然还很僵硬，心情却大大好转，心想："这个书生还真不呆！"

"请原谅，我刚才问了你们很多问题，有些话可能很不中听，但是我又必须问清楚这些问题。因为今天这个董事会不是一般的董事会，从长远来看，要表决的议案直接关系到江海能源未来几十年的发展，从近的方面来看，我们的投票结果直接关系到投资者的利益，如果今天我们否决了议案，那么它明天复牌后大概率会连续大跌，投资者铁定会蒙受重大损失。我在这里再次提醒中能集团和江海能源方面的董事，希望你们想清楚后认真回答我的问题，明明白白地告诉投资者，到底谁来做江海能源的第一大股东？这个大股东准备让江海能源往什么方向发展？具体可以给江海能源带来什么样的重要资源？另外，也请管理层做好信息披露工作，把今天董事会上大家讨论的问题原原本本地通过媒体向社会公众发布，让投资者知道江海能源到底发生了什么事，今后会向什么方向发展。"

孙东方说完，如释重负地将身体仰靠在座椅上，盯着屋顶上的吊灯发起呆来。

对于孙东方带有不满和责备意味的提问，张弓长虽多少有些不爽，但总体上还是满意的。这不仅是因为他表现了一个经济学家的专业水准和中立态度，还明确表达了对管理层所提议案的支持。因此，他决定亲自回答孙东方抛给管理层的问题。

"孙教授刚才的发言很有水平,对于孙教授的批评我代表管理层诚恳接受。"张弓长说完这句话,连自己都感到惊讶,心想,我怎么突然变得这么卑微? 转念一想,现在公司前途未卜,这个书生既然愿意支持管理层,并且他的支持在接下来的投票环节可能还是至关重要的,自己为什么不能委屈一下? 不就是说句软话吗? 有什么大不了的?

"其实,管理层在郑重投资举牌后,还是做过很多工作的,也跟原第一大股东中能集团多次进行沟通。"张弓长瞄了一眼坐在他斜对面的孙东方,接着说,"在郑重投资股份占比即将超过中能时,我们就及时联系中能,请他们务必抓紧时间出手,他们答复说自己有困难,只能适当增持,同时也表示不反对江海能源引进新的战略投资者。"

张弓长喝了口水,接着说:"后来,郑重投资的股份占比越来越高,管理层曾考虑发行 H 股以阻击郑重,可是当我们将方案向中能汇报后,被他们直接否决了。"

张弓长与孙东方对视了一下,继续说道:"在郑重投资通过二级市场增持成为第一大股东后,为维护公司和原第一大股东的利益,我们设计了一个与中能下属新能源公司进行整合的方案,希望借此打造一个传统能源与新能源协同发展的新型能源集团,结果这一方案在可行性论证阶段就被中能否决。这时,江海能源的股价在郑重投资的持续增持下,开始连续涨停,考虑到江海能源正在谋求重组,管理层盘中决定对江海能源实施紧急停牌。"

"据我所知,中能集团对你们没事先打招呼就突然停牌还是很有意见的。"孙东方趁张弓长停顿,插话道。

张弓长手一摊,无奈地说:"当时形势太紧张,来不及沟通了。不过,管理层临时对公司股票进行停牌处理还是符合有关规定的,并且我们很快就把紧急停牌的原因以及与江海能化进行重组的打算向中能集团作了汇报,明确表示,只要中能有意,管理层首选与中能提供的资产进行重组。中能的答复是,他们当时拿不出合适的资源,建议管理层接受郑重投资。我们就跟中能说,江海能化要比郑重投资强得多,又有实实在在的优质资产注入,从公司发展的大局考虑,我们肯定选择江海能化,而不是郑重投资。经过多次沟通,中能并没有明确反对这一方案,但他们希望我们以发行债券购买江海能化资产的方式开展重组,并保持中能第一大股东的地位。大家都知道,江海能化是市属企业,相关重组方案已经得到市里的支持,所以对中能提出的保持第一大股东地位的要求,我们是没法做主的。后来,我们将有关情况通报江海能化并向市里作了汇报。听说市主要领导与中能方面的主要领导已经进行过多次沟通。"

张弓长环视了一下在座的董事,稍稍提高音量接着说,"我刚才所说的情况句句属实,中能方面的3位董事也应该都清楚。所以说,那种指责管理层不跟大股东沟通的说法纯属无稽之谈!我们不仅做了大量的沟通工作,还在大股东无法增持股份的情况下,千方百计挽救公司!当然,我们也知道,中能方面对管理层有一些意见,但基本都是对程序方面的意见。"

张弓长发言的时候,大家听得都很仔细,孙东方更是边听边记边想,格外认真。他感觉,尽管张弓长话里话外有不少为自己和团队辩解的成分,但从时间轴及相关材料来看,其陈述的内容应该基本属实,这也进一步强化了他准备对议案投赞成票的打算。接下来就要看中能方董事怎么说了。他将目光停留在夏炳辉的脸上。

夏炳辉在中能方面的3名董事中级别最高,参加这次董事会之前又被周明专门召见过,对中能集团和周明个人的意图最清楚。他见孙东方盯上他了,便不紧不慢地打开了话匣子:"刚才孙教授说没看到中能为保持大股东地位做过什么工作,这一点您肯定是误解了。我今天可以非常负责地在这里告诉各位:中能集团为保住大股东地位,做了大量的工作。先是增持了1亿多元的江海能源股票,接着,我们又采取实际措施支持管理层增持。这些都是大家看得到的。还有一些大家没有看到的,当初因为事情没有完成,不方便对外透露,但今天既然孙教授问了,我也可以小范围透露一下。"

夏炳辉的话一下子调起了大家的胃口,所有参会者的眼光齐刷刷聚到他的脸上。他微微一笑,接着说道:"我知道,市场上很多人对中能只增持1亿多元的江海能源意见很大,认为这与我们的央企身份很不匹配。事实上,正因为我们是央企,才不能在股价处于高位时随意增持,否则就是变相帮别人高位套现了。但不在二级市场增持,不代表我们没想办法。私下里,我们也与持股较多的一些大股东积极沟通过,希望能探索出一条直接转让股份或接手他们股票的路子,但都因为各种各样的原因没有走通。就算这样，我们还在千方百计想办法。最近，我们就在同江海市政府密切沟通，希望江海市政府大力支持中能重返第一大股东。我们已向江海市政府表示，目前江海能源的增发规模不仅会影响中能恢复第一大股东地位，还会大大摊薄郑重投资的持股比重，就算我们不说什么，将来开股东大会时，郑重投资也很可能投反对票。如果江海能源一定要增发股权，我们希望能把中能恢复为第一大股东一起考虑，并提出一个合理的方案。"

孙东方越听越纳闷，心想，原来他们在私下里做过这么多重要的事情，但这些事情并不都是不可披露的，连我这个独董都不知道，也难怪那些中小投资者总埋怨大股东和上市公司暗箱操作了！想到这里，他不禁为中小投资者感到不平。同时，他也感到夏炳辉刚才的发言过分强调中能所做的工作，却没怎么提当初否决江海能源几个提议的原因，便追问道："能说说为什么没有支持江海能源发行H股和江海能源与中能旗下新能源公司整合吗？"

"没问题，我正准备说呢！"夏炳辉咧了咧嘴，努力挤出一丝笑意，"中能最不希望看到的局面就是权益被摊薄，H股增发方案恰恰会导致这样的结果，所以我们只能把它搁置。至于江海能源与中能的新能源公司整合，那就更加复杂了。我们不认为这2个公司能整合出什么样的战略效益，并且将这2个公司整个在一起所涉及的资产范围及整合难度都非常大，明显不可行。"

对于夏炳辉提到的第一个问题，孙东方勉强认同，但对不同意2个公司进行整合所给出的理由并不太认同，因为在他看来，中能只是不想把新能源公司这块肥肉拿出来而已。尽管如此，他也不打算在这个问题上质疑夏炳辉。

"其实，我们并不反对江海能源与江海能化的合作，但在他们拿出具体交易框架前，我们不方便提出具体意见。事实上，我们非常理解江海能源管理层在维护公司控制权方面所做的努力。但管理层在对股票进行临时停牌前不征求大股东意见，与江海能化签订框架协议也没有经过中能同意就自行披露，都是很不妥当的。给人的感觉就是，管理层根本不把大股东当回事，只在有求于大股东时，才会想起大股东。"夏炳辉说到这里，脸上的表情也变得严峻起来。

孙东方从夏炳辉的表情中看到了中能集团对江海能源管理层的极度怨恨，并且意识到双方矛盾已经不可调和。想到今天的投票结果不仅关系到江海能源的前途,还关系到众多中小投资者的现实利益,他决定再提2个问题,以便让在座的董事们对议案所涉及的问题和投票的后果都能有更加深刻的认识。

"谢谢夏炳辉董事! 您的发言让我知道了很多真相,不过,我现在还有一点没搞清楚:在江海能源重组问题上,矛盾的焦点到底是什么? 是中能方面与江海市国资委在争当江海能源第一大股东上没有达成一致吗? 如果是,为什么不能妥协呢? 双方都是国资,达成妥协有那么难吗? 这是我追加的第一个问题。还有一个问题,是替中小投资者问的。既然中能方面已经明确反对今天的议案,你们是否准备拿出有吸引力的资产注入江海能源呢? 如果没有,一旦议案被否,股票复牌后大概率会大幅下跌,对此,中能方面是否已有应对方案?"孙东方问道。

"感谢孙教授对中能集团的关心! 您刚才问中能与江海市国资委是否存在争当第一大股东的问题。据我了解到的情况,我们双方没有这方面的竞争,自然也没有矛盾。前天,中能已与江海市政府达成一致,江海市政府表示支持中能恢复第一大股东地位。不过,在具体路径上,我方主张近期江海能源不搞股权重组,如果的确看好江海能化的资产,建议江海能源通过发债购买资产,将来在时机成熟的时候再向中能和江海能化定向增发一定比例的新股。"夏炳辉说完便悠闲地品起茶来。

孙东方等了半天也没见夏炳辉还有继续说下去的意思,知道他有意回避第二个问题。眼看就要投票了,他感觉压力陡增。不管是从议案本身的角度,还是从维护中小股东利益的角度,他都是倾向于投赞成票的。然而他一个人投赞成票没用,如果今天的投票结果达不到2/3以上的赞成,议案肯定被否,接下来江海能源股价必然连续大跌。他仿佛看到了众多中小投资者血流成河的悲惨景象,心里阵阵痉挛起来。"不行,我得阻止悲剧发生!"情急之下,他向主持人张弓长提出一个建议:"既然今天董事会在重组议案问题上分歧很大,如果强行表决,肯定会对江海能源的品牌价值和中小投资者造成非常不利的影响。刚才中能方面董事代表说各方诉求已接近一致,看来要拿出一份各方都能接受的新方案只是时间问题。所以我想建议推迟表决,各方再充分沟通一下,待新方案确定后再投票如何?"

"来不及了。今天是停牌期结束前的最后一天。根据相关规定,董事会今天如果通过议案,股票会在重组预案报江海交易所审核通过后复牌。如果议案被否决,公司必须立即宣布重组失败,下一个交易日,也就是明天就要复牌。"江海能源董事会秘书王耀光替张弓长答话。

"怎么会这样?!"孙东方感觉前所未有的尴尬。他推断,在今天这场事关重大的投票中,原本在江海能源没有实在利益的4名独立董事的立场成了关键中的关键。他注意到,在刚才的发言中,那位来自国际知名投行的独立董事陈大贵说自己因利益冲突,需要回避表决,另一位独立董事滕晓明则说自己比较熟悉江海炼化,认为江海能源与江海炼化的重组整合非常有利于江海能源的发展,还说他准备投赞成票。另外还有一名独立董事,是他的朋友王超,因临时有事,不能参加今天的投票,故委托他全权代为投票。那么自己该如何投票,又该如何代王超投票呢? 他急得手心冒出汗来。

"各位董事,如果大家没有新的内容需要补充,我们将进入下一个议程——投票,请律师确认参加投票的董事名单并发放选票。"张弓长字正腔圆地宣布。

"我弃权。我现在服务的新东家与中能集团和江海能源都有业务往来,与江海能源正好有一笔数额较大的交易正在进行。我的律师告诉我,我有利益冲突,不能参加投票。"独董陈大贵首先表明态度。

"您这种情况属于利益关联,准确地说您是回避表决。"董秘王耀光赶忙接过话茬。

"对,是回避表决。"陈大贵说。

"是回避表决,对吗?"王耀光再次确认。

"是的。"陈大贵提高嗓门答道。

"那我要提醒您一下,您作为独立董事有权作出回避表决的决定,但须给我们提供书面材料,写明理由,签上大名,我们会正式公告。"王耀光说。

"没问题。我现在就让律师帮我准备,争取尽快将书面材料交给你们。"陈大贵说着就在自己的智能手机上操作起来。

王耀光没再追问,但孙东方清楚地看到他的脸上露出一丝放松的微笑,也理解王耀光的微笑意味着什么,因为弃权与回避表决有着天壤之别:弃权是在总人数没变化的情况下,既不同意,也不反对,根据董事会表决需2/3以上董事同意才能通过这个原则，弃权会减少同意的人数，在一定意义上相当于反对；回避表决则直接将参加投票的董事人数由11人减少为10人。

"如果在座的董事没有其他问题，那么我们现在就开始分发选票了。"王耀光说完，挨个看了一遍到会的每一个董事，发现大家都没有发言的意思，便示意公司律师分发选票。

孙东方拿到选票后，稍稍犹豫了一下，最后决定从维护公司发展和广大中小投资者利益出发，在自己和为朋友代投的选票上郑重地选了"同意"。

公司律师收集好选票，与公证人员一阵忙碌后，当场宣布表决结果："本次表决共收回选票10张，其中，7票同意，3票反对，达到2/3多数，议案通过。"

张弓长和曾筱华听到结果后，紧锁的双眉瞬间舒展开来，就连孙东方也因为议案侥幸过关而露出会心的微笑。

然而以夏炳辉为首的中能方面董事却突然起身发难："你们完全在瞎搞！明明是11个董事，怎么变成10个了？不行，这个结果不能算！"

"夏董，您别激动！今天的投票和计票过程完全合法合规，结果是超过2/3同意，所以议案被正式通过了。"王耀光心平气和地说。

"你说通过就通过了吗？那陈大贵董事的票为什么不算？"夏炳辉瞪着眼珠子跳到王耀光面前质问道。

"陈董回避表决，所以不应放在总人数里。"王耀光仍然心平气和地说。

"没错，陈董不在总人数之列，这的确是合法依规的。"江海能源的公司律师也在一旁帮腔。

夏炳辉更加恼火了，用手指着王耀光和公司律师的脸吼道："乱弹琴！明明是瞎搞，还要强词夺理！不行，这个结果我们不认！坚决不认！"

中能方面的另外2个董事也凑过来要求更改表决结果。

王耀光再无耐心，也拉下脸，怒气冲冲地说："不可能更改！我不仅要对公司负责，也要对法律法规负责！"

"负责？亏你说得出口！明明是瞎搞，还说得这么高尚！"夏炳辉的样子简直有点气急败坏了。

参会的其他董事见状，纷纷围上来劝解，可中能方面的董事哪里肯听？不仅不听,还把怨气直接发到张弓长和曾筱华的头上。"张董,这就是你们管理层的做派吗? 怪不得江海能源现在越来越狂,越走越远!"

张弓长一听也不乐意了,脸一黑,从喉咙深处挤出一句话来:"我们管理层长期坚持以现代企业制度塑造企业,合法依规是我们的基本准则,我完全相信王耀光先生的职业精神和专业水准,今天的表决结果不是你们想否定就否定得了的!"说完,他拎起桌上的笔记本扬长而去。接着,曾筱华、王耀光等其他在场的江海能源高层也紧跟着退了出去。

孙东方见状,走到夏炳辉身边,轻轻拍了拍他的肩膀,凑近他的耳边说:"按规定,今天的表决程序和表决结果的确没问题。你们先回去休息,有问题可以另外再沟通。"夏炳辉等人眼看江海能源的主要人员已经离开,再继续争下去也没有意义,便对孙东方道了声谢,悻悻地走开了。

当晚,江海能源发布公告称,重组议案已获得董事会表决通过。

第二十九章
中能集团拒认栽 江海能源忙庆功

夏炳辉等3名中能方面的董事一走出江海能源大厦,就由夏炳辉作为代表拨通了周明的电话,向其详细汇报了下午的董事会辩论情况、表决结果,以及他们为捍卫中能利益所做的努力。周明听后沉默半晌,才怒气冲冲地说:"太不像话了!你们务必要密切关注江海能源的动态,必要时做好应对准备。"

夏炳辉不敢怠慢,即便在前往机场的路上也不忘通过手机随时查看有关江海能源的信息。晚上8点多,刚过完安检的他顺手打开手机,一条有关江海能源的信息从某证券公司App里蹦了出来:"江海能源董事会通过重大重组决议,江海能源拟以16.79元/股的价格向江海能化增发28亿股A股,购买其持有的江海炼化100%股权,初步交易价格是470.12亿元人民币。江海能源还同时宣布继续停牌,以等待监管部门对交易方案的审批。"看完消息,他的脑袋"嗡"的一声,当时就愣在原地。2位同伴见状,忙问怎么回事。夏炳辉一手拿着手机,一手指着屏幕,结结巴巴地说:"江海能源居……居然强……强行发布公告!"两位同伴赶紧站住,掏出自己的手机,从财经网站上果然找到了江海能源的公告全文。

"这事怎么搞成这样?"夏炳辉愤愤不平地骂道,"本以为这个议案被否决基本没有悬念,没想到开会时产生那么大的分歧,现在还出现这种局面!更过分的是,我们已经强烈抗议,张弓长竟然还敢发公告!这分明是不把中能当回事嘛!"

"是啊,这事绝不能就这么算了!"夏炳辉的2位同伴也急得面红耳赤。3人一边继续往登机口走,一边紧急商讨对策。

"我看这事得从陈大贵的独董身份上找突破口。"夏炳辉的一个同伴说。

"对,这是个好主意。我刚才在路上查看了江海能源的公司章程,虽然其中第150条规定'公司董事与董事会会议决议事项所涉及的企业有关联关系,不得对该项决议行使表决权'，但是本次董事会审议的重组预案及决议事项仅仅是江海能源发行股份向江海能化购买资产，所涉及的企业只是江海炼化，不应该包括已经和即将与江海能源进行交易的其他公司。如果陈大贵与江海炼化之间没有关联关系的话，那么他就不适用章程中的回避表决条款。"夏炳辉的另一个同伴讲得更加具体。

"你们两个的发现太关键了！下午开会时陈大贵只说自己所在的机构正与江海能源进行一笔数额较大的交易，并没有说他所在的机构与江海炼化有什么瓜葛，如果有的话，他肯定也说了。所以我们完全有理由认定，陈大贵不具备回避表决的条件。换句话说，他不是回避表决，而是弃权。这样的话，参与表决的董事总数应该为11人，同意的人数是7人，没达到2/3以上同意。"夏炳辉总结道。

夏炳辉的两名同伴一致认为他总结得好，催他赶快把江海能源强行发布公告及以他们3人的意见向周明汇报。夏炳辉看看登机开始的时间还有至少20分钟，便坐在候机处编了段文字发给周明，随后又拨通对方电话进一步作了汇报。周明接到电话后，比下午刚得知情况时更加震怒，当场指示夏炳辉与集团办公室人员联系，务必在明天上午10点前完成对江海能源管理层的投诉，并要求裁决此次重组预案通过无效。夏炳辉得令后一边准备登机，一边着手照办，终于在机组人员要求乘客关闭电子设备前把相关事项向集团办公室人员作了详细交代。

第二天9点35分，一份来自中能集团的电子邮件正式发至监管部门。在这份电子邮件的附件里，中能集团以公文形式对江海能源强行发布公告表示强烈不满，对陈大贵的独董身份和表决的结果表示质疑，认为陈大贵回避表决的理由根本不成立，应计入未赞成预案的董事人数，因此，赞成票实际未达2/3的多数，重组预案并未依法通过。中能集团最后请求监管机构裁决重组预案通过无效。

江海证监局接到中能集团的投诉后，立即处理并向江海能源发去问询函。这份问询函转到张弓长的微信时，他正在同江海能源一众高管在饭店庆祝重组预案获董事会表决通过。而给他发微信的董秘王耀光就坐在他的斜对面。

"该来的还是来了，来了也没啥。"张弓长把手机随手一丢，不屑一顾地说。

"是的，昨天的决议合法合规，不容置疑。"王耀光笃定地端起酒杯，走到张弓长身边，俯身凑近他的耳边说，"陈大贵董事目前所在的机构与我们有很多笔交易,在这种情况下,他是利益相关方,的确应当回避表决,并不能因为他们与江海炼化没有交易就不用回避表决。其实,就算陈大贵不符合回避表决条件,也没人能推翻昨天的决议。"

"哦?你这么有把握?"张弓长扭过头,盯着王耀光的眼睛问道。看得出,他虽然对王耀光的专业能力非常放心,但听他这么说,还是有点吃惊。

"昨天陈大贵董事提出回避时,在场并没有董事提出异议,董事会也没有决议为他参与投票免责。中能方面因表决结果不符合自己利益,想事后否定董事会表决的合法性,那怎么行?这不是让历史开倒车吗?"王耀光进一步解释道。

"好!你这么一说,我就更放心了!"张弓长舒展眉毛,主动起身,并端起酒杯对全桌人说,"耀光在昨天的董事会表决环节遇事不乱,急中生智,对预案最终通过做出了非常重大的贡献,所以我提议,我们在座的所有人都敬耀光一杯。"

张弓长的提议令王耀光非常意外,也非常感动,他双手抱着小酒杯,脸涨得通红,站在张弓长身边不知说什么才好,待张弓长的酒杯碰到他的小酒杯上,才结结巴巴地说:"老板过……过奖了!您是江海能源的主心骨,为江海能源操碎了心,我只不过是发挥了一个专业人员应该发挥的作用,哪能受……受得起您这么高的评价?那还……还是我敬您吧!感谢您把江海能源一步步带……带到今天!"说罢,王耀光双手将小酒杯举过头顶,恭恭敬敬地向张弓长鞠了一躬,才捧着酒杯送至唇边,"吱"的一声将酒喝了下去。随后,一桌子人也都学着他的样子,对着他双手举杯,郑重地喝完杯中之酒。

"好!"张弓长放下酒杯带头鼓起掌来,"说句实在话,这两天我非常高兴,既为预案通过高兴,也为江海能源有一大批像耀光这样专业、这样敬业的职业经理人而高兴!专业、敬业、规范,这是江海能源企业文化的灵魂,也是江海能源从小到大,从弱到强,走向胜利的关键!"说到这里,他拿起酒瓶,将依然站在他身边正恭恭敬敬看他说话的王耀光手中的小酒杯加满,并示意他回到自己的座位,随后,从曾筱华开始,沿着圆桌挨个给在座的每一个人面前的酒杯加满。

"我今年已经67岁了,我的家人和一些老朋友都常常劝我退下来享受天伦之乐。事实上,如果不是郑重投资贸然闯入,我可能已将现在这个位子交给筱华了。筱华在江海能源从基层一路干上来,大家对他的能力和品行都有目共睹,由他继续管理江海能源,我也特别放心。还有在座的各位,你们都在江海能源这条大船上经受过惊涛骇浪,能力和品行都是一流的!我相信,等江海能源解决这场控制权危机之后,你们肯定能在筱华的带领下把江海能源做得更好!"张弓长说到这里,端起酒杯站起来环视一圈在座的每一个人,深情地说:"感谢大家这么多年的辛苦付出,这一杯我要敬你们每一个人!"

坐在张弓长身边的曾筱华从他的讲话中似乎听出了离别与伤感之意,忙起身扶着他的胳膊说:"老板您身体这么健朗,我们真心希望您一直掌舵下去,至少再掌舵5年没问题!"其他人见状,也纷纷站起来附和道:"是呀,老板身体这么好,我们都舍不得您离开!"

张弓长摇摇头,苦笑道:"大家的好意我领了!我身体的确没问题,但我对新陈代谢的自然规律还是懂得的。控制权问题来得太突然,又非常棘手,我只能主动走到前面。现在看来,这个问题离圆满解决已经不远了。来,我敬大家,拜托大家再坚持坚持,争取早日圆满解决这个问题!"

第二天,王耀光组织人手撰写了证监局问询函的答复,不仅一一列举了陈大贵所在机构与江海能源的交易情况,以证明陈大贵回避表决和董事会决议的合法合规性,还详细解释了重组预案对江海能源未来发展的重要意义。

第三十章

因失望周明问计 为联手炳辉媚郑

　　周明和他的团队等了2天也没见监管部门处罚江海能源,却见到了江海能源公告的"答江海证监局问询函"。周明非常失望,特意把夏炳辉等人找过去了解情况。

　　夏炳辉等3人自从江海能源强行公告董事会决议起,一直在反思事情闹成这个样子的原因,并反复讨论了下一步的应对之策。3人来到周明办公室后,尚未完全在其办公室一侧的小型会议桌前坐稳,夏炳辉便一个劲地向周明做自我批评:"这次董事会表决搞成这样,我是有责任的。都怪我对'回避表决'和'弃权'这两个概念没弄明白,不然的话,我们当场就可以指出陈大贵不符合'回避表决'的条件,结果可能就不会这么被动了。"

　　周明听完没有表态,而是将脸转向另外2人,问:"你们还有什么补充的吗?"

　　"没有了。我们的心情与夏总一样,特别后悔当时没能指出陈大贵不符合条件。"其中一人满脸愁容地说。

　　"是的,我也有很大责任。"另一个马上接着自责道。

　　"你们的态度都不错,但问题主要不在你们身上。"周明停顿了一会,才缓缓地说,"这几天我也做了一些思考,关于陈大贵的独董身份问题,江海能源算是钻了个空子。但是就算他不符合'回避表决'条件,最后的结果也未必对我们有利,因为不用'回避表决'的陈大贵如果参加表决的话,未必投弃权票,而是极可能投赞成票。那样的话,同意预案的票数就是8票,超过2/3。"

　　夏炳辉等人听周明这么说,不禁暗暗舒了一口气,心中的负罪感也一下子减轻不少。

　　"今天找你们来,不是为了追究你们的责任,你们都很尽力了,况且责任也不在你们身上。事态发展到今天这一步，就连证监局都不支持我们的诉求，我们何必还为过去纠结？我们应该往前看，要为下一步行动做好预案。"周明说。

周明说话时，夏炳辉默默观察他的表情。他发现，这位新来的大领导不仅业务水平高，还蛮有人情味，现在领导既然明确说要往前看，那自己得放主动点，便首先表态说："感谢领导宽容！其实，董事会通过重组预案只是第一步，这个预案最终能不能通过还需要股东大会表决，依我看，这个预案在股东大会上被通过的可能性并不大。"

"是吗？"周明高兴地说，"请说说你的理由。"

"根据规定，发行股份购买资产必须经过股东大会2/3以上的特别多数表决同意才行。"夏炳辉说。

"可是我们现在的股份只占16%不到啊。"周明说。

"这样的比例已经不低了，仅凭我们一家都有可能让重组协议过不了股东大会。"夏炳辉说，"江海能源是一家股份非常分散的上市公司，它的股东大会出席率一向很低。根据往常的经验，假如下次表决重组预案的股东大会出席率不足45%的话，仅凭我们一家就可以否决议案。"

周明点点头，看得出，他对这个前景还是比较期待的。不过，另一位董事的话却让他刚燃起来的希望之火很快熄灭了："下一次的股东大会对于江海能源管理层来说应该是一场生死存亡的大会，估计他们会利用一切机会动员有利于自己的力量参加股东大会。听说张弓长前一段时间频繁到一些基金公司拜票，应该是在为股东大会投票做准备。"

"你说的这种情况我已经考虑到了。"夏炳辉重新接过话茬说，"我们同样可以寻找同盟军！这个同盟军不是别人，正是张弓长特别厌恶的郑重投资。我们两家的股份加在一起接近40%。只要做通了郑重投资的工作，重组预案肯定没法通过！"

"张弓长他们虽然与郑重投资的矛盾很大，但郑重投资未必会与我们一起投反对票。郑重投资举牌江海能源以来，在多次股东大会上都没有提出过自己的诉求，既没有要求把自己人放进公司董事会里，也没有要求修改公司章程。所以在我看来，郑重投资更像一个财务投资者。如果他们跟我们一起对重组协议投反对票,并且最终否决议案,江海能源复牌后,股价肯定要大跌,最吃亏的还是郑重投资!"周明提醒道。

周明的话令夏炳辉等人陷入了沉思。夏炳辉低头想了一会,才向周明主动请缨说:"我跟郑重投资有过一些业务上的联系,让我去做做他们工作吧!"

郑重接到夏炳辉的电话后先是愣了一下,心想,中能的老总们一向朝南坐,今天怎么突然想起给我打电话了?当夏炳辉说要与他当面商讨江海能源并购江海炼化一事时,他瞬间就明白怎么回事了。

"欢迎欢迎!"郑重当即向对方发出了热情的邀请,并说希望有机会宴请一下央企的领导。

夏炳辉说,谈事要紧,饭就不吃了,因为总部最近在落实"八项规定"方面比以前更加严格,并且听说江海有暴发疫情的苗头,万一因接受宴请而染上新冠,更不好交代。

郑重说自己有会所,绝对安全。夏炳辉则坚持谢绝。最后,两人达成一致:次日下午在郑重投资的会客厅里见面,会谈结束后夏炳辉将直接飞回京城。

次日下午1点50分,夏炳辉乘坐的黑色轿车戛然停在郑重大厦门口。当他打开车门的一瞬间,郑重那张土气中透着狡黠的胖脸出现在他的眼前。在过来的路上,郑重就给他打过电话,问他走到哪了,他如实回答,没想到郑重竟然亲自在楼下迎接他。

夏炳辉快步走上去。两人的手紧紧握在一起。

"欢迎夏总专程指导!"郑重说毕,特意指了指身边的美女,说,"这是我秘书小郑,郑木林。"郑木林向郑重抛了个媚眼,随即身体微微前倾,伸出葱白般的小手来。夏炳辉见状,猜想两人的关系非同一般,赶紧伸手相迎,象征性握了一下,并以最快的速度将她上下扫描一番,见她脸有孕斑,小腹微凸,更加确信她与郑重的关系不同寻常。

为了更顺利地实现此行目的,夏炳辉灵机一动,决定在这位美女身上做点文章。他乘郑木林落到后面,凑近郑重的耳边低声说:"恭喜郑总,身边有这么优秀的帮手!这位'小郑'的面相极好,做下属,旺领导,做老婆,能旺夫,还有她的肚子,里面怀的一看就是男孩!"

郑重听后心花怒放,激动地拍着夏炳辉的肩膀说:"夏总是高人! 夏总是高人!"

夏炳辉明白,自己先前的猜测没错,刚才的一番话正对郑重的心思。为进一步取得郑重的好感,他一本正经地说:"我哪敢称高人? 我师傅才是! 我只不过把师傅的相面术和预测术学了一点皮毛而已!"

郑重一听很感兴趣,非常虔诚地向夏炳辉恳求道:"世上还有这种高人! 那我一定要去拜访一下,到时候还要拜托夏总引荐哟!"

夏炳辉心想,郑重还真吃这一套! 我不过信口胡掰,他倒当真了! 又一想,自己作为堂堂央企高管竟然用这种方式来与民营企业家套近乎,还真够另类的! 不过,为了阻击江海能源管理层提出的重组预案,也只能这样了! 于是他豪气地对郑重说:"一定! 我师傅很忙,待他空闲时,我一定帮你引荐!"

因为有了情感上的铺垫,当夏炳辉坐进郑重的会客室里与他谈及此行目的时,郑重的态度异乎寻常地积极。

"中能集团不愧是央企中的头部企业,你们的格局就是高! 不像江海能源,不过是企业做的时间长一点,钱挣得比别人多一点而已,就能目中无人! 还说我是卖菜的,是'野蛮人'。卖菜的怎么了? 就低人一等吗?"郑重说到这里,脸都黑了,音量也明显提高不少。

夏炳辉见状,趁机添上一把火:"郑总说得对! 他们太目中无人了,眼里只有自己小集团的利益,完全不把股东当回事!"

"太狂妄了! 得让他们为自己的狂妄付出点代价!"郑重咬牙切齿地说。

"最过分的是这次强行公告重组预案。不仅狂妄到极点,也实实在在地损害了新老股东的利益。这种重组预案怎么能让它通过呢?"夏炳辉趁机又添上一把火。

"强行公告董事会决议有什么用? 他们有本事让股东大会也强行通过嘛!"郑重说这话的时候,双眼闪现一丝寒光。

"我们两家的股份合起来将近40%,只要我们两家投反对票,那个重组议案肯定泡汤!"夏炳辉说。

"我没问题,我肯定投反对票!"郑重的拳头重重地砸在旁边的茶几上。

这么快就达到此行目的,这令夏炳辉非常庆幸,也非常意外。为防郑重变卦,他决定从郑重的角度分析一下反对预案的后果,看看他会有什么反应。

"郑总,我们认识差不多有3年了,共同投资的项目也有好几个。在工作上,我们始终相互支持,相互成就,也因此结下了深深的友谊。作为朋友,我想提醒你一下,如果江海能源管理层提出的重组预案被我们联手否决了,那股价可就有得跌了! 你们前期增持的股票要是用自有资金可能问题不大,如果那些钱是借来的,并且用了一定的杠杆,影响可能就复杂了。"夏炳辉说完,眼睛一眨不眨地盯着郑重。

郑重并不急着回应他,而是指着茶几上的果盘说:"这种冬枣是我一个朋友特意从山西寄来的,是原生古树上结的果,现在市面上的冬枣基本上都是从那几颗树上引的种,你尝尝怎么样?"

夏炳辉拿了一颗放进嘴里,果然又脆又甜,比通常吃的冬枣好吃多了。"的确不错!"夏炳辉又挑了一颗放进嘴里。

"我有个爱好,就是喜欢吃点特别的东西。"郑重说着,也挑了一颗冬枣放起嘴里,嘎嘣嘎嘣咀嚼起来。

夏炳辉心领神会,知道郑重对预案被否决的后果已有准备,不再等他把话挑明,便把话题转到他们共同投资的几个风、光、电项目上。

过了一会,夏炳辉抬腕看看表,发现时间已经差不多了,便起身告辞。郑重再次挽留他一起用晚餐,夏炳辉也再次婉言谢绝。郑重不再坚持,却令郑木林让阿姨拿出2只纸袋,并告诉夏炳辉一只袋子里装的是刚才吃的那种冬枣,另一只袋子里装的是他特意定做的淫羊藿口服液。夏炳辉知道这些都是郑重心目中"特别的东西",便开开心心地向郑重道了谢。郑重说:"都是老朋友了,不用谢! 一点小零食而已,应该不会让你触犯有关规定。"夏炳辉会心地笑了。

郑重一直把夏炳辉送到楼下。在即将上车之前,夏炳辉拉住郑重的手说:"郑总是做大事的,运气又好,身边的秘书还能为你增加好运,太令人羡慕了!"郑重听后喜笑颜开,连说"借夏总吉言",还深情地斜眼瞄了瞄陪他一起为夏炳辉送行的郑木林。

第三十一章
郑重出手放大招 弓长针锋斥血腥

夏炳辉的到访为郑重平添了几分底气。上楼后,郑重靠在办公室的沙发里养了一会神,将中能集团与江海能源及它们的负责人做了一番比较。想到大半年来张弓长对他的冷嘲热讽以及江海能源管理层强行公告的那份董事会决议,他的胸口竟隐隐作痛起来。"去,帮我把赵钟叫来!"郑重对正在屋里帮他整理文件的郑木林说。

赵钟是郑重投资的法务部负责人,是个不到30岁的英俊小伙。几分钟之后,赵钟就捧着笔记本小心翼翼地坐在郑重的对面。"帮我起草一份声明,以郑重投资的名义坚决反对江海能源本次发行股份购买资产的预案,提议江海能源召开临时股东大会,审议罢免来自江海能源管理层的3名董事,罢免来自中能集团的3名董事,罢免所有4名独立董事,罢免张弓长那个狐朋狗友宋文凯的非执行董事,罢免所有3名监事。"

"您这是要罢免所有董事和监事吗?"赵钟在笔记本上写完最后一个字后,吃惊地抬头问道。

"没错,全部罢免!"郑重举起右手快速地画着弧线,语气坚定地说。

"那您准备提名哪些人做新一届董事和监事? 还有,谁来做董事长呢?"赵钟又问。

"不用提名!"郑重说。

赵钟意识到郑重的真正目的并非一定要推翻现在的董事会,而是为了宣示权力,提醒江海能源的管理层,谁才是公司的真正主人。他合上笔记本,对郑重说:"有数了,我这就去办。"

"等等,再加一条!"郑重叫住即将转身而去的赵钟。

赵钟赶快重新坐下。

"我估摸张弓长肯定不服这个罢免提议,所以你要特别加上一条提议罢免张弓长董事的理由,就说他在过去5年担任江海能源董事期间,长期脱离工作岗位,前往欧美游学,却在未经股东大会批准的情况下从江海能源获得8000多万元的现金报酬,严重损害了公司和广大投资者的利益。"郑重说完这句话,感觉自己就像出了一口恶气一样,特别解恨,特别舒爽。他将头枕到沙发靠背上,向赵钟轻轻挥了挥手说:"去吧。"

赵钟前脚刚走,郑木林后脚便跨了进来。她见郑重正仰靠在沙发上,以为他可能太累,便蹑手蹑脚地准备退出去。就在她即将拉开房门的一瞬间,郑重突然坐起来,笑眯眯地向她招手说:"宝儿,过来!"

郑木林不知郑重唤她何事,乖乖地走了过去,及至其近前,郑重要她再往他身边靠靠。她有点紧张,与郑重交往以来,她从未与他在办公场所有过亲密接触,便不由自主地抬眼往门口看了看。"瞧你那德性!这是我的地盘,有什么好紧张的?"郑重的话听起来有点甜腻。郑木林不再顾忌,一直走进郑重两腿留出的缝隙。郑重坐直身体,紧紧揽住郑木林的后腰,将耳朵紧贴在她的肚皮上。"能听到什么吗?"郑木林问。"能听到你肠胃翻滚的'吱吱'声。"郑重龇牙道。"就你会贫!"郑木林用雪白的手指轻叩郑重的头皮,撒娇道,"才几个月,哪能听得到胎动?!"郑重没回应,却兀自掀开郑木林的衣襟,在她雪白微凸的肚皮上一个劲地亲吻起来。郑木林先是感觉奇痒无比,继而浑身舒爽。她勾着郑重的脖子,喃喃道:"你今天怎么了?就像个孩子。"郑重停止亲吻,两眼满是柔情地看着郑木林说:"没什么,谢谢你带给我的运气,我得好好守护你!"郑木林被他这么一说,有点丈二和尚摸不到头脑,心想,这家伙平时对我还算不错,但给人一种居高临下的感觉,今天倒好像换了一个人似的!其实,她还不知道,夏炳辉跟郑重说的那番话已经彻底颠覆了她在郑重心目中的地位,她已不再是郑重眼中的金丝雀或生育机器,而是他的福星了。

却说赵钟起草的"声明"经过郑重投资内部的必要程序审定后,很快就在公司官网上发布出来。眼尖的媒体自然不会放过这么好的炒作机会。一时间,各种解读铺天盖地。

张弓长看到郑重投资的"声明"及各种解读后,心里堵得特别难受。在他的逻辑里,只存在他看不起郑重的问题,根本不存在郑重看不起他的问题。现在好了,他不屑一顾的那个"鱼贩子""野蛮人"不仅要罢免他及其他所有董事、监事,居然还敢拿他游学的事来做文章,是可忍,孰不可忍!他紧急召集曾筱华、王耀光等一众高管,准备讨论一个应对方案来。

"郑重这小子终于出手了!第一次行使股东权利就弄出这么大动静!我早就说过,是狼总是要吃人的!郑重就是条狼,再怎么伪装,也掩盖不了吃人的本性!"张弓长黑着脸说。

"这小子太过分了!"曾筱华附和道。老实说,对于郑重憋出的这个大招,他也非常恼火,毕竟他也是郑重要罢免的董事之一。对于郑重特意说出罢免张弓长的理由,他却暗自认为这一点算是被郑重抓到关键了。作为一名江海能源的高管,他并不希望公司里有人搞特殊化。然而张弓长对他可谓恩重如山,又是现任董事长,所以他只能对张弓长拿着巨额报酬去海外游学一事睁一只眼闭一只眼。现在这事既然被郑重点出来,那么张弓长今后应该不会做得太离谱了。

"我们得反击一下!"张弓长说,"逐利是资本的本性,本来无可厚非,但是我们不是资本的奴隶,郑重休想通过资本来让我们屈服!"

"老板讲得太好了!要么我来起草一份公开信,把您刚才讲的几句话写进去,让更多的人知道我们的态度和反击资本奴役的决心。"董秘王耀光主动给自己揽了个活。

"是得回应一下,我找你们来,就是要商量这事。除了亮明我们的态度,最好在公开信里把郑重投资举牌以来对江海能源造成的负面影响也罗列一下,让更多的人认识到资本的血腥。"张弓长说。

"好。我大致考虑了一下,负面影响可能有以下几个方面:第一,郑重投资的举牌严重扰乱了公司的正常经营,一些原本进展良好的项目面临资金紧缺或合作方要退股的风险;第二,银行和评级机构开始怀疑公司的信用风险,个别银行和评级机构甚至打算下调公司的评级;第三,公司人员稳定受到严重干扰,一些猎头公司趁机联系公司员工,人才流失风险大大提高。"王耀光一口气说出3条负面影响。

"很好！把这些都写上！你再好好想一想，还可以多罗列几条。"张弓长肯定地说。

"我们一下子公布这么多负面影响，将来股票复牌后，会不会对股价造成不利影响？"曾筱华提醒道。

"肯定会有影响！"张弓长狡黠一笑说，"要的就是这个效果！"

郑重投资的"声明"不仅引发了江海能源的强烈反应，也招来了江海证券交易所的关注函。赵钟得知信息后，第一时间找到郑重。

"老板，交易所给我们公司发问询函了。"赵钟将打印好的问询函小心放在郑重的案头。

郑重皱了皱眉，顺手拿起来瞄了一眼。只见上面写道：

郑重投资有限公司：

近日，你公司发布"声明"，声称要罢免江海能源所有董、监事，在社会上引起很大反响。已有多家媒体质疑你公司与中能集团系一致行动人关系，双方多次秘密接触，同时宣布将在下次股东大会上联手否决江海能源发行股份购买资产的预案，并指控江海能源存在内部人控制的问题。

我部对此高度关注。请你公司及一致行动人核查以下事项并说明：

1. 你公司及一致行动人提出罢免董、监事的理由是什么？为何没有同步提名董、监事候选人？相关董、监事罢免后，江海能源的日常经营是否会受到影响？如果有，你公司作为第一大股东有没有消除相关影响的具体措施？

2. 请说明你公司及一致行动人作出提议召开股东大会决定的相关程序及具体时间，并说明罢免董监事的议案与你公司一贯强调的"暂无计划改变上市公司现任董事会或高级管理人员组成"的说法是否相符，是否存在违反承诺的情形及判断理由，并说明拟采取的后续计划。

3. 请你公司及一致行动人自查，是否与中能集团及其一致行动人签订过一致行动的协议或作过共同扩大所能支配的江海能源表决权数量的其他安排。

请你公司于2022年2月28日前将上述核实情况书面回复我部。

特此函告。

江海证券交易所公司管理部

2022年2月26日

"问得还挺细!"郑重将问询函往桌上一丢,眯起眼睛望着赵钟问,"你怎么看?"

"这很正常。我们把动静搞得那么大,监管部门总不能袖手旁观。"赵钟说。

郑重又问:"这么说,这份问询函还得好好答复一下喽?"

"那当然。郑重投资现在是江海能源的第一大股东,监管部门那里总是要好好配合的。"赵钟答道。

郑重点点头,再问:"你感觉怎么答复比较好?"

"如实回答,但需要使用一些策略性的表述。"赵钟挺了挺身子说,"对第一条,我们可以说目前的江海能源董监事不能尽职履责,比如,上次董事会通过的重大重组决议就完全没有考虑大小股东的利益,所以必须全部罢免。至于为什么不同步提名董、监事候选人,那是因为我们希望为全体股东保留充分准备的时间,同时也对江海能源管理层保留一定的期待。"

"这么说有意思!"郑重对赵钟不禁高看了一眼。

"谢谢老板!"赵钟不急不缓地接着说,"关于相关董、监事被罢免后会不会影响江海能源的日常经营活动,我们可以说,罢免江海能源本届董、监事会的议案并没有触及公司总裁、副总裁等高管职务,也不会改变江海能源的内部管理结构和日常经营管理规则。"

"高!这么解释就把曾筱华这些具体干活的人与那个不干实事却牛哄哄的张弓长巧妙区别开了!并且既然没有什么影响,那我们也就没有必要提供什么应对措施了!"郑重开心地哈哈大笑起来。

"第二个问题就比较容易回答了。我们可以说,罢免董、监事与不改变高级管理人员的承诺并不矛盾就行了。然后再强调一下,罢免董、监事并不必然导致公司核心管理团队的更换,并且我们非常认可目前管理层在日常经营中的表现和业绩。"赵钟说。

"可是你好像没有回答罢免董、监事为什么不违背我们无计划改变现有董事会的承诺。"郑重感觉自己终于发现赵钟的"破绽"。

"哦,这就是我前面跟您说的策略问题,罢免全部董、监事本质上就是要改变现有董事会,但是我们自己不能承认啊,所以最好把这个问题绕过去。反正您的目的又不是真要罢免他们,时间一久,大家对这个问题也就不会关注了。"赵钟说。

郑重感觉有理,并有了回答第三个问题的强烈冲动,他稍稍想了一会,便晃动着油乎乎的大脑袋,说:"第三个问题好像最好回答。就说我们与中能集团虽然有具体项目上的合作,但我们不是一致行动人,因为我们提议罢免的11名董事中有3名来自中能集团!"

"是的,这么回答就行!"赵钟也反过来夸起郑重。

一件看似很棘手的问题,就这样被他们两人在办公室里解决了。对此,郑重非常高兴,笑呵呵地对赵钟说,准备重点培养他。

与郑重投资同时接到交易所问询函的还有中能集团。不过,他们需要回答的问题只有一条:中能集团与郑重投资是否为一致行动人?夏炳辉接到问询函后,第一时间向周明作了汇报。周明只说:"笑话!堂堂央企怎么可能跟一个名不见经传的民营企业勾肩搭背?"夏炳辉心领神会,找来下属起草了一份简要回复,便按程序提交给交易所并抄送江海能源了。

虽然中能集团和郑重投资都在回复交易所问询函时坚决否定了坊间关于他们是一致行动人的传闻,但他们对江海能源管理层的强烈批判态度还是让张弓长感受到不小的压力。

第三十二章
才答记者刁钻问　又闻后院闹心事

2月27日上午，张弓长应邀出席一个企业家论坛。他本来想以身体不适为借口，回避这场活动，可是禁不住主办方的软磨硬泡，最后还是答应了。不过，自进入会场开始，他就倍感压力，情绪也随之低落到极点。久经沙场的他竟然也知道这世上还有"怕"字：一怕见熟人，二怕见记者。

然而世事就是这么奇怪，怕啥就会遇到啥，他座位两边坐的都是交往了多年的老朋友。左边是江海能源协会的常务副会长，右边是某城商行行长。

副会长见到他时，一把抓住他的手，关切地说："几天不见，你瘦多了！我知道你最近压力大，但再大的压力也要吃饱睡足，都快70岁的人了，董事长可以不当，身体千万别累垮了啊！"张弓长明知对方是关心他，却感觉他的话特别刺耳，尤其是他的话音很大，引得周围的人齐刷刷看过来，似乎他的江海能源董事长头衔已经被免一样。这极大地刺伤了他的自尊心，却又不好流露出任何消极的情绪，只能故作轻松地拍拍对方的肩膀，说："放心，事情还不算太糟！"

相比之下，那位行长的表现就要冷静得多，见到张弓长只是礼貌地跟他握了握手，便一门心思打开手机查看微信了。行长的态度让他感受到另外一种失落。想当年，那位行长为了说服江海能源在他们那里多存点钱，对他不知有多殷勤，不仅三天两头登门拜访，还常常组织各种高端宴会并请他担当主宾。

"世态炎凉，世态炎凉呀！"张弓长在心里暗暗嘀咕。他决定安心当一名听众，尽量不要发言并回避与人交流。然而他的这个愿望难以实现。一方面，他是名人，走到哪里都会引人关注；另一方面，江海能源正处于舆论旋涡，他作为江海能源的掌门人想不引人关注都难。就在他趁论坛中间休息去卫生间的路上，一帮早已盯上他的记者手持"长枪短炮"围了上来。这要是在以前，张弓长很可能拿出一副高冷的姿态让他们知难而退,或者干脆让手下人把他们轰走了,但现在的他非常需要与记者们搞好关系,并通过他们传递一些自己希望传递的信息。他非常配合地在原地站好,并努力挤出一脸的笑容。

"请问张董事长,您如何看待郑重投资要通过股东大会罢免江海能源全部董、监事这件事?江海能源是否已收到郑重投资关于提议召开股东大会罢免全部董、监事的正式文件?"一个精干的小伙将一只有"JHTV"标识的话筒伸到他的面前。

"郑重投资目前是江海能源的第一大股东,有权行使任何股东合法权益,公司日前已收到郑重投资关于提议召开股东大会的来函,作为公司管理层我们会做好相关配合工作。"张弓长颇为认真地回答道。

张弓长的认真态度对小伙子是一种极大的鼓励,他随即又抛出一个事先准备好的棘手问题:"我们注意到,郑重投资虽然提议罢免江海能源的所有董、监事,却没有提名新的董、监事。很多人评论说,郑重投资提出这种并不严肃的议案,更像是一种威慑,目的在于提醒江海能源管理层,谁才是江海能源的真正主人。对此,您怎么看?"

张弓长愣了一下,心里面五味杂陈。他将江海能源一手带大,把它当成自己的孩子,从没有想过这个"孩子"的爸爸还会另有其人。对于社会上的议论,他多少了解一些,也明白郑重此举的真实目的确实有点向江海能源管理层,特别是向他个人秀肌肉的味道,可他又能说什么呢?不过,既然记者向他当面提出了这个问题,不回答也不太好,他只好策略性地回应说:"我们无法猜测大股东此举的真实目的。江海能源一向注重公司治理,管理层一向严格遵守《公司法》和《公司章程》赋予的权利和义务,尊重每一个股东的合法诉求,并积极配合相关工作。"

张弓长的话音刚落,另一个自称《江海证券报》记者的美女立即提出了一个新的问题:"您刚才说江海能源一向注重公司治理,可郑重投资在声明中对江海能源的公司治理提出了严重的批评,说你们在没有明确重组标的的情况下,火速停牌,属于滥用停牌制度,也严重损害了股东们的基本权利。对此,您怎么看?"

"对于这个问题,我之前在不同场合多次作过说明,公司当时在实施紧急停牌时已经与江海能化进行过接触，并且我们认为它是一个比较合适的战略合作伙伴，为防止双方接触时透露消息，进而引起江海能源股价的非正常波动，我们依据相关法律法规，对江海能源实施紧急停牌。我们这样做的出发点就是为了维护广大投资者的基本权益，不存在损害他们权益的问题，更不存在违反相关法律法规的问题。"张弓长一字一顿地说。

"是的，我们注意到您及江海能源其他高管有过您刚才这样的解释，我们也注意到郑重投资和中能集团这两个新老股东都不认同你们的解释，这是否说明你们在与股东沟通方面存在问题呢？"美女记者追问道。

张弓长定睛看了看美女记者，心想，这个问题问得有点扎心啊！好在自己这段时间也进行过反思，之前在处理股东关系上的确有不妥之处，给人的感觉就是过于傲慢，现在记者既然问了这个问题，那自己干脆借记者之口表达一下愿意反省的姿态。于是，他稍稍酝酿了一下情绪，诚恳地说："感谢记者朋友对公司和我个人的监督！正如你刚才所说，我在与股东沟通方面存在一些问题，常常表现出一种居高临下的优越感，对郑重先生有所冒犯，并可能在一定程度上让'野蛮人'这个说法指向了郑重先生，对此，我要向郑重先生表示道歉。"

"谢谢张董事长！您作为知名企业家还这么谦虚，太令人敬佩了！"美女记者给张弓长送了一顶花帽子后，紧跟着又提了一个问题，"郑重投资在声明中说您长期脱离工作岗位，在欧美游学期间，未经股东大会批准从江海能源获得现金报酬8000多万元。对此，您有什么要说的吗？"

张弓长从记者们提出的前几个问题中已经意识到今天的答记者问绝不会轻松，没想到他们哪壶不开提哪壶，竟然提了这么一个异常敏感的问题。然而事已至此，他只好全力维护自己的形象了。"您提到的这个问题根本不存在。前几年，我的确常去欧美游学过，但那不是游山玩水，而是边工作边学习。事实上，我在游学期间，不仅学到了知识，开阔了眼界，提高了管理能力，还为公司拓宽了资源边界，并有针对性地考察了很多项目，实质性参加了一些中外合资项目的具体谈判工作。郑重先生把游学拿出来说事，可能与他不熟悉江海能源的经营管理情况有关系。将来合适的时候，我可以当面向他解释清楚。"张弓长说。

"张董事长，您好！我是《江海金融时报》记者刘铃。您刚才的一番话让我看到了中国改革开放后第一批成功企业家的谦逊与豁达，我注意到您之前提到郑重董事长时，一般都称他'郑老板'，今天为何一改之前的藐视态度而称他'郑重'先生呢？"刘铃不愧是资深记者，这种问题也只有她能提得出来。

张弓长突然有一种被人揭开面罩的感觉，脸上火辣辣的，好在他见多识广，很快镇定下来，并淡淡一笑，反问道："是吗？一个称呼而已，真有那么玄妙吗？"

刘铃知道他是在有意掩饰，为体现自己对一个杰出企业家的尊重，没有继续纠缠这个问题，而是话锋一转，问他对自己和江海能源的未来有什么打算。

"我今年已经67岁了，像我这么大年纪依然在企业一线奋斗的人并不多。事实上，如果不是江海能源遭遇大股东更迭，我早就退居二线了。江海能源的未来是年轻人的，曾筱华他们这些年轻高管都非常优秀，相信他们能把江海能源的优秀文化传承下去并把江海能源带到更加辉煌的高度。"张弓长的语气中带着淡淡的失落。

"听您的口气，是准备从现在的位子上退下来吗？"刘铃问。

张弓长又是淡淡一笑说："我的去留已经不重要了，重要的是江海能源的优秀文化和企业治理机制能够延续下去。"回答完这个问题，张弓长抬腕看了看表，又往四周张望了一下，正好看到秘书从远处向他走来，便以"还有要事处理"为由与记者们握手告别。

望着张弓长斑白的头发和依然挺直的腰杆，刘铃心想：这个特立独行的老人今天的姿态真低，他的低调能赢得郑重投资和中能集团的理解吗？

张弓长和秘书快步走进电梯后，看看记者们已各自散去，这才稍稍松了一口气。

"公司那边刚才出了点事情，曾总知道您在开会，不敢打扰您，特别嘱咐我趁您方便时，及时把情况汇报一下。"秘书趁电梯里没有他人，神色慌张地对张弓长说。

"什么事？"张弓长还没从刚才的低落情绪中恢复过来，见秘书神色紧张，心里跟着一惊。

"公司有员工前往市政府请愿，目前已被工会刘主席劝回来了。"秘书说。

"请愿？请什么愿？"张弓长感觉很纳闷。此时，电梯的门恰巧打开了，进来两个陌生人。秘书不便回答。张弓长也只能忍着，并趁此空档给论坛主办方发了条微信，说自己因事提前离开，中午就不在这里用餐了。

直到登上前来接应的轿车，秘书才向张弓长接开谜底。原来，今天一早，近百名公司员工结队来到市政府办公大楼前向市民宣读请愿信，随后将准备递交给市信访办的请愿信留在了市政府传达室。此外，部分员工还打出了白纸黑字的横幅，横幅上书"无故罢免，丧心病狂"及"坚决捍卫江海能源体系文化"。秘书还介绍，这份请愿信的内容大致是抗议资本玩家郑重投资联手央企中能集团无故罢免江海能源全部董、监事，全面否定江海能源的历史成就和企业文化，全面否定江海能源员工的卓越工作，试图把江海能源推向万丈深渊。请愿书呼吁市政府出面主持公道，坚决查处郑重投资和中能集团相互勾结的非法行为，帮助江海本地优秀企业抵御恶意资本的入侵。

张弓长听完秘书介绍后，感觉很解恨，心想，这些员工倒是说出了自己的心里话。不过，作为一名资深企业家，他也意识到这样的请愿活动很容易引发一些社会问题，便向秘书打听那些请愿者现在怎么样了。秘书说，工会刘主席得知情况后及时赶到现场把他们都劝回去了。张弓长这才放心，心里却有一种说不清道不明的感觉，甚至希望员工们能将事情闹得更大一点。

"人虽然都回去了，但事情还在发酵。现在网络上流传一份'总部通知'，大意是，今天上午，公司的部分员工拟自发前往市政府进行和平请愿，请求市政府帮助江海能源抵御资本恶意入侵。请告知本部门同事，大家可自行决定是否参加。"秘书说。

"还有这事?"张弓长有点惊讶，他意识到问题的严重性，一旦有人拿此事做文章，说江海能源管理层故意煽动员工闹事，严重破坏正常的社会秩序，这件事的性质就变了。

"我也说不清楚，但网络上的确有一份通知在流传。"秘书说着，从微信里翻出那份"通知"，并将手机递到张弓长手中。

张弓长一看，果然如此，立即拨通了工会刘主席的手机，问他是否知道这份"通知"到底怎么回事。刘主席说，他已经了解过，公司内部从总部到各个部门都没有发过类似的通知，"通知"系个别员工忧虑公司发展前景，假托某部门名义发在公司内网里的，目前，他已对发布这份"通知"的员工进行了批评教育，指出了问题的严重性，同时，也协调过公司公关部门，准备把网络上的帖子全部删除。张弓长这才真正放心，并再三叮嘱刘主席持续跟踪事态发展进程，争取尽快消除此事的不良影响。随后，他关掉手机，闭目沉思，心想，这事做得漂亮，接下来，如果能把指向管理层的负面舆论压下去就更加完美了！

第三十三章
老朋友仗义助力　小娇妻浪漫迎夫

"丁零零……"一阵清脆的手机铃声又把张弓长拉回到现实。他拿起手机一看,原来是老朋友宋文凯打来的。

宋文凯在张弓长最初创业时,就将自己多年积攒的5万元人民币投到江海能源,按当时100万元的注册资本占股5%。此后几十年间,不管江海能源处于顺境还是逆境,都对张弓长坚定支持,不仅没有退过一股,还把历年来的分红全部用于逢低买入江海能源股票。目前,宋文凯是江海能源持股最大的自然人股东,持股比例近2%。

张弓长接通电话,问老朋友找他是否有事。宋文凯说,刚才通过微信给他发了一份文件,叫他赶紧打开看看,看过以后早点回个电话。

张弓长挂掉电话,从微信里找到了那份文件。打开一看,才知道这是一份写给证监会、银保监会、国家国资委、江海证监局、江海证券交易所和香港联交所的实名举报信。举报人正是宋文凯本人。这封举报信洋洋洒洒好几千字,从5大方面质疑郑重投资和中能集团的关系,认为它们是货真价实的一致行动人关系,并请求监管机构对他们给予相应的惩处。张弓长看完后的第一个感觉同听说公司部分员工去市政府递交请愿信一样,心里特别高兴。

回到公司后,张弓长草草吃过工作午餐,便将自己关进办公室里。他要和老朋友好好讨论一下那份举报信,使举报信所列举的事实更经得起推敲,对郑重投资和中能集团有更大的打击力度。

"这封信写得很好,也很及时!谢谢你在关键时刻站出来给我助力!"张弓长打通宋文凯的电话,便兴奋地说。

"客气了!就凭咱哥俩这么多年的交情,你现在的情况这么艰难,我总不能袖手旁观吧？另外，他们这么闹下去，肯定不利于江海能源的发展，也最终会损害我的利益。所以不管是为你，还是为我自己，这份举报信都得写！"宋文凯在电话那一头回应道。

"那好，我就不跟你客气了。现在我来跟你一起就你提出的5大问题再聊几句。你的第一个问题从江海能源与中能集团有多个合作项目来推测他们双方应有一致行动人协议。对这种推测，私下里想想没有大问题。但是你从郑重投资疯狂增持江海能源股票并威胁到中能集团第一大股东地位时双方还有密切的项目合作，来推断他们之间有秘密协议，这是不是太牵强了？"

"是有点牵强，不过，我也没把话说死。如果他们之间没有合谋，可以拿出证据反驳我嘛！"

张弓长想想也是，便进入第二个问题："你从中能集团自不增持江海能源股票到劝说江海能源管理层接受郑重投资这个第一大股东，再到中能集团说郑重投资不反对中能集团成为第一大股东，推导出他们之间的关系非同一般。其实，我心里也是这么想的，只是找不到证据，所以从没在公开场合里说过。"

"看来我们想到一块去了，你不好说的话，我来替你说！找不到证据不要紧，我把问题提出来，叫他们举证反驳。"

"这个办法好！郑重投资和中能集团最初都表态同意江海能源收购江海能化，但后来他们又同时否决这个议案。你认为这里面肯定有阴谋。这样说会不会有伤和气？"张弓长提醒道。

"肯定伤和气呀！但是没有办法，我都写举报信了，算是已经撕破脸，哪还顾得上和气不和气？"

张弓长感觉他说得在理，便找到第四个问题。他发现，宋文凯将郑重投资与中能集团达成第一大股东易主的传闻与二者涉嫌内幕信息、内幕消息和市场操纵联系起来，便提醒道："传闻总归是传闻，如果你拿不出证据，他们可能会反告你诬陷。"

"反告就反告！还是那句话，我要是怕他们，就不写这份举报信了！"宋文凯的声音瞬间提高了八度。

"好好好！既然你的态度这么坚决，那我也没的说了。"张弓长稍稍停了停，接着说，"第五个问题，你直指郑重投资的资金来源不合法，这个问题问得相当好，如果能断了郑重投资的资金来源，那它就死定了！"

"哈哈，难得你表扬我一次！如果没有其他问题，我一会儿就把举报信寄出去。"宋文凯说。

张弓长想了想，感觉宋文凯说得对，如果郑重投资和中能集团不承认举报信中提出的问题，他们完全可以自证清白。于是，他再次对宋文凯表示感谢，愉快地结束了这场通话。

张弓长放下电话，顺手打了个响指，兴奋地说："干得漂亮！"他想，要是在那帮记者追着他问这问那之前，他就知道有员工会去请愿、有老友会去举报，他的底气也会稍稍足一些，至少不会在媒体面前放出那么多软话。但那又怎么样呢？员工的请愿和老友的举报能改变郑重投资要罢免他的决心吗？能改变中能集团新掌门人周明对他的厌弃吗？能改变中小股东对他的质疑吗？恐怕都不能。他强烈地意识到属于自己的江海能源时代正在缓缓落幕，而员工和老友的助力不过是为他保持了几十年的强人形象作最后的加持罢了。他重新陷入无尽的失落，并将满腔愤懑聚焦到中能集团。他拿起手机，打开微信，在朋友圈里写下这么一段话：

"人生最大的灾难莫过于遭受背叛。当你曾经无比信任、全力依靠的机构毫无顾忌地与那个试图吞掉你的恶魔联手，彻底否定你及团队的贡献时，一切都被摊到台面上了。中能集团，想干啥你就干吧！"按下确定键后，他感觉不够过瘾，随即删掉微信，配了幅孤独旅者陷入险境后仰天长叹的图片，重新发了出去。

张弓长将这条微信发出去之后，一下子陷入一种莫名的虚空状态。他半躺在沙发里，感觉自己的身体就像一团软软的棉絮，从高高的山顶上一点点一点点地往下飘落，越飘越低，越飘越小。

"梆，梆，梆……"有人敲门。张弓长强撑着虚弱的身体，抓过电动门遥控器，轻轻按了一下。门开了，曾筱华走了进来。

"老板，还好吧？"曾筱华隔着老板桌在张弓长的对面坐下，对他上下打量了几秒钟，关切地问道。

"还好。"张弓长努力振作起来，但他的声音依然非常虚弱，就像从遥远的地方传过来的一样。

"看到你发的微信朋友圈了。"

"哦。"

"事情也许没那么糟。"

"为什么?"

"讲不清楚,就是一种感觉吧。"

"哦。"

"员工请愿的事都处理好了,网上造谣说员工请愿是公司统一安排的帖子也差不多都删掉了。"

"哦。"

"不过,不排除今后郑重和中能拿这件事做文章。"

"做就做吧。"

"听说老宋写了封告状信,把郑重和中能都给告了。"

"嗯,你怎么看?"

"我还没见到那封信的具体内容,但可以想得到,老宋不出手则已,一出手必定石破天惊。"

张弓长没有回应,仅淡淡地笑了笑。

"估计郑重和中能都不会善罢甘休,但这样一闹,对我们夺回控制权至少不是坏事。"

"谁知道呢,静观其变吧。"

"也只能这样了。明天的2个会都准备好了。"

"哦。"

"明天上午的股东大会只有重组这一个议案,从郑重和中能最近的表态来看,通过的可能性很小。"

"天要下雨,娘要嫁人,随它吧。"

"明天下午的董事会议题也只有一个。"

"知道。"

"估计会全票通过。"

"嗯,没有人会同意别人无端罢免自己。"

该说的都说差不多了。曾筱华感觉张弓长的样子很疲惫，可能需要休息，便起身告辞了。

曾筱华走后，张弓长干脆移步到三人沙发上平躺下来。他的确太累，太需要好好休息休息了。待他一觉醒来，已经快到下班时间。他干脆通知驾驶员准备回家。不知为什么，在他走出房门，随手关门的一瞬间，竟突然对这间无比熟悉的办公室生出莫名的留恋之情。

在回家的路上，张弓长拿出手机，打开微信，他中午在朋友圈里发的那条微信收获了100多个点赞和众多留言。他感觉现在的人真有意思，发个牢骚，也有那么多人点赞。再看那些留言，多半是劝他保重的。他笑笑，继续查看微信里的信息，发现关于他和江海能源的信息还真不少，都与今天发生的几件事有关。

关于他上午的答记者问，好几家媒体都披露了详情，内容基本符合他的原意，只是在这些新闻后面的留言区里，说什么的都有。有人嘲笑他，说那么牛的人也有服软的时候；有人同情他，说他为江海能源奋斗了一辈子，到了晚年居然被资本逼得找不到北；有人力挺他，说大丈夫就该能伸能屈，说点软话并不影响他作为强人的高大形象……

关于公司员工去市政府请愿一事，还有人揪住那份已见不到全文的"通知"不放，说张弓长和他的团队现在连请愿这招都用上了，既说明斗争太过残酷，也说明江海能源管理层手中的牌已经不多，江海能源已到穷途末路，就算这家公司还能够存续，也很难说它能把过去的文化体系传承下去。当然，也有为员工请愿行为叫好的，说资本那么贪婪，就需要江海能源这样有血性的员工站出来。

关于他在朋友圈发的那条微信，也有不少媒体转载，有些自媒体还特意写了深度分析。他快速浏览了一下，正面评价的不多，讽刺、挖苦，说他不该把自己变成怨妇的倒有不少。

"世态炎凉，世态炎凉呀！"他叹了口气，果断地关掉手机。

驾驶员把车一直开到张弓长的湖光别墅小院门前，待他安全下车，才轻踩油门将车开走。

张弓长像往常一样轻叩门铃，可是连按三遍，门都没动静。他有点纳闷，心想，难道璐璐不在屋里？他掏出手机，重新开机，准备打电话问问怎么回事。就在电话刚刚接通的一瞬间,那扇厚重的大门吱呀一声从里面打开了,周璐璐花枝摇曳地探出头来。

"哇,大当家的回来了! 这边请……"周璐璐夸张地俯身做了个邀请的手势。

张弓长一脸懵懂,不知这个如花似玉的小娇妻葫芦里卖的是什么药。

周璐璐见状,迅速关上大门,一把勾住他的脖子,在他胡子拉碴的嘴上轻轻吻了一口,又伸出右手食指在他沟壑深深的额头上轻轻点了一下,嗔道:"傻瓜! 你忘记今天是什么日子了?"

张弓长愣住了,脑筋快速开动起来,想了半天愣是没想出个名堂。

"傻样! 别想了,闭上眼睛跟我来!"周璐璐命令道。

张弓长不肯。

周璐璐强行抹下他的眼皮,拉起他的右手说:"跟我来,不许睁眼!"

待周璐璐说可以睁眼时,张弓长才发现自己正置身于餐厅里。与往日不同的是,餐厅顶上的欧式吊灯灯光全部变成了粉红色,而那张精美的花梨木圆桌上摆满了美味佳肴,正中间还有一根通红的蜡烛跳动着婀娜多姿的火苗。

"大当家的请吧!"周璐璐把张弓长按在他常坐的一侧,自己则走到他的对面坐了下来。"我漂亮吗?"周璐璐双手托腮,妩媚地望着张弓长问。

张弓长这才注意到,今天的周璐璐特意打扮了一番,一头淡橙色微卷长发飘然垂及双肩,一袭淡紫色长袖连衣裙恰好裹紧全身。"漂亮! 漂亮! 就像仙女一样!"张弓长说着,忍不住起身走到周璐璐身后,俯身箍住她的上半身,并试图亲吻她的脸颊。

"且慢。"周璐璐抬手挡住张弓长微撅的双唇,嗔道,"你还没说今天是什么日子呢!"

张弓长又愣了一下,急中生智地说:"生日快乐!"

"切! 我什么时候跟你说我是今天出生的了?"周璐璐不满地摇摇头说,"你呀你,成天想的都是公司那点破事! 连我们的结婚纪念日都不记得了?"

张弓长这才恍然大悟,3年前的今天,他在黄浦江上租了一艘同时能乘300人的豪华游艇,给了她一个异常浪漫的婚礼。"时间过得真快! 谢谢你给了我这么多的快乐!"张弓长再次将嘴凑近这个比他女儿还要小十几岁的娇妻的粉脸。

周璐璐这回不仅没有回避,还扭头在他的老脸上回了一吻。"回到你自己的座位吧。"周璐璐侧身在他的屁股上轻拍一下,娇滴滴地说。

张弓长"嗯"了一声,乖乖地回到自己的座位上。

周璐璐拿起早已倒好红酒的醒酒器,起身给张弓长和自己分别斟上。

"来,干杯!"张弓长举起高脚杯,正准备与周璐璐碰杯时,裤兜里的手机响了。他下意识地放下杯子,掏出手机,原来是曾筱华打过来。

曾筱华说,老宋那封举报信闹得动静很大,现在几乎所有的财经媒体都在讨论这件事,都说江海能源是幕后推手,因为举报人宋文凯是张弓长的铁杆老友,就连市证监局也打电话询问江海能源对这件事怎么看。曾筱华还说,本来自己想说个别自然人股东的举报纯属他们自主决定,与公司没有任何关系,但考虑到宋文凯是老板的老朋友,所以特意打电话询问这么回答行不行。

张弓长正沉浸在甜蜜的二人世界里,哪有心情考虑过多,便随口对曾筱华说,说得很好,他自己就不补充了,随后匆匆挂掉电话。因担心再有人找,他干脆关掉手机电源,全心全意投入到周璐璐为他特别营造的温柔之乡里……

甜蜜的一夜之后,张弓长精神抖擞,容光焕发。院里的小鸟唱着婉转的小曲,天上的太阳洒着金色的光芒。尽管如此,在2月28日上午召开的股东大会上,中能集团还是联手郑重投资否决了江海能源的重大重组议案。虽然结果早在张弓长意料之中,然而当计票人当众宣读计票结果后,他的脸色还是变得铁青。"你们不仁,休怪我无义!"他把双拳攥得咔咔作响,没与任何人打招呼,便悄然退出会场,一头钻进自己的座驾里。"回公司。"他丢给驾驶员3个字,便交叉起双臂倒靠在座椅上。

下午的董事会同样没有出乎意料,唯一出乎意料的是与会的11名董事以全票赞成的方式通过了"关于不同意郑重投资有限公司提请召开2022年第二次临时股东大会的议案",这就意味着来自中能集团的3名董事也对郑重投资试图罢免江海能源全部董事的闹剧予以坚决否定。张弓长的心情稍稍舒服了一点,也仅仅是舒服一点,因为他知道,郑重提出罢免议案的目的更多还是为了泄愤。只是郑重可能不知道,重组议案被临时股东大会否决后,张弓长比他还想泄愤。从现在开始,他要对郑重投资杀个回马枪了。

张弓长将参加董事会的各位非执行董事送进电梯。待电梯门关上,他轻轻拍了拍曾筱华的肩膀,说:"到我办公室来一下。"曾筱华会意,随他一起走进办公室。

"股票该复牌了,你招呼下去吧。"张弓长不待曾筱华坐稳,便直截了当地说。

"您是指我们的江海能源吗?"曾筱华似乎不太相信自己的耳朵。

"当然。别人的我也管不到啊!"张弓长冷笑道。

"我记得当初停牌的目的有2个:一是防止郑重继续增持,二是增加郑重的持股成本。如果现在就复牌,您就不怕郑重增持吗? 也不利于增加他们的持股成本呀!"

"当时是当时,我们对郑重投资的情况还不太了解,以为他手里还有不少钱可用,现在看完全不是那么回事。"

"最近疫情扩散得厉害,资本市场情绪偏空,我们的重组议案又被股东大会否决了,如果立即复牌,估计得吃两至三个跌停板,您看是不是以继续优化重组预案的名义再停牌一段时间呢?"

"要的就是跌停,越多越好! 再过一段时间,如果大盘走好,可能就没有跌停的机会了。"

"这个我就不明白了,看不出现在公司股票大跌对我们自己能有什么好处。"

"是没有什么好处,甚至还会有坏处,但是对某些人坏处更大,并且可能是致命的坏处。"

"您是说对郑重坏处更大。"

"是的。商战就是这样,有时候只要能给对手造成更大的伤亡,哪怕自己牺牲一些,也值得大干一把。我最近测算了一下,郑重的持股成本大概在每股18元至20元,这样的话,只要股价快速下跌30%左右,他们必然爆仓。"

"也许他们会补仓。"

"他们没钱了,就算想补也补不了多少,根本阻止不了爆仓。到时候,看他们怎么办!"

"郑重用了10多倍的杠杆,真要是爆仓了,一定会很惨。这对郑重这种恶魔来说,倒也是罪有应得。不过,我们公司的基本面这么好,如果再下跌30%,说不定会招来其他的恶魔。"

"这种可能性是存在的。但眼下顾不了这么多了,先把郑重搞残再说。"

"行,我这就去安排复牌。"

"稍等。老宋那封举报信现在好像发酵了?"

"是的,今天中午还有一个记者打电话找我,问我事先是否知道宋文凯举报郑重投资和中能集团？还说现在市场上都在传说江海能源是宋文凯写举报信的幕后主谋。我说,我们事先并不知道宋文凯举报一事,更不可能是他的幕后主谋,他的行为只代表他个人,与江海能源无关。他作为持股接近2%的个人股东,有权维护自己的利益。"

"嗯,回答得好！听说中能那边反应很激烈,还说要追踪老宋的诽谤责任呢！倒是那个郑重比较鬼,干脆回答说不知道有举报一事,看来还是底气不足啊！"

"中能不过是嘴硬而已,人家就是质疑一下,他们如果跟郑重投资没有私下结盟,完全可以拿出证据嘛！"曾筱华说完,便起身回去执行张弓长的指令。

第三十四章
张弓长再出重拳 死对头安然无恙

　　3月1日,江海能源在停牌两个半月后复牌,并毫无悬念地以跌停开盘。在连续两天无量跌停后,江海能源在3月4日以下跌3.5%开盘,随后成交量逐渐放大,但全天价格都没有超过开盘价,至收盘时跌幅5.3%。3天下来,江海能源由复牌前的21.65元/股跌至16.61元/股,总跌幅23.3%。

　　张弓长密切关注着江海能源的股价走势,默默盘算着还要跌多少,郑重投资才会爆仓。然而当他看到江海能源在复牌第三天便不再跌停,心里不免有些失落。如果郑重投资的持股成本真如他测算的那样,是18元/股至20元/股,那么郑重投资的9个资管计划平仓价应该在14.4元/股至16元/股。按今天的收盘价算,江海能源的股价距他们推断的最高平仓价还需再跌3.67%。要是从明天开始,股价不跌反升,郑重投资就更不会爆仓了! 张弓长感觉还不解恨。更令他不快的是,江海能源在3月4日竟然收出一根跌幅1.3%的假阳线,郑重投资当晚给江海能源发来一份通知,称其在3月3日至4日,通过资管计划在二级市场增持江海能源7000多万股,占总股本的0.68%,至此,郑重投资及其一致行动人所持有的江海能源已由本次复牌前占总股本的24.32%升至25%,完成了第5次举牌。

　　郑重投资居然还有钱增持? 他们就不担心爆仓吗? 张弓长百思不得其解。他把曾筱华和王耀光同时叫了过来。

　　"股价好像跌不动了。"张弓长一边缓缓走向沙发,一边看似平静地对已经就座的曾、王二人说。

　　"利空可能还不够。"曾筱华从张弓长苦大仇深的表情中快速捕捉到埋藏在他心底的深深忧虑。

　　"那就再加点利空吧。"张弓长的双眼骤然射出两道凛冽的寒光。

　　曾筱华打了个激灵,凭他跟随张弓长几十年的人生经验来看,张弓长这是准备鱼死网破了。他深知张弓长"不战则已,战必倾尽全力"的个性,便毫不犹豫地说:"老板,您想怎么加利空,我们配合您!"

　　"我也是,全力配合!"王耀光也积极表态。

　　张弓长点了点头,转而问了另外一个问题:"还记得老宋的那封举报信吗?"

　　曾、王二人同时点了点头,心想,这才发生几天,怎么可能不记得?

　　"这事现在还闹着呢。中能见到监管部门转去的举报信后非常恼火,立即委托律师发布一篇言辞激烈的声明,说宋总虚构事实,恶意诋毁中能,严重误导公众和监管机构,已构成对中能集团名誉权的不法侵犯,要求宋总立即与中能集团取得联系并公开道歉,否则,他们将追究宋总的法律责任。宋总看到中能的律师声明后,再次发表声明,说自己那封举报信的内容都有可靠的信息源,中能有义务向监管部门和公众如实正面回复质疑,而不是凭借自己的特殊地位随意恐吓质疑的人。倒是那个郑重比较明智,最初被问到这事时,他说还不知道情况,等回去了解一下再说。现在已经过去好几天了,还没见他出来反驳宋总,看来还是心虚呀。"王耀光将宋文凯与中能集团及郑重投资的交手情况简单介绍了一下,随后跟了一句,"我看这事也就是闹一闹,最后大概率会不了了之。"

　　"就算不了了之,宋总闹得也值,至少可以让他们收敛一点。"曾筱华说。

　　"没错,就是不让他们消停!"张弓长对曾筱华的态度表示肯定,并进一步说出自己的想法,"老宋这条路我们也可以试试。"

　　"您是说我们也写举报信吗?"曾筱华问。

　　"对。"张弓长点点头。

　　"也像宋总那样举报中能集团与郑重投资私下结成一致行动人吗?"王耀光也问道。

　　"那倒不必,老宋已经把他们扒得很透,我们再从这个角度举报,就没什么新意了。所以得弄点不一样的东西,更重要的是,我们的举报信要能重创股价。"张弓长说。

　　"重创股价?"王耀光似乎不相信自己的耳朵。

　　"是的。"张弓长异常肯定道。

"这好像有点操纵市场的味道。另外……"王耀光顿了顿,偷眼看了看张弓长,说,"手段好像有点不太光彩。"

张弓长笑了,声音很大,也很阴郁。笑完之后,他起身走到门后,从挂在门背后的飞镖盘上拔下一只飞镖,后退几步,将那只飞镖狠狠甩向飞镖盘。"啪!"飞镖正中盘心。"商战贵在奇袭,对付无赖必须比无赖更无赖!"张弓长一边说,一边慢慢踱回沙发,重新坐了下来。

曾筱华目睹张弓长的一连串动作,意识到这场新的冲锋已经无可避免,自己必须尽快帮老领导找到突破口,而这个突破口一定是对手身上最虚弱的地方。想到这里,他脱口而出:"举报郑重吧,资管计划就是他们的软肋!"

"好主意!"张弓长立即回应道。

"关于郑重投资的资管计划,市面上的议论比较多,但至今还没人专门向监管机构举报过,我们可以把相关情况作个归纳,举报他们涉嫌违法违规。"受到感染的王耀光立即接过话茬说:"首先,郑重投资的9个资管计划都没有按照一致行动人的格式要求披露完整信息。我们到现在也没有见过这些资管计划的相关合同和补充协议,这说明他们在披露合同条款方面存在重大遗漏。"

"这可以算一个。不过,听起来,'罪过'不算太大。"曾筱华说。

"曾总提醒得好。那我再提供一条郑重的大'罪过'吧。"王耀光想了想,接着说,"郑重投资的9个资管计划实际上都属于'通道'业务。更过分的是,他们又通过花里胡哨的包装,使这些'通道'业务看起来合法合规,但是只要稍加深究,就可以发现这些资管产品都涉嫌场外配资。"

"这个'罪过'扒得好! 管理层为控制金融风险,三令五申不得进行高杠杆场外配资,仅这一条就够他们喝一壶了。不过,这还得看能不能找到实锤。如果他们做得太隐秘,那就难查了。就像我们自己的资管计划一样,杠杆其实也不低,但是查起来也不是那么容易的。"曾筱华说。

"先算上吧。相信监管机构总有办法查清楚。"张弓长说。

"好的。我又想起来一条。郑重投资号称自己及一致行动人已经持有江海能源25%的股份,在2月28号股东大会投票时他们报出的持股比例是24.32%。但这24.32%的股份绝大部分都在9个资管计划里面。那么问题来了,资管计划既不是法人也不是自然人,根本不符合上市公司收购人的条件,所以郑重投资从资管计划那里获得它们转让的表决权,这是不合规的。"

"嗯,这个也可算一条。还有吗?"张弓长问。

王耀光摇摇头,说:"暂时想不起来了。"

"我倒是又想起来一条。"曾筱华说,"郑重投资通过9个资管计划、10多个股票账户,总共动用几百亿资金,反复增持江海能源,有利用资金优势和信息优势操纵股价的嫌疑,严重损害了中小股东的利益。"曾筱华说。

"对,这应该也算一条'罪状'。除了损害中小股东的利益,他们的资管计划可能还会损害优先级资金的利益,因为郑重投资和9个资管计划都没有提示举牌可能会导致股票锁定的风险。"王耀光补充道。

"还有吗?"张弓长看看曾筱华,又看看王耀光,见他们都不吱声,便对王耀光说,"你把今天讨论的情况整理一下,然后草拟一份写给证监会、证监局和交易所的举报信。"

"是。"王耀光答应一声就准备起身往外走,却被张弓长示意重新坐了下来。

"我怎么感觉刚才列出来的几个问题冲击力不够大呢?"张弓长皱着眉头说。

"的确不够劲爆。"曾筱华也说。

"要不,再弄个附件,把9个资管计划的规模、仓位、成本价、预警线、平仓线之类的明细数据全部披露出来?"王耀光问。

"这样好!"张弓长的眉头终于舒展开来,想了想又说,"等这封举报信写好了,不仅要提交给监管机构,还要同时向社会公开,只有这样,才能对社会舆论造成更大的冲击。"

"同时向社会公开?这恐怕不符合信披程序吧?"王耀光问。

"问题严重吗?"张弓长问。

"不会太严重,顶多被监管机构谴责一下。"王耀光答道。

"我以为多大事呢?谴责就谴责吧,毕竟是一场战斗,想一点都不牺牲,那是不可能的!"张弓长两眼充满杀气地说。

王耀光不敢怠慢,3月7日一早就将《关于郑重投资及其一致行动人相关资管计划违法违规行为的检举信》放到张弓长和曾筱华的办公桌上。曾筱华看后比较满意,张弓长却认为王耀光把9个资管计划的平仓线算得太保守了。

"总体感觉不错! 平仓线最好直接按9个资管计划各自的持股成本价打8折计算。"张弓长对王耀光说。

"这样算出来的平仓价可能会大大高于真实的平仓价,因为并不是每个资管计划都是满仓或接近满仓,对于不足半仓甚至更轻的资管计划,这么算有失公允。"王耀光如实表达了自己的忧虑。

"还记得我们弄这份举报信的目的吗?"

"记得。您说过,目的是要对江海能源的股价制造更多的利空。"

"对。从目前这一稿来看,我们能揪出来的几个问题基本上都是以前社会舆论中老生常谈的问题,就算坐实了,有关部门对郑重投资的惩处力度也不会太大,对于江海能源的股价也不会造成多少利空。只有抓住牛鼻子,在几个资管计划的平仓价上做文章,才能让更多的投资者看到郑重投资爆仓后股价进一步下跌的可能,这样,他们就不会轻易出手买入了。"

"明白了,我去修改一下。"

"去吧。"张弓长将那份初稿还给王耀光,叮嘱道,"记住,打蛇一定要打七寸,为了准确打到七寸,打蛇人可以用点手段。"

王耀光虽然并不认同张弓长的说法,却碍于上下级关系,连连点头称是。要修改的地方不多,他很快就改好了初稿。张弓长对修改稿很满意,命令他敲章后立即快递至几个监管机构,并于上午收盘后通过公司官网向社会公众发布。

突然抛出来的江海能源举报信经公司内部人的大量转发,犹如一颗深水炸弹在资本市场燃爆了。下午一开盘,江海能源的股价便由小涨0.5%转为直线下跌,不到半小时的工夫便死死封住跌停板。

张弓长看着那条不断延长的跌停分时线,不禁露出了会心的微笑。然而从下午2点30分开始,江海能源的成交量逐渐放大,下午2点45分,一笔200万股的买单直接将江海能源的五档卖单全部吃掉,到收盘时,江海能源的股价竟然只下跌了3.7%。目睹这戏剧性的变化,张弓长重新陷入失望之中。

更令张弓长失望的是,郑重在2天后接受媒体采访时称,他控制的几个资管计划在近日的下跌中又增持了5000多万股江海能源,使得郑重投资及一致行动人总的持股比例上升至25.6%。当记者问他,江海能源最近一度跌破15元/股,他的9个资管计划为什么一个都没有爆仓时,郑重狡黠一笑说,仓位较重的两三个资管计划因为建仓时间比较早,持股成本远低于15元/股,而其他几个资管计划因为仓位较低也根本不存在爆仓的问题。郑重甚至还得意洋洋地对记者表示,因为最近股价下跌,他得以用更低的成本实现了进一步增加持股比例的目标。

张弓长此番出手不仅没令郑重爆仓,还给他拿到更多低成本江海能源股份创造了可乘之机。为此,张弓长足足郁闷了好几天。不过,张弓长毕竟是大风大浪里发展壮大起来的。他很快就找到了自我解脱的理由:举报信里所列举的郑重"罪证"早已尽人皆知,并非新料、猛料;信披违规可能存在,却也不是什么大不了的"罪行";至于用资管计划买入股票,那也是市场普遍行为,包括江海能源管理层自己也是这么玩的。唯一有点"劲爆"的就是他让王耀光故意高估的平仓价,但那只能吓唬一些小散户,真正的专业投资者绝不会被带进"沟里",反而有了逢低买入的机会。

当然,江海能源的这封举报信对郑重投资并非一点冲击没有。据报道,郑重投资因未按权益变动报告书的要求将相关文件备置于江海能源的住所而被江海证监局约谈。同样被约谈的还有江海能源,理由是其举报事项的信息发布方式和决策程序不规范。

第三十五章

万淼淼替郎解困　金大鑫重出江湖

　　江海能源与郑重投资在明面上的争斗就此结束。那个临危受命、却最终被万运来抢走上市公司控制权的金大鑫因看到江海能源股价大跌所带来的机会,手持几十亿元现金悄然加入江海能源的股权纷争。

　　自2022年1月5日起,金大鑫开始替粤建集团担任金氏股份的留守董事长,并一心一意助力粤建集团取得金氏股份的控制权。在最初月把时间,粤建集团对获取金氏股份控制权还很上心,差不多每个交易日都会从二级市场逢低增持股份,只是春节过后,增持的力度和频率都明显降低。

　　2月15日,粤建集团一名副总裁对媒体宣称,粤建集团已与楼上楼集团达成和解,粤建集团将不再寻求控股金氏股份,并全力配合现第一大股东及其一致行动人做好金氏股份的战略调整和日常经营。这一消息传到金大鑫耳朵时,犹如一道晴天霹雳,令他目瞪口呆。他立即打电话向粤建集团董事长求证,得到的答复是,那位副总裁的说法正是集团董事会刚刚做出的决策,因为粤建集团对未来的发展战略进行了重大调整,并且他们也非常认可楼上楼集团的经营管理能力。

　　粤建集团董事长的答复令金大鑫如同吃了苍蝇一般。他把自己关进办公室里,一遍又一遍责问自己:到底哪里做得不够,以至于帮助别人的机会都被剥夺得干干净净?他越想越愤懑,越想越糊涂,最后,只好将这一切归结为4个字:命中注定!既然如此,那自己何苦还要在这个家族伤心地继续苦熬呢?他打开电脑,以最快的速度打印了一份辞职报告并郑重签上自己的大名。粤建集团收到金大鑫的辞职报告后,连一句挽留的话都没说,便签署了同意其离职的意见,同时还推荐刚到任不久的总裁代理董事长。至此,一场历时一年多的金氏股份股权保卫战以金家彻底出局告终。

没有了上市公司的羁绊,金大鑫本可彻底放松,怎奈金氏集团还有一大摊事需要他去处理,别的不说,仅仅那个让金氏集团累计亏损80多亿元的运亨集团就够他头大了。他不想坐以待毙,仅仅在家休息了一天,便在傍晚时分风风火火地拨通了万淼淼的微信电话。

"亲爱的,我正准备找你呢,你的电话就来了,真是心有灵犀啊!"万淼淼的声音听起来很兴奋。

"是吗?"尽管金大鑫早已将万淼淼与万运来区别对待,但在他刚刚从金氏股份彻底出局的这个节骨眼上,听到万淼淼笑得那么开心,他的感觉还是非常别扭。

"当然,亲爱的。我有好消息要告诉你!"万淼淼的声音依然非常兴奋。

"能透露一下是什么好消息吗?"金大鑫无精打采地问。

"猜猜看。"万淼淼开始卖起关子。

"我怎么能猜得到?!"金大鑫不耐烦地嘟囔道。

"哈哈哈,就知道你猜不到！这样吧,你请我吃顿大餐,我就告诉你。"

万淼淼银铃般的笑声让金大鑫浑身直起鸡皮疙瘩,但他又不好发火,因为这个电话是他主动打过去的,并且打这个电话的真正目的是想请她帮忙解决运亨集团的问题。不就是一顿大餐吗？金大鑫再失意,还是请得起的。"想去哪里吃?"他问。

"哪里都行,你要是不怕寒碜,大排档也行。"万淼淼嗲声嗲气地说。

"这可是你自己说的啊!"金大鑫说毕,从通信录里挑了一家名为"转运"的小海鲜排档,并将定位给她发了过去。

万淼淼随即发来一个意为"开心"的表情包。

半小时后,金大鑫与万淼淼一前一后抵达位于黄浦江畔的目的地。"转运"排档的门面其实还算不错:那是一栋砖瓦结构的二层小楼,斑驳的青灰色砖墙静静地诉说着幽远的历史;宽大的门头上镶着一块褐色的木板,木板上刻着"转运"两个遒劲有力的狂草大字,让人一看便热血沸腾。据说这处建筑始建于19世纪80年代,本是一户殷实之家的老宅,因这处老宅里出过一位晚清的举人,后来江海进行城市改造时,硬是将其作为历史建筑保留了下来,再后来,一位精明的商人看中了它的商业价值,将其从政府手里租过来并改造成小海鲜排档。

"怎么样？对这个地方还算满意吧？"金大鑫指着门头上的"转运"二字问道。

"当然。只要是你找的，我都满意。"万淼淼俏皮地勾住金大鑫的脖子，轻轻在他的唇上吻了一口。

"既然这么满意，那就快点说说你那个好消息吧。"金大鑫忍不住催促道。

"急什么？你连菜都还没点，就想让我透露秘密？"万淼淼伸出食指在金大鑫的脑门上点了一下。

"转运"海鲜排档门口的地面上密密麻麻地摆放着几十只湖蓝色塑料盒子，盒子里盛着各种常见和不常见的小海鲜，有大大小小的海螺，花花绿绿的蛤、蚌、贝、蚝，还有浑身长刺的海葵、蚯蚓一般的海肠、呆呆萌萌的小鱿鱼、张牙舞爪的海螃蟹、憨厚老实的皮皮虾……

肥肥胖胖的老板娘见客人到来，扭着颤巍巍的大屁股从屋里探出脑袋，满脸喜气地招呼道："这些小海鲜都是今天一大早从胶东运来的，喜欢什么自管点，保准新鲜味正！"

金大鑫与万淼淼相视一笑。其实不用老板娘介绍，他们都知道这些海鲜绝对新鲜。为了给老板娘一个面子，他们随手点了七八样各式海鲜并要求以清蒸和姜葱炒为主，以便更能体现一个"鲜"字。老板娘熟练地帮他们称好重量，填好单子，殷勤地请他们去楼上雅间就座。

所谓雅间，其实也是开放式饭厅，只不过大厅被两两相对而放的天蓝色高背沙发隔成了一个个相对独立的空间。作为大排档，这种布置已经相当奢华了。金、万二人找了个靠窗的位子相对而坐。

万淼淼端详着金大鑫那眼窝深陷、肤色蜡黄的脸，突然一阵心酸，两只纤纤玉手越过桌面一把抓住他的双手，说："大鑫，你受苦了！"

金大鑫愣了一下，神情落寞地说："可能命该如此，以前太顺，轮到摔跤了。"

"可是并不是每个人都一定会摔跟头呀。"

"人与人哪能一样呢？我以前享受到的荣华富贵可能是这世界上绝大多数人都不可能经历的，那些从没享受过人生的岂不是要怨恨死了？"

"难得你这么通透！"

"这不是通透，这是历尽沧桑后的无奈反省。"

"对不起!"

"为什么要这么说?"

"因为……我爸抢了你的上市公司。"

"你爸是你爸,你是你,你又代表不了你爸,你爸的财富未必有多少属于你。"金大鑫本想把金宏远有私生子一事顺带说出来,见万淼淼眼眶已经湿润,就把话吞了回去。

"谢谢你大鑫! 我爸这段日子在跟我妈闹别扭呢,说不定会彻底抛弃我们娘俩……"万淼淼说到这里,泪水一下子涌了出来。

"不说这些了!"金大鑫轻轻揉搓着万淼淼的双手,小声安慰道。

"嗯。"万淼淼抽回双手,捂住眼睛,咬住下唇,使劲点了点头。片刻之后,她突然放开手,抽出餐巾纸蘸了蘸眼角,用力一甩头发,努力做出一副笑脸,问:"知道我找你有什么事吗?"

"不知道。快说吧,我都急死了!"金大鑫噘起嘴巴,故作着急的样子说。

"就不说,急死你!"万淼淼嗔道。

恰在这时,帅哥服务员将热腾腾的海鲜端了上来。金大鑫顺手挑了只硕大的海胆蒸蛋放在万淼淼面前的小盘里,又将小汤匙放进海胆里,说:"奉上你最爱吃的海胆,这下总该说了吧?"

"一个海胆就把我打发了? 那我这条信息也太不值钱了!"万淼淼摇摇头,假装很不满意。

"那……你想怎么样呢?"金大鑫直直地盯着万淼淼问。

"我要你喂嘛!"万淼淼抖动着肩膀,两腮飞上两片红霞。

"就这么简单?"金大鑫淡淡一笑,伸手拿过刚刚放在万淼淼面前的汤匙,从海胆里舀出一匙蒸蛋,凑近自己嘴边轻轻吹了吹,然后才送到万淼淼的嘴边。万淼淼将脖子微微前倾,"吱"的一声将蒸蛋吸进口中……一只海胆蒸蛋很快见底,万淼淼的脸上充溢着幸福的光泽。

"现在可以说了吗?"金大鑫从自己盘里的海胆里又舀中一匙蒸蛋,送到万淼淼嘴里。

"嗯。"万淼淼愉快地点头道,"我帮你找到买家了!"

"你是指运亨集团吗?"金大鑫有点不相信自己的耳朵,特意提高了音量。

"当然,除了运亨,你也没说要卖其他东西啊!"万淼淼肯定地说。

"太好了! 买家是谁? 愿意出多少钱? 现在房地产形势这么严峻,他为什愿意买?"一连串问题从金大鑫嘴里蹦了出来。

"你的问题还挺多的呢! 在我回答这些问题之前,能不能告诉我,你今天找我有什么事呢?"万淼淼夹了根大蛏子塞进嘴里。

"其实我找你就是想跟你商量一下运亨集团的事,没想到你已经帮我找到买家了。"金大鑫动情地说。

"这就叫心有灵犀! 来,我们碰杯水,一会儿我就慢慢解答你的疑问。"万淼淼举起茶杯笑容可掬地说。

万淼淼放下水杯,开始回顾自己为金大鑫找到买家的曲折历程。

原来,金大鑫在一个月之前曾跟她反思过收购运亨集团的教训,并表达了尽快将其出手止损的想法。万淼淼当即表示会尽力帮他物色买家。金大鑫很不以为然,说她养尊处优惯了,做做万氏家族的财务管理还差不多,根本不可能找到愿意接手运亨的房地产界大佬,更何况当下能拿出几十亿真金白银的房地产大佬几乎绝迹了呢! 万淼淼莞尔一笑,说:"'人不可貌相,海水不可斗量。'万一我一不小心把这事帮你做成了呢?"金大鑫说:"真要做成了,我立马把你娶过来! 就算你爸不答应,我也要把你抢过来!"金大鑫扔下这么一句话之后便忙着金氏股份的股权保卫战了。哪知万淼淼却将此事放在心上,将其作为自己的头等大事,悄悄走访或电话联系了几十个房地产界大佬,了解他们是否有收购运亨集团的意向。然而,令她无比失望的是,几乎所有的大佬都叫苦连天,没有一个大佬既有兴趣又有能力收购上百亿的房地产资产。就在她快要放弃的时候,司徒露露给她带来一个好消息:已撤出内地房地产市场多年的香港李姓富豪突然出现在一块南粤建设用地的竞标名单上,并在拍卖时率先出价,只因没继续跟进出价,没有最后拿下该地块。万淼淼立即上网查询,发现还真有这么回事。她的内心一阵狂喜,心想,商业嗅觉敏锐的李富豪一定是看到内地房地产业的机会,而不是一时心血来潮才参加南粤地块的拍卖活动。既然这样,李富豪一定对内地的其他项目也感兴趣。于是,她想方设法找到了李富豪手下的一员干将,将金氏集团欲转让运亨集团的情况跟对方详细介绍一番,并强调运亨集团在南粤的两块建设用地在区位、面积上都很有优势,价格也好商量。几天后,那位干将就找到她,说李富豪对运亨集团很感兴趣,叫他具体负责相关商务谈判和资产收购事宜。

"我已经帮你接上头了,底下怎么谈,你自己定吧。"万淼淼如释重负地仰靠在座椅上。

"真是天无绝人之路!太好了!"金大鑫兴奋地站起来,绕过桌子,一屁股坐在万淼淼身边,顺手把她揽进怀里,并将双唇压在她红润的脸颊上。

"干什么?这里是公众场所!"万淼淼奋力推开金大鑫火辣辣的双唇,努力坐直身体,狠狠地剜了他一眼。恰在这时,帅哥服务员把一盘红彤彤的梭子蟹端了上来。万淼淼在金大鑫的手背上轻轻打了一下,说,"坐回去,谈正事!"

金大鑫只好放开万淼淼,重新坐到她的对面。"对方愿意出多少钱?"他将半只梭子蟹放进她的盘子里,试探着问道。

"这个我还没跟他们谈过,也不好替你做主。"万淼淼折下一只蟹腿,放到嘴边轻轻一吸,一段白嫩的蟹腿肉便滑进她的嘴里。

"记得我们去年在游艇上见面时,你给我算过一笔账,说我们以43.86亿元收购运亨集团51%的股权非常不明智,相当于买了一堆负资产。你能看出来的问题,难道李富豪和他的干将们就看不出来吗?"

"这个问题问得好!其实我也考虑过,所以我在仔细研究了运亨集团的资产情况后发现,它在南粤的两块建设用地大有文章可做。运亨集团的报表显示,这两块地的拿地成本非常低,总共只花了5亿多元,而且十几年来,它们一直用成本法记账。大概因为看不到这两块地的前景,加上近几年国家对房地产业的调控力度不断加大,运亨集团一直没对它重估过。但根据南粤的最新规划,这两块地即将承担新的城市副中心功能,那样的话,它们的价值就一定会被重新认识了。我猜想精明的李富豪正是相中这一点,才这么爽快地答应与你谈判。"

"嗯,非常有道理!你看这两块地应该重估为多少呢?"

"我有个不成熟的想法,李富豪在竞拍那块南粤建设用地时出价32.8亿元,后来就没再跟着加价,说明这个价格就是他能够接受的价格。运亨集团两块地的区位要比那块地好,面积相当于那块地的1.8倍,所以两块地的估值至少要在72亿元以上。"

"非常有道理！你这么一说，我真要对你另眼相看了！"金大鑫再次冲到万淼淼身边，不顾周围人投来的眼光，将火热的双唇疯狂地印到她的额头、脸颊，甚至脖子上……

在万淼淼的积极协调下，金大鑫很快就与李富豪手下的干将取得了联系，并就运亨集团的转让事宜与对方展开了多轮谈判。谈判进行得并没有预想的那样顺利，甚至可以用"艰难"二字来形容。本来金大鑫想把金氏集团持有的运亨集团51%股权全部转让出去，可是李富豪方面只对南粤的两块地皮感兴趣，无论如何也不愿意接手其他资产，即便在他们当初买入价格的基础上再打8折，对方也毫不动心。好在对方给两块地的出价还行，比当初他们预期的72亿元还要多3亿元。考虑到金氏集团已无力向运亨集团输血，如果能通过卖地为运亨集团获得一大笔现金，也算一件大好事，金大鑫最后还是接受了对方的方案。

签约仪式在南粤湾大酒店举行。本来李富豪要亲临现场的，因为香港的奥密克戎疫情正处在高发阶段，来南粤极不方便，李富豪决定签约时通过视频祝贺一下。金大鑫对李富豪不能莅临现场有点小遗憾，他本想向他当面请教有关房地产和经营管理方面的一些问题，现在看来只好作罢。

举行签约仪式的多功能厅里，鲜花争艳，彩带招展。金大鑫及石运亨等6名运亨集团高管、李富豪干将等7名李氏企业高管分坐在椭圆形会议桌两侧，万淼淼作为金大鑫的特邀代表坐在他的左侧，以见证这个凝聚她心血的特殊时刻。当石运亨和李氏企业代表在金大鑫和李富豪干将的见证下签完土地使用权有偿转让协议后，多功能厅里爆发出热烈的掌声。掌声尚未停下来，主席台对面的大屏幕上便出现了李富豪的身影。李富豪身着藏青色西服，佩戴天蓝色领带，正端坐在老板桌前笑呵呵地对着镜头招手。李富豪的干将接过主持人递来的话筒向他简要汇报了签约的情况，李富豪连声说"好"，还特别祝愿金大鑫"生意兴隆，财源广进"。自己的偶像亲自送来祝福，这令金大鑫异常兴奋，他的心脏旋即提到嗓子眼。为表示对偶像的尊重，金大鑫拱起双手对着大屏幕连连鞠躬，嘴里连声说道："祝您健康长寿！祝您健康长寿！"说完这句话，他感到意犹未尽，想到好容易有这么一个交流的机会，何不问他为什么不把金氏集团手中的运亨集团股份全部拿去呢？于是，他对着大屏幕，直接问道："李老，我有个问题想向您请教一下：什么时候考虑收购我们手中的运亨集团股份呢？"

李富豪愣了一下，随即笑着说："我们做生意有两个原则：第一，不熟悉的生意不做；第二，跟人合作时，我们更愿意做个小股东。"说完，他再次祝金大鑫生意兴隆，说自己还有工作要处理，欢迎金大鑫方便时到香港做客。金大鑫等人只好对着大屏幕与李富豪挥手告别。

签约仪式结束很久了，金大鑫还在琢磨李富豪说的那两个原则，并问万淼淼有没有听懂。

万淼淼低头想了想说："这两个原则听起来很简单，传达的信息却非常丰富。首先，你当着那么多人问他什么时候会收购你们手中的运亨集团股权，他根本不可能直接回答你，又不好不回答，所以只能用比较含糊的语言来回答你。这正是李富豪的过人之处。至于他说的两个原则，仔细想想，其实还是很有道理的。他说不熟悉的生意不做，其实就是要告诉你，他对你、对运亨集团都不熟悉，根本不可能考虑什么时候收购的问题。他说他们跟人合作时，宁愿做个小股东，这的确是他们的一贯做法。因为这样做，可以让大股东承担更多的责任，他们只要跟在后面赚钱就行，如果形势不对，他们跑起来也快，就算跑不掉，也不会遭到灭顶之灾。"

"还真是这么个理！赚钱才是硬道理！"金大鑫望着满天的星星说，"高人就是高人，不像我们这些普通人，跟人合作，动不动就要谋求控制权，却不想想自己能不能控制得了！"

"难得你能这么想！这两块地卖掉之后，加上你之前转让金氏股份收回的7亿多现金，金氏集团手中可用的资金有80多亿了，接下来，你准备用这些钱做什么呢？"万淼淼问。

"这个问题我还没有想好。好容易来趟南粤，我想顺道拜访一下花巧凤，她是做基金的，以前给过我很多帮助，也许她能给点建议。"金大鑫如实答道。

第三十六章
花巧凤煮茶奉客　金大鑫豁然开朗

　　花巧凤爽快地答应了金大鑫的拜访请求,并在其背山面海、充满阳光的宽大办公室里热情接待了金大鑫和万淼淼。一袭淡紫色套裙的花巧凤看起来既干练又华贵。她将金、万二人请至茶台前坐下,自己则娴熟地煮起茶来。几分钟之后,她将两杯杏黄色的热茶放在金、万二人面前。

　　"这是白牡丹,请品尝。"花巧凤伸手示意。

　　金大鑫端起茶杯,凑近鼻子下面轻轻嗅了嗅,一股淡淡的枣香直抵鼻腔深处,轻啜一口,更是甘洌可口,不禁赞道:"好茶！这茶存放5年了吧?"

　　花巧凤淡淡一笑说:"这茶是我在东南省一处农家茶园定制的,2018年拿来的时候就已经是3年存茶了。"

　　"怪不得这么香！据说白茶有'一年茶、三年药、七年宝'的说法,您这茶正好七年,算是货真价实的'宝'茶了！"万淼淼附和道。

　　"是不是宝不重要,你们感觉好就行！好东西一定要与人共享嘛！"花巧凤抬手给金、万二人又加满了茶,问他们此次南粤之行有什么重要安排。

　　金大鑫就把自己将运亨集团旗下两块地皮卖给李富豪的前因后果大致介绍一番,并将李富豪通过视频说自己不愿整体收购运亨集团的两点理由转述了一番。

　　花巧凤听后随口回应:"这就是李老先生的高明之处！这两个理由差不多算是他的人生宝典了。"

　　"是啊,就像这白茶一样,李老先生也是越活越通透了！"万淼淼的话把花巧凤和金大鑫都逗乐了。金大鑫还取笑她:"哪有把人比成茶的?"万淼淼却不服气,头一歪,振振有词地反驳道:"大家不是常说'人生如茶'吗？我把李老比成茶有什么不妥?"

花巧凤见面前这对情侣争论得有趣,忍不住也插了进来:"把李老先生看成存放多年的老白茶,这完全没有问题! 别的不说,单说运亨集团持有的那堆二、三线城市不动产,他就根本不可能看上!"

"为什么呢?"金、万二人同时看向花巧凤。

"你们是专业搞房地产的,这个道理你们更清楚呀! 在房地产行业周期差不多走到尽头的今天,一线城市的不动产都不一定有多大的投资价值,更何况二、三线城市呢?"花巧凤反问道。

"这个道理我们当然懂,可是李富豪并没提到这个问题,他要是提到了,我们可以多打点折扣嘛。"金大鑫争辩道。

"这就是李先生的高明之处了。二、三线城市的不动产投资价值不大,这是路人皆知的道理,如果他拿这个理由来回绝你,岂不是小看了你的专业能力? 至于打不打折不是他最关心的,他最关心的还是这些项目有多少前景。所以他以不熟的不做和与人合作不寻求控制权这两个原则来回应你。这样既能委婉地拒绝你,又能保住你的面子。"花巧凤说。

"听您这么一说,真是醍醐灌顶。李富豪不愧是世间少有的高人!"金大鑫感慨道,"其实,我早就预感到房地产业的景气周期已过,接下来就是行业的大洗牌了,未来能生存并且获得大发展的一定是像李富豪这样现金流充足、眼光独到的地产商了。"

"是啊,你看得很清楚嘛!"花巧凤说。

"我是房地产业内人士,肯定最先感知行业冷暖,事实上,我已为行业的退潮和自己的轻率付出了惨痛的代价。"金大鑫说。

"你们应该还不算最惨的,虽然丢掉了一个上市公司的控制权,却拿回了几个亿的现金,现在又通过出让土地再拿回70多亿现金,俗话说,'手中有粮,心中不慌',你们现在的日子要比那些欠银行几千亿现金的房地产商不知要轻松多少!"花巧凤说。

"哈哈。"金大鑫苦笑着说,"从这个角度看,我的确应该知足。不过,我既然承担了家族生意的重担,接下来该干些什么,还是绕不开呀! 您见多识广,人脉又丰富,先前在协调我们金氏与粤建合作时帮过大忙,这次前来拜访,既想当面向您表示感谢,又想听听您的高见。"

"我哪算见多识广?充其量就是比你们年长几岁而已!说到粤建,那就更惭愧了,听说他们已经与楼上楼集团达成和解,甘愿做第二大股东了!"

"您太谦虚了!粤建集团作为独立的企业,甘愿屈居二股东,一定有他们自己的考量,您能促成我们与粤建合作,助我早日走出困局,我绝对感激不尽。"金大鑫诚恳地说。

"客气!客气!"花巧凤拧开水龙头朝电水壶里加满山泉水,按下电源,接着说,"先不说这个了,还是说说你刚才提到的那个问题吧。"金大鑫和万淼森同时转向花巧凤,瞪大眼睛看她会说出什么金玉良言,岂料花巧凤并不直接解答他们的疑问,却抛出一个新问题:"听说过'康波'吗?知道什么是康德拉季耶夫周期吗?"

金大鑫和万淼森都在国外商学院接受过高等教育,对康德拉季耶夫周期、朱格拉周期和基钦周期自然是了解的。康波就是康德拉季耶夫周期。它是一种生产力发展周期,周期跨度50—60年,是由苏联经济学家康德拉季耶夫在1925年首次提出的。而朱格拉周期和基钦周期分别是15—25年的经济中周期和3—5年的经济短周期。

"了解一些,还记得有人说过'人生发财靠康波'。"万淼森首先接过话茬。

"康波与大的技术创新关系密切。在近代世界历史上,蒸汽机、钢铁和铁路、内燃机和重化工、计算机和信息技术分别推动了几次大的产业革命,形成了几个大的经济周期。我们现在正处在计算机和信息技术带来的产业周期末端,所以全球经济都处在衰退阶段,就是不知道这种衰退还要持续多长时间。"金大鑫进一步补充道。

"我随口一问,你们就说出这么多道道,都是内行呀!"花巧凤赞叹道。

"了解一些皮毛而已。"金大鑫不好意思地笑着说,"花总是经济学博士,对这类问题肯定比我们明白得多。"

"我那个博士已毕业十几年了,这些年又没有专门从事学术研究,说起来并不比一般的本科生多懂多少。只是因为做投资的缘故,我对周期问题,特别是康波比较关注一点而已。"花巧凤谦虚地说。

"怪不得您问我们'康波'问题,原来您是行家呀！您看房地产业可以用'康波'分析吗?"金大鑫急切地问。

"房地产业与'康波'的关系不大,它更适合用朱格拉周期进行分析。这个周期主要是以建筑业的兴旺和衰落为标志的,又称"建筑周期"。从1998年中国开展房改到现在已经走过24年,这中间已经经历过2009—2010年、2012—2013年、2015—2017年3次房地产价格的大幅上涨。所以按这个周期最长的时间跨度25年算,房地产业的景气周期也基本接近尾声了。"花巧凤说。

"哦,怪不得房企的日子现在这么难过呢!"金大鑫的眼神中充满了落寞。

万淼淼见状,伸手碰碰他的胳膊肘,说:"行业大周期走完,不代表这个行业彻底完蛋,你看人家李老先生,现在反倒出手买地呢!"

"是啊,对于高人来说市场里永远不缺机会。但对大多数普通人来说,要把握这种机会,不仅需要眼光,还要有绝对实力和绝对耐心才行。"花巧凤说着,把电水壶里的茶叶倒进垃圾桶,从茶台上另外取出半块茶饼,掰了一些丢进电水壶里,加好水煮了一会,倒掉,再加水煮沸,一股股浓郁的药香渐渐在房间里弥漫开来……

"来,尝尝这种茶。"花巧凤将金、万二人面前的小茶碗里再次加满淡褐色的热茶。

金大鑫端起茶碗,轻啜一口。一股黏稠而清甜的热流令他顿感心旷神怡,他脱口而出:"好茶！比白牡丹更妙!"

一旁的万淼淼也连声说好,问花巧凤这茶是不是藏得更久。

"看来你们也都是行家。这种老梗茶是我前些年在一个茶农家发现的,据说至少有50年的历史了,市场上基本找不到。"花巧凤颇有点自豪地说。

"看来民间还是有好东西的,关键是要有一双慧眼才能找得到!"万淼淼顺着花巧凤的话说。

"我倒不是有什么慧眼,主要是对搜集老茶有心而已。"花巧凤品了一口老梗茶,接着说,"其实,我们这些投资人就喜欢不断挖掘新的热点。你们不是关心下一轮康波吗?根据我这几年的观察、思考,下一轮康波周期可能即将启动了。"

花巧凤的话音刚落,金、万二人的四只眼睛同时向她转去。花巧凤不急不缓地放下小茶碗,将脸转向窗外,望着白花花的太阳说:"2008年国际金融危机爆发后,我就意识到上一轮由计算机和信息技术推动的康波周期快要走到头了,从那时起,我就苦苦思考新的产业革命会在什么时候开启? 标志性的技术创新会在哪个领域? 是生物技术,还是人工智能? 可是我一直没有找到答案。直到不久前,我读到一篇关于康波的长文,这才意识到,这一进程正在渐行渐近,标志性技术创新将发生在以太阳能为主的新能源及新能源车领域。”

“好像还真是这么回事! 听说最近硅料价格涨幅很大,应该是有些先知先觉者发现了这里面的商机。”金大鑫说。

“硅料价格涨幅大只是太阳能发展受重视的表象,背后的原因是技术不断进步导致光伏发电效率大大提高,再加上‘双碳’目标对新能源产业发展的倒逼效应,越来越多的企业开始注重光伏产业的发展,这就在短期内造成了硅料供不应求的局面,硅料价格大幅上涨也就不可避免了。不过,从更长的周期来看,围绕硅片及光伏组件的生产技术还会不断提高,硅料的价格也终将回归合理区间。”

“如果硅料价格回归合理区间的话,是不是意味着未来硅片和光伏组件的成本会越来越低,光伏产业将迎来一个大的景气周期?”万淼淼问。

“准确地说,应该是以光伏为主的新能源产业链会迎来一个大的景气周期,新能源产业链应用到制造业上就是新能源车的大发展。更激动人心的是,这个景气周期最起码会延续30年!”花巧凤说到这里,忍不住眉飞色舞起来。

“听您这么一说,我都想去搞新能源了。可惜,我一点新能源方面的技术背景都没有。”金大鑫艳羡的口气中略带遗憾。

“为什么一定要有技术背景? 你当初做房地产时,专门学过建筑设计或者工程技术吗?”花巧凤反问道。

“那倒没有,我在国外大学里学的是工商管理。”金大鑫说。

“那你不是照样担任房地产企业的高管? 后来还接任上市公司董事长吗?”花巧凤继续反问。

“可不是嘛! 我对有关房地产的技术一窍不通,这并不影响我经营管理房地产企业。至于后来收购运亨集团失利,接手金氏股份后,也没能保住第一大股东的地位,原因也与懂不懂房地产方面的技术没有太大关系,而是与没有算好账和对手太狡猾有关。”金大鑫似乎明白过来。

"你是指哪个对手?"万淼淼朝金大鑫翻了翻白眼。

金大鑫立即意识到自己刚才的说法有些不妥,毕竟他的对手还有万运来,而万运来是万淼淼的父亲,忙说:"哦……对,我是说那个石运亨太狡猾!"

万淼淼和金大鑫的情绪变化被花巧凤看得明明白白,她微笑着打圆场说:"狡猾一词在生意场上或许并不是贬义词,只要不违法,狡猾一点也可以理解。"

"还是花总开明!"金大鑫赞道。

"谈不上开明。其实,我只是对这类行为表示理解而已。作为生意人,我更推崇诚实守信,这样才能走得更远。还是回到前面的话题吧。"花巧凤说。

金大鑫对花巧凤的插话颇为感激,心想,她毕竟是见过大风大浪的人,看问题真是太通透了,不如向她请教一下自己该如何抓住下一轮康波景气周期的机会。"花总,您看我现在这种情况,怎样参与新能源和新能源汽车的机会呢?"他诚恳地问道。

"从我的角度来看,路径很多:可以独立投资,也可以寻找比较成熟的项目进行合作;可以做实业,也可以做金融。关键是要找到适合自己的路径!如果选择投资比较成熟的项目,建议你考虑一下你们江海的本地企业——江海能源。"花巧凤认真地答道。

"江海能源?"金大鑫和万淼淼同时问道。

"对,江海能源!"花巧凤说。

"可它并不是新能源企业!"金大鑫说。

"是这样的:如果大家都能看到新能源是下一轮康波周期的推动力量,那么那些传统能源企业一定也能看得到。在这种情况下,如果新能源的供应出现不足的话,他们会增加产能吗?"花巧凤问。

"应该不会。"万淼淼说。

"因为他们增加产能后,新能源的供给量也会慢慢提高,这个时候传统能源的利润就会受到挤压。所以传统能源企业宁愿收缩产能,也不会贸然扩大产能。这就可能导致传统能源价格也会越来越高。"金大鑫补充道。

"是的,明白这个道理,就知道江海能源还是很有投资价值的。更何况江海能源已开始向能新能源产业进军了呢?"花巧凤强调道。

　　花巧凤话音刚落,她的助理推门而入,说有个重要客户要找她谈事。金大鑫抬腕看看表,发现不知不觉中已经过去两个多小时,该聊的已经聊得差不多了,便起身说自己正好也有事要处理,该告辞了。花巧凤再三挽留他俩吃饭,二人都坚决推辞,说花总是大忙人,占用她这么多时间,又有这么多的收获已经非常感谢了。花巧凤见状,便就不再挽留,说今天所谈康波周期问题无论从过去几轮周期的划分,还是下一轮周期的起点及重大技术创新所在的领域,都没有形成定论,不能轻易据此投资。金、万二人点头称是,再三谢过花巧凤,开开心心地踏上了归途。

　　回到江海后,金大鑫立即组织人手对康波周期理论及其带来的投资机会进行了系统化研究,在此基础上,形成了一套看起来颇为缜密的投资方案。

第三十七章
得知大鑫入纷争　有人欢喜有人忧

几周之后,王耀光匆忙将一份举牌通知放在张弓长的案头。张弓长皱着眉头快速扫视了一遍,嘟囔道:"又来个想吃唐僧肉的! 我们这身肉到底谁能吃上还很难说哟!"王耀光也不好多说什么,只好站在张弓长的办公桌旁尴尬地赔着笑。"这个运亨集团就是那个被金氏集团收购的房地产企业吧?"张弓长问道。

"对,就是它。"王耀光点头回应。

"哦,看来这次举牌是金氏集团的意图。金氏的老董事长因涉嫌猥亵幼女被抓,到现在还没有宣判,他那个不知轻重的儿子又刚刚弄丢了上市公司的控股权,他们居然还有闲心来打我们的主意。"张弓长说着,站起身子,背着双手在办公室里踱起步来。"听说金大鑫主导金氏集团收购运亨集团不到一年就给他们那个集团带来80多亿的账面亏损,现在怎么还有钱来举牌我们江能呢?"张弓长突然停下脚步,盯着王耀光问道。

"我已经了解过了,他们最近把运亨集团在南粤的两块地皮卖给了香港的李富豪,套现了70多亿现金,加上他们之前转让金氏股份控股权收回的7亿多元,加在一起有80多亿现金了,只要放2倍杠杆,就能弄出200多亿。"王耀光说。

"哦,原来是这样。看来是有备而来嘛!"张弓长慢慢踱着步子,自言自语道,"他们到底想干什么呢? 与郑重投资争夺第一大股东吗? 人家的股权比例都快30%,地位几乎不可撼动了! 如果不是为了争夺第一大股东,那他们又图什么呢?"

"是呀,我想了半天,也没有想明白。如果说他们看中江海能源的未来,连我们自己都不会相信。最近几个月,公司正常经营受到严重干扰,已经达成意向的订单也丢了不少,员工队伍中的不稳定情绪也越来越多。"王耀光走到沙发旁坐下来,想了想,问,"您看要想个办法阻击他们一下吗?"

"算了。我倒希望他们能把郑重投资赶跑。"张弓长摇摇头说。

"是啊,目前这几个持股比例超过5%的大股东中,只有郑重投资最不合我们心思。"王耀光说。

"现在的中能集团也与我们的理念格格不入。"张弓长补充道。

"那接下来,我们该怎么办呢?"王耀光的语气中带有明显的焦虑情绪。

"怎么办? 凉拌。"张弓长长叹一口气,说,"该想的办法,我们都想过了。如果不出意外的话,江海能源最终会落入郑重手中。"

"果真那样的话,江海能源就完了!"王耀光垂头丧气地说。

"哎! 时运不济,时运不济呀!"张弓长仰天长叹道。

一时间,宽大的办公室里充满了绝望的情绪。王耀光琢磨着自己再坐下去,除了与张弓长一起感慨运气不好外,并不能为改变管理层面临的困局贡献什么锦囊妙计,说了句自己愿意与张弓长同进退的话,便起身告辞了。

金大鑫突然举牌江海能源一事不仅令张弓长等江海能源管理层非常困惑,也令郑重投资、中能集团、南粤能投等一众新老股东摸不着头脑。

郑重得知金大鑫举牌江海能源时,正在向投资团队布置围猎绿宝智能的任务。他的第一个反应是:"这小子该不是有毛病吧? 自己的上市公司刚刚被人抢走,就要来跟我抢控股权? 他要是真有实力,也不会把控股权弄丢呀!"当手下人提醒他,金大鑫通过转让运亨集团旗下的两块地皮换回了70多亿后,他忍不住笑了,笑得很诡异,也很阴森。

当晚回到郑木林的住处时,郑重还在琢磨金大鑫举牌江海能源的目的。想着想着,他忍不住又笑了。那笑容依旧很诡异,很阴森。这令郑木林有点毛骨悚然。她将刚刚咬了一半的车厘子往果盘里一丢,冲着郑重嗔道:"看你那傻样,别吓着我们儿子!"

郑重本来就因郑木林给他怀了孩子而心情大好,此时又受金大鑫举牌江海能源的消息刺激而情绪亢奋。他没有理会郑木林的唠叨,而是一把揽住她的腰部,将耳朵贴在她微微隆起的肚皮上,嘴里嘟囔道:"我来听听,这臭小子有没有抗议?"

郑木林作势要推开郑重,嘟着嘴说:"才三四个月大,哪有力气抗议?"

郑重说:"三四个月已经不小了,我们老郑家基因强大,这孩子将来肯定比我还有福气!"

郑木林摩挲着郑重肥大的后脑勺,心想,这家伙今天这么兴奋,八成是遇到什么特别开心的事情了,就问他:"还记得你当初许过的诺言吗?"

郑重不知她所言何事,便抬头瞄了他一眼,问:"什么诺言?"

郑木林说:"你不是说,要是生了儿子,你要奖励我们母子1个亿吗?我今天找医生查了,我现在怀的就是儿子!"

"真的?这么早就能查得出来吗?"郑重瞪着两只铜铃般的眼珠子问。

"当然能查得出来,现在的仪器先进着呢!"郑木林骄傲地昂起她开始变圆的下巴。

"哦!太好了!如果检查结果确切,你那1个亿已经有人替你出了!"郑重手舞足蹈地说。

"真的?"郑木林欣喜地在郑重的肥脸上亲了一口,问,"谁那么大方,要替你出这么大一笔钱?"

"一个姓金的冤大头!"郑重说。

"姓金?他为什么愿意充当冤大头?"郑木林双眼中充满疑惑。

"对,姓金,叫金大鑫!至于为什么愿意充当冤大头,我就不知道了!反正这笔钱肯定是他出了!"郑重轻描淡写地说。

郑重的话令郑木林脑子一阵晕眩。她不明白郑重为什么说起这个名字?难道他知道她与金大鑫之间的往事吗?她更不明白金大鑫为什么要替郑重出这笔钱,难道金大鑫认为她肚子里的孩子是自己的吗?她举起拳头按住自己的脑门……

"你怎么啦?"郑重眼看郑木林就要摔倒,慌忙伸手把她抱进怀里。

"我头有点晕。"郑木林说。

郑重把郑木林扶到卧室躺下,殷勤地说:"吓我一跳,可不能摔跤了!"

"对了,那个金大鑫为什么愿意充当冤大头呢?"郑木林微睁眼睛,问道。

郑重抓过郑木林的纤纤玉手,把金大鑫收购运亨集团给金氏集团带来巨亏,以及金宏远因猥亵女童被收监后金大鑫接过金氏集团大权,却最终弄丢上市公司的故事添油加醋地说了一遍,还说,这个金大鑫就是个倒霉蛋,做啥啥不成,居然还敢跟他抢江海能源的控制权! 他分明就是要来当冤大头嘛!

直到这个时候,郑木林才弄清楚当初与她有过一段情感经历的那个金大鑫是何许人物。她的内心一下子五味杂陈起来。她问郑重为什么说金大鑫是冤大头。郑重说,现在江海能源被大家玩坏了,自己正骑虎难下呢,金大鑫居然跳了出来,不是冤大头,又是什么呢?

那一夜,郑木林从郑重口中得知他将利用金大鑫举牌之机顺坡下驴的具体打算,心里不禁生出很多莫名的担忧来。对于金大鑫,她有理由恨他,因为他竟然会因为她的一次无奈爽约而彻底跟她疏远;她也有理由去爱他,毕竟两人曾有过一段只关乎荷尔蒙、不关乎金钱和地位的爱情经历。爱和恨这两种感情在她的内心交织着,撕扯着,时而爱占上风,时而恨占上风。这令她备受煎熬。她想把金大鑫的事情甩到一边,可是那个英俊风趣的帅哥形象总是不断跳出来,向她招手,朝她嬉笑……

第三十八章
郑木林好心透信　金大鑫波澜不惊

经过反复权衡，郑木林决定将她从郑重那里得到的信息透露给金大鑫，也算是对他们之间那段感情的一个交代。她趁郑重不注意给金大鑫发了一条微信，约他在他们之前常去的一处餐厅见面，说好久未见，想请他吃顿便饭。可是微信发出去很久，她都没有收到回复。这令郑木林的自尊心大受打击，并反而激发了她的倔强：我要帮你，又不是求你，你居然连个话都不回！她干脆拨通了金大鑫的微信电话，然而铃声响了几下之后，就被对方挂掉了。她不死心，直接发了一段话："约你见面，事关你举牌江海能源成功与否，见与不见，你看着办！"

金大鑫收到郑木林的微信时，正与万淼淼一起在黄浦江边漫步，商议婚礼的一些细节问题。因为按照此前的约定，只要万淼淼帮他找到接手运亨集团的买家，他就会立即迎娶她。此刻，不回郑木林的微信倒不是对她当初爽约还有什么怨言，而是不想节外生枝，弄出什么事端来。有万淼淼在场，他对于郑木林拨过来的微信电话就更不能随便接了。不过，当郑木林在微信留言里提到江海能源时，他再也无法淡定了。他在心里反复问自己："我当初没有跟她透露过自己的真实身份，她怎么知道举牌江海能源的金大鑫就是她认识的那个金大鑫？她说跟我见面事关我举牌江海能源，这又是什么意思？难道她知道了什么内幕消息，而这个内幕信息将对我举牌江海能源有什么不利的影响？"

金大鑫心神不宁的样子引起了万淼淼的注意。她心疼地问金大鑫是不是遇到什么麻烦了。金大鑫矢口否认，说自己刚刚找到翻身的秘诀，事业发展重新进入快车道，哪有什么麻烦？万淼淼见他说话时眼神游移，更加坚信金大鑫遇到了什么麻烦，但是既然他不想跟她说，那就不去追问了。她借口家里有事要处理，匆匆告别。金大鑫巴不得万淼淼早点离开，只说了句"路上小心"，便与她拥别。

　　眼看万淼淼的背影消失在绿化带的尽头，金大鑫赶紧掏出手机，打开微信，回复郑木林说自己刚才在开车，刚刚看到她的微信，中午正好有空，现在就去餐厅等她。

　　郑木林收到金大鑫的回复后非常高兴。她以最快的速度完成了梳妆打扮，便抓起郑重刚刚送她的一只限量版国际名牌手袋，驾驶着那辆宝石蓝的跑车直奔餐厅。一路上，她的心脏怦怦跳个不停，有几次还差点闯了红灯。好容易安全到达餐厅的地下车库，她才发现自己的内衣近乎湿透。她一面责怪自己不争气，一面跑进卫生间将身上的汗水擦拭干净，并对着镜子给自己重新补了妆。待一切收拾停当，她才重新抬起骄傲的头颅，迈着优雅的模特步，在接待小姐的引导下，走进金大鑫提前订好的包间里。

　　四目相对的瞬间，金大鑫和郑木林都愣住了。在金大鑫的印象中，郑木林一向姗姗来迟，而今天，他刚刚点好菜，她就出现，并且相比于几个月以前，现在的郑木林明显富态了不少，就连小腹也微微凸起了。在郑木林的印象中，金大鑫除了英俊帅气，一向吊儿郎当，没有正形，而今却满脸沧桑，神情严肃。"你好吗？"金大鑫终于率先开口。"还好！"郑木林说完这两个字，终于扑簌簌掉下一大串眼泪，并不顾服务员小姐姐还在身旁，就张开双臂，一头扑进金大鑫的怀里……

　　金大鑫被郑木林突如其来的动作弄得不知所措。虽然她依然美得逼人，甚至比几个月前还多了几分圆润和富贵之气，但他对她已无半点激情，只是出于礼貌才在她的后背轻轻拍了几下，随即便挣脱她的双臂，将她按到餐桌旁的高背椅上坐了下来。

　　郑木林叹了口气，从手袋里抽出纸巾，蘸去眼角的泪水，神情落寞地说："你变了。"

　　"哦。你也变了。"金大鑫随口应付道。

　　"我没变。"郑木林矢口否认。她本想接着说，她对他和从前一样，一点都没变，但想想自己已经怀了别人的孩子，便没再说下去。

　　其实，金大鑫已经意识到她所谓的"没变"是什么意思，却故意坚持说："你的确变了，比之前稍稍……"他本想说她胖了，因突然意识到现在的女孩子最讨厌别人说"胖"，连忙改口说"稍稍富态了一些"。

"那是因为我怀孕了。"郑木林木然地说。

金大鑫这才意识到她的"胖"更多体现在小腹上，不由得往她的小腹上瞄了一眼，说道："哦，恭喜啊！你结婚也没通知我一声，不然，怎么说，我也要给你包一个红包！"

郑木林笑了笑，说："算了吧。你连微信都不回，我到哪里找你？再说，我还没结婚。"

"哦，对不起。我这几个月事情太多。"金大鑫辩解道。

"我知道。"郑木林的目光有些呆滞，嘴唇颤动了两下，似乎要安慰一下金大鑫，恰巧服务员小姐姐推门上菜，她便垂下眼帘，专心喝起茶来。

冷热菜肴陆续上齐，服务员小姐姐知趣地离开包房并带上房门。金大鑫还像往常一样殷勤地给郑木林夹菜。两人默默地吃了一回，谁也不想首先开口。房间内的气氛有点沉闷，明炉火锅发出的咕嘟声听起来格外刺耳，火锅里不断升腾的水蒸气又给这场会面蒙上了一层飘忽不定的气息。

金大鑫被眼前的氛围憋得喘不过气来，终于忍不住首先开了口："你找我到底什么事？"

"有关你举牌江海能源的事情，我在微信里已经跟你说过。"郑木林淡淡地应道。

"你怎么知道我举牌江海能源？"

"这两年，关于江海能源的信息铺天盖地，我没有与世隔绝，当然能知道。"

"可是我举牌江海能源时并不是以个人名义。"

"你用的是运亨集团的名义，运亨集团的背后就是金氏集团，而你就是当下金氏集团的董事长。"

"你怎么知道我就是金氏集团董事长？天下同名同姓的多着呢！"

"我已经找到你的照片了。"郑木林说着，从手机里翻出一篇文章，通过微信发给金大鑫。

金大鑫打开文章一看才知，这是当初他爸金宏远被刑拘后，他接手金氏集团和金氏股份时的一篇旧闻，上面的确有他的照片。他尴尬地笑了笑说："我一直尽量避免照片在媒体出现，没想到还是流出去了。"

"只要行得正,坐得端,为什么怕照片流出去呢?"

"我不想被公众关注。"

"你是名人,不想被公众关注,那是不可能的。我倒是想被关注,可惜身价不够啊!"说到这里,郑木林忍不住笑了。这笑声既清脆又单纯,以致金大鑫也受到感染,情绪一下子放松不少。

"你要是想被关注,我可以成全你,只要稍微花几个小钱,编个离奇的故事,立马就能让你名扬天下。"

"算了算了! 我可不想出这个名!"郑木林趴在桌子上笑得香肩直颤。

"这可是你自己说的! 到时候别怨我舍不得花钱让你出名!"

"不会,肯定不会!"郑木林重新坐直身子,收起笑容说,"你这段日子吃了不少苦,真是难为你了。"

"哎,谁叫我生在这个家里呢?"金大鑫的表情变得冷峻起来。

"其实,很多人想生在你这种家庭里,还没有机会呢!"郑木林想到自己一个人在异乡漂泊,为了过得更好一点,竟稀里糊涂给人当上"二奶",很快还将在没有合法身份的情况下给人家生下孩子,不禁兀自伤感起来。

"怎么啦?"金大鑫转身拉过她的手,关切地问。

"没什么。"郑木林从金大鑫的手里抽回自己的手,故作轻松地说。片刻之后,她又接着说,"还是说说你的事吧。"

金大鑫等的就是这句话。他调整一下坐姿,专注地听她诉说她从郑重那里得到的信息。

郑木林一口气讲完她所知道的信息,讲到最后,竟因过度紧张而声音嘶哑。

奇怪的是,金大鑫听完后,几乎没起波澜,还平静地问郑木林:"就这些?"

郑木林手按胸口,认真地点了点头,反问道:"这些还不够吗? 我都担心死了。"

金大鑫淡然一笑,没有回应。他非常理解郑木林的关切,也非常感谢她的一片苦心,但是既然他已在举牌江海能源前做过充分准备,郑重传来的那些信息已经不重要了。

"怎么不说话呢?"郑木林追问道。

金大鑫这才意识到自己的沉默会令郑木林非常伤心,便笑呵呵地说:"谢谢你带给我这么重要的消息! 我会和团队认真考虑接下来该怎么应对。"

得到夸奖的郑木林顿时喜笑颜开,还主动夹了块香酥可口的鸡蛋卷塞进金大鑫的嘴里。金大鑫一边咀嚼着鸡蛋卷,一边向郑木林跷起了大拇指。恰在这时,他的微信电话响了。他拿过手机一看,见是万淼淼打来的,碍于郑木林就在眼前,果断按下拒绝键。

有意思的是,郑木林在他查看微信电话时下意识地扭头瞅了一眼,见他拒接,撇嘴奚落道:"直接拒接大美女的电话,这也太狠心了吧?"

金大鑫只好应付说:"一个普通朋友,应该没什么事,我只是不想让她打扰我们吃饭。"话音刚落,万淼淼又将微信电话打了过来。金大鑫任凭铃声顽强地响了好几声,才伸手准备再次按下拒接键。

"别拒接了,人家一定有急事!"郑木林提醒道。

金大鑫想想也是,便顺势按下接听键。

"大鑫,我爸被警察带走了!"万淼淼惊慌失措的声音令金大鑫大吃一惊。

"因为什么?"金大鑫问。

"据说是合同诈骗。"万淼淼答道。

金大鑫一阵狂喜,心想,万运来啊,万运来,你也有今天?! 不过,碍于万淼淼的面子,他将这种狂喜强行压了下来。"你在哪? 我这就过来。"金大鑫问。

"我在司徒露露的茶馆里。"万淼淼答道。

金大鑫来不及多说几句安慰的话,便挂掉微信电话。"对不起,我这个朋友家里出了点事,我得过去帮她处理一下! 今天的单我已提前买过,你就不用操心了。"说着,他走到郑木林身边,低头在她额头上轻轻吻了一下,诚恳地说,"谢谢你! 祝你好运!"说完,转身小跑了出去……

第三十九章
万运来身陷囹圄 两冤家意外重逢

金大鑫根据万淼淼发来的定位,直接将车开到她家的小院门口。小院位于市中心的一个高档小区里,墙深门厚,树高花艳,却显得异常冷清。

金大鑫下车后,轻叩门铃。"大鑫,把车开进来吧!"随着万淼淼夹杂着忧伤和惊喜的声音从可视门铃上传来,那扇黑漆漆的大门缓缓打开。金大鑫重新上车,将车开进院内。万淼淼已经走出房门,正苦戚戚地伫立在一处空档,示意金大鑫将车停在那里。金大鑫的心里一阵战栗。他麻利地将车停好,快速推开车门,尚未站稳脚跟,万淼淼便一头扑了上来。"大鑫……"万淼淼双手勾住金大鑫的脖子,眼泪像断了线的珍珠一样啪嗒啪嗒掉了下来,很快便打湿了金大鑫的前胸。此时的金大鑫心情极其复杂。按理说,万运来被抓,最高兴的就是他了。然而看到自己的心上人如此悲戚,他居然一点也高兴不起来。他轻抚万淼淼的后背,待她稍稍平静一些,才搂着她的肩膀缓步走向正屋。刚到门口,一位头发花白的阿姨便从沙发上站起来,笑眯眯地跟他打招呼:"大鑫来了!快进来坐吧!"金大鑫想,这位应该就是淼淼的妈妈吧,怎么一点看不出伤心的样子呢?正想着,万淼淼侧首证实了他的猜测:"这是我妈,她老早就催我把你带到家里来,没想到你第一次来家里还是因为我爸。"金大鑫赶忙放下搂着万淼淼肩膀的手,毕恭毕敬地向万母鞠了一躬,问了声"阿姨好",这才走到沙发旁落座。

"中饭吃过了吗?"万母重新落座,关切地问。

"哦,差不多快吃完了,就接到淼淼的电话。"金大鑫刻意隐去自己正与郑木林共进午餐的实情,轻描淡写地回应道。

"哎,淼淼就是沉不住气,多大点事,还把你召来了!不过,早点过来认认门也好。"万母的语气十分轻松,看不出半点紧张不安。这令金大鑫十分不解,并不由自主地联想到当初自己父亲出事后,母亲哭哭啼啼的样子。

"你要是没吃饱,可以在这儿再吃一点。"万淼淼看了母亲一眼,坐到金大鑫身边,低声说。

"不用,我已经吃饱了。"金大鑫摇了摇头。

"那就吃点水果吧。"万母起身指着茶几上的果盘,歉意地朝金大鑫笑笑说,"我上楼去了。你多开导开导淼淼,该来的总归会来,急也没用。"

金大鑫赶紧起身相送,眼看万母踏上楼梯,才重新坐下。万淼淼则不失时机地用叉子叉起一只红彤彤的草莓送到他的嘴边。

"到底是什么情况?我看阿姨挺淡定的,应该没太大问题吧?"金大鑫重新揽过万淼淼的肩膀,柔声问道。

"具体我也不是太清楚。"万淼淼用纸巾蘸去眼角的泪水,开始用自己从警察、运来集团等多个渠道了解到的信息还原父亲被抓前后的情形——

原来,万运来通过楼上楼集团最终拿下金氏股份后,着实高兴了一阵子。然而当他看到自己的女儿与金大鑫走得越来越近时,内心极其不爽,明里暗里百般阻挠,均未能奏效。忍无可忍的万运来干脆向女儿下达最后通牒:再不与金大鑫分手,将永久剥夺她的家族财富继承权和在她名下的楼上楼集团实控权。万淼淼这才知道,原来楼上楼集团的实控权表面上在戴迟名下,实则通过复杂的股权关系最终掌握在万淼淼名下。至于万运来为什么这么安排,据他自己说,一方面是为了掩人耳目,另一方面也是为了给万淼淼一份属于自己的产业。这样算来,万淼淼也是即将更名为"万氏股份"的金氏股份实控人。尽管如此,她还是果断拒绝了父亲的无理要求,并坚持说,与金家联姻本是父亲的主意,自己和金大鑫开始时都非常不情愿,现在两人经过波折,好容易走到一起,怎么能说分就分呢?她还说,万家的财富又不是自己创造的,有的财富甚至来历不明,表面光鲜,实则肮脏,这样的财富不要也罢,省得自己将来担心受怕睡不着觉。万运来被女儿呛得脸色铁青,牙根直痒,愤怒之下,当着她的面向手下人下达了两周之后再不与金大鑫断绝往来,就变更楼上楼集团实控人的命令。然而就在这份命令下达后的第三天,万运来就接到一个神秘的电话:"你已经被盯上,走为上策。"

万运来放下电话,浑身瞬间出了一身冷汗。他早就料到会有这一天,只是没想到来得这么快。他以最快的速度买好了去某东南亚岛国的机票,哪知刚办好登机手续,便被几个便衣警察围住了。他只好抚摸着私生子的后脑勺,安抚准备跟他一起出国的情妇,说自己没犯多大的事,应该很快就可以出来,叫她先带儿子出国,待自己出来后立即过去与他们团聚。哪知警察并没有给她机会,说她也涉嫌参与万运来的违法活动,要一并带走。可怜万运来的那个私生子,小小年纪就目睹父母被严肃的办案人员带走,吓得哇哇大哭。好在警察人性执法,叫万运来的情人拨通家人的电话,当场安顿好孩子,才将万运来及其情妇一起带走。

"哦,怪不得!"金大鑫恍然大悟道。

"什么意思?"万淼淼转身盯着金大鑫问。

"哦,没什么。"金大鑫本想说,怪不得万淼淼的母亲那么轻松,一点不像家里出了大事的样子。但是看到万淼淼那过于悲戚的面容,还是把话咽了下去。

"你一定有话要说,毕竟我爸夺走了金氏。"万淼淼眼泪汪汪地盯着金大鑫。

说实话,金大鑫对万运来处心积虑夺走金氏股份控制权的行为肯定心存怨恨,对万运来的落网也深感解气。但他完全没必要在万淼淼面前表现出幸灾乐祸的样子。为避免万淼淼误解,只好如实说道:"我看阿姨的情绪比较稳定,感觉有点奇怪。刚才你说到与你爸同时被带走的另有其人,我才明白原因所在。哎,家家有本难念的经啊!"

万淼淼将身体紧紧依偎在金大鑫的怀里,两颗同病相怜的心连得更紧了。

却说万运来被带上警车后,自知已经插翅难逃,便紧闭双眼,任凭警察发落。然而与他同坐车后排的情人却啼哭不止。这令他心烦意乱。他用胳膊肘碰碰情人,低声说:"我们又没犯什么大事,不用紧张。"哪知不说还好,那位比他女儿还小十几岁的情人不仅哭得更凶,还骂他欺骗感情,害得她跟着倒霉,骂着骂着,竟然一转身狠狠咬住万运来的胳膊,痛得万运来哇哇直叫。警察见状,厉声呵斥,并停车将万运来转移到另一辆车上。

情人的哭闹令万运来万念俱灰。他怎么也想不到,一向小鸟依人般的情人会突然将矛头对准他,而他这几年不仅对她百般呵护,还在国外为她购买了多处顶级豪宅,并将近百亿资产放在她和她为他生下的宝贝儿子名下。"幸亏昨天我收回了变更楼上楼控制权的命令。"万运来重新闭上眼睛,回顾起这几年的"辉煌战绩"：除了在国内大搞兼并收购，最终拿下金氏股份的实控权，更是大刀阔斧以修建南美跨洋大运河等大项目之名从国有银行骗取200多亿贷款，并将这些巨额贷款转到自己的国外账户。"这些财产恐怕再也不可能姓万了，早知如此，哎……"他不禁感慨万千起来。

汽车七拐八弯，开进了郊外的一处高墙大院内。万运来和他的情人被分别带进两个不同的房间。在即将进屋的一刹那，情人还用充满怨恨的眼神狠狠地剜了他一眼。那一眼令万运来浑身战栗，也令他彻底放弃了躲过惩戒的最后一丝奢望。他想起了发妻芮冬梅前两年常对他唠叨的一句话："自古红颜多薄情，清风吹散烟几许。"这才明白芮冬梅说这话的目的不仅是为了发泄，还是一种精准的预言。

经过一系列复杂的程序，万运来被两名警察带往监舍。在他们路过一栋监舍的窗口时，只听窗内传出一个熟悉的声音："咦，这不是万来兄吗？你怎么也进来了？"万运来扭头一看，居然是金宏远，将近一年未见，这家伙比在外面时的气色还要好上几分！碍于警察在旁，说话不便，万运来只好冲他龇牙一笑，继续跟随警察往前赶路。哪知金宏远并不放过他，竟当着警察的面阴阳怪气地说："你小子坏事做绝，我就知道你也逃不掉！"万运来刚到此处，情况不熟，加上心情郁闷，并不想与金宏远纠缠，便头也不回地往前走去。

万运来的监舍条件与金宏远的几乎一模一样：十几个人挤在几十平方米的屋子里。监舍里虽然收拾得还算整齐，却异常阴暗、潮湿，并散发着刺鼻的酸臭味。万运来不由自主地皱了皱眉头，发现满屋子人都在用怪异的眼光审视自己，因担心哪个人会冲出来揍他一顿，赶忙换出一副笑脸，向屋里的每一个人点头赔笑。

夜深了，监舍里鼾声如雷。万运来却怎么也睡不着。金宏远的奚落声再次在他的耳畔响起："你小子坏事做绝，我就知道你也逃不掉！"他开始回想自己几十年所做的坏事，想着想着，他竟然笑了，心想，金宏远啊金宏远，你这个老淫棍，说我坏事做绝，无非是得知我拿下金氏股份控制权后不服气罢了，可你知道你是怎么进来的吗？他回忆起自己买通金宏远情妇，并通过她为金宏远介绍女童，最终将他拉下水的过程，不禁哑然失笑。心想，怪谁呢？苍蝇不叮无缝的蛋，谁让你有这么个变态的癖好呢？

第四十章
万淼淼苦撑残局 有情人终成眷属

就在万运来得意洋洋地回顾下套金宏远的"辉煌战绩"时,他的家里正上演一场全武行。

事情的起因是这样的:万运来情人的母亲(因不知其确切姓名,权且称其"虎外婆")被办案人员叫到机场去领万运来与情人的私生子小虎时,本来十分不情愿,但因为惧怕警察找她麻烦,加上万运来和女儿一再哀求,她自己对这个外孙子也多少有点感情,才勉强同意把小虎接回去。然而小虎眼见一大堆人把自己的父母带上警车,吓得哇哇大哭。虎外婆好容易才将小虎哄上出租车,小虎不仅哭得更厉害,还不断撕扯外婆的衣服,抓挠外婆的头发和脸颊。虎外婆正憋了一肚子怨气没处发泄,轮起巴掌在小虎的屁股上猛拍几下。这一拍不要紧,小虎就像疯了一样,手捶脚蹬,大声号叫。出租车司机实在看不下去,好言对虎外婆说:"孩子小,不懂事,别跟他一般见识,把他放到一边晾一会,兴许就好了。"他这一说不要紧,竟将祖孙俩的怒火同时引到自己身上。虎外婆吼道:"别管闲事!你个开出租的懂什么?"小虎则直接吼道:"你才不懂事!"出租车司机从后视镜里瞄了一眼打扮得花枝招展的虎外婆和不过三四岁的小虎,无奈地摇了摇头,悄悄加快了车速……

尽管出租车司机把车子开得飞快,虎外婆仍然不停地催他开得快些,再快些,以便早点安顿好身边这个小祸害,如期与情人幽会。一想起那位情人,虎外婆就激动不已。小伙子长得太帅了:年龄和她女儿相仿,面容白里透粉,身高足有1米8,浑身长满腱子肉,别说她这个50多岁的熟女,即便是20来岁的大姑娘见了这个人也会情不自禁地多看几眼。

虎外婆与小伙初识的情景颇具戏剧性。两年前的一天深夜,百无聊赖的虎外婆在一帮老姐们的怂恿下,来到江海著名的黑马会打发寂寞。不知是她们去得太晚,还是其他什么原因,那天来了好几波小伙,她们都没有看上,气得一个肥硕如牛的富婆从限量版手袋里掏出宾利钥匙狠狠掼在台面上,大声嚷道:"老娘有的是钱,有帅小伙自管带过来!""鸡头"不想得罪这些大金主,只好重新帮她们换人。你别说,这回进来的一批人还真是个个帅气,人人威猛。虎外婆一眼就相中个子最高、长相颇似20世纪70年代日本著名电影明星高仓健的18号帅小伙。哪知看上这个小伙的并不止她一人,她至少听到三个老姐妹在嘀嘀咕咕议论他。为防心仪之人被别人抢去,她没有像往常那样拿腔作势,而是直接冲过去,一把揽住小伙的胳膊,把他拉到一个偏僻的角落里。其他几位老姐妹见状,只好另选他人。那一晚,她与小伙玩得非常尽兴,并从小伙口中得知他在圈内有个响当当的外号——"猛男张"。

后来,虎外婆每次光顾黑马会都会点名要求猛男张服务。再后来,江海市开展了一轮声势浩大的打击有偿陪侍运动,黑马会被推至风口浪尖,最终关门大吉,猛男张也因此失去了经济来源。过惯了纸醉金迷生活的他哪能安贫乐道?正在度日如年之时,对他牵肠挂肚的虎外婆打来电话。一番柔情蜜语之后,虎外婆直接约他去家里做客,猛男张当即答应。

从此之后,两人你来我往,各取所需,好不惬意。对猛男张来说,在生计出现问题之时,突降一张高质量长期饭票,当然喜不自胜,更何况早年在夜场干过的虎外婆善于养生驻颜,美艳依旧,伺候人的功夫也绝对一流呢?对虎外婆来说,年轻时虽然服侍过数以千计的男人,但那都是为了挣些碎银子,自己并没真正尝到多少甜头,遇上变态的男人,还会被折腾得生不如死。虎妈就是她在那些年稀里糊涂怀上的。在怀孕期间和孩子出生后一两年时间里,因不能正常去夜场上班,她的经济收入一下子缩水不少。多少年后,虎外婆回顾这段"艰难岁月",心里仍愤恨不已。直到女儿出落成水葱儿一般的美人,并成功迷倒万运来,虎外婆才感觉当年的"苦"非常值得。她开始过上了锦衣玉食的生活,并用女儿"孝敬"的金钱以消费者而不是打工者的身份重返夜场,笑傲江湖,而猛男张的出现和此后的殷勤陪伴更令她有如登临人生巅峰一般。

此时,虎外婆最大的烦恼就是总感觉钱不够用。她曾多次找女儿诉苦,希望女儿能多赞助一些。哪知女儿反过来向她诉苦,说不仅送她一套200平方米的大豪宅,每月还给她10多万元的零花钱,逢年过节还另有孝敬;还说,老万现在生意头绪多,挣点钱也不容易,劝她也体谅体谅他们的难处。虎外婆一听就不乐意了,当即将桌上的一只珐琅瓷大花瓶摔得粉碎,随后一屁股坐在地板上大哭小叫起来:"你这个没良心的东西,我一把屎一把尿把你拉扯这么大容易吗? 你现在靠上了大树,住着几百平的大别墅,男人一出手就是上百亿的大项目,送给我一套破公寓,一年才给百十万块钱,还好意思说?"女儿禁不住她的哭闹,只好答应往后每月再多给她两三万块钱。不过,从此之后,母女两人的关系也渐渐疏远起来。所以当虎外婆听说女儿和万运来在机场同时被抓,还让她帮忙带小虎时,心里有120个不情愿,碍于警察的威慑,才勉强去机场接上小虎。

"我要妈妈! 我要爸爸!"小虎的哭闹声把虎外婆重新拉回现实,想到女儿那么有钱却不肯给她更多,现在与那个男人双双被抓,自己今后可能再也维持不了原有的消费水平,她倍感失落,一气之下,抢起巴掌在小虎的屁股上又狠狠地拍了几下。小虎这才止住哭闹。

出租车终于到达虎外婆的楼下,虎外婆匆忙付过车费,将小虎一把扯下车来,气呼呼地回到家里。

猛男张已在屋内等候多时,见虎外婆脸色铁青,还拖着个小虎,意识到虎外婆可能遇到了什么麻烦。于是,他一边向虎外婆献着媚笑,一边伸手欲抱小虎。小虎虽小,却有自己的判断力,也不知猛男张什么地方得罪过他,他对这个比他爸年纪小几十岁、自称是他爷爷的人一开始就没什么好感,现在更是避之唯恐不及。"滚开! 我不要你! 我要爸爸! 我要妈妈!"猛男张非但没有赢得小虎的好感,反而惹他再次哭闹起来。他不敢多问,悻悻地走到沙发上坐下。

虎外婆没有回应猛男张的献媚,也不再理会小虎的哭闹,而是兀自走进卧室,关上房门,一头倒在床上。客厅里,小虎的哭闹声不时串进她的耳朵里,每一声哭泣都如同利刃,割得她胸口剧痛,也令她对失去生活来源后还要带个"拖油瓶"的场景充满了深深的恐惧。怎么办? 怎么办呢? 她真想把小虎扔到楼下,摔死算了。然而尚存的一丝理智告诉她,如果真那么做,她自己也难逃一死。"回家! 我要回家!"小虎的哭闹声再次敲击她的耳鼓,也让她灵机一动。她一骨碌翻起来,从衣柜抽屉里的记事本中找到一张小纸片,确认过上面的字迹后,猛然拉开房门,冲到小虎身边，一把拽住他的手臂，嚷道："走，我这就送你回家！"随后，她又朝猛男张使了个眼色，说："你帮我开车！"小虎不知外婆为啥突然同意送他回家，当即停止哭闹。猛男张也不知虎外婆意欲何为，又不敢问，只能乖乖地跟在虎外婆身后走出屋子。

猛男张根据虎外婆那张小纸片上写的地址一直将车子开到一处别墅门前。虎外婆嘱咐猛男张不要熄火，老实在车里待着，自己拉开车门将小虎带了下来。下车后，她快速整理了一下衣装，走到大门边按响了门铃。"谁?"门铃的显示屏上一个老阿姨探头问了一声。虎外婆并不正面回答自己是谁，只说自己过来是找万运来女儿的，要她出来说话。正躺在金大鑫怀里的万淼淼听说有人找她，起身凑近门铃，发现门外站着一位花枝招展的老大姐，本不想理会，虎外婆再次催促。万淼淼没再多想，便一个人走了出去。

"你是谁? 找我有事吗?"万淼淼不解地看着眼前的陌生女人问。

虎外婆指着小虎说："我是小虎外婆，找你肯定有事。"

万淼淼这才注意到地上还蹲着一个孩子。因为之前在饭店里撞见过父亲带着情妇和他们的私生子，后来又在不同的场合见过他们几次，她确信眼前这个女人所言不虚。"你想干什么?"万淼淼问。

"小虎哭着喊着一定要回家，他爸他妈都被带走了，我只能把他送到这里来。"虎外婆理直气壮地说。

万淼淼大吃一惊，心想，见过不要脸的，还没有见过这么不要脸的，你女儿给人家当二奶，生了孩子，你竟然还有脸把孩子送到人家原配这里！

万淼淼没有立即回话，虎外婆并不感无趣，继续理直气壮地说："反正我把孩子给你们万家带来了，收不收你看着办。"说完，又对小虎说："我把你送到你们万家了，眼前这位是你大姐，你是跟我回去，还是留在这里，你自己定。"

说来也怪，本来哭闹不止的小虎见到万淼淼后不仅止住了哭泣，还起身向她走去。万淼淼顿生怜悯之心，冲着这个同父异母的弟弟笑了笑。

就在姐弟二人互相对视的时候，虎外婆悄悄退至车旁，一拉车门，坐进车里。"快走！"她向猛男张命令道。猛男张一踩油门，车子就像离弦之箭，瞬间消失在另一栋别墅的后面。

万淼淼望着车子开走的方向,又看了看眼前的小虎,无奈地拉起小虎回到屋里。

芮冬梅在得知丈夫被抓后并没有着急,现在见女儿领回一个来历不明的孩子却直接崩溃了。她的眼泪像断了线的珍珠一样掉了下来,一改温良贤淑的形象,恶狠狠地诅咒起万运来。万淼淼、金大鑫和家里的阿姨一起劝了半天,芮冬梅才慢慢平静下来,并看在女儿的面子上,勉强接受了小虎。

万淼淼刚刚安顿好家事,运来集团的办公室主任就打来电话,说集团公司已被查封,总部员工这个月还没领到工资,一些员工正聚到运来大厦楼下准备闹事,问她能不能想想办法,安抚一下员工的情绪。万淼淼在运来集团负责财务工作,对集团的财务状况非常清楚,知道即便不被查封,集团也拿不出钱发工资了。她也深知员工们各有各的难处,很想帮他们一把,可是自己没有丁点可以调动的资源。她问金大鑫有没有好办法。金大鑫问她在运来集团有没有股份。她说没有。金大鑫告诉她,运来集团的窟窿很大,根本没法管。万淼淼想想也是,便横下一条心回复办公室主任,叫他能劝就劝劝大家,劝不了就算了。

对运来集团的事万淼淼可以不管,但对楼上楼集团和金氏股份,万淼淼就没有理由不管了,毕竟她是楼上楼集团的实控人,也是金氏股份的实控人。楼上楼集团是非上市公司,财务状况不算太差,所以受万运来被抓的影响并不大。金氏股份是上市公司,实控权从金家转到万家才几个月的时间,就赶上新董事长也被抓,其股价在万运来被抓的当天下午就直接封死跌停。这还不算,金氏股份新任董秘邓书珉深夜打来电话称,原本甘居二股东的粤宇房产得知万运来出事后,准备再投入一些资源一举拿下第一大股东的宝座。他问万淼淼如何是好,万淼淼说容她想想。可是放下电话后,她足足想了半个小时,也没想出什么办法,有心给已经回去的金大鑫打个电话吧,但想到金氏股份本是人家的企业,虽说自己现在与金大鑫已经如胶似漆,不分彼此,但拿这个问题去问他也太残酷了。万般无奈之下,万淼淼只能决定独自承担控制权可能丢失的巨大压力。

在家里家外两副担子的重压下,万淼淼身心俱疲。更令她意想不到的是,她和母亲居住多年的大别墅也被父亲万运来半年前借钱时抵押给了别人。现在那笔钱到期了,万运来却早把借来的钱以投资的名义转到了国外。债权人收不回现金,又找不到已经失去自由的万运来,只能来收抵押物。不过,债权人还算仁慈,没要求她们立即搬家,而是给了半个月的准备时间。

芮冬梅得知万运来背着她们母女把别墅抵押掉以后,气得浑身发抖,如果万运来就在眼前的话,她很可能一头撞过去,跟他拼了。可惜,她现在连他的影子都见不到,只能窝在床上号啕大哭。母亲的哭声令万淼淼肝肠寸断,而她却无能为力。她心烦意乱地走到屋外。院子里,月光如洗,春虫和鸣,怒放的紫藤随风摇曳,好一派静谧的园林风光。然而一想到这一切很快就要与自己毫不相干,她的眼泪也止不住簌簌垂落。"淼淼,你的电话。"阿姨冲进院子里,将手机递到她的手中。她看了一眼来电显示,发现电话是金大鑫打来的,不由得心头一热,赶紧按下接听键。金大鑫的声音很急切,说自己有非常重要的事情要跟她说,叫她立即赶到黄浦江畔。

万淼淼虽然不知金大鑫找她到底何事,却对他说的见面地点"黄浦江畔"某地异常敏感。那里是楼上楼集团要约收购金氏股份当晚她与金大鑫深情相拥的地方。4个多月过去了,她还清楚地记得那天晚上自己因担心金大鑫出意外而疯狂寻找他的情形。"那么今天他为何要约我去那个地方呢?"万淼淼百思不得其解,不知不觉地加快了前往车库的速度,上车后,更是能快则快,恨不得下一秒就能到达目的地……

黄浦江畔,灯火阑珊。当万淼淼远远看见依栏伫立的金大鑫背影时,她的心开始怦怦跳起来。"我这是怎么了?"万淼淼双手捂住胸脯,努力平复内心的波澜。眼看距离金大鑫只有几步之遥,她竟双腿一软,扑通一声摔倒在地。金大鑫闻声一看,是万淼淼,赶紧转身扶她起来,边扶边关切地问道:"没事吧?""没事。"万淼淼虽然嘴上这么说,眼圈里却早已噙满了泪花。金大鑫见状,心疼不已,将万淼淼揽在怀里,轻轻抚摸她的后背。万淼淼也温顺地紧紧贴住金大鑫。江水汩汩流淌,行人来去匆忙,两人就这样拥抱着,沉默着,享受着……

不知过了多久,金大鑫首先打破宁静,柔声问道:"知道我为什么这个时候把你叫到这里吗?"

万淼淼摇摇头。

"那你还记得几个月以前,楼上楼要约收购金氏股份那天晚上我们是怎么度过的吗?"

万淼淼点点头,思绪再次回到那个月黑风高的晚上。

"所以……"金大鑫一手拉住万淼淼的手,一手伸进裤兜,突然单膝下跪,仰视着万淼淼的脸道,"嫁给我吧!"

万淼淼低头看时,金大鑫已将一只硕大的白金钻戒呈现在她的眼前,晶莹剔透的光泽闪得她一阵晕眩。"嗯。"她顾不上多想,咬紧下唇,使劲地点了点头。

金大鑫顺势将钻戒戴在她的无名指上,紧接着腾地而起,一把抱住万淼淼的双肩,在她的额头用力一亲,随即快速放开双手,转身张开双臂,面向滔滔的黄浦江从胸腔最深处发出震耳发聩的狮吼声。那吼声如诉,如泣,又如笑,引得夜游的行人纷纷侧目,更令万淼淼浑身震颤,不顾路人异样的眼光,一头扑在金大鑫的背上,从后面将他紧紧箍住……

4个月之后,金氏集团及其关联企业楼上楼集团以12.46%的持股比例成功跻身江海能源的第三大股东。郑重投资及其关联企业则因为监管层准备严厉打击金融资本借助杠杆扰乱实体经济,趁江海能源股价反转走高获利了结,据说最终斩获150多亿元的投资和分红收益。江海能化在市政府的支持下,不仅通过换股拿下了近20%的江海能源股权,还受让了中能集团的股份,最后一跃成为持有江海能源34.88%股份的第一大股东。而江海能源的第二大股东则变成了南粤能投,持股比例为13.72%。8月5日下午,新一届江海能源董事会在江海能源多功能厅隆重召开。江海能化的三名代表取代中能集团的三名代进入董事会,成为非执行董事;张弓长到龄退休,被聘为江海能源的名誉董事长,曾筱华升任董事长,董秘王耀光顶替了张弓长的执行董事席位;赵卫钱和金大鑫则分别顶替了另外两名非执行董事的席位。此外,原来的几名独立董事全部续任。董事会会议结束之后,新一届董事会全体成员向媒体集体亮相。张弓长在接受媒体采访时深情地说:"围绕江海能源的股权纷争终于落下帷幕,江海能源再次躲过一劫。现在这个股权结构,既是江海能源管理层和全体员工努力的结果,更与监管层和江海市政府的关心、爱护分不开。其中的经验和教训值得新一届董事会认真反思。我个人的去留并不重要,但作为江海能源的创建者,我衷心祝愿江海能源越做越好! 越做越强!"最后,他还即兴赋诗一首:

卅年打拼,一朝被困。

几番突围,万分险峻。

幸得庇护,侥幸脱身。

老友新朋,切记重任。

关于《股权纷争》的点评摘录

《股权纷争》初稿在 2021 年 7 月 27 日至 2022 年 10 月 14 日连载期间，得到了众多师友的热情鼓励和大力支持。一些师友还在"艺眼投资"微信公众号及本人的微信中留言，或对小说给予及时肯定，或提出中肯意见和建议。现将他们在 164 集初稿中的留言摘录如下——

第 1 集： 开局便是豪门世家情爱纠葛，信息量庞大，有高屋建瓴之势！

——沧浪之水

开篇给我的第一感觉是以静衬动，直接、间接的心理与环境描写将主人公的复杂情绪展现于读者面前。已陷入家族事业旋涡的"富二代"金大鑫与郑木林、万淼淼这两个异性人的姓名里，到底暗藏怎样的玄机？地产"富一代"金宏远、万运来这两个人物的显山露水，使作品一开始就悬念迭起，扣人心弦！ ——彤丽炜

开篇不错，引人入胜！有大作家风范的文风！ ——吴金梅

书剑在手，纵横江湖，佩服之至！ ——静湖金波

第一印象是出场人物的名字，大气磅礴啊！金大鑫，一看就是个金主，万淼淼，估计是柔情似水吧？ ——潘辉

金氏地产不知何方神圣，万淼淼还真有名有姓地聚合了两家企业长女的姓与名。 ——邹秀英

第 2 集： 虽然五行相生，八字相配，奈何各有怀抱！开局便隐隐有了悲剧收场意味！手法越加精到老练！ ——沧浪之水

万淼淼粉面含春，霸气侧漏。金大鑫心有所属，心如止水。 ——罗永琳

看王博士小说《股权纷争》，既有悬念的铺垫密码又有都市丽人的青春浪漫，

更有财经巨头所涉足的暗流涌动！ ——彤丽炜

好看的小说，片段场景，冷暖自知。 ——静湖金波

善画尤物。 ——乔木

第3集：不是所有的富家子弟都是金玉其外。他们接受了良好的教育，对时局有精准的认识。当金大鑫轻视万淼淼的时候，故作镇定的顽强便被无情的戳穿！ ——沧浪之水

还是这样爽气，单刀直入。 ——邹秀英

第4集：金大鑫满腹戒备，原以为万淼淼是温室培养出的花瓶，谁料到却是自己眼高手低？人生如戏，先入为主！ ——沧浪之水

淼淼同学双面娇娃，还是教科书般的内行。 ——邹秀英

第5集：遇上才女是他的福缘，正好助他事业腾飞，能抓住机会挽救公司吗？ ——玉笑

能痛定思痛，能够反思自身！金大鑫亦是不凡人物！ ——沧浪之水

虽然门当户对是真理，但万家所图应该不是姻缘，是银圆多些吧？ ——邹秀英

第6集：人生如戏，从万淼淼父母的婚姻描写出家族兴衰和情感变化。这就是现实问题啊！人，总都是会变的！尤其感情！ ——沧浪之水

第7集：万运来眼里就只有钱和他自己。芮冬梅幸好生了万淼淼，女儿才是万运来的牵挂，家才得以存在。 ——玉笑

改革开放初期，万运来凭借着按摩屋起家，也为后来与发妻、女儿起冲突埋下伏笔。悖来者悖出，岂有他哉？ ——沧浪之水

第8集：踏上顺风车，走上快车道。万运来时来运转，所有亲戚朋友都不放在眼里。你看他人生得意否？ ——沧浪之水

真的眼花缭乱，超级眼花缭乱了。 ——邹秀英

第9集：万运来的商业帝国就在一个经济混乱无序的时代崛起了。后患已经凸现，万淼淼开始思索父亲的帝国未来。大手笔！精彩纷呈，令人有目不暇接之感！ ——沧浪之水

越写越好的小说，越写越好看的小说。 ——静湖金波

想起《货币战争》的第一部,罗氏家族崛起。现实比小说更厉害。 ——邹秀英

第10集:金大鑫的婚事牵着父母的心。他再有高人一等的感觉也要把万淼淼的分析给父母解说出来。虽然自己不愿意承认,但是万淼淼还是看问题一针见血!本章衔接天衣无缝。这就是章回小说的妙处! ——沧浪之水

第11集:金大鑫严密的分析,让金宏远这个巨头忽然进退失据!他和万运来联姻本想拉个靠山,结果儿子的分析让他感觉到似乎靠上一座冰山!

——沧浪之水

第12集:金宏远还是不甘被人偷袭狙击的,从上层建筑解决问题,寻找出路也是一个好办法。问题是能如愿否?写得好!惊心动魄的商业斗争就这么举重若轻地写来。 ——沧浪之水

第13集:一系列细节描写,官与商的差别就在眼前。一幅浮世绘就此展开!

——沧浪之水

第14、15集:渐入状态,雅俗共赏,扣人心弦。 ——彤丽炜

送礼也要有大局观!小金今胜老金。 ——沧浪之水

第16集:细节描写到了入微,也反映了金宏远之流眼光短浅、日暮西山之相。金大鑫虽然年轻,但在这时有紧跟时代的大局观。 ——沧浪之水

第17集:两大富豪再见面,奢华排场不一般! ——沧浪之水

万家是把世俗的钱胆衣威食色用足了。 ——邹秀英

第18集:股权场面的博弈被财经与文学兼涉的王老师捕捉得绘声绘色、淋漓尽致! ——彤丽炜

两个老狐狸斗法,都是千年精怪!写得好! ——沧浪之水

第19集:两个老狐狸,表面称兄道弟,实际各怀鬼胎。 ——沧浪之水

第20集:无聊的金大公子的纸醉金迷生活。 ——沧浪之水

第21集:金大鑫等待郑木林的场景描述写得精彩。 ——玉笑

第22集:喜欢侦探推理剧情。 ——邹秀英

第23、24集:精彩、新颖!还想看下去,却戛然而止。希望下集长一点。

——玉笑

第25集:你种下什么就收获什么,这是谁也逃不掉的因果。人在做,天在看,

你猖狂什么？你夹不住尾巴，非要露出原形，你给自己埋雷，你搬起石头砸自己的脚，你是自己的掘墓人。此一章节像读到《子夜》的一部分章节。何其相似的人性。人性会不断重蹈覆辙吗？本集在不动声色中解剖人性，越来越好看了。

——静湖金波

第26集：要想人不知，除非己莫为。这世界没有后悔药。你有再多的钱，也买不到后悔药，也赎不回清洁无恙的良心。 ——静湖金波

第27集：金老爷做坏事的时候就没想到报应来得这么快。虽然有非刑之意，但不影响我大笑几声！ ——沧浪之水

丑恶的灵魂就应该遭遇魔鬼般的鞭挞。 ——走在阳光里（温老师）

不做亏心事，不怕鬼敲门，心中有鬼，自然就会遇到鬼。 ——静湖金波

人在做天在看，好一出末日审判！ ——邹秀英

第28集：魔幻现实主义笔法。蓼痴兄大才！ 此等奸商，仗着有几个钱，伤天害理的事干了不少。都觉得自己做事天经地义，正该油锅里走一遭！ 妙文！

——沧浪之水

魔幻现实主义主义。莫言善于用动物说话。王博士另辟蹊径，以梦照实。

——邹秀英

第29集：说不出的感觉。人性就是有恶的一面，必须有严刑峻法来惩恶扬善。再看看那副克林顿穿红高跟鞋的油画，想想爱泼斯坦的狱中死亡，我们会明白，世界的真相超乎寻常人的想象。 ——邹秀英

苍蝇寿命只一季。金宏远这只苍蝇，末日到了，法律巨手将无情置他于死地。

——走在阳光里（温老师）

第30集：苍蝇不叮没缝的蛋，因为坏的漏洞太大了。你虚，你毛病大，一切才会趁虚而入。根基坏掉，不可救药。 ——静湖金波

第31集：随着金宏远的黯然收场，金大鑫接手家族企业。金氏企业能否起死回生？就看金大公子的能力了。写实章节，峰回路转，丝丝入扣。 ——沧浪之水

金氏集团的变故。老师写得好有生活感和代入感。 ——逐梦

写的成熟大气有逻辑，有故事，有亮点，有看点！ ——陈勇

第32集：情感纠葛写得越来越细腻，也更加符合生活的实际，源于生活，高于

生活。佩服！　　　　　　　　　　　　　　　　　　——王诚

　　接掌家族企业的金大公子还是一时半会不能从情海孽缘中出来。但是对秘书的公开信，他虽然感到羞耻，还是以壮士断腕的勇气发出去了。但愿他能成功走出低谷期！　　　　　　　　　　　　　　　　——沧浪之水

　　第33集：将复杂多变的人物心理运用现实与梦幻相结合的写法，抓住金氏父子此时此刻的心情和神态，展开丰富的联想。父子间的立体形象瞬间跃然纸上，既扣人心弦，又惊心动魄！这就是王老师财经小说给我们的深深带入感吧！不得不说小说越来越出神入化了！　　　　　　　　　　——彤丽炜

　　第34集：情不知所起。于微妙处完美印证！　　　　——彤丽炜

　　第35集：日有所思，夜有所梦！妖梦不吉，看金大鑫如何应对？
　　　　　　　　　　　　　　　　　　　　　　　　——沧浪之水

　　第36集：精彩纷呈的悬念。　　　　　　　　　　——静湖金波

　　第37集：这段"文人相轻"，太有情景实感了！　　　——邹秀英

　　第38集：以专家教授的目光审视濒临危机的股份公司，通俗易懂，明明白白！
　　　　　　　　　　　　　　　　　　　　　　　　——彤丽炜

　　第39集：一波未平，一波又起。读者的心里又荡起层层涟漪。　——彤丽炜

　　第40集：细节描写铺垫人物心理活动。蓼痴兄写得好！　——沧浪之水

　　第41集：逐鹿。鹿的意象代表权势利益。都说，没有永远的朋友也没有永远的敌人，只有永远的利益。可是在捕猎的过程中，却不知"螳螂捕蝉，黄雀在后"，得与失一念之差，生与死命悬一线，危机四伏的时刻，风险与收益如影随形。
　　　　　　　　　　　　　　　　　　　　　　　　——静湖金波

　　油画与现实画面相辅相成，相映成趣。天哪，没有经历写不出别有深蕴的小说，没有阅历更难以将小说布局得如此娴熟！　　　　——彤丽炜

　　商场、官场，波诡云谲不可琢磨，人物是清是浊？期待分晓。
　　　　　　　　　　　　　　　　　　——走在阳光里（温老师）

　　这个写实主义搞笑了。　　　　　　　　　　　　　——邹秀英

　　第42集：疯子的疯也不是一日之功。　　　　　　——静湖金波

　　第43集：是人微言轻，还是不自量力？是五十步笑百步，还是自视甚高？股

权博弈,火药味十足!　　　　　　　　　　　　　　　——彤丽炜

　　各取所需之后续,是否能各得其所,安其所安呢?　　　　——邹秀英

　　第44集:有求于人,无非低声下气忍辱负重!但是能成功的人有哪一个是简单角色呢?精彩纷呈的会谈描写!　　　　　　　　　——沧浪之水

　　商场战场,你来我往,刀光剑影,短兵相接。孰胜孰负,难以预料,性格命运,人做天看。　　　　　　　　　　　　　　　　　　　——静湖金波

　　好好说话,也许双赢。这俩人都不好好说话,无非两败俱伤。　——邹秀英

　　第45集:细节是塑造人物性格的神器,一个傲慢自大,一个狂妄无羁,谁是赢家?　　　　　　　　　　　　　　　　　　——走在阳光里(温老师)

　　你来我往,压抑紧张。争来斗去,得到了什么,又丢失了什么?生命是个过程,都要好自为之。　　　　　　　　　　　　　　　　——静湖金波

　　这世间万物,各自桀骜,低眉不见得低人一等,扬眉不见得高人一筹。为什么就不能好好说话?性情中人剑拔弩张,两个商人把自己当战士,说话那么火药味十足。倒是两个看似花瓶的姑娘,还能调和一下要炸的局面。现在略略理解为啥有的大商人会带小女生谈判了。　　　　　　　　　　　　——邹秀英

　　精彩的细节描写展现人物心理活动!蓼痴兄写这类商界精英人物可谓得心应手!趾高气扬的,曲意逢迎的,都有各自的道理!　　　　　——沧浪之水

　　第46集:郑木林果然被潜规则了,而且是酸甜苦辣咸、五味杂陈的那一种!女人不是辘轳,要把那井绳缠在自己身上吗?!　　　　　　　——彤丽炜

　　情夫情妇,愿打愿挨,笑贫不笑娼,社会怎么了?总是睁一只眼闭一只眼,非常宽容的样子,甚至是纵容道德的堕落滑坡。连农村的老奶奶都见怪不怪、习以为常了。存在久之成为合理,当所谓合理的人性压抑久了,积攒的世风日下无法承载,量变突破质变,势必爆发人生思想价值观的自我革命,优胜劣汰,生出新的观念。　　　　　　　　　　　　　　　　　　　　——静湖金波

　　精彩的写实章节折射出现实的悲凉。在物欲横流的社会,还有什么道德准则自觉维持秩序?张弓长、郑重、郑木林,哪一个不是时代精英?郑木林是郑重的情妇,张弓长还领着一个精英情人。岂是一句"万恶的资本家"所能概括的?

　　　　　　　　　　　　　　　　　　　　　　　　　　——沧浪之水

第47集:细节描写刻画人物心理！追求刺激生活的金大公子猎艳在行动！

——沧浪之水

每个物质基础台阶上都站着有喜怒哀乐的人,幸福感与匮乏感不因台阶高下而不同。

——邹秀英

人物心理活动描写细腻,一位公子哥有怎样的格局?

——走在阳光里(温老师)

第48集:读罢全文,有一种峰回路转,柳暗花明之感。艺术呈现生活,生活也不失时机浮现惬意之美!

——彤丽炜

煮好德凤酸茶,边喝边看,实在是巧合。酸茶只是工艺,入口淡而无味,咽下却是满口生津。乱纷纷的金大鑫女友,也有新甘露出现。

——邹秀英

第49集:"看上也正常,美女嘛,哪个男人不喜欢? 不过,露露可不是一般的美女。"

——邹秀英

第50集:万淼淼不愧是万运来的女儿,与金大鑫的二人宴席,把天时、地利、人和全部占用。金大鑫的配合看似主动,实际都在万淼淼的股掌之间。

——彤丽炜

人物描述细腻,通过语言和表情给人留下心灵的共鸣。 ——全海花(水中花)

第51集:金、万"富二代"男女间的距离终于突破防线,不仅走到了一起,且推心置腹交流彼此间敏感的话题了! 看来验证了一句话,感情在于沟通,亲戚在于走动! 背负使命的"富二代"想要安身立命何尝不是如此!

——彤丽炜

第52集:危难见素质。"富二代"变"负二代"没关系,需要有新一代的见识和回归本真的襟怀。

——邹秀英

第53集:虽然人性很难改变,但人类的希望也一直在。期待在改革开放中诞生的二代们,给未来40年带来新的精神和物质境界。

——邹秀英

第54集:艺术性地链接和融入了当年资本市场的热点题材——氟化工、元宇宙,堪称一部时代曲。亲身经历过资本市场K线脉动的人,读后会有真实、亲切的触动与共鸣。

——宗伟

果然不负韶华,当新生代与元宇宙碰撞,那智慧的火花超乎想象!

——彤丽炜

第55集:好奇,大富翁游戏吗? ——邹秀英第56集：偷菜，是奥运股市惨绿时，白领韭菜的逃避玩法。这个不可持续的游戏由于缺收割流量的商务卖点，最终归零，一度被追捧的创始人程SIR也不知去向了。互联网，成王败寇。　　　　　　　　　　　　　　　　　——邹秀英

第57集：表面的浮躁预示着金大鑫沉甸甸的心情与责任。　　　　——彤丽炜

第58集：人在最迷茫的时候，只要信念在，也是时来运转时！这风马牛不相及的胶东人伍尚权的突然造访，对金大鑫来说，就是过河的桥！　　——彤丽炜

第59集：想不通时，慢慢想。人生那得尽如意，万事只求半称心。相信我们或多或少经历过金、伍会合！　　　　　　　　　　　　　　　　——彤丽炜

第60集：与大东方合作对金氏集团可能是机遇。　　　　　　　　——彤丽炜

第61集：游戏好，结局更好！戏如人生，人生如戏！现实梦幻进进出出！
　　　　　　　　　　　　　　　　　　　　　　　　　　　　——彤丽炜

第62集：为金、伍合作共赢拍案叫好！　　　　　　　　　　　　——彤丽炜

第63集：一波三折，扣人心弦，金大鑫最担心的事似乎要来了。　——彤丽炜

第64集：恋人之间须保留商务秘密！只是一方保持，那么相爱的另一方怎么理解？　　　　　　　　　　　　　　　　　　　　　　　　——彤丽炜

第66集：愿有清流三尺浅，濯得贪心万古平。　　　　　　　　　——邹秀英

第67集：再现一个小型金融战，读者跟着心惊胆战。　　　　　　——邹秀英

第69集：一次次见证历史，真是大开眼界！今年的三八节史诗级"妖镍"，号称327重现。今天这一节金万龙虎斗，也要史诗级了。　　　　——邹秀英

第70集：这样的股权纷争背后悬念尚存，玄机更多。　　　　　　——彤丽炜

第71集：股权纷争的故事精彩纷呈。作家若没有实操经历，断难如此挥洒自如，酣畅淋漓！　　　　　　　　　　　　　　　　　　　　——彤丽炜

第72集：金氏股份内外暗流涌动。　　　　　　　　　　　　　　——彤丽炜

第73集：伍尚权这个人看来不容小觑。金大鑫不知其葫芦里买的啥药，只能主动迎难而上，回访伍尚权了！　　　　　　　　　　　　　——彤丽炜

第75集：商场之战，扣人心弦。　　　　　　　　　　　　　　　　——鲁宁

第76集：谋事在人，成事在天，尽人事，听天命。一边做好自己的事，一边等机会。　　　　　　　　　　　　　　　　　　　　　　——静湖金波

第77集:为卜前程拼烈酒,尝迷运命蚀本钱。　　　　　——静湖金波

第79集:伍尚权真是个善变的主,为了一私之利,瞬间换了一副嘴脸。
　　　　　　　　　　　　　　　　　　　　　　　　　　——彤丽炜

第80集:伍尚权的做法应了那句话:只要他自己不尴尬,那么尴尬的就是迫切需要合作共赢的金大鑫了。　　　　　　　　　　　　　——彤丽炜

第81集:金大鑫需要突破自己,挑战一个又一个不可预知的未来!
　　　　　　　　　　　　　　　　　　　　　　　　　　——彤丽炜

第82集:金大鑫与赵仁精的关系堪比刘备与诸葛亮。　——彤丽炜

第85集:深夜静思,点到即是。金大鑫已是峰回路转,拨云见日。好兆头!
　　　　　　　　　　　　　　　　　　　　　　　　　　——邹秀英

第86集:跌宕起伏。愿江湖龙头伏而再起!　　　　　　——邹秀英

第98集:日积月累,所获颇丰。坚持恒久,厚积薄发。投资理财和写小说一样,在人生长河中,以时间换空间,长度支撑厚度和宽度。　——静湖金波

第99集:通过一系列人物的细微动作表现,描绘心理活动,自然而然展现人物性格。　　　　　　　　　　　　　　　　　　　　——沧浪之水

第100集:腹中桃李,笔下锦绣。以善意耕耘当下沃土,以祝福赢得灿烂未来。　　　　　　　　　　　　　　　　　　　　　　——邹秀英

第101集:灌两碗鸡汤吧:大成功是偶然,失败就是世间常态,失败积累多了,就靠近成功了;成年人的职场就是修道场,有地方修炼,就好。　——邹秀英

第102、103集:不能考验人性,不能考验人性!　　　　——邹秀英

第108集:高超语言艺术,丰富的情节联想,足见作者深厚的文学创作功底!
　　　　　　　　　　　　　　　　　　　　　　　　　　——沧海一笑

第113集:细节把控入微,什么话该说什么话不该说,面对一个资深记者,滴水不漏的回答显示一个成熟商人的本色。　　　　　　——沧浪之水
把人物心里活动描写得很生动。　　　　　　　　——全海花(水中花)

第114集:藏在所有借口下的停牌、复出,都是为了自己的利益而做出的有效战术动作。随意操纵资本的手才是最厉害的啊!　　　　——沧浪之水

第115集:隐藏在资本博弈后面的真实原因也许很简单:不仅仅是追求利益,

也有可能和普通人一样的情绪:人熟好办事,办大事不拘小节。所有散户的叫骂声,还有给潜在的对手造成巨大亏损,这些都可归于"小节"。虽然轻描淡写,却有鲜血淋漓之感!　　　　　　　　　　　　　　　　　　　　——沧浪之水

第117集:以人为镜,观人,观己,观自在。　　　　　　　　——静湖金波

第118集:正所谓画龙画虎难画骨,知人知面不知心。　　　——静湖金波

第121集:一番诚恳的姿态各有不同的立场。获取大佬支持似乎无望,还是话不投机半句多!　　　　　　　　　　　　　　　　　　　——沧浪之水

第122集:精彩的细节描写:通过飞机上一张报纸就把结怨过程叙述得八九不离十。在这里也把张弓长的飞扬跋扈的性格展现出来了。　——沧浪之水

第123集:算不上精心准备,也是知己知彼,大战即将开始,一个资本时代开启的序章!　　　　　　　　　　　　　　　　　　　　　——沧浪之水

第124集:董事会的召开,激烈的批评超乎张弓长的意料。其实也是社会变迁的缩影。说明个人英雄主义一言堂的时代终结了。这是社会的进步。但对小说里张弓长而言则是一曲悲歌!　　　　　　　　　　　　——沧浪之水

第125集:关键时候还得专家董事发话。直击要害,把一场龙争虎斗放置到董事会这个场景中,颇有身临其境的感觉。少了多少冗长的叙述,并且人物形象都是具体且丰满。这就是功力啊!　　　　　　　　　　——沧浪之水

第126集:"攘外必先安内。"张弓长不愧是商场老狐狸,迅速放低身段,准确判断董事会形势,做出了最有利自己的动作。　　　　　　——沧浪之水

第127集:张弓长过于强势,没有把大老板放在眼里,自然受到有意无意的惩罚。洞悉人心才能写得如此精彩!　　　　　　　　　——沧浪之水

第128集:所有的战争都源自大佬的一念之间的决定。本集虽然短小,但矛盾根源、冲突、心理活动得描写都堪称精彩纷呈。　　　——沧浪之水

第131集:该来的来,该走的走。来了也没啥,走了也没啥。　　——乔木

第132集:大佬就是大佬,眼光气度都要高人一等。风云变幻尽在人心,覆雨翻云,才是大佬本色。　　　　　　　　　　　　　　——沧浪之水

第135集:波澜惊起。　　　　　　　　　　　　　　　　　——乔木

第137、138集:有人的地方就有江湖。　　　　　　　　　——沧浪之水

第139、140集：峰回路转，张弓长似乎得到了狙击郑重资本的良机。资本入侵，自然受伤最大的是小股东和员工！偶然中有必然性！　　　——沧浪之水

第141集：本集精彩处就是描写了张弓长将退未退时的复杂心理活动。

——沧浪之水

第142集：老奸巨猾的张弓长看来要栽了？　　　——沧浪之水

第143集：杀敌一万，自损八百。为了狙击郑重，张弓长也是拼了！

——沧浪之水

第144、145集：张弓长作为商海枭雄深谙一击必杀的道理。　——沧浪之水

第146集：一场明争，未取得预计效果。张弓长郁闷可知。金大鑫斥巨资加盟，看来能给张弓长带来转机。　　　——沧浪之水

第148集：一波三折，峰回路转。这一刻自然都是情真意切。　——沧浪之水

第149集：金大鑫仿佛捞到救命的稻草，万淼淼为了一句口不应心的承诺救驾了。　　　——沧浪之水

第150集：老狐狸就是老狐狸。金大鑫看来还需要好好历练才对。

——沧浪之水

第151集：一山更比一山高，金大鑫幸有万淼淼贴心扶持，但是花巧凤看得更通透。　　　——沧浪之水

第152集：80年代，摆地摊可以发财。到了金大鑫这个时代，经济建设已经相对比较成熟有序。这时候的"富二代"们大多都是高校精英。他们深谙经济规律，更加敏锐聪颖。这个时代才堪称精英时代。　　　——沧浪之水

第153集：强中自有强中手！　　　——沧浪之水

第154集：这边金大鑫取经成功，那头张弓长左右为难。细腻生动的描写。

——沧浪之水

第155集：正是验证那句"尔虞我诈"。　　　——沧浪之水

第156集：弱肉强食。生物链上，你在哪个环节？凶狠后面还有更凶狠，狡诈之后还有更狡诈。防不胜防之时，就去进攻。　　　——静湖金波

错综复杂的关系用人物的心理活动几句话就交代清楚。看似意料之外实在情理之中。这就是"举重若轻"的文采呀！　　　——沧浪之水

第158集:这一篇看着真累,五毒俱全,五味杂陈,看得都怀疑人生了。

——邹秀英

第160、161集:描写惟妙惟肖,很赞! ——纳兰泽云

落袋为安,见好就收,走为上策。对于止损和止盈的那个点,很少有人能够通透地掌握。 ——静湖金波

其他:我个人感觉,《股权纷争》更有看头! 因为它让我看了上回,有了急切想看下回的冲动。 ——王诚

衷心祝贺。太不容易。吟安一个字,捻断数茎须。创作的辛劳外人不足道。

——纳兰泽芸

厚积薄发,不只是时间换空间,不只是铁杵磨成针,不只是水滴石穿。彼一时,闻鸡起舞,书山有路勤为径,学海无涯苦作舟;此一时,梅花香自苦寒来。时间更阔,空间更多,游刃有余。 ——静湖金波

我看王老师的书满篇都是五行相生相克,大鑫(金)生森森(水),森森生木林(木),大鑫克木林……人与人的关系也是五行交织的关系,时而相旺,时而相杀。

——Acalanatha旭

《股权纷争》把投行人认知哲学和工作哲理等经验和困惑写进了文字里面,让人了解同类的人有不同思维,面对挑战,多是不同选择,所以会纷争不断,这是主旋律。天下熙熙攘攘,皆有利益纷争。如何提高情商智商在争斗的投行生涯中立于不败之地,才是王道。人生一世,不断进取,收放有度,读小说才有大智慧。

——陈湘

《股权纷争》丝丝相扣,把人性表现得入骨三分,耐人寻味。本书超越了前几部。可喜可贺! ——罗进

国进兄的"腾跃四部曲"如史诗一般,把改革开放40多年来的小人物、大老板描绘得栩栩如生,着实了不起。向你祝贺! ——沧浪之水

我一直以为我不懂股权的知识,没法进入阅读小说《股权纷争》的状态,没有认真关注。后来出于好奇,点开群友的雅评。这让我脑洞大开,引发了一睹为快的冲动。欣赏后,觉得很有感染力和吸引力。小说故事情节动人,人物形象栩栩如生! ——苍松

后 记

经过1年3个月零6天的努力，我的财经小说四部曲（经友人点拨，现正式定名为"腾跃四部曲"）收官之作、长篇财经小说《股权纷争》终于可以交稿了。这部小说成为"腾跃四部曲"中创作历时最长的一部小说，也是我写起来最费劲的一部小说。

《曹刿论战》中说过："夫战，勇气也。一鼓作气，再而衰，三而竭。"这部小说之所以这么费劲，大概是因为我在过去三年间连续完成三部长篇财经小说和一部人物传记，已经"三而竭"了，哪里还有气力在第四年再完成一部长篇财经小说呢？尽管如此，我还是不肯死心，因为牛皮早已吹了出去，无论如何也要兑现。然而我又不肯简单实现这个目标，毕竟我在放言第四年再完成一部长篇小说的同时，还承诺过，这部小说无论在故事情节上，还是在文学表现手法上，都要超越前三部。正是在这双重压力之下，我写起来格外小心，也格外吃力。今日再览全书，自以为先前的目标基本能够达到。这也让我更加坚信：坚持总有惊喜！

自2018年7月31日我写出不到900字的第一段文字至今，总共过去了4年3个月零2天。4年多来，我无时无刻不与自己的怠惰、才疏及学浅进行艰苦的斗争。好在有众多师友的不离不弃和大力支持，使我终能战胜各种困难，进而兑现头脑发热时吹过的牛皮。为此，我要再次向所有给过我勇气、力量和信心的师友们致以衷心的感谢！

首先，我要向已经离世的恩师王其藩教授、倪大奇教授和苏东水教授致以衷心的感谢。我在开始创作"腾跃四部曲"时，倪大奇教授和苏东水教授尚且健在，并且都对我的文学创作给予过热情的鼓励，也亲眼看到过我的前两部小说。然而去年2月和6月，两位先生先后去世后，我再也不能从他们那里得到鼓励和支持，这令我非常痛心。惟愿他们千古！

我还要再次向我的中学老师陈勇先生、胡云霞女士，大学班主任卢佑诚教授，硕士导师王伯军教授，博士导师王家瑞教授等恩师致以衷心的感谢。他们在我的人生成长中付出过大量的心血，也对我的文学创作给予理解和支持，使我终能完成人生的首个"四部曲"文学作品。

衷心感谢中桐资本邹秀英女士、财经早餐创始合伙人谢潞锦先生、咸阳文友王小斐先生（沧浪之水）、深圳文友彤丽炜女士、中国作家协会会员纳兰泽云女士、中国作家协会会员于强先生、著名旅美作家周励女士、时评撰稿人宗伟博士、中国金融作家协会会员杨红霞女士、河北省诗词协会会员唐宝凤女士（静湖金波）、我的大学同学王诚先生。他们在我写作过程中及时留言点评，或肯定，或批评，或提出新的思路，这令我在写作过程中得以保持清醒的头脑和顽强的毅力，从而使这部小说能够最终完稿。

衷心感谢安徽省政协原常委高洪博士、中国金融信息中心总裁张凤明先生、上海实业（集团）有限公司总裁周军先生、北控城市资源集团副总裁李中军先生、中国建设银行股权与投资管理部副总经理孙明新先生、宁波银行上海分行行长徐雪松博士、交通银行集中采购中心主任张兵先生、《国际金融报》副总编辑张俊才先生、浙江省证监局局长曹勇博士、上海元合集团董事长马成樑先生、国家土地督察上海局原副局长赵凤江先生、陆家嘴研究院院长史忠正先生、四川远鉴集团首席创始人杨炳辰先生、寻福科技有限公司胡新征先生、中比基金副总裁顾弘博士、上海柏科咨询股份董事长曹鹏先生、中攸（上海）智能科技有限公司董事于利多先生、大易健康董事长戚爱华女士、上海国创商业保理有限公司执行总裁王旭先生、同济大学发展研究院罗进博士、上海三尺轩实业有限公司CEO姜星宇女士、中英青年创业协会执行会长于宗文先生、德国茵创国际并购有限公司合伙人张熙先生、交通银行私人银行中心副总裁桂泽发博士、中航基金副总裁邓海清博士、上海宝江拍卖有限公司董事长巩玉杰先生、上海复音企业管理顾问有限公司董事长张修成先生、中泰证券上海分公司原副总经理姚燕萍女士、央视上海记者站首席摄影记者苏照宇先生、资深投资人连通先生、上实投资郝永清先生、上海立信金融学院副教授潘辉博士、安徽省霍邱县岔路镇退休教师宋士海先生等领导及师友，对本书写作的鼓励和支持！

衷心感谢东方网总编室主任陈旭东先生、文汇报新媒体中心王蔚女士、《新闻晨报》记者徐斌忠先生、《新民晚报》副刊部主任编辑郭影女士、《国际金融报》记者王媛媛女士以及中新社、中国金融信息中心、《中国证券报》、《中国银行保险报》、财经早餐、证券之星等媒体对我作品的报道和关注！

衷心感谢我的夫人姚伟教授、我的父母、岳父母和我的儿子王一乔对我文学创作的理解和支持！

衷心感谢天津人民出版社总编辑王康女士和第三编辑室副主任岳勇先生对本书的写作和出版事宜的热情帮助！

此外，还有众多亲朋好友对本书及全部"腾跃四部曲"的创作给予过各种关心与支持，有的已在前三部书的致谢里提到过，有的一时想不起来，恐有疏漏，谨在此一并致以衷心的感谢！

"腾跃四部曲"的创作已经告一段落，我的下一部文学作品可能需要沉淀多年才能问世。但是我对文学和经济、社会科学的探索不会就此止步。在未来的岁月里，希望继续得到亲友们的理解和支持！

2021年7月27日至2022年8月14日第一稿

2022年8月15日至2022年11月2日第二稿